W0300658

LES ALLIANCES DE CRISTAL

DU MÊME AUTEUR

Les Enfants de l'apartheid, Fayard, 1988.
Feu sur l'enfance, Fayard, 1989.
La Colère de Mouche, roman, Mazarine, 1998.
Les pommes seront fameuses cette année, roman, Mazarine, 2000, et GLM (prix du Roman du terroir décerné par le salon de l'Œil et la Plume de Cosne-sur-Loire).
L'Inaccomplie, roman, Mazarine, 2000 (prix Feuille d'or de la Ville de Nancy et prix France-Bleu Sud-Lorraine).
Trois Reines pour une couronne, roman, Presses de la Cité, 2002, et GLM, éditions Feryane et France Loisirs.
Le Dernier Amour d'Auguste, roman, Fayard, 2002, et GLM et éditions Libra Diffusion.

E l i s e   F i s c h e r

LES ALLIANCES DE CRISTAL

Roman

Production Jeannine Balland
Romans Terres de France

PRESSES DE LA CITÉ

Le Code de la propriété intellectuelle n'autorisant, aux termes de l'article L. 122-5, 2e et 3e al., d'une part, que les « copies ou reproductions strictement réservés à l'usage privé du copiste et non destinées à une utilisation collective » et, d'autre part, que les analyses et les courtes citations dans un but d'exemple et d'illustration, « toute représentation ou reproduction intégrale ou partielle faite sans le consentement de l'auteur ou de ses ayants droit ou ayants cause est illicite » (art L. 122-4).
Cette représentation ou reproduction, par quelque procédé que ce soit, constituerait donc une contrefaçon, sanctionnée par les articles L. 335-2 et suivants du Code de la propriété intellectuelle.

© Presses de la Cité, 2003
ISBN 2-258-05846-5

A Marie-Thérèse Arnould,
A Michel, mon époux,
A Laurent et Merryle,
A Loona et Maureen, leurs filles,
A Matthieu et Véronique,
A Guillaume.

L'histoire de la famille Daum, de sa fabuleuse aventure au sein de la cristallerie est vraie. De grands noms de l'école de Nancy apparaissent dans ces pages. Il était impossible de parler des uns sans rencontrer les autres.

Les familles Thuillier, Belmont, Muller, Kessler et tant d'autres relèvent de la fiction. Le hasard de l'écriture fait qu'ils ont croisé les artistes évoqués et auxquels j'espère avoir rendu hommage.

Selon la formule consacrée, toute ressemblance avec des personnes ayant existé serait une heureuse coïncidence.

Entre tous les arts, je n'en sais pas de plus aventureux, de plus incertains et donc de plus nobles que les arts qui invoquent le feu...

Paul Valéry

PREMIÈRE PARTIE

1

21 septembre 1880

Puisque c'était ainsi, puisqu'elle n'arrivait pas à dormir, puisqu'elle pensait sans cesse à la remise des prix qui aurait lieu le lendemain à la verrerie, Mathilde allait se lever. Au moins n'entendrait-elle plus Gustave ronfler. Elle se souleva, regarda son mari dormir alors que la nuit se faisait moins noire sous les assauts de l'aube.

L'aimait-elle encore ?

Elle ferma les yeux pour forcer les souvenirs à resurgir. Quand l'avait-elle vu pour la première fois ? C'était peu après la nomination de son père au conseil d'administration de la verrerie à Portieux. La famille Belmont avait quitté Nancy pour s'installer aux Trois-Fontaines, une jolie propriété sur la route de Socourt. Mathilde avait seize ans et avait dû suivre ses parents, la mort dans l'âme, en se promettant, d'ailleurs, soit de retourner à Nancy à la première occasion, soit de s'installer en Alsace pour y retrouver cousins et cousines du côté maternel. Son père l'avait consolée en lui expliquant que, somme toute, Charmes n'était pas le bout du monde et que, dans cette charmante bourgade vosgienne, elle se rapprochait de l'Alsace.

Mathilde eut envie de pousser légèrement Gustave sur le côté pour faire cesser cet affreux ronflement. Mais elle se retint pour ne pas le réveiller. Elle voulait demeurer seule avec ses pensées, ne pas être interrompue. Elle observait son mari, sans haine, mais sans tendresse non plus. Il restait bel homme, Gustave, malgré une quarantaine déjà bien entamée. La même ligne qu'en ce soir de la Saint-Jean, quand il était venu l'inviter à danser. Beau garçon, oui. Beau parleur aussi, ce Gustave Thuillier, patron des tanneries de Charmes. Comme il voyageait beaucoup pour son métier, il avait beaucoup à dire, à raconter. Mathilde avait été éblouie, vraiment. De sa belle voix grave, il disait : « Il y a du soleil dans votre regard et quand vous riez une source dans votre gorge. » Quand il la demanda en mariage, au printemps suivant, elle avait eu tout l'hiver pour rêver de lui. Elle le suivrait dans ses voyages... Monsieur Belmont fronçait cependant les sourcils. « Ne t'emballe pas trop vite, Mathilde. »

Mathilde soupira. Elle avait mis quelques années avant de comprendre qu'elle avait été courtisée pour sa dot et pour son héritage : une fille unique, quand les parents ont du bien au soleil...

Jacques Belmont avait vu clair dans les approches de Gustave, mais il avait compris les avantages d'une telle alliance. Si la dot de sa fille devait aider au redémarrage des tanneries, lui-même allait prendre quelques parts dans l'affaire. Il aurait ainsi un droit de regard sur les affaires de son gendre. De tout cela Mathilde s'était peu souciée. A Charmes, on disait que Gustave avait su joindre l'utile à l'agréable. Qu'il avait été bien inspiré en choisissant Mathilde. Gustave se disait heureux, comblé même. Avoir à ses côtés et dans son lit l'une des plus jolies filles de la région, et qui plus est la plus argentée... Il la prenait chaque soir, et parfois chaque matin. Il était très doux avec Mathilde. Non, elle n'avait pas à se plaindre. Il l'honorait et elle y trouvait son compte, semblait-il.

Mathilde soupira. Elle cherchait à quand remontait la première désillusion. Elle ne parvenait pas à rassembler ses souvenirs. Mais elle savait que le métier de Gustave en était la cause. Etait-ce dès le début de son mariage ? Soudain lui revint à l'esprit une visite des tanneries un samedi après-midi. Les ouvriers avaient regagné leur domicile. Gustave s'était fait tendre et l'avait entraînée en riant dans la remise à côté de l'entrepôt. Il disait qu'elle lui faisait perdre la tête. Mathilde avait feint le plaisir. Contenter l'époux était normal, mais secrètement elle s'était raidie. Il y avait cette odeur atroce de peaux qui séchaient. L'amour mêlé à la puanteur, à la mort... Elle était rentrée vivement à la maison, s'était lavée et aspergée de parfum. Gustave s'était gentiment moqué.

« Certes, je ne suis pas verrier. Le cuir, les peaux ont aussi leur noblesse, tu verras. Allons, viens dans mes bras, belle Mathilde, tu t'habitueras. »

Mathilde ne s'était jamais habituée. Pourquoi n'avait-elle pas épousé un verrier ? Dès qu'elle avait du temps libre, elle demandait qu'on lui préparât un attelage et s'en allait à Portieux. Elle passait par la route de

Socourt, allait saluer sa mère aux Trois-Fontaines avant de se rendre à la manufacture.

« Je vais embrasser papa à la verrerie. »

Mathilde ne rencontrait pas forcément son père, mais elle dirigeait ses pas vers les fours à pots où elle se sentait accueillie, reconnue. Elle se penchait jusqu'à sentir la lueur du foyer. Elle observait le verre en fusion devenir un vase, un gobelet au bout de la canne des verriers. Ça, c'était de la belle ouvrage ! Parfois, en quittant la place, elle traversait les hangars où était entreposé le sable fin. Elle y plongeait les mains, les ressortait gonflées de sable doux, d'une grande finesse, puis le laissait doucement filer, telle une source, entre ses doigts. Le minéral avant la rencontre du feu, avant la fusion, avant la matière recréée à travers laquelle passe la lumière du ciel pour que le regard puisse s'agrandir. Pourquoi Mathilde avait-elle lié sa vie à un tanneur ? N'eût-elle pas mieux fait d'épouser un verrier, un simple verrier avec qui elle eût pu partager sa soif de beauté ?

« Les jolies mains d'une femme de ta condition ne peuvent tenir la canne du souffleur », répétait Jeanne Belmont, sa mère.

Mathilde se mordit les lèvres pour ne pas pleurer sur sa vie et quitta délicatement le lit en évitant de faire grincer le sommier. Quand elle fut debout, elle se retint de respirer, toucha son ventre désespérément plat. Trois ans depuis la mort du petit Antoine, qui n'avait vécu qu'une heure. Juste le temps d'être ondoyé par Marie, la sage-femme de Brantigny. Depuis, son ventre n'avait plus jamais tressailli. Il est vrai que Gustave était moins ardent que par le passé. Lui en voulait-il, lui qui ne la regardait plus ou si peu ? Il y avait dix ans qu'avait eu lieu le plus beau mariage jamais célébré en l'église Saint-Nicolas de Charmes. Depuis la mort de son bébé, on disait que Gustave courait un peu ici et là, et surtout sur la colline. Mathilde avait surpris des conversations ou des silences. Un jour, on s'était arrêté de parler quand elle s'était approchée de la crémerie sur le marché, un autre jour c'était à la boulangerie. Elle se souvenait encore de l'attitude gênée d'un groupe de commères. De longues secondes s'étaient écoulées avant qu'elle entende : « Ah, bonjour, madame Thuillier, quel temps ! » Mathilde avait essayé de faire parler tante Germaine, qui l'aidait dans la demeure jouxtant les tanneries.

« Que veux-tu, Gustave est un homme. Il a ses faiblesses. Mais il t'aime, ça tu dois le croire. »

Mathilde s'était tue un instant avant de lâcher :

« Il m'aime, il m'aime. Il a surtout besoin de l'argent et du comptable de papa. »

Avant de faire un pas dans la chambre, Mathilde observa encore son mari qui avait roulé sur le côté du lit, là où elle était allongée quelques instants plus tôt. Gustave dormait toujours. Elle pouvait descendre dans la cuisine se faire un bon café, comme elle l'aimait, c'est-à-dire pur. Donc sans ajout de chicorée.

Elle descendit le grand escalier de chêne encore plongé dans la nuit, mais éclairé par la lueur de la lune qui se faufilait par l'œil-de-bœuf donnant sur les parties communes. Un bon café, rien que du café dans le filtre, se répétait Mathilde. Tante Germaine, qui dormait encore, n'aurait rien à y redire.

2

L'énorme cuisinière de fonte émaillée à feu continu était en sommeil, mais prête à recevoir de nouvelles bûches et du charbon. A l'aide de la pointe du tisonnier, Mathilde souleva les rondelles qui couvraient le foyer et se pencha sur le brasier. Elle perçut sur ses joues et son buste la chaleur des braises rougeoyantes, encore ardentes, en attente de combustible. Elle saisit une bûche et la jeta. Le bois était sec et le feu se réveilla dans une jolie explosion de craquements et d'étincelles. Les flammes léchèrent immédiatement le bois. Elle regarda quelques instants ce feu. Elle songea à la verrerie, aux fours. Combien de fois avait-elle supplié Jacques Belmont, son père, de la laisser travailler avec les verriers ?

« La place d'une jeune fille de famille n'est pas à la verrerie, ma chérie. Nous n'en reparlerons plus, mais tu peux venir quand tu veux. »

Elle comprenait les sous-entendus. Elle voyait les ouvrières s'user à la tâche à tirer les chariots, à nettoyer les pièces de verre. Et les enfants qu'on occupait pendant de si longues heures à pelleter le sable, balayer les ateliers pour quelques sous dont les familles ne pouvaient se passer. Les plus jeunes ne devaient jamais relâcher leur attention et devaient passer les outils au maître verrier, sans quoi l'argent promis était retenu sur les maigres quinzaines. D'autres, à genoux, actionnaient les manettes qui ouvraient et refermaient les moules des pièces de gobeleterie.

Le sort de ces enfants touchait Mathilde. Elle songeait avec émotion à sa jeunesse de petite fille gâtée, privilégiée. Si elle ne pouvait travailler le verre, imaginer des couleurs différentes qui seraient assemblées pour quelques jolies compositions, elle pouvait se rendre utile et œuvrer à l'amélioration des conditions de travail. Elle obtint, après maintes discussions, d'ouvrir une classe pour les plus jeunes enfants. Deux fois par semaine, une heure prise sur le temps de travail pour apprendre à lire, à écrire, à compter. C'était un début...

Il fallait couper le tirage de la cuisinière, éviter les ronflements trop brusques et le feu de cheminée. Le ramoneur n'était pas encore passé. Mathilde saisit le seau de charbon et versa quelques boulets par-dessus le bois et remit consciencieusement les rondelles de fonte avant de décrocher une casserole pendue sur la gauche. « L'eau doit être chaude dans le réservoir, songea Mathilde. Elle pourra bouillir très vite. » Et elle se réjouit à cette perspective. Elle savourait déjà son café lorsque son attention fut attirée par un curieux miaulement. Elle tendit l'oreille. Ce n'était pas Misette, la chatte de la maison, qui dormait sur son coussin posé sur le banc près de la cheminée. L'étrange miaulement venait de dehors. Mathilde voulut en avoir le cœur net.

Elle saisit prestement un châle suspendu dans le couloir, le jeta sur ses épaules, s'enroula dedans et sortit.

Sur le pas de la porte, elle percevait mieux la plainte qui l'avait attirée hors de la cuisine. On aurait dit des pleurs de bébé. Elle n'avait pas fait trois mètres en direction de l'entrepôt de fourrures qu'elle vit une masse sombre au milieu du chemin. Le chemin était fort peu éclairé et elle dut écarquiller les yeux pour mieux voir. Elle distingua des contours réguliers. Un carton ! Comment avait-il échoué là ? Ce n'était pas le vent qui l'avait propulsé. Depuis une bonne dizaine de jours, le temps était d'un grand calme. Alors qui, et pourquoi ? Mathilde courut jusqu'au carton d'où s'échappaient les cris. Le jour était tout proche et, se penchant, elle vit l'incroyable au milieu de doux chiffons et de paille.

— Doux Jésus ! s'écria-t-elle en apercevant un bébé.

L'enfant était correctement vêtu, emmailloté. Selon toute vraisemblance, on avait veillé sur lui. On ne voulait pas qu'il meure. Elle le pressa contre elle et, de ses lèvres, effleura son front. Les pleurs cessèrent. Dans l'obscurité de cette fin de nuit, la jeune femme ne voyait pas bien les traits du bébé. Mais, au poids, elle sut qu'il s'agissait d'un nouveau-né. Les questions se bousculèrent dans sa tête. Qui avait pu le déposer au seuil de la maison de Gustave et Mathilde Thuillier ? Et dans quelle intention ?

Mathilde rentra dans la cuisine en serrant toujours le petit sur son cœur. Elle put le contempler. Il s'agissait bien d'un nouveau-né. Un beau bébé, tout rond et avec une masse de cheveux drus et sombres. Sous la brassière, Mathilde découvrit une petite enveloppe qu'elle saisit sans quitter l'enfant qui geignait doucement. Elle décacheta l'enveloppe. « Qui que vous soyez, veillez sur mon petit Matthieu. »

— Matthieu, murmura Mathilde en déposant un baiser sur le front de l'enfant, Matthieu, un prénom qui te va bien. C'est la Saint-Matthieu aujourd'hui, et c'est jour de fête patronale à Charmes comme à Portieux. Mais pourquoi ne veut-on pas de toi ? Tu es pourtant un magnifique bébé. Pourquoi t'a-t-on déposé devant ma maison ?

Tout Charmes savait que Mathilde Thuillier demeurait sans enfant et qu'elle en était fort dépitée. Quelqu'un avait donc choisi délibérément la maison de Mathilde pour abandonner ce petit ? Le cœur de Mathilde se serra. L'émotion la gagnait en berçant l'enfant. Les larmes lui vinrent aux yeux. Elle passa un doigt sur les lèvres du bébé qui ouvrit la bouche goulûment pour téter. Alors, en quelques secondes, Mathilde conçut un plan. Elle allait garder le petit et n'en rien dire à personne. Pas même à Gustave. Surtout pas à Gustave.

3

Quand Gustave se réveilla, le jour était levé. Il entendit sonner huit heures à l'horloge franc-comtoise de la grande salle à manger.

— Bigre ! Ce n'est pas une heure pour se lever, marmonna-t-il à haute voix, même un dimanche… Surtout quand on a des invités à midi, des invités avec qui on doit parler affaires.

Il se souvint vaguement de la nuit. Mathilde avait beaucoup bougé. Ne s'était-elle pas levée ? Elle avait encore ses idées noires. Instinctivement son bras s'allongea vers elle et ne rencontra que l'oreiller vide.

— Mathilde, cria-t-il, Mathilde ! Ho, Ho ! Tu es déjà levée ?

Le silence lui répondit.

Elle m'en veut, songea-t-il. Elle devient difficile.

Il mit ses pieds dans ses chaussons, attrapa un gilet qu'il passa par-dessus sa liquette. Il enfila à la va-vite un pantalon de velours bien large dans lequel il rentra les pans de sa chemise et descendit jusqu'à la cuisine où Germaine s'affairait.

— Eh ben ! Tu auras de beaux œufs à Pâques, toi, le taquina sa tante en saisissant un bol pour le servir.

— Et Mathilde ?

— Elle est partie, très tôt ce matin. Tiens, lis.

— Partie, et la fête à la verrerie ? Elle devait remettre les prix, comme chaque année.

— Oui. Mais elle est quand même partie.

— Et où ? rugit Gustave.

— Comme d'habitude.

Gustave attrapa le papier que lui tendait sa tante.

> *Cher Gustave,*
>
> *Ne m'en veux pas. Je vais chez ma cousine à Brumath. J'ai besoin de changer d'air. Tu sais combien mon cœur est triste. Je t'enverrai un télégramme dès que je serai arrivée. Ne t'inquiète pas. Papa s'occupe de mon voyage. Je t'embrasse, ainsi que tante Germaine et Mélanie.*

Il soupira.

— Un jour, ta femme va t'échapper pour de bon. Qu'est-ce qui la retient ici, surtout qu'elle n'a pas d'enfants ?

— Eh bien, qu'elle s'en aille, s'énerva Gustave en bâillant, au moins je dormirai tranquille.

— Tu es bien injuste. Tu ne serais pas monsieur Gustave Thuillier, l'un des plus importants tanneurs de la région, sans elle. Ta femme est trop gentille, et toi, tu cours le jupon sur la colline du Haut du Mont, à ce qu'on dit.

Gustave faillit lâcher son pain dans son bol.

— Qu'est-ce que tu racontes là, ma tante ?

— Ce qui se dit au lavoir, rien de plus. Tu as été vu dans les bois de la colline avec Bertille Baudot, ta première fiancée. On dit même que tu remonterais à la ferme. Ce n'est sûrement pas pour faire affaire avec le vieux Baudot, car il a arrêté le commerce des peaux de lapin depuis belle lurette. Quand on a une femme comme la tienne, on reste tranquille. Tu as plus de quarante ans et tu te comportes comme un gamin.

Gustave sentit le rouge lui monter au visage. Sa tante Germaine lui avait toujours fait la morale depuis la mort de sa mère, quand il avait une dizaine d'années. Mais il n'aurait jamais cru qu'elle se permettrait de prendre le parti de Mathilde.

— Qu'est-ce que tu feras, mon pauvre Gustave, si ta femme te quitte ? Monsieur Belmont reprendra ses parts et tu auras le nez dans la Moselle, tout Gustave Thuillier que tu es.

— Si je vais voir Bertille, dit doucereusement Gustave, c'est la faute de Mathilde... De toute façon, elle n'aura jamais d'enfant.

— La faute de Mathilde ! Tu ne manques pas de toupet, mon garçon. C'est peut-être la Bertille qui va te faire un marmot. Un bâtard, oui, et un peu *altata*[1], comme elle et sa grand-mère... Quand c'est dans la famille, ces choses de la tête, ça y reste. J'étais là quand Mathilde a accouché de son petiot. Marie, la sage-femme, a dit que ta femme était normalement constituée et qu'elle pourrait avoir d'autres enfants. Le spécialiste de Nancy partage son point de vue. Seulement, pour faire des enfants, il faut être deux. Et toi, tu te répands ailleurs.

— Tais-toi, ma tante, tu n'es pas dans notre lit.

1. Dérangé.

— Alors, qu'y a-t-il donc qui fasse obstacle ?

— Il y a... Il y a... que je n'ai plus envie d'elle.

— Mais tu l'as mariée, c'est toi qui es allé la chercher...

— Elle me plaisait, oui. Enfin, sans plus. Elle était jolie, bien tournée, mais avec le temps...

— Parce que Bertille est peut-être mieux que ta femme ?

— Tu ne peux pas comprendre, ma tante. Tu n'as pas connu l'homme.

— Ben voyons ! s'indigna Germaine, les poings sur les hanches. Qu'est-ce que tu sais de ma vie ? Je vais te dire ce que tu ignores : j'ai connu l'homme, et bien connu, même. Le mien a été tué ici, à Charmes, aux derniers jours de la guerre.

— Tu parles, tu avais plus de quarante ans, en 1870.

— Et alors ? Entre le Jacquot et moi ça durait depuis l'enfance. Nos familles n'ont jamais voulu du mariage à cause d'une histoire de terrain. Nos grands-pères s'étaient cherché des poux sur la tête. Mais nous, on se fréquentait, et pas à moitié. On s'est même mariés en secret, à Sion, sur la colline, pour régulariser un peu avant la guerre. Mais il y avait longtemps que la chose était faite et qu'on se retrouvait dans la grange du pépé Mougeotte sans être passés devant le maire ou le curé. On savait qu'on vivrait ensemble à la mort de nos parents. Finalement, c'est mon Jacquot qui est parti avant sous les balles des Boches, juste devant le lavoir. Ah, maudite guerre !

Le silence s'était installé dans la grande cuisine.

— Que vas-tu faire ? relança Germaine.

— Comme d'habitude, je vais atteler Géant et aller prendre des nouvelles chez les Belmont. Et, comme d'habitude, j'attendrai que ma femme revienne. Tu crois qu'elle est au courant, pour Bertille ?

— Si moi je le sais et que ça se dit au lavoir… Elle peut être au courant et ses parents aussi. Pour ces choses-là, il y a toujours un facteur, samedi et dimanche compris.

4

Lorsqu'il tira la cloche du grand portail de la demeure des Trois-Fontaines, sur le coup de dix heures du matin, Gustave Thuillier n'en menait pas large, comme aurait dit tante Germaine.

Ce fut Eliane, la petite bonne, qui vint lui ouvrir.

— Bonjour, monsieur Thuillier. Monsieur et Madame sont absents. Monsieur est à la verrerie pour mettre au point la remise des diplômes, vu qu'il a conduit sa fille jusqu'au relais diligence tôt ce matin. Quant à Madame, à cette heure-là, elle est encore à la messe à Charmes, à l'église Saint-Nicolas. C'est la fête patronale, vous savez bien.

Oui, Gustave savait, puisque ses invités participeraient à cette fête et iraient visiter Portieux en fin de journée.

— Il y a quelque chose que je ne comprends pas. Comment Mathilde est-elle venue jusqu'ici ? Ça fait au moins quinze kilomètres depuis les tanneries.

— Moi, ce que je vous en dis, c'est ce que Madame m'a rapporté. Je n'ai vu ni votre fille, ni monsieur Belmont. La chose était faite à mon réveil, répondit Eliane avec fatalisme.

Le portail grinça en même temps que l'on entendit une voiture attelée s'éloigner. Gustave tourna la tête.

— C'est sûrement Madame qui s'en revient de l'église. On l'aura reconduite jusqu'ici. Elle va vous expliquer la chose mieux que moi, reprit Eliane.

— Ce cher Gustave ! s'écria Jeanne Belmont, qui semblait se forcer à l'amabilité. Eliane vous a raconté, pour Mathilde ? Ne vous inquiétez pas. Tout ira bien, comme d'habitude, n'est-ce pas ?

— Comment est-elle venue jusqu'ici ? s'inquiéta Gustave.

— C'est Marie, la sage-femme, qui passait devant chez Mathilde, qui ne pouvait plus dormir. Mathilde n'est pas en forme, en ce moment... A chaque automne, c'est la même chose, le moral baisse. Marie lui a conseillé un petit séjour en Alsace, d'où elle revient toujours requinquée. Comme Marie avait une visite à faire à Socourt, elle lui a proposé de la conduire ici. Mais entrez, venez boire le café.

— Non, non. Merci, madame. Je dois attendre mes deux invités, de futurs représentants qui arrivent au train de Nancy. Votre mari est au courant, d'ailleurs, il a promis de leur faire visiter la verrerie.

Jeanne Belmont aurait dû être choquée d'être appelée par leur gendre madame et son mari, monsieur. Mais, plus elle regardait Gustave, plus elle lui était reconnaissante de garder ses distances.

— C'est exact, cher Gustave. Mon mari m'a parlé de cette visite. J'espère que vous serez des nôtres pour le dessert. C'était prévu, il me semble ? Venez avec Germaine.

— Merci, vous êtes bien aimable, mais je connais déjà la réponse de ma tante. Ne lui en voulez pas. Elle va visiter sa vieille mère à l'hospice de l'autre côté de la colline.

Gustave reprit la route le cœur plus léger qu'au départ. Ainsi, c'était Marie qui avait servi de premier chauffeur à Mathilde. Il allait passer par Brantigny pour avoir quelques explications. Marie n'allait pas les lui refuser.

Mathilde éloignée pour quelque temps, Gustave pourrait ensuite voir Bertille. Mais il prit une sage résolution. Il romprait. Ce serait difficile, voire douloureux. Bertille lui manquerait. Rien que d'y penser, son cœur se serrait. Tout son être frissonnait. Par trois fois déjà, il avait essayé... Il ne tenait jamais plus d'un mois. « Je l'ai dans la peau, c'est comme ça, et dans le cœur aussi, je n'y peux rien », se disait-il en guise d'excuses.

Il arrêta Géant devant le jardin de Marie. Les dahlias s'épanouissaient sous les fenêtres du rez-de-chaussée. Quelques cosmos mauves couraient sous les arbres. Le jardin de Marie ressemblait à un jardin de curé. La grille d'entrée grinça tellement qu'il n'eut pas le temps de tirer la cloche, Marie se planta devant lui les bras croisés.

— Et tu oses venir à moi !

— Je viens te remercier de t'être montrée charitable avec Mathilde... Grand Dieu ! Ce n'est pas la peine de faire un fromage de cette histoire, Marie, dit-il en la prenant par la taille.

— Pas de ça, Gustave, garde tes manières de coureur de jupons pour d'autres. Tu ferais mieux de t'occuper de Mathilde. Elle ne serait point partie.

— Mais elle va revenir...

— Je serais d'elle…

— Quoi, tu serais d'elle ?

— Je m'en resterais chez ma cousine et je me ferais faire un petit par un gars qui saurait s'y prendre, qui n'aimerait que moi et n'irait pas jeter sa semence d'homme ailleurs… Pardonne-moi, j'aime bien Bertille, mais c'est Mathilde que tu as épousée…

— Tu ne sais pas de quoi tu causes, Marie. La Bertille n'est pas n'importe quelle fille.

— Alors, pourquoi tu ne l'as pas mariée ?

— A cause des sous, Marie. Elle n'aurait pas apporté grand-chose dans le panier de noces. N'oublie pas que le vieux Baudot a fait huit enfants. Tu imagines ce que ça peut donner, la ferme des Baudot partagée en huit ?

— Mais tu l'aimais, ta Bertille ?

— Je l'aime toujours, mais l'amour et la raison font rarement bon ménage. Bertille le sait. Avec les sous de Mathilde, je peux être généreux avec Bertille et les siens. La famille l'a bien compris. Maintenant, le vieux Baudot m'accueille. Il faut seulement que je sois discret.

— Bertille n'arrête pas de pleurer… Tu vas rompre, et en douceur, comme tu l'as promis à sa mère et au curé.

— C'est prévu. J'irai. Mais, pour l'instant, je suis tracassé par le voyage de Mathilde jusqu'à Brumath.

— Il fallait y penser avant.

— Marie, je voudrais te remercier, dit-il en cherchant au fond de ses poches.

Elle avait vu le geste et secoua la tête.

— Garde tes sous. Je ne veux rien de toi.

— En souvenir de notre jeunesse… Marie…

— Je fais mon travail. Et si tu m'as culbutée une fois du temps de notre jeunesse, ce que je regrette encore aujourd'hui, tu ne me dois rien.

— Oh ! ça, ma belle, tu as la mémoire courte, ce fut plus qu'une fois, je me souviens. Parfois, moi, j'aimerais encore, dit-il en l'attirant à lui. Surtout si j'arrête avec Bertille et que Mathilde n'est pas là.

— Non, Gustave, non ! Après toi, il n'y a plus eu personne dans mon pré.

— Mais une fois, de temps à autre, pour ne pas vieillir trop vite... Tu es restée belle fille, et généreuse avec ça, dit-il en tentant de l'attirer à lui et de lui prendre les lèvres.

Il avait l'impression que s'il insistait elle faiblirait. Mais la diablesse, comme il la traitait intérieurement, lui échappait. Il aimait ces jeux-là, où l'on résiste pour mieux céder ensuite.

— Tu ne m'as pas bien comprise, mon pauvre Gustave. Reprends tes sous et tes esprits et va-t'en, sinon je dis à ta femme ce qu'elle ne sait pas de toi.

Déjà, Marie avait ouvert la porte en grand et poussé Gustave sur le perron. La porte claqua tout aussitôt.

Gustave descendit les quelques marches fort dépité, avant de laisser monter sa colère. Il serra les poings avec rage. Il n'aimait pas être marri face au désir. Il aimait la vie et l'amour, l'amour pour l'amour.

Cette fois, il en était pour ses frais.

5

Avril 1883

On ne parlait que du retour de Mathilde Thuillier à Charmes. Mathilde partie chez sa cousine dès qu'elle avait su qu'elle attendait un bébé. Mathilde qui était revenue avec son bambin. Un fort beau garçon. Costaud pour son âge. Il avait quoi, deux ans ? Et chacun de s'émerveiller devant ce superbe enfant que Germaine promenait jusqu'au lavoir.

— Ben, dites donc, le Gustave, il a mis le temps, mais il a fait un solide gaillard. On lui donnerait presque trois ans.

— Ah, disait Germaine, l'air entendu, c'est qu'il a grandi en Alsace. Et en Alsace, l'air est bon. Forcément !

A la verrerie, Pierre Geslot s'activait pour terminer une magnifique coupe de verre sculptée. Vingt fois, il s'était retrouvé devant le four à pots pour cueillir la paraison nécessaire à la coupe que toute l'équipe des verriers voulait offrir à Matthieu, le petit de Mathilde.

Il avait soufflé dans la canne en la tournant, et Rodolphe, son frère, avait étiré la pâte sur les bords avant de la couper. Pierre et Rodolphe avaient conçu la coupe avec Ernest, le graveur. Ils en avaient imaginé le décor. Ce serait une pièce unique avec des bouquets de feuilles contenant des mirabelles dont l'or renverrait mille éclats de soleil quand on élèverait la coupe au grand jour. Pour y parvenir, il s'était essayé à superposer différentes couches de verre qui emprisonnaient le décor doré. Un camarade verrier qui travaillait avec Emile Gallé, avenue de la Garenne, à Nancy, avait expliqué comment faire. La coupe reposait sur un pied que Pierre Geslot avait voulu semblable à un cep de vigne. Le pied sculpté grossièrement à la roue trouvait à présent toute sa noblesse. Ernest en achevait les finitions avec une minuscule molette. Dans le bas de la coupe, des grappes de raisin au velours sombre apparaissaient. Le nom de Matthieu Thuillier, né officiellement le 6 avril 1881, avait été gravé à l'envers du pied. La coupe serait offerte à Mathilde par le maître verrier, de la part de toute son équipe, au jour de la Fête-Dieu. Un jour de fête pour la verrerie.

Mathilde était appréciée des gens de la verrerie. Son mariage ne l'avait pas éloignée d'eux. Elle continuait d'aller à la verrerie sur la place comme dans les ateliers de décors. Elle participait à la chorale de la verrerie. On savait la passion de la jeune femme pour l'univers du verre. Il était, disait-elle, celui de la beauté et de la transparence. Elle pouvait rester des heures à regarder les verriers travailler. Elle guettait l'éclair dans leurs yeux quand l'objet était réussi. Un penchant que lui reprochait Gustave :

— Tu ne viens jamais dans mes ateliers.

— Ça me lève toujours autant le cœur.

— Tu ne fais pas autant de manières quand tu vas t'acheter des bottines. Avec quoi crois-tu qu'elles soient faites, ces « ravissantes petites choses » ?

Et Gustave singeait son épouse quand elle découvrait un objet ou un vêtement à son goût. Lorsqu'il se fâchait, elle préférait lui tourner le dos vivement et s'en aller.

Depuis son retour à Charmes, monsieur Belmont avait offert à sa fille une voiture et un cheval qu'elle savait parfaitement mener.

— Un jour, quand le matériel sera plus fiable, je t'offrirai une automobile, ma fille. Je me suis renseigné, les progrès des ingénieurs français qui travaillent sur ces projets sont extraordinaires.

— Folie, avait murmuré Gustave. Ces voitures à pétrole ou à gaz sentent très mauvais. De toute façon, elles coûteront tellement cher que les particuliers ne pourront les acquérir avant longtemps.

— Je crois que vous faites erreur, Gustave. Un jour viendra où ces modèles expérimentaux seront fabriqués en grande série, c'est l'avenir, comme le développement du rail, soulignait Jacques Belmont.

Mathilde riait, laissant son mari et son père se chamailler. Elle se sentait indépendante avec Poupette, une bien belle jument alezane, dont elle s'occupait elle-même. On la voyait passer dans les rues de Charmes. Jamais elle n'hésitait à s'arrêter quand elle croisait les uns et les autres qui allaient à pied de Brantigny à

Charmes, de Charmes à Portieux. Elle les invitait à prendre place et les conduisait à bon port. On disait : « Mathilde n'est pas fière, toujours aimable, souriante, serviable. Dommage qu'elle soit si mal mariée ! »

Pourtant, Mathilde ne se trouvait pas vraiment malheureuse. Surtout depuis qu'elle avait Matthieu. L'enfant du secret d'une nuit de Saint-Matthieu, juste avant la fête patronale. Un secret qui lui avait rendu son sourire. Gustave, croyait-elle, n'y avait vu que du feu. Il avait accepté d'aller la visiter à Brumath peu après son départ. Mathilde avait su le convaincre de préparer l'entourage à son retour. Enfin, il serait père.

Gustave fut père. Fier, disait-on, d'avoir un héritier. Cette affaire-là arrangeait bien les parents de Mathilde, qui n'imaginaient pas leur fille dépouillée de ses biens au profit de Gustave.

Oui, Mathilde se sentait heureuse, mais elle tenait à garder son indépendance et il lui arrivait même de se rendre à Nancy un jour ou deux, de temps en temps, chez Henri et Marguerite, les cousins de son père. Elle emmenait Matthieu avec elle et en profitait pour revenir émerveillée et chargée d'objets d'art. Des vases signés Emile Gallé.

Maintenant, elle racontait aussi à son père que les frères Daum, qui avaient repris la verrerie de la rue du Pont-Cassé, semblaient très inspirés et qu'il faudrait sans doute compter avec eux dans l'avenir.

— Je suis au courant, tu l'imagines aisément. Et j'en suis heureux. Jean Daum, leur père, avait eu le cœur sur la main en prêtant à deux reprises son argent personnel pour aider au redémarrage de cette verrerie. Il n'a pas eu d'autre choix que de la reprendre et de la relancer… C'était sa dernière chance, car il avait une famille à nourrir. Six enfants… Lorsque ces événements ont eu lieu, peu après la guerre de 1870, il venait de quitter Bitche, dans le nord de la Moselle, afin de rester français… Nous nous sommes croisés à quelques dîners quand je courtisais ta mère, dont les parents étaient notaires. Jean Daum était également notaire, il avait une étude florissante…

— Regarde ces vases, papa, regarde ces décors inspirés par la nature. Pourquoi ne suis-je pas née garçon ?

— Matthieu réalisera peut-être tes rêves un jour, ma fille.

— Je l'espère, je n'aimerais pas qu'il suive Gustave dans les entrepôts des tanneries.

— Il fera ce qu'il aimera, ma fille, et ce pour quoi il sera doué. Peut-être d'ailleurs choisira-t-il une tout autre voie…

6

Novembre 1888

Le vent soufflait sur Charmes avec une violence telle que les volets de l'entrepôt des tanneries situé au nord-est s'étaient mis à claquer. Agacé, Gustave s'énervait et jurait contre le ciel qui s'obstinait à envoyer du mauvais temps.

— C'est la saison, dit calmement Mathilde. Si tu veux, demain, nous demanderons au menuisier d'Ubexy de venir réparer ce qui est réparable. Mais ce n'est pas bon pour toi de te mettre dans un tel état. Cesse de boire, Gustave. Tu sais ce que t'a dit le médecin : tu fatigues ton foie et ton cœur.

— Rien à foutre ! hurla Gustave en saisissant la carafe de vin posée sur le guéridon à alcool près de la fenêtre de la salle à manger. Rien à foutre, je bois quand bon me semble ! reprit-il, l'air menaçant.

Malgré les mises en garde de Mathilde, il se resservit un autre verre.

— Cette fois, c'en est trop. J'appelle mes parents et je te quitte. Tu te débrouilleras tout seul avec tes comptes.

Quand elle parlait ainsi, Gustave se taisait. Il craignait Mathilde, mais plus encore le père de Mathilde, qui lui faisait régulièrement la morale. Il avait besoin de son argent. Parfois, Germaine s'en mêlait, donnant ouvertement tort à Gustave :

« C'est le même que son père. Le goût des femmes et du vin... »

— Je crois que je vais aller passer une partie de l'été à Nancy et l'autre en Alsace, soupira Mathilde. Naturellement, j'emmènerai Matthieu.

— C'est cela, tu iras lui montrer les verreries de Nancy...

— Et bien d'autres choses encore, les ateliers de peinture, le travail du fer et du bois. Je le conduirai aussi à Strasbourg.

— Oh ! Mathilde, ne me provoque pas...

Matthieu était sorti dans le jardin et remontait l'allée jusqu'à la route menant aux berges de la Moselle. Le jeune apprenti aux livraisons le surveillait, comme le lui avait recommandé Germaine. Les jours de marché, Matthieu assistait au défilé des attelages qui tiraient des charrettes de victuailles et de marchandises diverses. L'attelage qu'il préférait entre tous était celui de la laiterie Jacquot. Les deux chevaux étaient magnifiquement brossés et leur queue tressée. La carriole portait sur les côtés des clochettes qui sonnaient à chaque tour de roue pour avertir les clients de son passage. Et puis il y avait la jeune Lucie à la chevelure un peu rousse dans le soleil. Les habitants trouvaient que ses parents l'avaient placée un peu tôt à la laiterie. Elle paraissait si frêle... On murmurait aussi que le vieux Jacquot ne tarderait pas à la dépuceler. Aucune employée ne lui résistait. Matthieu regardait Lucie, espérant croiser son regard ; elle agitait toujours une main dans sa direction. Ensuite, il rentrait et suppliait Germaine de le conduire au marché. Il savait qu'à chaque étal il recueillerait de l'un ou l'autre commerçant une rondelle de saucisson, une tranche de fromage. Lucie lui adresserait son plus beau sourire. Il serait heureux jusqu'au prochain marché.

Le vent soufflait, mugissant au trou des serrures, se glissant entre chaque tuile du toit, tordant les grands sapins de la forêt et, quand il soufflait ainsi, on entendait, venus de la colline du Haut du Mont, des hou, hou... aussi terrifiants que ceux d'un loup. Mathilde arrêtait de broder, le souffle coupé, portait une main à son cœur. Germaine cessait de crocheter.

— C'est encore elle, pauvre femme, disait Mathilde. Mon Dieu, aidez-la, faites cesser ce trop de souffrance, priait-elle avec angoisse.

— La pauvre Bertille perd totalement la raison, soupirait Germaine. Dès que le vent se lève, elle hurle comme une louve. Elle réclame un enfant. Un jour, on va devoir la conduire à l'asile comme la pauvre Malou, sa grand-mère.

— Mais de quoi souffrent ces femmes ?

— Pour dire vrai, on n'a jamais su. Malou, la grand-mère de Bertille, est morte à l'asile de Brumath, il y a quelques années. La pauvre Malou avait perdu la tête peu après son veuvage. Une vieillesse précoce qui avait démarré un soir de Saint-Jean, paraît-il. C'est Thérèse, sa fille, qui s'est confiée ici. « Le feu a pris, et ma mère s'est mise à hurler. » La famille Baudot a tout essayé pour la guérir. Les médecins étaient impuissants. Et comme la pauvre vieille criait contre le diable et Dieu à la fois...

Mathilde frissonnait en écoutant Germaine.

— Que disait-elle ?

— Qu'elle était la louve affamée. « Je veux votre sang pour purifier le monde. » Tu imagines la peur de la famille, originaire d'Alsace du côté de Thérèse. Les pauvres gens se sont lancés dans une série de pèlerinages à Sainte-Odile, à Plobsheim, à Saint-Ludan[1]. Rien n'y a fait. Un exorciste est même venu de Strasbourg. Tout le monde croyait Malou envoûtée, possédée. Mais les prières et l'eau bénite sont restées sans effet. Quand Malou est devenue très violente, Thérèse n'a pas pu faire autrement que de la faire interner. Malou est morte quelques semaines après. Inutile de te dire que Thérèse se sent responsable et qu'elle n'est pas près d'abandonner sa fille.

— Mais, à Bertille, que lui est-il arrivé ?

— C'est une autre histoire. Bertille est née après trois garçons. Elle est née là-haut sur la colline. Une jolie gamine suivie de trois autres gamines et d'un dernier garçon. Bertille fut une petite fille tout ce qu'il y a de plus normal. Intelligente, première à l'école du village. C'est après que les choses se sont gâtées. Vers quatorze, quinze ans, elle est devenue bizarre. Le médecin a dit que c'était l'âge, la formation et que tout ça s'arrangerait après le mariage.

-- Comment était-elle ?

1 Lieux de pèlerinage en Alsace.

— Avec les hommes, farouche et provocante à la fois. Mais elle pouvait se taire pendant des jours, disait sa mère.

— Elle a eu des amoureux ?

— Ah, ça oui ! C'est qu'elle était jolie !

— Alors son état s'est arrangé...

— Non, figure-toi. Bertille ne s'est pas mariée. On dit qu'elle aurait eu un grand chagrin d'amour.

Mathilde avait baissé la tête et cessé de tirer le fil de sa broderie.

— Gustave ? risqua-t-elle.

— Lui ou un autre. Nombreux étaient les gars qui montaient la colline. Mais sa mère pense que ce n'est pas ça. Elle affirme que sa fille a été contaminée par la grand-mère. Je me souviens de Malou et de ses cris peu avant son hospitalisation. Thérèse l'avait prise chez elle. Les cris étaient terrifiants. Rien que d'y penser, j'en ai encore la chair de poule. Le médecin a bien expliqué à Thérèse que les maladies mentales ne sont pas contagieuses comme la grippe. Elle n'en démord pas. Bertille a été contaminée par Malou. Peut-être qu'elle a un peu raison. Vu que... Bertille lance les mêmes cris de louve que sa grand-mère.

— Mais ses cris ne disent pas qu'elle veut purifier le monde ?

— Non. Mais Bertille a sans doute hérité de quelque chose. Si cette maladie n'est pas contagieuse, elle se transmet quand même par le sang, comme la couleur des yeux ou des cheveux. Bertille crie sa douleur, elle veut un enfant.

— C'est affreux de ne pas avoir d'enfants, admit Mathilde. C'est affreux de n'avoir personne à aimer.

Moi aussi, j'aurais pu devenir folle si je n'avais pas eu Matthieu. Dieu n'est pas toujours juste. Pourquoi cette pauvre fille n'a-t-elle pas eu sa part de bonheur ?

— C'est ce que dit Thérèse, sa mère. Elle se demande quelle faute elle doit expier pour avoir à supporter tant de malheurs.

7

Avril 1893

Jeanne Belmont était bien fatiguée. Son cœur faiblissait et le médecin recommandait calme et repos.

— Je finirai comme ma mère, soupira-t-elle en posant son crochet. Je fermerai les yeux un après-midi d'automne ou de fin de printemps quand s'annonce l'orage.

— Allons, corrigeait Jacques Belmont, vous êtes bien plus vaillante que votre mère et vous avez déjà vécu dix ans de plus qu'elle.

— J'aimerais tellement voir Matthieu entrer dans l'âge adulte !

— Vous êtes pessimiste ! Voyez le beau garçon qu'il est déjà ! A douze ans, il est presque aussi grand que Mathilde. Et, comme elle, il aime le travail du verre.

Matthieu ne cessait d'ailleurs de répéter à son grand-père qu'il serait maître verrier, dessinerait des vases — ce qu'il faisait déjà — que l'on pourrait réaliser à Portieux. « Dans ce cas, répondait le grand-père, ému, il faudra aller travailler à Nancy avec les frères Daum.

Antonin Daum, l'un des fils de Jean Daum, vient de se lancer avec succès dans la verrerie d'art. Les frères Daum ont envoyé leurs plus jolis vases pour l'exposition de Chicago et seront sans doute récompensés. On dit même qu'Emile Gallé s'inquiète, craint d'être copié. »

Jeanne vit son mari songeur en attendant l'arrivée de Matthieu et de sa mère. Il se tourna légèrement de côté, regarda les yeux de son épouse, perlés de larmes. Il lui prit la main avec affection.

— Bien sûr que vous allez vivre longtemps encore. Matthieu a besoin de nous.

« Dieu vous entende, Dieu nous exauce, coupait Jeanne quand elle surprenait le grand-père et son petit-fils en train de parler d'avenir. Mais ce sera la volonté de Dieu... J'aime tellement vous voir tous les deux, ou tous les trois quand Mathilde est là, quand vous parlez du travail du verre. Matthieu est enthousiaste et le bonheur m'inonde. »

La veille, Mathilde était rentrée en brandissant *Le Petit Echo du Madon* tandis que Matthieu se déchaussait.

« Maintenant, les frères Daum de Nancy participent aux expositions de Paris, Bruxelles, Vienne, Rome et Londres...

— Ce sont des pièces aussi jolies que la coupe qui a été faite pour ma naissance ? avait demandé Matthieu.

— C'est un peu cela, avait répondu Jacques Belmont. Mais les techniques utilisées sont davantage maîtrisées. A Nancy, on travaille essentiellement la verrerie d'art. A propos, les frères Geslot, les maîtres d'œuvre de cette coupe, sont partis travailler chez Daum à

Nancy. Je les ai vivement encouragés. Ici, il n'y avait pas vraiment d'avenir pour eux. Les autres actionnaires de Portieux ne nourrissent pas les mêmes projets. Ils sont moins intéressés, pour l'instant, par un département artistique. Ce que je regrette. C'est bien de fabriquer des verres de montre, des vitres de porte et de fenêtre, de la gobeleterie, des verres et des carafes ordinaires pour les bistrots, de jolis services, mais innover, se lancer dans la recherche… Tiens, si je devais recommencer ma vie, je me ferais maître verrier. J'irais à la gueule du four à pots pour cueillir les paraisons, souffler, étirer le verre, je me ferais graveur…

— Mais, grand-père, à Portieux, j'ai quand même vu sortir de l'arche de refroidissement de jolis vases.

— Certes, ici aussi on peut graver à la roue ou à l'acide fluorhydrique, mais on se contente de recopier sans cesse les mêmes motifs. On n'invente rien.

— C'est vrai. Pourtant ce qui est extraordinaire, c'est de créer, d'inventer ! » s'était exclamé Matthieu.

Il trouvait magique et magnifique à la fois le mélange du sable, de la potasse et du minium en fusion. Il observait dans la gueule rougeoyante du four à pots le fondu du verre à 1 400 ou 1 500 °C. Comment imaginer que cette fusion recueillie au bout de la canne puisse devenir sous l'action du souffleur un vase, une coupe, un pot ? « Quand on a fait tant d'efforts, quand la chimie a ainsi opéré, chaque pièce devient forcément unique et mérite d'être embellie », disait-il à son grand-père. Comment exprimer tout ce qu'il ressentait quand il assistait à la naissance d'un objet de verre ? Le serrement au niveau du thorax. Cette joie coulant dans ses veines et qui lui donnait l'envie de faire des pirouettes. Il avait vu œuvrer les graveurs qui actionnaient du pied leur roue en portant la pièce à la molette pour faire naître le dessin, le décor. Jacques Belmont ressentait toujours une immense émotion face à la curiosité de ce petit-fils séduit par les arts du feu, par le travail du verre.

Jacques Belmont s'impatientait. Mathilde tardait. A deux reprises, il avait sorti sa montre du gousset sous son gilet et tirait nerveusement sur la chaînette d'argent. Matthieu venait de rentrer de l'école. On l'entendait siffloter dans sa chambre. Eliane avait tout préparé pour l'anniversaire de Matthieu.

Enfin, on entendit la carriole entrer, tourner et s'arrêter dans la cour pavée. Presque aussitôt, Mathilde passa la tête dans l'encadrement de la porte de la grande salle à manger, avant de disparaître dans le cabinet de toilette. Elle revenait de la verrerie après l'heure de classe offerte aux enfants apprentis. Elle se lava les mains, se recoiffa tandis qu'Eliane allumait les bougies dans l'office.

C'était le premier anniversaire de Matthieu aux Trois-Fontaines et sans Gustave, que Mathilde avait quitté au lendemain de l'Epiphanie. La vie commune était devenue impossible. Une décision prise par la jeune femme au soir de l'enterrement de tante Germaine. Une courte maladie l'avait emportée. Elle savait qu'elle ne guérirait pas et avait dit à Mathilde : « Le seul conseil que je puisse te donner, quand j'aurai définitivement fermé les yeux, est de t'éloigner des tanneries. Ton mari a le vin mauvais et, comme tu n'es pas une femme à courber le dos, un jour, un drame éclatera dans cette maison. »

Cependant, monsieur Belmont rencontrait Gustave de temps à autre pour vérifier les livres de comptes, puisque près de la moitié du capital appartenait à sa fille. Quand Gustave était trop ivre, il tenait d'étranges propos. Il voulait aller rechercher son fils sur la route de Socourt. Il devait agir en père, lui apprendre le métier de tanneur et la gestion de l'entreprise.

« Tu perds ton temps, Gustave, Matthieu est attiré par le verre, avait dit Mélanie, qui venait s'occuper du linge et de la cuisine.

— C'est Mathilde qui l'influence. Mais je réussirai. Elle ne me volera pas mon fils. Je le soustrairai au joug de cette garce, je le jure. »

Mélanie secouait la tête. Elle avait de l'affection pour Mathilde. Une jeune femme qui méritait d'être aimée pour elle et non pour son argent. Gustave était un ingrat.

8

Les semaines avaient passé. Le calme semblait revenu dans les cœurs et dans les esprits. Gustave avait confié ses livres de comptes à son adjoint pour qu'il se fasse son intermédiaire auprès de monsieur Belmont. Secrètement, Jacques Belmont préférait qu'il en fût ainsi. Il n'avait pas envie de rencontrer son gendre. Gendre ? Mais pour combien de temps encore ? Pour l'instant, on ne parlait pas de divorce, sachant que Matthieu serait montré du doigt. Un enfant de divorcé serait mis au ban de la société, à Charmes et dans les environs.

Cependant, la séparation entre Mathilde et Gustave allait devenir effective. Jacques Belmont envisageait de cesser ses activités à Portieux. Pour lui, il était temps de retourner vivre à Nancy. L'avenir de Matthieu était sans doute dans cette ville florissante où les arts s'épanouissaient. La capitale lorraine s'était considérablement agrandie, modernisée. De belles demeures s'élevaient de part et d'autre des nouveaux boulevards tracés depuis 1880. Là-bas, nul ne saurait l'histoire de Mathilde. Elle pouvait fort bien être veuve avec un enfant…

Ce samedi était jour de grand marché à la veille de la Fête-Dieu. Une Fête-Dieu que ne verrait pas Jeanne Belmont, décédée peu après l'anniversaire de Matthieu. Endormie à tout jamais au cours d'une nuit sans histoire. Selon ses vœux, elle fut enterrée en Alsace. Jacques en fut très affecté, et Mathilde et Matthieu, bien davantage. Mathilde avait promis à son père de ne jamais l'abandonner. Il avait serré sa fille dans ses bras avec émotion.

« Notre époque connaît de grands progrès techniques, mais on aimerait que les chercheurs trouvent le moyen de mieux soigner les hommes. Nous avions fait, ta mère et moi, un mariage arrangé par nos familles, mais je crois que très vite nous sommes tombés amoureux l'un de l'autre. Je l'ai aimée dès que nous avons été présentés l'un à l'autre. »

Mathilde savait tout cela. Elle soupira, sans oser dire à son père : « Tu auras eu plus de chance que moi. Gustave n'a ni tes qualités ni ton charisme. »

Mathilde avait décidé de se rendre au marché. Elle se coiffa d'un chapeau de paille à large bord pour se protéger du soleil. Elle n'aimait pas avoir la peau brune trop vite. Elle n'oublia pas de faire courir un voile de crêpe noir sur le bord du chapeau. Elle était en deuil.

Les commerçants avaient dû se répartir le long des berges de la rivière et du canal, car des reposoirs avaient été dressés à chaque carrefour et jusque sur le pont à la sortie de la ville, en direction de Brantigny. Mathilde était venue en carriole avec Poupette, toujours vaillante, et avait laissé sa voiture non loin du couvent, dans une petite rue. Moyennant une piécette, un gamin la gardait. Mathilde souriait. L'air était vif en ce début de matinée, mais on savait qu'au fil des heures l'atmosphère se réchaufferait. Les beaux jours étaient là après le long hiver vosgien. Mathilde rajusta son foulard noir autour de son cou, prit son panier et marcha allègrement en empruntant les grandes artères de la procession afin d'admirer les reposoirs. Tous n'étaient pas terminés et l'on s'activait en sifflotant et en chantant. Le vent léger se chargeait d'effluves et portait les senteurs de fleurs à travers les rues. La fête commençait déjà. Demain, ce serait la procession, le pas lent des paroissiens sur le pavé des rues. Demain, les chants, la ferveur s'élèveraient haut dans le ciel. On disait qu'il fallait qu'ils fussent entendus de l'autre côté de la colline et, pourquoi pas, jusqu'à Sion. Notre-Dame en serait fort aise. Elle se réjouirait que son Dieu fût ainsi célébré. Vêtues de blanc, des petites filles jetteraient des pétales de fleurs et la chaussée serait magnifiquement parée pour accueillir les pas du prêtre portant le Saint-Sacrement de reposoir en reposoir.

Mathilde arrivait à proximité du marché qui s'étirait. Des odeurs d'épices et de fromage se mélangeaient en certains endroits, parfois à en faire se lever le cœur. Elle s'amusait du spectacle offert par le marchand de sucreries. Les enfants n'avaient pas classe, puisqu'ils avaient dû aider à la préparation des reposoirs et des paniers remplis de pétales de fleurs. Leur travail terminé, ils faisaient cercle autour de Louis, costumé en clown, qui leur offrait des friandises de Nancy et de Paris. Un peu plus loin, les fermiers exposaient leurs volailles qui caquetaient, cancanaient, battaient des ailes dans les cageots. Non loin du lavoir, des camelots venus d'Epinal et de Rambervillers étalaient linge et vaisselle sur une bâche étendue à même le sol. Sous des tentes, la lingerie féminine s'offrait au regard goguenard des hommes qui ne se privaient pas de commentaires dignes d'un corps de garde.

Mathilde était à peine arrivée qu'elle fut prise à partie par Gustave qui devait la guetter non loin d'une petite mercerie où elle aimait s'approvisionner en fils et cotons de toutes les couleurs pour broder. Gustave la héla sans façon et très grossièrement alors que les cloches sonnaient onze heures au clocher de l'église Saint-Nicolas. Le rouge lui vint aux joues.

— Mais c'est Mathilde ! Mathilde, la voleuse d'enfant... Vous ne la connaissez pas sous ce jour, n'est-ce pas ? Moi, si. Je suis son mari. Eh bien, sous ses airs d'ange à qui on donnerait le bon Dieu, et sans confession encore, madame Mathilde Thuillier, née Belmont, s'il vous plaît, Mathilde, donc, quitte son mari et lui vole son enfant.

— Gustave, tu bois tellement, répondit Mathilde, hors d'elle, pour le faire taire, que tu en perds la tête. Tu es aussi fou que la pauvre Bertille du Haut du Mont, ajouta-t-elle plus bas.

Mais il avait lu sur ses lèvres tremblantes la dernière phrase et la colère s'empara de lui.

— Laisse Bertille tranquille, je l'ai aimée avant toi, c'est vrai, et je l'aime encore.

— Tu es ivre, dit Mathilde en s'approchant de lui avec rage et sans se soucier de la foule qui les observait, va-t'en au diable ! Va hurler avec les loups !

— Non, ma belle, pas aujourd'hui. Pour ce qui est de Bertille, elle ne criera plus longtemps, sa vie s'achève. Respecte cette pauvre femme, moins chanceuse que toi. Tu as eu tout ce que tu désirais. Bertille n'a rien eu. Moi, je veux mon fils. Tu entends bien, Mathilde. Mon fils. Je veux en faire un homme, lui apprendre le métier de tanneur, aussi noble que celui de verrier.

— Tu es un monstre, Gustave. Un monstre imbibé d'alcool.

— Un monstre peut-être, mais qui n'est pas ivre. Pas aujourd'hui, belle Mathilde. Je trouverai Matthieu et il me suivra, moi, son père.

— Il ne veut pas te succéder.

— Il me suivra, moi, son père, reprit Gustave en insistant sur le « moi, son père ».

Une insistance qui fit frissonner Mathilde. Gustave la toisait avec rage. Avait-elle rêvé ? Il lui avait semblé entendre Gustave proférer, d'une voix sourde, de terribles menaces : « Je dirai à Matthieu que tu n'es pas sa vraie mère. »

Mathilde fut décontenancée un court instant, mais prit sur elle pour s'approcher de Gustave. Elle se mesura à lui d'un regard glacial et le poussa. Surpris, il vacilla et s'échoua contre un étal de légumes qu'il renversa. L'assemblée de badauds se mit à rire.

— Elle t'a bien eu, Mathilde, hein !

Elle se retourna, ulcérée par ce qu'il venait de lui révéler et que certains auraient pu entendre.

— Mon Dieu, aidez-moi ! murmurait-elle en quittant le marché. Que Matthieu n'apprenne jamais que je ne suis pas sa mère ! Que jamais personne ne me reprenne cet enfant !

Ce qui souciait Mathilde depuis qu'elle s'était penchée sur le carton un jour de Saint-Matthieu, c'était de ne pas savoir d'où venait l'enfant. Elle en avait parlé à son père qui l'avait apaisée.

« Puisque tu as un enfant et que ton mari t'a crue, ne cherche pas l'impossible, avait-il déclaré à plusieurs reprises. Sa vraie mère pourrait le réclamer et ça ferait des tas d'histoires. »

Jusque-là, Mathilde avait suivi les conseils de son père. Mais en cette veille de Fête-Dieu, la situation lui paraissait différente. Devant tous, Gustave venait d'avouer son amour pour Bertille et cet aveu l'humiliait. Gustave était-il la cause de la déraison de la pauvre Bertille ? Lorsque Germaine avait parlé, Mathilde aurait dû insister... Elle en discutait parfois avec Marie, la sage-femme, devenue son amie au fil des années. Marie tenait, à peu de chose près, le même discours que Jacques Belmont. « Il faut parfois s'abstenir de chercher la vérité. Il est des vérités si cruelles... Laisse donc et contente-toi de ce que tu vis. »

Cependant, Mathilde voulait comprendre cette dramatique histoire d'enfant trouvé dans le carton un dimanche matin de fête patronale. Le voile des années qui obscurcissait sa mémoire se déchirait et elle revivait la rencontre providentielle avec Marie, qui passait non loin du chemin où gisait le carton. Marie fut si bonne pour elle... Comme elle l'avait si bien conseillée pour que Matthieu devînt son enfant, jurant de ne jamais rien révéler. Ce serait leur secret.

Mathilde sentit le froid lui glacer le dos alors que le soleil se hissait déjà par-dessus les sapins de la colline. Que savait réellement Marie ? Cette incertitude la fit frissonner. Elle eut froid comme si l'hiver revenait. Elle se revoyait penchée sur le carton. Son cœur cognait dans sa poitrine. Elle sentait encore la chair douce et palpitante posée entre ses seins. Elle avait serré et bercé l'enfant. S'il n'avait pas fait tressaillir sa chair *in utero*, ce petit ange avait su faire monter cette vague d'amour sans précédent dont elle croyait être à jamais privée. Elle l'avait nourri de sa tendresse. Il était devenu son petit, elle l'aimait. La nuit, comme pour une vraie mère, le moindre souffle de l'enfant la réveillait. Elle accourait, effleurait les voilages du berceau, les écartait doucement et murmurait les mots les plus doux qu'une mère pût dire. Une émotion impossible à décrire l'irriguait, une émotion qu'elle déposait autour de l'enfant en le bordant avec des mains de fée. Mathilde ferma les yeux : Matthieu était bien son enfant, celui qui avait ouvert son cœur et son âme à la maternité...

Matthieu était un bel adolescent, à présent. Non, elle ne le rendrait pas à son père. C'était vrai qu'il lui ressemblait. Marie lui avait expliqué que ce sont les expressions qui modèlent les traits d'un visage. A vivre ensemble, on finit par se ressembler.

Mathilde avait quitté le marché et couru jusqu'à sa voiture où Poupette attendait patiemment. Elle s'installa dans la carriole, saisit les rênes et lança Poupette selon son habitude, en disant :

— En route, jolie Poupette.

Elle évita de traverser les rues proches du marché, tant elle craignait de rencontrer du monde et de croiser Gustave. L'important était de rentrer chez son père et de mettre Matthieu en sécurité. Elle redoutait une soudaine irruption de Gustave. Si leur fils devait apprendre le secret de son origine, il fallait le préparer et non lui jeter au visage son abandon. Quelle serait sa réaction en apprenant que sa mère n'était pas sa mère ? Pourquoi d'ailleurs avait-il été abandonné ? Quelle blessure, quelle détresse peuvent inciter une mère à délaisser son petit ? Mathilde ne put s'empêcher de songer à la peine de Bertille en mal d'enfant. « J'aurais pu, moi aussi, devenir folle, songea Mathilde. Pourvu que Gustave ne me reprenne pas cet enfant et pourvu qu'il ne lui dise pas trop brutalement que je ne suis pas sa mère... »

Alors que la carriole quittait Charmes pour s'enfoncer sous les arbres, Mathilde se laissa aller et pleura amèrement.

9

Jacques Belmont sut réconforter et conseiller sa fille, paniquée à l'idée de perdre Matthieu comme à celle de blesser l'enfant lorsqu'il apprendrait le secret de sa naissance.

— La seule chose qui me paraisse utile est de mettre de la distance entre Gustave et lui. Mon cousin, Henri, et son épouse, Marguerite, que tu connais bien, tout comme Matthieu d'ailleurs, ne refuseront pas de l'accueillir en attendant ton arrivée à Nancy. Qu'en penses-tu ? Matthieu pourrait fréquenter le lycée de Nancy dès octobre. En attendant, il ne quittera plus cette demeure et je te demande d'en faire autant. La semaine prochaine, il devra être parti.

— En une semaine, il peut se passer tant de choses… gémit Mathilde, qui craignait pour son fils.

Jacques Belmont s'assit lourdement dans le fauteuil crapaud près de la fenêtre qui ouvrait sur le jardin. Il desserra son faux col pour mieux respirer.

— Tu as raison, admit-il, il ne faut pas perdre de temps. Je le conduirai demain à l'aube. N'en parle à personne. Je vais téléphoner dès ce soir à Nancy.

— Mais quelles raisons invoquer pour expliquer ce départ précipité ?

— Laisse-moi faire, répondit Jacques Belmont avec une douce autorité.

La porte de la salle à manger s'ouvrit brutalement et Matthieu surprit sa mère en train de tamponner ses yeux avec un mouchoir. Il se jeta contre elle et la prit dans ses bras.

— Maman, maman, tu as du chagrin ?

Mathilde caressa les cheveux de son fils avec tendresse sans parvenir à articuler une seule parole.

— Je vais t'expliquer, tu es presque un homme à présent, murmura son grand-père en s'approchant de lui. Ce matin, ta mère est allée au marché et a rencontré ton père qui a provoqué un scandale.

— Il est un peu bizarre, répondit Matthieu avec gravité. Mais maman dit que ce n'est pas de sa faute.

— Ta mère a raison. Seulement, ton père était ivre, vraiment ivre et disait n'importe quoi. Des phrases un peu idiotes. Il menaçait de t'enlever. Tu serais obligé de vivre avec lui pour apprendre le métier de tanneur, n'est-ce pas, Mathilde ?

— Oui, c'est cela.

Soudain Mathilde se calma, recouvra la parole. Les explications commencées par son père allaient dans le bon sens.

— Ça, c'est vrai. Je n'aimerai jamais ce métier, s'écria Matthieu. Je suis comme maman : je trouve que ça pue la mort.

Il joignit le geste à la parole en se pinçant le nez.

— Quand je le dis à mon père, il se moque de moi et me traite de poule mouillée.

— Seulement, si ton père se présente ici, que ferons-nous ?

— Je me sauverai, je ne veux pas aller aux tanneries.

— C'est pourquoi ta mère et moi pensons qu'il est bon de t'éloigner de Charmes un certain temps.

— Voilà donc la raison des larmes de maman.

— Que dirais-tu d'habiter dans un premier temps chez les cousins Henri et Marguerite, à Nancy ? Et d'aller au lycée là-bas ?

Matthieu parut hésiter, fronça les sourcils. Il réfléchissait.

— Mais maman me rejoindra ensuite, n'est-ce pas, et toi aussi grand-père ?

Monsieur Belmont et Mathilde avaient hoché la tête en signe d'acquiescement.

— Alors, c'est oui ! s'écria Matthieu, pourvu que je puisse travailler un jour le verre ! J'en ai tellement envie.

— Justement, à Nancy, ces choses seront possibles. Allons, mon garçon, va préparer ta valise. Nous partirons très tôt demain matin.

Matthieu quitta la pièce très naturellement et Mathilde tomba dans les bras de son père.

— Tu vois, ça n'a pas été si difficile. Ce sera à toi de faire le reste et d'être raisonnable.

— C'est-à-dire ?

— Laisse passer le temps, ne cherche pas à percer d'impossibles secrets.

— Mais les secrets font un tel poids sur le cœur et mangent tellement la tête qu'une vérité, aussi cruelle soit-elle, peut être préférable. Matthieu m'a donné mille joies, mais j'ai tremblé à chaque instant. Ne pas savoir, craindre que la vraie mère ne vienne un jour rechercher son petit. Et maintenant que Gustave a enfin confessé son amour pour Bertille, je me sens perdue, misérable. Il était bon de croire que mon mari m'avait un peu aimée...

— Peut-être a-t-il exagéré ses propos par dépit. Tu as blessé son orgueil de mâle en le quittant. Et dans les cafés qu'il fréquente, il a sans doute été la risée de quelques poivrots. Il ne faut pas chercher si loin...

Jacques Belmont tentait de rassurer Mathilde. Il gardait sa fille contre son large torse. Il souleva la mèche de cheveux rebelles qui retombaient sur son front et y déposa un baiser. Mathilde ne se déroba pas. Elle redevenait la petite fille d'autrefois, celle que son père avait toujours protégée. En ce jour, elle avait bien besoin de son appui.

— Quand Matthieu sera parti, j'irai chez Marie. Peut-être en sait-elle plus qu'elle ne veut bien le dire.

10

Malgré toute l'affection qu'elle avait pour Mathilde, Marie garda le silence.

— Tu sais et tu ne veux rien me dire.

— Disons que, si j'ai su, mais ai-je su ?, j'ai oublié. Tout cela est sans importance à présent.

— Pourquoi Gustave insistait-il sur « mon fils » ?

— Mais il l'est devant la loi, puisqu'il l'a reconnu. Ne cherche pas davantage.

— La mère de cet enfant, tu la connais. C'est toi qui mets les enfants au monde, ici.

— Je ne sais pas.

— Jure-le que tu ne sais pas.

— Il ne faut pas jurer quand on n'est sûr de rien.

— Alors, j'irai voir Bertille, je la ferai parler. Elle me dira, il faudra qu'elle me dise.

— Tu n'iras pas, car sur ton chemin tu croiserais Gustave qui a retrouvé le chemin de la colline. Gustave est comme fou en ce moment depuis le départ de Matthieu.

— Ce n'est pas la seule cause, Marie.

— Tu as raison, il est aussi fou de douleur parce que Bertille se meurt et qu'il se sent responsable de son état.

— Elle se meurt ?

— Une phtisie. Un jour ou l'autre une hémorragie lui sera fatale. C'est la supérieure de l'hospice de Notre-Dame-de-la-Pitié qui le dit. Matin et soir une religieuse est au chevet de Bertille, dont les forces déclinent.

— Alors Marie, je t'en supplie, dis-moi pour l'enfant...

Mathilde s'était assise et pleurait, la tête posée sur ses genoux. Marie l'avait rejointe pour la prendre dans ses bras.

— Je n'ai à rien te dire que tu ne saches déjà. Tu as sans doute bien fait de tourner une page en quittant Gustave et en éloignant Matthieu. Mais un jour tu devras lui dire la vérité. Tu dois aussi comprendre cela. Peut-être qu'un jour Matthieu choisira de revenir à Charmes et, ce jour-là, il ne faudra pas t'y opposer.

— Alors, j'irai sur la colline. J'ai besoin de voir Bertille.

— Tu n'iras pas.

— Si, Marie. Et personne ne pourra m'en empêcher.

Mathilde quitta la demeure de Marie les yeux encore rougis par les larmes versées, mais la rage au cœur. Malgré les conseils et les mises en garde de Marie, elle savait qu'elle ne baisserait pas les bras. Elle se renseignerait auprès des sœurs de l'hospice Notre-Dame-de-la-Pitié pour savoir à quelle heure avait lieu la visite à la ferme de la colline du Haut du Mont. Elle profiterait d'un jour où Gustave serait absent afin de mettre toutes les chances de son côté quand elle irait visiter Bertille. Chaque troisième jeudi du mois, Gustave partait quelques jours en Franche-Comté pour le commerce des peaux.

La mi-juin était là. Un sentiment d'exaltation s'était emparé de Mathilde, mais ce sentiment fut vite balayé par une angoisse diffuse. Les muscles de sa nuque et de ses bras se crispèrent. Elle pressentait une cruelle vérité. La lumière risquait d'éclairer avec violence l'ombre qui avait si longtemps servi de havre.

Pensive, elle regagna la route de Socourt, sans avoir à guider Poupette qui connaissait tous les chemins menant là où résidait sa maîtresse.

Monsieur Belmont désapprouvait toujours la quête de sa fille, mais se montra cependant compréhensif.

11

Tout l'après-midi, non loin du Trou des Fées, Mathilde guetta le passage de la sœur infirmière. Elle avait mis Poupette au repos sur le chemin menant à Beaucamp et s'était assise sur un tronc d'arbre. Enfin, elle la vit arriver. Sœur Hélène marchait lentement, car le temps était lourd. Le soleil se cachait à tout moment sous d'épais nuages annonciateurs des orages qui ne manqueraient pas d'éclater après les chaleurs qui s'étaient emparées de la région. Mathilde remit Poupette sur la route au moment où la religieuse arrivait à sa hauteur.

— Je peux vous conduire, ma sœur ?

— Je ne voudrais pas vous déranger, vous savez, je ne suis pas encore arrivée.

— Justement, vous arriverez plus vite et sans fatigue.

— Dans ce cas, dit-elle en s'installant à côté de Mathilde, ce n'est pas de refus, par cette chaleur... Enfin, là-haut, il fera un peu moins chaud. Il y a toujours un peu de vent... Je m'en vais visiter Bertille...

— Comment est-elle ?

— Mal, très mal, cette pauvre femme ne verra sans doute pas la Saint-Jean.

— Comment vit-elle tout cela ?

— Ben, vous savez, enfin ce n'est pas à vous que je devrais dire cela, vu que… vous êtes madame Thuillier, l'épouse de monsieur Gustave Thuillier…

— Ma sœur, je comprends sa souffrance… Je voudrais seulement faire un peu de bien.

En énonçant cela, Mathilde avait honte. Elle savait qu'elle mentait ; elle mentait pour quêter un peu de vérité, parce qu'elle n'avait pas le choix. C'est du moins ce qu'elle se répétait pour se déculpabiliser.

— Remarquez, elle ne vous connaît pas, elle ne parle pas de vous. Moi, j'ai observé, et bien observé, mais je vais vous faire de la peine.

— Parlez, ma sœur, je suis prête à tout entendre.

— Eh bien, quand Gustave est près de Bertille, et il vient maintenant chaque jour si ses affaires ne l'appellent pas loin de Charmes, elle est comme apaisée. Il lui parle de son bébé. C'est drôle, on dirait que le temps s'est arrêté pour cette femme. Vous savez, cela fait quelque chose de voir une femme chercher un enfant qui n'a pas existé. Elle ne voit pas que ses cheveux ont blanchi, elle ne sent pas qu'elle est malade. Elle croit qu'elle vient d'accoucher et cherche son petit dans les draps et jusque sous le lit. Et, dépitée, quand elle retombe sur ses oreillers, elle dit que c'est une louve qui le lui a pris.

— Mais elle a vraiment eu un enfant ?

— Ça, moi, je ne sais pas. Je l'ai toujours connue sans enfant. Mais il n'y a que cinq ans que je suis arrivée à l'hospice. La supérieure qui est là depuis vingt ans est discrète sur le sujet. Et Thérèse, la mère de Bertille, est morte maintenant.

— Thérèse est morte, répéta Mathilde.

Et plus bas, pour elle-même, elle reprit :

— C'est après la mort de Thérèse que Gustave a repris régulièrement le chemin de la ferme.

— Hélas, poursuivit la religieuse. Je vous plains. Mais vous la connaissez, cette pauvre femme ?

— Non, mais j'aurais bien voulu la connaître, l'aider peut-être.

— Vous n'êtes donc pas jalouse, alors ?

— Non. Si j'avais su que Gustave l'aimait, je ne l'aurais pas épousé.

— C'est compliqué, les affaires de cœur, dit la religieuse. C'est pour cela que j'ai préféré le Seigneur.

— Oui, répondit Mathilde, pensive, très compliqué. Tenez, ma sœur, vous êtes arrivée. Je vous attends pour redescendre, je crois que l'orage va éclater.

— Je vais peut-être en avoir pour longtemps, enfin tout dépend si Annette, sa nièce venue d'Alsace, est là. Attendez-moi un peu et, si je dois prolonger ma visite, je viendrai vous prévenir.

Mathilde n'avait pas le choix. Elle eût aimé entrer tout de suite avec la religieuse à cause du temps qui devenait de plus en plus lourd. Mais le désir d'apprendre la vérité était si fort qu'elle fit taire ce trop d'impatience. Elle allait tenter de gagner la confiance de sœur Hélène pour recueillir certaines confidences.

Le ciel devenait vraiment menaçant et Poupette montrait quelques signes d'énervement, quand soudain sœur Hélène sortit de la ferme en criant.

— Madame Thuillier, venez vite, on a besoin de vous.

Mathilde sauta prestement de la carriole. Et, tapotant l'encolure de Poupette, elle sentit battre son cœur. Elle s'adressa cependant à sa jument pour la rassurer.

— Tout doux, ma belle. Je reviens, tu ne bouges pas, Poupette.

— Venez, s'il vous plaît. Bien que la petite Annette soit là, je n'arrive pas à soulever Bertille pour la changer. C'est qu'elle est très agitée.

Mathilde suivit sœur Hélène jusqu'à la chambre de Bertille.

Ce qu'elle vit de la malade, accrochée au cou de sa nièce, Annette, lui tira les larmes des yeux.

— Tu l'as retrouvé, dis, tu l'as retrouvé, le petit ?

Bertille s'arrêtait pour vomir et cracher un sang épais et noir. Son corps se tendait, se tordait sur le lit. Parfois, elle se dressait presque debout sur sa couche, droite, raide, les yeux hagards, avant de retomber lourdement sur les oreillers tout en continuant de vomir. Ni sœur Hélène ni Annette ne parvenaient à la maintenir.

Mathilde s'approcha du lit et réussit à emprisonner une main de Bertille dans les siennes. Emue, bouleversée, elle lui parlait doucement.

— Oui, je l'ai retrouvé, Bertille. Ce n'est pas la louve qui l'a emporté. Il est vivant, il va bien.

Bertille devint très pâle, fixa Mathilde avec des yeux immenses, cernés déjà par l'ombre de la mort.

— C'est toi qui l'as pris ? C'est toi. Gustave avait promis de me le retrouver. C'est notre enfant, l'enfant de l'amour. Je sais que j'ai mis au monde un beau garçon. Je l'ai vu, bien vivant. Je n'aurais pas dû dormir. Quelqu'un me l'a pris. Après, ils ont dit qu'il était mort.

Ils ont dit que j'avais rêvé. Mais j'ai un enfant, tu me crois...

— Oui, Bertille. Reposez-vous, il va venir.

Mathilde ne savait pas pourquoi elle répondait ainsi. Les mots qui venaient à ses lèvres dépassaient sa pensée et tout raisonnement.

— Gustave ?

Bertille fixait Mathilde intensément.

— Gustave aussi le sait, ajouta Mathilde.

— Mais Gustave s'est marié avec l'autre ; il ne l'aime pas, il me l'a juré. Gustave est à moi, à moi...

— Il a pris cette femme pour son argent, pour sauver les tanneries. Gustave n'a pas menti. C'est vous qu'il aime depuis toujours. Il ne va pas tarder.

Bertille s'apaisait doucement, restait allongée, retrouvait un souffle plus régulier tandis que le flot de sang semblait se tarir, mais la malade était d'une grande faiblesse et ses joues creuses prenaient une teinte cireuse qui ne trompait personne. Elle allait mourir dans les heures à venir. Après l'avoir lavée, Annette et Mathilde la soulevèrent pendant que sœur Hélène glissait sous elle des draps propres. Annette et Mathilde nattèrent ses longs cheveux et s'assirent de part et d'autre du lit au moment où un terrifiant coup de tonnerre se fit entendre. Mathilde se signa et embrassa les mains de Bertille devant Annette et sœur Hélène, étonnées par l'attitude de Mathilde qui ne se croyait pas capable, elle, d'une telle mansuétude.

— Je crois que vous allez rester, dit Mathilde à la religieuse.

— Oui, je ne veux pas laisser la petite seule avec sa tante. Pouvez-vous prévenir mes sœurs à l'hospice ?

— Ce sera fait, comptez sur moi.

Comme Mathilde sortait, les premières gouttes de pluie se mirent à tomber, drues et chaudes, sur la colline. Poupette s'agaçait. Elle n'aimait pas l'orage.

— En route, jolie Poupette, murmura Mathilde pour réprimer un sanglot qui lui venait.

Elle choisit de couper par les petites routes de la Source et de l'Epée pour regagner Charmes. Elle passerait d'abord à Socourt.

Mal lui en prit. Avec l'orage, les routes étaient devenues glissantes et quasiment impraticables avec un attelage. C'est alors qu'elle aperçut Gustave, en contrebas. Gustave, qu'elle croyait bien loin, montait à la ferme par ce raccourci. Il reconnut l'attelage de sa femme comme celle-ci atteignait le virage le plus difficile à négocier quand on se trouve en descente. La pluie et les larmes aveuglaient Mathilde qui entendit les cris de Gustave tentant de la dissuader de continuer. Il avait compris qu'elle risquait de se fracasser plus bas dans le ravin de la carrière. Effrayée soudain par les éclairs et le tonnerre, Poupette se cabra et ne put se rétablir assez vite pour empêcher la carriole de quitter le chemin et de verser à moitié sur le côté. Mathilde avait vu venir le dérapage et, en hurlant un « non » désespéré, avait tenté de se retenir aux rênes, ce qui avait eu pour effet de terroriser davantage la pauvre jument. Déséquilibrée, Mathilde était tombée et avait heurté un arbre. Bien que blessée à la tête et fort choquée, les cheveux défaits, noyée de pluie, de larmes et de sang, elle essayait de se relever, mais chancelait. A genoux parmi les bruyères et les épines de sapin qui jonchaient le sol en cet endroit, elle distinguait dans une sorte de brume

Poupette qui tirait de toutes ses forces pour reprendre la route avec la carriole à laquelle elle était toujours attelée. La jument se débattait, faisait de prodigieux efforts pour se libérer. Mais le tonnerre et l'éclair frappèrent à quelques mètres, sur la cime d'un hêtre qui dépassait les sapins et les érables, et Poupette se cabra de nouveau. Cette fois, la carriole versa sur Mathilde dans un fracas de bois qui éclata et vola de toutes parts avant de retourner à la terre. Mathilde fit mentalement le signe de la croix et s'en remit au ciel.

Elle n'avait pas perdu connaissance, mais se savait prisonnière des restes de la carriole. Elle pouvait à peine respirer sous le poids de la voiture. Elle ferma les yeux sur la pluie qui tombait. Hébété, Gustave l'avait rejointe et se trouvait près d'elle.

— Mathilde, Mathilde ! dit-il d'une voix venue de si loin.

C'était pour Mathilde la même voix que lorsqu'il la faisait danser à la fête patronale. Mathilde se perdait déjà sur les bords de la Moselle ou du canal. Elle ouvrit les yeux et reconnut son mari.

— Attends, Mathilde, je vais te sortir de là.

Gustave cherchait, autour de lui, du bois assez solide pour tenter de le glisser sous la carriole trop lourde à redresser pour un homme seul. Poupette se débattait tant qu'elle pouvait, hennissant avec fureur. Gustave avait constaté que la carriole comprimait la cage thoracique de Mathilde. Il fallait calmer la jument pour qu'elle pût tirer la carriole, ou ce qu'il en restait.

— Tout doux, Poupette, il faut aider ta maîtresse.

Il glissa quelques rondins sous le châssis de la carriole resté intact alors que le banc et les trois quarts de la toiture gisaient épars. Mais il ne parvint pas vraiment à soulager Mathilde qui s'enfonçait doucement dans une nuit cotonneuse.

— Mathilde, Mathilde ! hurla Gustave, ne sombre pas, je vais chercher du secours.

— Détache Poupette, parvint-elle à articuler, elle rentrera. Laisse-moi, Gustave, c'est trop tard… Je sais tout, dit-elle, épuisée. Monte… Bertille t'attend pour mourir.

Il s'agenouilla près d'elle, toucha ses cheveux étalés à même la terre et la boue, caressa ses joues et son front maculés.

— Belle Mathilde, c'est trop bête, tout ça. Je… Je… Je ne voulais pas. Pardonne-moi. Tu me pardonnes ?

Il eût voulu saisir ses mains prisonnières sous le châssis de la carriole. Il eût aimé les caresser comme après une danse quand il la courtisait. Mathilde ne pouvait faire aucun geste, elle lui échappait. Souffrait-elle ? Elle sentait peu la douleur. Elle semblait loin, si loin… Mathilde courait à présent dans la plaine d'Alsace, poursuivie par ses cousins et cousines. Mathilde riait dans le soleil, cheveux au vent. Mathilde pataugeait sur les bords de l'Ill, jupes relevées au-dessus des genoux tandis que Philomène, sa tante, la grondait. Mathilde respirait l'odeur de résine quand les cierges se consumaient sur les branches de l'immense sapin de Noël. Elle entendait chanter la chorale. Christkind[1] allait passer et remplir ses souliers de présents. Son cœur se serrait. Les cloches sonnaient. Et puis elle se revit sur les

1. En Alsace, autrefois, c'était l'enfant Jésus qui récompensait les enfants sages à Noël.

genoux de sa mère. Elle eut la vision de l'éclair, ressentit la chaleur quand elle approchait des fours à pots sur la place, à la verrerie. Le verre s'étirait, magique et transparent. Elle voyait au travers de la matière, elle la traversait, aérienne. Elle n'avait plus mal à présent. L'air ne lui manquait plus. Elle flottait par-dessus les cimes bleutées des Vosges. L'orage s'en était-il allé, emportant le souffle de Mathilde ?

Gustave ne saurait jamais si elle avait entendu sa demande de pardon et si elle le lui avait accordé. Il saurait seulement, par sœur Hélène, comment Mathilde avait apaisé Bertille. Le courage dont avait fait preuve sa femme ajouterait encore au remords qu'il nourrirait jusqu'à la fin de ses jours.

Comme il passait la porte de la ferme, il entendit Annette et la religieuse prier à haute voix. Un faible souffle soulevait encore la poitrine de Bertille. Mais elle ne le vit pas. Elle glissait inexorablement vers ce pays de douceur qui s'était toujours refusé à ses rêves. De vains espoirs de conquête qui l'avaient fait, des années durant, hurler avec les loups.

Bertille mourut quelques minutes après.

Gustave se laissa aller au chagrin, tel un enfant. Il venait de perdre le même jour, presque à la même heure, les deux femmes qui avaient partagé sa vie.

12

Septembre 1893

Nancy se préparait à accueillir le grand-duc Constantin de Russie qu'accompagneraient le président de la République, Sadi Carnot, et Emile Loubet, le président du Conseil. Les Nancéiens avaient déjà célébré leur président en juin 1892, dans une ville extraordinairement décorée.

— Si tu avais vu nos rues et nos arcs de triomphe géants ! dit Marguerite à son cousin.

— J'étais trop pris par la verrerie et bien trop dans la peine. Même si je m'y attendais, la mort de Jeanne m'a laissé désemparé, lui rappela Jacques.

— C'était une femme exquise.

— La seule chose qui ait pu me consoler est de savoir qu'elle n'a pas eu à être témoin de la mort de Mathilde. Elle en aurait perdu la raison. Sans Matthieu, que je dois élever, je ne sais pas ce que je deviendrais. Ce gamin m'oblige à rester debout et à faire face. Mais je vous ennuie, n'est-ce pas, avec mes chagrins ?

— Du tout, Jacques, affirma mollement Henri. Ta peine est normale. Nous espérons t'aider et te divertir dans Nancy, notre petit Paris lorrain.

— C'est vrai que notre ville est belle, admit Jacques.

— L'an passé, on touchait au sublime au moment de la visite du président Carnot. Toutes les entreprises avaient participé à cette fête et aidé les artistes à réaliser leur rêve de beauté. Les étains, les cuivres, la peinture, le verre se mélangeaient dans d'extraordinaires œuvres d'art pour s'offrir aux regards. Pas un carrefour sans son monument, arc de triomphe, passerelle ou fontaine. On avait l'impression que chaque œuvre était posée là pour capter le soleil et le renvoyer dans les yeux des badauds.

— Ce que je constate, reprit Jacques Belmont, c'est que depuis le départ des Prussiens, en 1873, Nancy n'a cessé de s'agrandir. De nouvelles avenues quadrillent la ville et de nouveaux immeubles sortent de terre comme des champignons. Vrai de vrai, j'ai eu parfois de la peine à reconnaître ma ville dans cet immense chantier. Mais ce que j'aime par-dessus tout, ce sont ces brasseries et ces cafés où il se passe toujours quelque chose, sans parler des artistes qui font salon un peu partout.

— Ah, cher cousin ! lança Marguerite, Nancy est fière de son passé historique, depuis Charles le Téméraire, Claude Gellée et jusqu'à Stanislas, et ce n'est sans doute pas fini.

— Sauf qu'il faut de l'argent pour se développer.

— Bah, répondit Henri, Nancy n'en manque pas et a su profiter des méfaits de la guerre de 1870 ! Tous les Alsaciens et les Lorrains, de l'autre côté de la Seille, qui ont choisi de rester français sont venus grossir les rangs des habitants. Ils ont grandement contribué à remplir nos caisses. Ils ont apporté leurs idées et nous en avons bien profité. Moi, je trouve cela très bien. Mais tu t'apercevras très vite, cher cousin, que tout le monde ne pense pas ainsi. Il y a assez de méchantes langues pour se plaindre que Nancy n'est plus la France. Certains disent qu'on y parle toutes les langues, sauf le français.

— Je partage ton avis, continua Jacques Belmont. Les cultures qui se frottent les unes aux autres ne peuvent que s'enrichir. Le meilleur exemple est bien celui de la verrerie de la rue du Pont-Cassé, reprise par la famille Daum... et qui vient de se lancer dans la verrerie d'art depuis deux ans. J'ai vu des vases admirables dans les vitrines des magasins. Emile Gallé n'est plus seul dans ce domaine. Son travail, son savoir-faire ont sans doute inspiré quelques artistes. Le mobilier évolue, l'architecture aussi. Pour revenir à ce que tu disais à propos des Alsaciens et des Mosellans installés en Lorraine, la famille Daum fait partie de ceux-là. Les Daum n'ont pas voulu devenir allemands. Pour Nancy, c'est une chance de les avoir accueillis.

— Justement, à la verrerie du Pont-Cassé, on s'active, on fabrique des vases qui vont être offerts à la délégation russe. De son côté, Emile Gallé prépare, dit-on, une table d'une grande beauté pour illustrer une maxime : *Gardez cœurs qu'avez gagnés*[1]. Notre Lorraine va voyager loin avec de tels artistes.

— Oui, il paraît d'ailleurs que, sous l'impulsion du critique nancéien Emile Gouttière-Vernolle, toute la

1. Aujourd'hui au musée de Saint-Pétersbourg.

Lorraine se mobilise pour offrir les plus beaux cadeaux au tsar, à l'ambassadeur de Russie ainsi qu'à l'amiral Avellan. Ce sont justement les frères Daum qui vont offrir les coupes à champagne aux officiers de l'escadre. Elles seront en cristal ambré, de forme et de décoration byzantines. Le fond de l'ornementation devrait représenter les armoiries russes et lorraines. Ainsi, ces coupes montreront des croix de Lorraine, de Saint-André, l'aigle impérial et le chardon de Nancy.

— J'ai eu l'occasion de voir des vases magnifiques fabriqués par la verrerie Daum, reprit Marguerite. C'est incroyable ce que l'on peut faire aujourd'hui, des vases et des coupes avec des pieds très ouvragés faits de verres de couleur, gravés de chardons dorés et émaillés. Certains portent d'admirables devises, *Je meurs ou je m'attache*, ou bien des vœux, de pieux vœux, *J'espère en les beaux jours.*

— C'est très à la mode. Les coupes qui seront offertes aux officiers porteront aussi des devises. Pierre Geslot me disait, il y a peu, qu'on trouvera même une devise vraiment de chez nous : *Qui s'y frotte s'y pique*, au chardon, bien évidemment, c'est quand même l'emblème de Nancy. Tu vois, Marguerite, les critiques d'art, et pas seulement ceux de chez nous, parlent de plus en plus dans les journaux et les revues de ce qui se passe en Lorraine dans les domaines de la verrerie et du cristal. Ah, que ne suis-je plus jeune ! J'irais travailler avec les frères Daum, rien que pour fabriquer des vases avec des iris, des coquelicots, des pensées délicatement ciselés dans des verres monochromes.

— Je le ferai, moi, grand-père, je le ferai en souvenir de maman qui aimait tant le travail du verre, s'écria soudain Matthieu, qui rentrait après être allé pousser son cerceau place de la basilique Saint-Epvre. J'inventerai des vases avec des libellules, des papillons, tu verras... Il y aura de la couleur, du bleu, de l'orange, du ciel...

Jacques Belmont écoutait Matthieu avec émotion. L'enfant était resté longtemps abattu après la mort brutale de sa mère. Mais quand on parlait verrerie, il semblait retrouver de l'élan. Le grand-père soupira en songeant à leur vie. Lui-même restait extrêmement peiné par la disparition de Mathilde, qu'il avait fait enterrer discrètement en Alsace dans le même caveau que Jeanne pour écarter Gustave de Matthieu. Ce drame avait précipité son départ des Vosges. Il avait trouvé un bel appartement à louer, rue des Carmes, non loin de ses cousins. Lucienne, une domestique recommandée par eux, s'occupait de la maison.

Dès octobre, Matthieu entrerait en cinquième au lycée. Son grand-père exigeait qu'il fît des études avant d'aller travailler à la verrerie.

— Bachelier d'abord, tout en prenant quelques cours de dessin et en faisant quelques stages pendant les grandes vacances, quand tu auras au moins quinze ans.

— Je pourrais peut-être m'arrêter au brevet, grand-père.

— Taratata, décrétait Jacques Belmont. Pour réussir dans la vie, il faut avoir fait des études générales.

Matthieu n'osait plus insister. Mais il restait déterminé. Il argumenterait le moment venu. L'affaire était entendue. Jacques Belmont souriait en constatant la force de caractère de cet enfant. Il eût aimé pouvoir penser : « Il me ressemble, il tient des Belmont », mais il savait bien que son petit-fils était un enfant trouvé, que Gustave avait accepté avec joie. Depuis les tragiques événements, il ne s'était pas manifesté. Cependant, Jacques Belmont redoutait toujours une arrivée soudaine, imprévisible et fantasque de Gustave. Avec cet homme, il fallait s'attendre à tout. Il avait quelques nouvelles de lui par Eliane, la bonne, bien mariée à Nancy avec le fils d'un confiseur et qui retournait parfois à Charmes voir ses vieux parents. On disait que Gustave buvait beaucoup. Jacques se souvenait des menaces de son gendre le jour des funérailles de Mathilde, avant que le fourgon mortuaire emportât le corps.

« J'ai de l'estime pour vous, monsieur Belmont, j'étais attaché à Mathilde, vous devez me croire, mais, un jour, je retrouverai Matthieu, je lui dirai la vérité. Vous n'êtes rien pour lui…

— Ecoute, Gustave, avait dit Jacques Belmont. Les liens qui m'unissent à Matthieu sont sincères. Et, si tu as eu un tant soit peu d'estime pour Mathilde, respecte ses vœux au sujet de l'avenir de Matthieu. »

L'argument avait porté. Gustave s'était éloigné en maugréant : « Un jour, pourtant, on se retrouvera. »

Depuis ce jour, chaque coup frappé rudement à la porte d'entrée de l'appartement de la rue des Carmes faisait tressaillir Jacques Belmont. Il nourrissait un vœu : que Dieu l'entende et qu'il vive assez âgé pour accompagner Matthieu quelques années encore !

13

Noël 1895

Lucienne venait de terminer l'installation de la crèche sur la commode Empire lorsque Jacques Belmont rentra de sa promenade habituelle. Le ciel était gris, lourd de nuages prêts à laisser tomber la neige.

— Monsieur Belmont, est-ce que mon travail vous convient ? Regardez, insista Lucienne, en quête de compliments.

— C'est parfait, admit poliment monsieur Belmont. Vous êtes, Lucienne, une perle, vous le savez bien, je vous l'ai déjà dit des centaines de fois.

— Je ne m'en lasse jamais, répondit-elle en riant. Bon, je vois, vous êtes allé acheter de quoi occuper votre soirée. Que de journaux vous dévorez !

— On reparle de ce pauvre capitaine Dreyfus. Des comités de soutien se multiplient tandis que certaines personnalités se déchaînent. Comme ce sinistre Drumont... J'ai vu, en ville, des devantures de magasin sur lesquelles était écrit : « Mort aux Juifs. » C'est indigne.

— Je pense à ce pauvre homme condamné, à sa femme, à sa famille.

— Comme vous dites, Lucienne. Plus je lis d'articles sur cette affaire, moins je crois cet homme coupable. Une certaine presse et une partie de la France ont besoin de se trouver un ennemi. Tout est bon pour lancer une campagne antisémite. C'est lamentable. Ce pauvre Dreyfus a tout contre lui. Il est alsacien et juif.

Lucienne écoutait sans tout comprendre. Elle était simplement révoltée qu'on puisse accuser un homme qui avait l'air sincère. Elle pensait à l'honneur bafoué d'une famille.

Soudain, la porte d'entrée s'ouvrit et se referma bruyamment en même temps que Matthieu envoyait valser son cartable.

— Eh bien, gronda Lucienne. Voilà des façons bien peu dignes de cette maison ! Si monsieur Belmont apprend cela, il se fâchera tout rouge.

— Cela m'est égal. D'abord, ce n'est pas mon grand-père ! hurla-t-il.

Les cris de colère de Matthieu furent entendus de Jacques Belmont qui se leva de son fauteuil et s'approcha de Matthieu.

— Je crois que nous avons à parler d'homme à homme, n'est-ce pas ? dit-il en attirant Matthieu contre lui.

L'enfant ne se déroba pas. Il voulait encore crier sa colère, mais la tendresse qu'il portait à celui qui l'élevait le bouleversait.

— Assieds-toi en face de moi et raconte-moi ce qui ne va pas.

Matthieu ne voulait pas s'asseoir. Il avait une mine boudeuse et croisait les bras sur sa poitrine. Il baissait la tête pour n'avoir pas à soutenir le regard de son grand-père.

— Allons, dit Jacques Belmont en revenant vers lui. Tu peux tout me dire, Matthieu. Je comprendrai. Peut-être pourrai-je t'aider ?

Un silence glacé tomba dans la pièce. Matthieu restait figé. Jacques Belmont ne marqua aucun signe d'impatience. Tout se passait à l'intérieur de cet homme qui avait tant redouté cet instant. Secrètement, il s'adressait au ciel, à Jeanne, à Mathilde, afin de trouver un peu d'aide. Comment apaiser Matthieu ? Jacques Belmont devait le faire parler. Matthieu devait baisser la garde, se libérer. Il hésitait encore, la mine renfrognée, avant d'ouvrir la bouche. Et puis, sur le ton de la colère, pour cacher sa peine, il lança :

— J'ai rencontré mon père, près du lycée. Cela fait des jours qu'il me guette. Aujourd'hui, il m'a abordé et invité à boire un chocolat à la brasserie de la gare.

— Eh bien, il n'y a pas de mal à cela, mon garçon. Gustave est ton père.

— Mais, il m'a dit... Il m'a dit...

Matthieu se mit à sangloter contre Jacques qui caressait ses cheveux.

— Il a dit quoi ?

— Que ma mère n'était pas ma mère, mais que lui était bien mon père. Ma mère, c'est..., ma mère, c'est Bertille, la folle de la colline du Haut du Mont, celle qui hurlait avec les loups. Tout le monde m'a menti. Ma mère, tante Germaine, Mélanie, grand-mère, et toi aussi. Je suis le fils d'une folle et d'un alcoolique.

Ainsi donc, ce que Mathilde avait tant redouté était arrivé, et de la pire façon qui soit. Ainsi donc, cet enfant était l'enfant de Bertille et de Gustave. Jacques Belmont se souvint des doutes de Mathilde peu avant sa mort. Il n'avait pas oublié sa quête de vérité. Etait-ce cette révélation qui avait, en quelque sorte, causé sa perte ? Ces questions devenaient secondaires face au chagrin de Matthieu.

— Bertille n'était pas folle, dit Jacques Belmont en détachant chaque syllabe afin d'être bien compris. Bertille était seulement une femme blessée par la lâcheté de ton père qui ne l'a pas épousée parce qu'elle n'avait pas d'argent. Pas de dot. Tu es deux fois l'enfant de l'amour, mon garçon. De ta mère, Bertille, et de ton père, qui t'ont conçu, et de Mathilde, qui t'a élevé. Gustave avait choisi Mathilde pour épouse mais continuait d'aimer Bertille. Sans doute s'est-il arrangé avec la sage-femme pour te faire déposer sur le petit chemin de la tannerie. Et Mathilde, qui n'avait jamais pu avoir d'enfant, sans savoir qui tu étais, t'a bercé sur son cœur et t'a élevé comme si tu étais né d'elle. Elle t'a aimé, tu le sais bien. Tu lui as donné les plus belles joies de sa vie. Tu comprends mieux, maintenant ?

Matthieu ne disait rien. Il écoutait et pleurait doucement.

— Gustave veut me reprendre.

— Si tu le croises de nouveau, dis-lui de venir m'en parler. De toute façon, j'irai t'attendre à la sortie du lycée et nous finirons bien par nous rencontrer, Gustave et moi. Mais, auparavant, j'ai besoin de connaître ton avis. As-tu une idée de ce que tu veux faire et avec qui tu veux vivre ? Réfléchis bien. Il s'agit de ta vie. Aujourd'hui, es-tu prêt à suivre ton père ?

— Non, grand-père. Je n'ai pas changé d'avis. Gustave est devenu un pauvre homme qui fait pitié. On aurait dit que, pour tenir le coup, pour tenir debout, il n'avait plus que ce moyen : dire des méchancetés.

— C'est parce qu'il souffre beaucoup. Il ne faut pas lui en vouloir. Il faut prier le ciel de l'aider.

Et pour détourner l'attention, pour faire diversion, Jacques Belmont proposa à son petit-fils un goûter de rêve dans une brasserie proche des Magasins réunis, avant une visite au premier étage de ces mêmes magasins qui exposaient quelques objets d'art.

— Le chocolat y est d'une incomparable douceur et les pâtisseries délicieuses. Et puis, nous en profiterons pour flâner au rayon vaisselle et verrerie qui se trouve à deux pas. Il y a quelques jolies pièces produites chez Emile Gallé et par la verrerie Daum. Des pièces qui ont été primées lors des expositions de Lyon et de Bruxelles, il n'y a pas très longtemps. Mais il y a aussi des peintures et du mobilier signé Majorelle. La beauté console de bien des chagrins. Allons, en route. Couvre-toi. Il fait très froid. Nous pourrions bien avoir un peu de neige à Noël !

Cette perspective plut à Matthieu, qui sécha ses larmes.

14

Juin 1896

Confortablement installé dans le petit salon, Jacques Belmont venait de prendre son café et entendait bien lire en toute quiétude la *Revue lorraine des artistes*. Il se réjouissait de ce qu'on parlait de plus en plus de Nancy à propos des œuvres d'art produites par cette ville toujours en quête de beauté. Les expositions se succédaient, tant à Paris qu'en Europe et même en Amérique, où les artistes lorrains étaient représentés. Leur art était apprécié et les récompenses ne manquaient pas. Bien évidemment, tout ce qui touchait au verre intéressait Jacques Belmont et, dès qu'il en avait l'occasion, il allait tout autant admirer les œuvres d'Emile Gallé que celles de la verrerie Daum. Pouvait-on lui reprocher sa petite préférence pour la manufacture de la rue du Pont-Cassé, qui collectionnait quelques jolis succès dans le domaine artistique, et ce grâce à Antonin Daum ? Jacques Belmont eut un petit pincement au cœur en songeant à Jean Daum, le père d'Auguste et d'Antonin, rencontré quelquefois en Alsace, puis croisé à Nancy. Il repensait à sa générosité, à son courage. Jean Daum avait connu des épreuves, sa ville sous le feu des Prussiens en 1870. Dans cette guerre, tout avait été perdu, fors l'honneur, et il était venu s'établir chez des amis à Dombasle-sur-Meurthe avant de vendre son étude notariale. Il avait voulu aider une verrerie nancéienne qui périclitait. Chez lui, disaient ses fils, « le cœur l'emporte toujours sur la raison ». Et c'était son bon cœur qui l'avait poussé à mettre à deux reprises de l'argent dans cette verrerie ; il n'eut pas d'autre choix que de la racheter pour la relancer. Dans son malheur, Jean Daum avait eu la chance de trouver chez ses enfants un solide esprit de famille. Son fils Auguste, qui se destinait au notariat, se mit au service de son père et tous deux recrutèrent Jean Marquot — ah, Jean Marquot ! —, un chef de fabrication de grande qualité qui avait travaillé à Sars-Poterie. Auguste sut s'entourer de peintres sur verre et de graveurs. En 1886, Eugène Gall, fils de verrier et apprenti verrier à la halle, avait déjà surpris les anciens. L'arrivée d'Antonin Daum, qui parlait aussi bien qu'il dessinait, en 1891, avait convaincu Auguste d'orienter différemment la production de la rue du Pont-Cassé. Il fallait se lancer dans l'art, marier la technique à la beauté. Pour faire front, pour se sortir d'une mauvaise passe, la famille avait pu s'unir et garder la tête haute. Au moment où la verrerie allait connaître le succès, Jean Daum ferma les yeux, emportant dans la tombe la tristesse de n'avoir pu marier ses filles comme il eût aimé le faire, puisque Dame Fortune avait déserté le toit familial. Louise, Jeanne et Fanny étaient condamnées à demeurer filles, à devenir des tantes dévouées pour les enfants de leur frère.

Jacques Belmont comprenait tout cela. Lui n'avait eu qu'une fille, certes passionnée par l'alchimie qui se produisait de la gueule rougeoyante des fours jusqu'au bout de la canne du souffleur... « Mais la place d'une femme n'est pas à la tête d'une entreprise », songeait Jacques Belmont. Il imagina un grand garçon à la place de Mathilde avec un caractère aussi déterminé et curieux... « Allons, tout cela est stérile », pensa soudain le vieil homme, qui s'efforça de concentrer son attention sur la lecture de critiques d'expositions.

Plus il lisait, plus il avait la certitude que tous ces artistes qui œuvraient à Nancy devaient se rencontrer, travailler ensemble. On percevait un réel courant de création, d'originalité. Un vrai souffle. Parfois, Pierre Geslot, « l'homme de ma coupe », disait Matthieu, rendait visite à Jacques Belmont. Tous deux dissertaient sur les liens et les idées communs aux maisons Gallé et Daum. Pourtant, on ne pouvait confondre les œuvres produites. Une même fièvre créatrice existait chez les ébénistes, les ferronniers et les peintres. Il suffisait pour s'en convaincre d'aller un dimanche après-midi boire une bière à la brasserie Walter, place Stanislas. « Pierre a raison, pensa Jacques Belmont, pour représenter la Lorraine dans le monde, pour montrer de quoi elle est capable, il faudrait fédérer ces arts au sein d'une même école où l'on partagerait les idées et les savoirs... » Il fut interrompu par l'irruption de Matthieu.

— Grand-père, puisque j'ai mon brevet, je peux bien aller travailler à la verrerie. Dis oui, s'il te plaît. Je suis allé me renseigner...

— Tu as ton brevet et, au lieu de me l'annoncer immédiatement, tu cours à la verrerie sans me demander la permission ?

— Pour tout dire, oui. Parce que tu n'aurais pas voulu.

— J'aurais préféré en parler à Pierre Geslot, ou à monsieur Marquot d'abord, qui travaille avec Jacques Gruber et Eugène Gall. C'est ce que tu veux faire, graver du verre ?

— Oui, bien sûr. Mais pas seulement. Je voudrais créer des modèles, inventer de nouveaux motifs, de nouvelles couleurs. Tout m'intéresse dans le travail du verre. Je t'ai entendu en parler avec ton cousin Henri et avec tes vieux amis. Travailler sur la place me fait rêver, même pour de petites tâches quand il faut assister le souffleur. Tu sais, grand-père, je crois que si je devais porter les caisses de la halle au magasin, décharger le sable ou encore traîner les sacs de houille pour alimenter les chaudières des fours, enfin, tout ce qui doit être fait pour qu'une verrerie fonctionne, je le ferais, pourvu qu'un jour je puisse travailler le verre, le regarder dans sa transparence, le sculpter. Tu me comprends, grand-père ?

Jacques Belmont s'était levé de son fauteuil et avait fait grincer le parquet. Il pivota sur lui-même, se retourna pour que Matthieu ne vît pas les larmes qui lui venaient au bord des yeux. Ce presque jeune homme était une bénédiction. Fasse que le ciel lui accorde, à lui, le vieil homme, encore quelques années pour qu'il voie les réalisations de ce garçon qui aurait fait la joie et la fierté de Mathilde ! Il soupira et demanda à Lucienne de lui préparer une infusion de camomille. Il savait qu'il s'approchait de soixante-quinze ans. « Au-delà de soixante-dix ans, avait-il coutume de répéter, ce sont des jours de grâce, des jours en plus... »

15

Juillet 1896

Maintenant qu'il était passé chez maître Petitjean, le notaire de famille, afin de régler sa succession s'il lui arrivait malheur, Jacques Belmont était soulagé. Il ne voulait pas laisser Matthieu dans le besoin. Le poids qui comprimait sa poitrine depuis quelques mois était moins oppressant. Jacques Belmont ne se faisait pas d'illusions. Certes, il avait vécu, comme on dit, une belle vie, relativement en bonne santé. Mais, depuis quelques mois, la fatigue s'abattait sur ses membres. Son corps usé le faisait souffrir. Son cœur, comme il le confiait en riant à Lucienne quand ils étaient seuls, aspirait à une retraite définitive. Lucienne n'aimait pas quand il parlait ainsi. Elle s'agaçait :

— Taisez-vous donc, Monsieur, et ne me rappelez pas mon chagrin quand ma mère est morte. D'abord, je ne vous crois pas, vous avez une mine éblouissante, comme si vous veniez de prendre les eaux à Contrexéville.

Originaire de cette ville, Lucienne était venue à Nancy pour échapper à un mariage forcé. De ce fait, de mariage elle n'eut point. Mais elle connut une vie libre, sans avoir à s'encombrer d'un homme qui deviendrait acariâtre avec les années, répétait-elle à Jacques Belmont qui appréciait son esprit de repartie.

— Je vous trouve bon patron, Monsieur, mais, si vous dites des bêtises, je ne serai pas en peine pour me placer. J'ai des certificats, moi. Si je reste, c'est pour Matthieu, le pauvre enfant, déjà qu'il n'a plus de mère !

Et Lucienne avait promis, moyennant une jolie rente, de continuer à vivre rue des Carmes pour s'occuper de Matthieu.

Encore assez jeunes — ils venaient tout juste de passer la soixantaine —, Henri et Marguerite veilleraient sur le jeune garçon jusqu'à ce qu'il soit en âge de décider de son avenir.

C'est au cœur de l'été que Lucienne trouva Jacques Belmont endormi pour toujours. Un après-midi ensoleillé et frais après un orage qui avait causé bien des dégâts dans la campagne. Des grêlons comme des œufs de pigeon avaient massacré les espoirs de récolte. Les vignerons du Toulois avaient été très éprouvés. *L'Est républicain* rendait compte des humeurs du temps. Jacques Belmont s'était installé dans son fauteuil, d'abord pour lire, puis pour se reposer, avait-il dit. Il avait voulu que Lucienne tournât son fauteuil vers la fenêtre afin de poser son regard sur la cime des arbres qu'il voyait depuis le salon. La fenêtre était entrouverte et il avait ainsi l'impression d'être dans la nature. Lucienne avait proposé de le conduire jusqu'à la Pépinière en appelant un fiacre. Il avait refusé. Il se sentait las, bien las. Il avait mis de côté la lecture de la presse pour relire quelques vers de Victor Hugo avant de s'endormir. Lucienne trouvait qu'il dormait depuis longtemps cet après-midi-là et, quand elle vint jusqu'à lui, vers les dix-sept heures, à l'heure où Matthieu allait rentrer, elle eut un étrange pressentiment qui lui glaça les os. Jacques Belmont avait la bouche ouverte, la tête inclinée sur le côté gauche. Sa large poitrine ne se soulevait plus. Un livre de poésie gisait ouvert aux pieds du vieil homme. Elle s'approcha, prit une de ses mains. Il ne bougeait pas. Il ne bougerait plus jamais. Sidérée, Lucienne porta ses mains à ses joues.

— Mon Dieu, Monsieur vient de passer. Et Matthieu...

Elle bénit l'une des dernières bonnes idées de Monsieur, qui avait fait installer le téléphone. Elle appela Marguerite, la cousine de Monsieur, qui habitait à deux pas. Elle lui demanda d'aller au-devant de Matthieu à son retour de l'atelier de peinture, rue Saint-Dizier, où il apprenait le dessin pendant ses vacances.

— Trouvez un prétexte, madame Marguerite. J'irai le chercher dans la soirée.

Et puis elle descendit aussi vite qu'elle le put jusque chez le docteur Trousselot qui avait son cabinet en bas de l'immeuble. Ensuite, elle irait quérir un prêtre. Lucienne avait la tête sur les épaules et sut faire face, malgré le bouleversement qui l'agitait.

— J'ai du chagrin, dit-elle à Henri quand il vint dans la demi-heure suivante pour ne pas la laisser seule. On ne s'occupe pas de Monsieur et de son petit-fils depuis plusieurs années sans s'y attacher. Surtout que monsieur Belmont était un homme exceptionnel, infiniment bon.

Si le chagrin de Matthieu fut immense, il n'en montra rien. Il se sentait bien seul, soudain, à quinze ans. Henri et Marguerite tentèrent de le rassurer. Jacques Belmont avait veillé sur son avenir. De cela, Matthieu ne doutait pas. Mais il sut qu'en perdant son grand-père il avait tout perdu. Les amis du lycée, Lucienne ou les cousins si bienveillants ne remplaceraient jamais ce vieil homme compréhensif, qui savait lire dans le regard et partageait la même passion que lui pour la beauté. « Souviens-toi, mon garçon, disait-il souvent à Matthieu : "La beauté conduit toujours au sourire et le sourire au bonheur intime." »

DEUXIÈME PARTIE

Janvier 1898

1

— Eh, gamin, ouvre le moule, j'arrive avec la paraison, on ne doit pas rater cette aiguière, elle est pour le mariage de la fille d'un juge de la place Saint-Epvre.

Déjà Paul se précipitait devant Raymond qui venait de cueiller le verre en fusion au bout de sa canne dans le four à pots. Il s'agenouilla devant le moule, l'ouvrit en gardant les mains sur les tiges qu'il allait actionner. Il les refermerait sur la paraison que Raymond mettrait à l'intérieur tout en soufflant dans la canne et sans cesser de la tourner dans la paume de ses mains. C'est là précisément qu'intervenait Matthieu qui, avec des pinces, allait tirer sur le verre pour lui donner sa forme.

Deux ans plus tôt, Matthieu était à la place de Paul, heureux d'avoir été accepté à la verrerie lorsque Henri l'avait présenté. Il n'avait pas voulu se recommander de son grand-père, ni faire appeler les frères Geslot. Matthieu voulait être un apprenti comme tous les autres apprentis. Il voulait connaître toutes les étapes de la fabrication du verre.

Dans les tout premiers mois de son apprentissage, il avait porté les caisses de verre à polir ou à tailler. Il avait tiré les chariots, aidé au chargement du sable fin venu de Reims. Il pelletait avec ardeur. Il poussait les brouettes jusqu'à la chaîne à godets pour la charger de silice de minium, de carbone et de potasse. Le soir, quand, éreinté, il rentrait rue des Carmes, les vêtements poussiéreux et tachés, Lucienne l'attendait et secouait la tête :

« Si ce n'est pas malheureux, un monsieur de famille, s'user la santé à la tâche.

— Mais non, disait-il en se déshabillant, tandis que Lucienne préparait un bain avec toutes sortes de senteurs pour le délasser, je suis content, je progresse. Et puis, je vais aussi à l'école. J'apprends le dessin. Monsieur Antonin Daum vient parfois nous rendre visite ou nous donner un cours. C'est un artiste. Il a des idées plein la tête et il nous fait rêver, ajoutait-il, encore réjoui.

— Et vos mains, reprenait Lucienne, qui n'osait plus le tutoyer depuis que sa voix muait et qu'elle avait vu l'ombre d'une moustache naître sous son nez. Quand je regarde vos mains, j'ai un haut-le-cœur.

— Et pourquoi, Lucienne ?

— Elles deviennent calleuses. Ce sont des mains d'ouvrier.

— Oui, mais pas n'importe quel ouvrier, Lucienne, des mains de verrier ! Maître verrier, c'est ce que je veux devenir. »

En deux ans, Matthieu avait énormément progressé. Il savait tirer le verre, le couper. Il aimait bien travailler avec Raymond. Tous deux se comprenaient d'un regard, d'un haussement de sourcils. Il avait aussi appris à préparer les couleurs sur le marbre. Le maître venait alors avec sa paraison, chauffée à 800 °C, au bout de la canne pour la rouler sur la poudre. La boule de verre était ensuite recuite avant d'être travaillée. Mais ce procédé dit de vitrification des poudres en était encore au stade expérimental. Eugène Gall, qui surveillait la chose, était certain qu'on maîtriserait assez vite cette technique. Elle permettrait une coloration du verre plus aisée que dans la fabrication de vases ou de coupes en verre multicouche. Ainsi, on éviterait les problèmes de dilatation.

« D'une couche de verre à une autre couche de verre, il faut toujours garder le même coefficient de dilatation des couches de verre coloré. Or, selon les tons choisis, ces coefficients peuvent varier. Et, si c'est le cas, en refroidissant, le verre se rompt ou éclate. »

Matthieu savait qu'il avait de la chance. Il la mesurait. Lui, qui était entré à la verrerie à quinze ans, aurait un avenir. Ce n'était peut-être pas le cas de tous les jeunes qu'il rencontrait dans l'un ou l'autre atelier. Combien étaient venus travailler de leur plein gré ? Certains s'usaient dans les lieux depuis l'âge de dix ans, douze ans, aux côtés de leurs parents qui cherchaient ainsi à améliorer l'ordinaire. D'autres étaient orphelins. La famille Daum était bien consciente du sort injuste fait à ces enfants. Aussi était-elle vigilante. Les directives avaient été données dès la reprise de la verrerie. On ne pouvait interdire aux enfants de travailler. C'était dans les mœurs. Les familles avaient besoin d'un salaire supplémentaire, mais il fallait essayer de faire d'eux d'authentiques apprentis en les orientant, selon leurs aptitudes, vers les différents aspects du métier du verre. La place des enfants n'était pas à proximité des cuves dégageant des vapeurs d'acide. Il fallait les protéger. Quelques anciens veillaient sur eux en les employant à d'autres tâches.

« Eh, mousse, balaie les pavés, par là-bas. »

« Toi, gamin, va au magasin, on manque de chariots pour transporter le verre qui va sortir de l'arche de refroidissement. »

« Eh toi, le petit, près du mandrin, va donc me chercher André, il faudra organiser le changement du four à pots numéro quatre, j'ai l'impression qu'il est fendu et qu'il perd du verre. »

Matthieu avait passé un certain temps auprès des potiers. Il les avait vus lisser la terre avec un couteau plat. Toujours le même geste, après avoir roulé la terre glaise au creux de leurs mains. Toujours la même courbure du corps sur le pot, qui s'élevait dans un impressionnant silence à l'abri des regards et des bruits. Il fallait des semaines pour que le pot prenne sa forme définitive et soit déclaré terminé. D'autres semaines encore avant qu'il soit prêt pour l'attrempage. Il pouvait alors entrer en fonction sur la place. Le verre en fusion éclairerait les visages au creux du pot et les hommes viendraient y déposer leur canne pour cueillir la paraison. Une alchimie extraordinaire qui gonflait le regard des hommes et leur donnait à croire qu'ils égalaient le pouvoir des dieux. Auguste Daum disait souvent à ses visiteurs : « On n'imagine pas ce qu'il faut de science à un chimiste, d'art à un verrier, de compétence à un fabricant pour fabriquer un beau verre de bistrot, bien blanc pour garder au liquide son affriolante couleur, volumineux d'aspect pour attirer le client, très mince au bord pour plaire à ses lèvres et très épais des parois et du fond pour ne rien contenir, et enfin très lourd pour servir en cas de légitime défense. »

La première fois que Matthieu l'entendit raconter cela, il écouta attentivement, entièrement d'accord avec lui. La fabrication d'un simple verre était déjà un exploit pour l'apprenti qu'il était. Mais servir en cas de légitime défense, non, franchement, Matthieu n'y aurait jamais pensé. Il se dit qu'Auguste Daum avait de l'humour.

« Ce ne sont pas des gens tristes, remarqua d'ailleurs Raymond. Malgré les difficultés qu'a connues cette famille, elle rayonne. Tout le monde vit dans un ancien relais diligence, juste à côté de la verrerie. Et, quand il fait beau, on entend souvent les rires des enfants.

— C'est beau, une famille nombreuse », admit Matthieu.

Il ne se confia pas davantage à Raymond. Il songeait à sa vie passée entre Mathilde et Gustave. Pas de frère. Pas de sœur. Il avait souvent été bien seul. Il revoyait les bords de la Moselle, à Charmes. Dès que la chose était possible, il s'échappait pour aller jouer au bord de la rivière ou du canal avec les enfants des maisons voisines. Quand sa mère quitta Charmes pour rejoindre ses parents aux Trois-Fontaines, il trouvait toujours un prétexte pour aller sur les talons de son grand-père et errer dans la verrerie de Portieux. Des enfants aussi y travaillaient, et dans des conditions très dures. Les quelques leçons de Mathilde étaient une petite douceur pour eux. La résignation se lisait dans leur regard et la fatalité jusque dans leur moindre geste. Se plaindre était inutile. Il fallait s'estimer heureux de n'être pas vraiment malheureux. Le pire des malheurs était d'être réduit à la mendicité.

2

Ce matin-là, Jacques Gruber et Eugène Gall avaient fait irruption sur la place et appelé Raymond Guérineau pour lui montrer plusieurs esquisses d'une lampe électrique. La lampe portait déjà un nom : *Lampe aux églantines*. Elle mesurerait un mètre de hauteur. Posée sur un guéridon, elle diffuserait une jolie lumière dans la pièce qui l'accueillerait.

Jacques Gruber avait imaginé un pied en fer forgé martelé qui porterait un globe coupe, en pâte blanc et rose, découpé en fleur d'églantine. Ainsi, la lumière de cette lampe serait douce au regard. Jacques Gruber l'imaginait posée sur une console de verre ouvragé et tendrement coloré. Eugène Gall pensait à une petite table en marqueterie semblable à celles réalisées par les frères Majorelle.

— Nous allons réaliser une merveilleuse lampe pour le mariage de monsieur Antonin Daum avec mademoiselle Marguerite Didion. Raymond, nous t'avons choisi pour faire équipe avec nous, annonça Jacques Gruber.

— Ah ! J'en suis heureux, s'exclama Raymond, j'ai vu le *Vase aux marguerites* qui sera également offert pour ce mariage. Je l'ai trouvé très beau.

— Certes, mais ce n'est pas du multicouche. Il est soufflé-moulé, gravé à l'acide et peint à l'émail rehaussé d'or. C'est un vase de belle hauteur, un peu plus de cinquante centimètres.

— Pour accueillir les grandes marguerites qui poussent dans nos régions… J'espère que monsieur Antonin et sa promise en seront contents. En tout cas, ce projet me convient et me donne du cœur à l'ouvrage.

Matthieu ne perdait pas une miette de ce qui se disait. Il leva les yeux sur le maître, qui rencontra son regard.

— Je pense que ce jeune homme pourra nous aider, n'est-ce pas ?

— Il est promis à un bel avenir, lança Raymond. Il a des idées plein la tête.

— C'est parfait, c'est parfait, tout ça, se réjouit Eugène Gall.

Tous les soirs, les yeux agrandis par l'émotion, malgré la fatigue du travail en usine, Matthieu racontait à Lucienne les essais de Raymond pour souffler le verre de la *Lampe aux églantines*, dont le pied maintenant terminé avait été fabriqué et martelé par monsieur Morot dans les ateliers Majorelle. La coupe était en verre soufflé multicouche, une création extrêmement délicate à réaliser, répétait Raymond. Matthieu regardait faire son maître, suivait les graveurs dans leur atelier. Il les avait vus poser le bitume de Judée, puis reproduire à l'aide d'aiguilles le dessin, avant de plonger la coupe dans les cuves de plomb emplies d'acide fluorhydrique pour quelques bains judicieusement dosés qui allaient attaquer le verre. Ainsi, le motif floral prédessiné apparaîtrait en relief. Il faudrait ensuite peaufiner le travail grâce à quelques tours de gravure à la roue.

Ce qui frappait dans cet atelier, lorsqu'on y entrait, c'était l'odeur d'acide qui prenait à la gorge, piquait les yeux et les narines. La première fois, Matthieu fut saisi de frissons et d'éternuements.

« Evite de respirer au-dessus des cuves. Pose un foulard sur ta bouche et ton nez, sinon tu vas détruire tes poumons et finir poitrinaire, prévenaient les anciens. Notre métier est beau, mais les merveilles que peut donner la chimie ont des effets pervers sur les petits sorciers que nous sommes. »

Matthieu fut chargé de guider les opérations définitives de trempage de la coupe. Très vite, il sut évaluer le temps nécessaire pour parvenir au résultat espéré. Il obtint la permission d'aller à l'atelier de polissage et vit naître l'objet dans toute sa splendeur.

Quand les essais d'éclairage furent terminés, la signature gravée sur la coupe, Matthieu sut qu'il avait fait le bon choix et que, toute sa vie, il se consacrerait à créer la beauté. Cette onde de plaisir qui courait dans ses veines était toute sa récompense. Et il songea à sa mère qui avait nourri la même passion sans jamais pouvoir l'exercer parce qu'elle était une femme.

Comme il revenait de la verrerie, ce 13 janvier 1898, en passant devant le kiosque à journaux non loin de l'église Saint-Sébastien, son attention fut attirée par les gros titres de la presse. « J'accuse », écrivait Zola dans une lettre qui demandait la révision du procès du capitaine Dreyfus et que *L'Aurore* reproduisait dans son intégralité. Zola s'indignait. Un innocent avait été condamné pour haute trahison et l'on avait la certitude que de fausses pièces avaient été fabriquées à cette fin. Le capitaine Dreyfus avait tout contre lui. Il était alsacien. Pour les Français, il était déjà un Allemand. « Un Juif, de surcroît », ajoutait-on à Paris. Les écrits antisémites de Drumont faisaient leur chemin. En souvenir de son grand-père qui avait pris la défense du capitaine, Matthieu acheta *L'Aurore.* Il fallait se tenir au courant. Zola faisait preuve d'un réel courage en osant s'attaquer à l'état-major. Il allait le payer cher et être condamné. On ne s'oppose pas ainsi aux institutions et à l'armée. Même pour laver l'honneur d'un homme. Cette affaire prenait de folles proportions dans tout le pays, semait la zizanie au sein des familles. Tant pis ! Tout, plutôt que l'honneur bafoué, tout plutôt qu'une profonde injustice. « J'accuse », c'était le devoir de s'insurger, plus qu'un devoir, une obligation. Matthieu lisait, lisait et sa conscience politique doucement s'éveillait et se fortifiait.

3

Mars 1899

La joie se lisait dans les yeux de Matthieu quand il sortit de la verrerie, ce soir-là. Il courut jusqu'à la rue des Carmes et, en grimpant les deux étages quatre à quatre, il songea à sa mère, à son grand-père. Il revit les Vosges de son enfance. Et la grande salle à manger des tanneries quand il s'asseyait aux pieds de Mathilde tandis qu'elle brodait, alors que, sur la colline du Haut du Mont, Bertille hurlait avec les loups... Sa mère le rassurait, Germaine avait le regard tendre. Ce temps de l'enfance resterait un temps heureux pour l'enfant qu'il était alors. Mais il ne pouvait empêcher quelques élancements intérieurs. Une pointe d'angoisse surgissait lorsque Bertille lançait sa plainte.

Ce matin-là, Raymond lui avait annoncé, à la pause de dix heures : « J'ai une bonne nouvelle pour toi, Matthieu. Maintenant que tu sais souffler... »

Matthieu n'avait pas laissé Raymond achever. Il lui avait vivement coupé la parole.

« Il ne faut pas dire cela. Je ne serai jamais un maître. D'autres apprentis font mieux que moi.

— Que d'impatience ! reprit Raymond avec amitié et en glissant ses doigts dans la chevelure de Matthieu. Toi, ce que tu sais faire se passe dans ta tête. Tu as des rêves qui débordent de tes yeux. Eugène Gall l'a remarqué. Monsieur Antonin aussi. Tu vas donc aller travailler pendant quelques mois à l'atelier de gravure. Tes dessins ont enthousiasmé nos artistes. Je soufflerai les verres que tu graveras. Et puis tu passeras par l'atelier de décoration. Content ? »

Le mot était faible.

« C'est grand-père qui serait content. Moi, je suis fou de joie !

— Tiens, pour fêter ça, je t'invite à souper ce soir. Ma femme est la reine des soupes variées et des tartes en tout genre. On débouchera une bonne bouteille du grand-oncle, vigneron dans le Toulois. Il est toujours de ce monde et fait encore son vin. Chaque année, il remplit quelques bonnes bouteilles qu'il garde pour la famille. Ce sont les meilleures, dit-il, car l'expérience ne s'en va pas avec les ans. »

Matthieu allait refuser, mais il vit le regard de Raymond s'assombrir. Depuis peu, Raymond savait de qui Matthieu était le petit-fils. Avait-il parlé trop vite en invitant ce fils de famille qui jouait à l'ouvrier, comme disaient certains à la halle ? Raymond se reprocha son élan. Matthieu était si sympathique... Un fils qu'il eût aimé avoir, lui qui était père de quatre filles. Matthieu comprenait à demi-mot l'embarras de Raymond, pour qui il avait une réelle affection, aussi répondit-il :

« J'accepte, Raymond. Ce sera avec plaisir, si ça n'ennuie personne chez vous. Mais dites à votre épouse de ne rien changer à ses habitudes.

— Virginie n'est pas compliquée. Elle sera ravie de cuisiner, elle aime montrer ses talents. Son père tient toujours une auberge à Lunéville, près de la faïencerie. C'est là qu'on s'est connus. Elle aidait au service les jours de fête et quand elle avait du temps, car ses parents l'avaient mise chez les sœurs. On ne badine pas avec l'éducation des filles, chez les Schoeller.

— Vous avez travaillé à la faïencerie ?

— Mes frères, oui. Moi, non. Moi, c'est le verre qui m'intéresse. Il y avait une verrerie près de Lunéville, mais une verrerie ordinaire. Rien à voir avec ce qui se fait ici. C'est par le journal que j'ai appris ce qui se fabriquait rue du Pont-Cassé, à Nancy. Alors, j'ai tout quitté. Virginie était dans le secret. Elle avait promis de m'attendre le temps que je fasse quelques économies pour démarrer dans la vie. Je n'ai pas tardé. En six mois, ma place a été assurée. J'avais retenu la maison, que nous avons retapée et agrandie, et je suis revenu marier ma belle. Il était temps. Car Fernand Vosgel, le fils du notaire, s'était déjà mis sur les rangs et comme il n'était pas regardant sur la dot… Il aurait obtenu gain de cause. Lui, ce qui l'intéressait, c'était une fille bien tournée et pas bête, le père Schoeller était prêt à lui donner Virginie. J'ai pris un coup de sang, ce soir-là, j'ai retourné une table à l'auberge devant tout le monde. C'est bête, parce que ce n'est pas mon genre. Je ne suis pas un violent. Chez nous, il n'y a même pas de trique pour fouetter les gamines. Comme quoi, les histoires d'amour, tu sais, ça rend un peu tournis. »

Il avait fait le geste, l'index droit tournant sur la tempe. Matthieu s'était mis à rire avant de se faire expliquer l'adresse de Raymond afin de ne pas se perdre dans les faubourgs de Nancy.

En quittant la verrerie, Matthieu sifflait, gai comme un pinson. Il acheta le journal rue Saint-Dizier et se hâta de rentrer rue des Carmes pour se changer. Il expliqua à Lucienne qu'il sortait.

— Il est vrai que l'âge de sortir vous vient, comme la moustache et la barbe. J'espère que vous n'allez pas chez une fille...

— Pas chez une, mais chez des filles. Là où je suis invité, il y a quatre jeunes demoiselles, chère Lucienne. Raymond Guérineau est père de quatre filles âgées de huit à seize ans.

— Il veut sûrement en caser une... Méfiez-vous.

— Si elles sont jolies, plaisanta Matthieu, pourquoi pas ?

— Ah, non ! Matthieu, votre grand-père ne serait pas content, j'en suis certaine.

— Grand-père était quelqu'un de juste, de tolérant. Il attachait de l'importance à l'honnêteté. Il n'aurait jamais jugé quelqu'un en fonction de son milieu social. A la verrerie, il a lutté pour améliorer le sort des ouvriers. Il était peiné quand il voyait les enfants au travail. Il n'aurait pas supporté qu'on mît quelqu'un à l'écart à cause d'un accent ou d'une origine différente. Quand je pense à ce qu'on lit dans les journaux et aux inscriptions qui fleurissent sur les murs, je suis outré.

— Bien sûr, monsieur votre grand-père était déjà dreyfusard. Peut-être qu'il se trompait...

— Lucienne, vous n'avez pas honte de dire de telles choses ?

— Ben, ce que j'en dis, moi, c'est qu'il n'y a peut-être pas de fumée sans feu. Les Juifs… ce sont eux qui ont le pouvoir, comme le dit le boucher du marché…

— Ah, pour l'amour du ciel, taisez-vous ! Par mon arrière-grand-père, je suis un peu juif. Mais oui, ne faites pas cette tête-là. Mais il est tombé amoureux d'une jeune fille qui ne l'était pas, qui a voulu rester chrétienne et a même exigé le baptême des enfants. Mais du sang juif coule dans mes veines et il n'est pas différent du vôtre.

Lucienne avait haussé les épaules.

— Vous avez peut-être raison. Je suis trop vieille, je parle sans réfléchir. Des fois, on causait de cela avec votre grand-père. Je m'en souviens. Il était de bon conseil. Ah, il me manque, Monsieur, pour me guider dans la lecture des bons journaux.

— Moi, j'ai lu par exemple les prises de position d'Emile Gallé en janvier dernier. Vous savez qu'il plaide pour que madame Dreyfus puisse rejoindre son mari, condamné et isolé sur l'île du Diable. Et pourtant, Gallé n'est pas juif. C'est un protestant. Ce qui est merveilleux, c'est que d'autres artistes pensent comme Emile Gallé. Ils réfléchissent à la création d'une ligue œuvrant pour le respect des droits de l'homme. Je vais, moi aussi, les rejoindre. Il faut faire l'union. Raymond, l'homme qui m'a invité ce soir et qui va à la messe tous les dimanches avec les siens, est de mon avis.

— Il y a du vrai dans ce que vous dites, admit Lucienne. Vous êtes un jeune homme dont monsieur votre grand-père serait fier. Bon, je vous laisse, je vais manger ma soupe seule, puisque vous désertez ce soir.

— Oh, chère Lucienne, je ne voulais pas vous peiner.

Elle releva la tête avant de se diriger vers la cuisine et lui adressa un sourire en coin.

— Je comprends bien les choses, va, les jeunes avec les jeunes. Mais soyez sage.

— Je vous le promets.

4

Raymond attendait Matthieu sur le pas de sa porte au faubourg des Trois-Maisons.

— Tu t'impatientes, n'est-ce pas ? glissa Virginie, son épouse. Tu crains qu'il ne vienne pas ? Tu as sans doute parlé un peu trop vite ?

A quoi bon répondre ? Raymond continuait d'admirer sur sa gauche le plateau de Malzéville. Le soir avait longtemps gardé la douceur du jour. Le soleil s'était montré généreux depuis une bonne dizaine de jours et la nature semblait pressée d'en finir avec les frimas. Raymond tirait sur sa pipe, la tête perdue dans les étoiles. En fait, il aimait observer la nature se couvrir de nuit. Le plateau de Malzéville s'assombrissait de minute en minute, bientôt ce ne serait plus qu'une masse noire se découpant sur un ciel piqueté d'étoiles, d'où jailliraient alors en de rares endroits quelques lueurs venues du bas de la colline. Si la fée Electricité séduisait et venait équiper quelques foyers privilégiés, l'éclairage des routes de campagne laissait encore à désirer. Mais Raymond était ailleurs, déjà. Libéré de sa journée, après avoir tiré sur sa pipe, il entrait dans le rêve, son rêve. Le rêve du service de verres qu'il avait envie de réaliser pour Virginie. L'exacte réplique d'un service ducal à décor semis de chardons. Il savait que ce serait du verre soufflé-moulé, gravé à la roue et rehaussé d'or. La jambe et le pied du verre seraient travaillés à part, mais en même temps, pour venir s'appliquer au verre soufflé. Ce service de verres, il l'avait vu dessiné, reproduit, peint, dans quelque catalogue d'exposition appartenant au passé. Ce service avait fait l'admiration des visiteurs à Bruxelles ou à Barcelone entre 1893 et 1897. Depuis, Raymond rêvait de l'offrir à Virginie. Peut-être que Matthieu accepterait de l'aider. Il dédommagerait le jeune homme, lui proposerait son aide pour réaliser quelques pièces de verre où la lumière jouerait avec leur rêve.

Henri Bergé leur avait fait visiter à tous les deux l'atelier de décoration. Là s'élaboraient les pièces destinées aux expositions ou celles commandées par quelques familles influentes de Nancy et de la région à l'occasion de fêtes et de commémorations.

A la verrerie Daum, en dehors des heures de travail, les ouvriers avaient le droit de travailler pour eux. Et Raymond, de temps en temps, exerçait ses talents pour l'anniversaire de son épouse ou leur anniversaire de mariage. Il guettait sa réaction, l'appréhendait et aimait par-dessus tout la lueur qui venait éclairer son regard quand elle soulevait le papier recouvrant l'objet. Les yeux brillants de Virginie valaient pour Raymond le plus doux des baisers.

En guettant l'arrivée de Matthieu et en tirant sur sa pipe, il poursuivait son rêve, imaginait déjà le décor des verres, de la carafe. En une année, il pouvait espérer réaliser ce service, si Matthieu acceptait de l'aider à graver et à décorer.

Raymond vit arriver Matthieu à pied. Il aurait pu prendre le tramway, mais avait préféré marcher, sentir le vent sur ses joues. Il disait toujours que les journées de travail lui dérobaient un peu trop du ciel et du vent. « Et quand on a grandi dans les Vosges, fouetté ou caressé par l'air des sapins, il manquera toujours un peu de cette fraîcheur sur votre peau. »

Raymond habitait une charmante maison de cité ouvrière au bord du canal. Il faisait partie des privilégiés au sein du monde ouvrier. D'autres industries offraient du travail, mais souvent pour des salaires dérisoires après des journées de labeur sans fin. Ces autres industries n'avaient pas toujours le souci du bien-être du personnel. Dans les faubourgs de la capitale lorraine, on voyait des familles entières s'entasser dans des baraques de bois et de tôles. A la verrerie de la rue du Pont-Cassé, on était plutôt paternaliste et les conflits du monde ouvrier étaient rares. Cependant, des enfants aussi travaillaient pendant de longues heures dans cette fabrique de beauté, et souvent avant l'âge légal de l'apprentissage, poussés par des parents soucieux, disaient-ils, de leur avenir. Un avenir qui se limitait à quelques mois et rimait rarement avec devenir. Auguste ou Antonin Daum s'en inquiétaient. Ils voyaient les enfants aller et venir d'un atelier à un autre, s'affairer autour des fours à creuset, essuyer les verres…

Ils avaient beau savoir que partout des enfants travaillaient, ils avaient le cœur serré en découvrant la chose dans leurs ateliers. Comme leur père, ils tentèrent de ne pas imposer de tâches trop lourdes aux plus jeunes, de faire réfléchir les parents qui suppliaient qu'on acceptât leurs enfants au travail. Auguste et Antonin insistaient alors auprès d'eux pour que les enfants aient droit à un minimum d'heures d'apprentissage.

« Vous croyez que c'est bien de faire travailler vos enfants si jeunes ? disaient-ils en passant dans les ateliers ou en se rendant à la halle.

— L'oisiveté, c'est la mère de tous les vices, répondait l'un tout en gardant un œil sur son fils occupé non loin de lui. Et puis, nous n'avons guère le choix pour nous en sortir.

— Moi, j'ai bien travaillé dès l'âge de huit ans et je n'en suis pas mort, reprenait un autre qui avait entendu la remarque du patron.

— Alors, laissez votre aîné qui a quatorze ans aller au cours en fin de matinée et le samedi après-midi. Parfois, le dimanche, il fera une excursion dans le Saintois avec les peintres décorateurs.

— C'est que cela va faire de l'argent en moins...

— Non, les apprentis sont payés pendant les cours. »

Matthieu était témoin de ces scènes. Il en était attristé. Raymond secouait la tête. Il savait ce qu'était le travail. Il avait commencé jeune, lui aussi, mais avait eu la chance d'avoir des maîtres qui lui avaient permis d'apprendre et non de rester un simple exécutant. Il se souvenait d'une enfance terne, des soupes de pain avec une larme de vin. Il se taisait cependant sur ces années de « pain noir ». Il avait toujours espéré que viendrait le temps du pain blanc. Il avait refusé de s'apitoyer sur son sort, estimant que le courage et l'honnêteté seraient ses armes.

« Tu t'endurciras, Matthieu. La société est ainsi. Tu as de la chance. Tu es né du bon côté. Comme mes filles. J'espère qu'elles auront une vraie belle vie, mais je leur apprends que la vie est une lutte. »

5

Matthieu trouva la maison de Raymond coquette, décorée avec goût et il félicita Virginie. Il nota qu'elle s'était recoiffée et légèrement poudrée. Les filles, assises non loin de la cheminée, lisaient, tricotaient ou brodaient. Elles se levèrent quand Matthieu apparut dans l'encadrement de la porte séparant le couloir d'entrée et la salle à manger. Matthieu croisa le regard de l'aînée, qui rougit vivement. Il n'insista pas pour ne pas la mettre davantage mal à l'aise. Il lui semblait que lui aussi avait perçu un léger feu sur ses joues. Les présentations furent faites.

— Dans l'ordre, s'exclama Raymond avec fierté, Emélie, ou Mélie, Marie, Catherine, Francette.

— Je suis ravi d'être parmi vous, déclara Matthieu, qui posa sur la table une bonbonnière achetée chez le confiseur de la rue Stanislas. J'espère que vous aimerez, dit-il doucement à l'adresse de Mélie. Que brodez-vous de beau ?

— Une nappe pour cette table de salle à manger, dit la jeune fille en bafouillant.

— Moi, je l'aide, ajouta la benjamine. Je prépare les fils et je brode les cœurs des fleurs.

Matthieu adressa un sourire à Francette avant de déclarer :

— Tu auras donc sans doute le droit de manger des bonbons.

Virginie apportait déjà la soupière fumante et la posait au centre de la table.

— Nous sommes heureux de vous accueillir. Depuis le temps que Raymond nous parle de vous et de vos travaux à la verrerie… Je crois que vous vous entendez bien.

— Oh, plaisanta son mari, je ne lui donne que quelques coups de canne sur les fesses, de temps en temps.

Marie allait pouffer de rire, mais Mélie lui donna un coup dans les côtes pour stopper son élan. Matthieu fit semblant de ne rien voir. Mais Francette, qui voulait se faire remarquer, lança :

— Mélie fait encore le gendarme parce que Marie fait son intéressante et que maman l'a défendu.

— Les filles, mon pauvre Matthieu, c'est pire qu'une volière ou un poulailler.

Matthieu surprit le regard un peu colère des quatre filles de Raymond et tenta d'amoindrir le propos paternel.

— Allons… Cela prouve qu'il y a de la vie chez vous. Moi, j'ai toujours été seul, bien trop seul. Un fils unique, c'est triste !

Matthieu fut charmé par le repas. La soupe aux champignons était délicieuse, le pâté en croûte fondait dans la bouche et la tarte aux mirabelles était sublime.

— Mais ce n'est pas la saison des mirabelles ! Avez-vous un secret ?

Virginie expliqua qu'elle faisait des conserves dans des bouteilles de limonade au moment des récoltes, après le 15 août.

— Les mirabelles dénoyautées sont délicatement glissées dans des bouteilles de limonade, soigneusement capsulées et stérilisées afin de passer l'hiver dans la cave. Ensuite, pour faire la tarte, on doit les extraire de la bouteille, tout aussi délicatement, avec dextérité et patience, à l'aide d'un crochet. Il ne faut pas les abîmer. Sur la pâte, les fruits doivent ressembler à ce qu'ils sont avant la stérilisation.

— Bravo ! s'enthousiasma Matthieu. Cette tarte était aussi bonne que belle.

Matthieu regagna la rue des Carmes alors que dix heures sonnaient à la cathédrale. Lucienne n'était pas encore couchée.

— Vous m'attendiez ?

— Pas vraiment, j'avais à faire, des travaux de couture... De nos jours avec l'électricité en ville... On peut veiller longtemps et travailler.

— Je ne vous crois pas vraiment. Je pense que vous me surveillez, dit en riant Matthieu. Mais, je le jure, croix de bois, croix de fer, si je mens, je vais en enfer, j'ai été très sage et n'ai pas abusé du petit gris de Toul de Raymond, soit dit en passant, bien gouleyant.

— Et les demoiselles ?

— Ah, ses filles ! De charmantes gamines.

— Gamines ?

— A la rigueur, Emélie. Mais elle n'a que seize ans.

— Mais quel âge avez-vous donc ?

— Presque dix-neuf ans, ma bonne Lucienne.

— Vous allez partir à l'armée bientôt ?

— Il se pourrait que non. Si j'obtiens mon diplôme de dessin aux Beaux-Arts et si les peintres qui m'accueillent dans leur atelier me font les certificats nécessaires, je pourrais bien être dispensé du service militaire. Les artistes doivent être reconnus et leur création encouragée. Un pays a besoin de beauté et d'artistes autant que d'ingénieurs ou de médecins. Et puis nous ne sommes pas en guerre. Une loi est en préparation sur ce sujet. Cette loi m'arrangerait bien. Pour tout dire, j'ai peu d'attirance pour les armes, les manœuvres, les ordres et les contrordres. Pour faire court, le milieu militaire ne m'a jamais fasciné.

— Mais, l'armée, ça fait des hommes... Ça en dresse plus d'un.

— Parce que, ma bonne Lucienne, vous pensez que j'ai besoin d'être dressé ? questionna Matthieu en riant.

— Je le pense parfois. Cela ne vous ferait pas de mal, en tout cas.

Sur cette déclaration, Lucienne se lamenta encore un peu. Il était temps pour elle d'aller se coucher. L'ouvrage ne manquerait pas le lendemain. Surtout qu'elle voulait sortir avec sa nièce qui l'invitait à une rencontre musicale salle Poirel.

— J'ai aussi une vie, moi, monsieur Mat-thieu-Thuillier.

Matthieu rit encore, mais discrètement. A la manière dont elle avait prononcé son nom dans son entier en parlant lentement et en découpant les syllabes, il avait compris que Lucienne était chagrinée. Comme elle eût aimé garder Matthieu pour elle ! Le savoir encore petit garçon, le serrer sur son cœur... « Un jour, songea-t-elle, il s'en ira au bras d'une jeune fille, d'une jeune femme. »

— Allons, dit Matthieu en lui sautant au cou. Vous savez bien que je vous aime autant que ma grand-mère, morte bien trop tôt. Que ferais-je d'ailleurs sans vous ?

Il la vit sourire. Elle lui adressa une tape amicale dans le dos. La paix était rétablie entre eux.

6

Mai 1900

Matthieu était heureux d'avoir été choisi pour faire partie du personnel qui représenterait la verrerie Daum à l'Exposition universelle de Paris, au Champ-de-Mars. Les artistes lorrains s'y préparaient depuis plusieurs années. Les maisons Daum et Gallé y participeraient et autour d'elles bien d'autres artistes. Des peintres, des sculpteurs, des ébénistes comme les frères Majorelle, très liés à la famille Daum, s'y retrouveraient. La fine fleur des artistes s'expatrierait dans la capitale pour plusieurs mois. D'ailleurs, on pouvait lire dans la presse nancéienne bien des commentaires sur cette exposition. Indispensable, selon les uns, pour faire exister la Lorraine en France et à l'étranger. Vaine, selon certains commerçants, car « elle nous prive de nos meilleurs modèles. A quoi sert d'aller se pavaner dans la capitale, de montrer ce que nous aurions pu vendre en Lorraine » ?

Raymond n'avait pas souhaité se rendre à l'Exposition universelle. Mais Matthieu, si. Quand il prit le train, ce jour-là, en gare de Nancy, il avait encore devant les yeux la coupe réalisée par Emile Gallé dont lui avait parlé Edmond, un verrier travaillant justement chez Gallé et qu'il rencontrait parfois à la brasserie Walter, le dimanche après-midi. Matthieu s'était rendu aux magasins Gallé avant que la coupe ne fût expédiée à Paris. Sur cette coupe, de toute beauté, dédiée au capitaine Dreyfus, Emile Gallé avait gravé un vers de Victor Hugo : *Lumière, tu ne seras pas éteinte.* Sur un autre vase gravé, des larmes tombaient. La production d'Emile Gallé exprimait parfaitement ses sentiments face à une affaire dont l'ombre ternissait le pays des droits de l'homme. La presse rapportait qu'Emile Gallé avait écrit à Emile Zola et que l'exposition de Paris serait pour le maître verrier l'occasion d'alerter les intellectuels parisiens. Il s'était fâché avec *L'Est républicain* dont il estimait les prises de position trop mesurées, voire hostiles au capitaine Dreyfus. Emile Gallé était surtout fort déçu. Ce procès était une infamie, le déshonneur d'un pays. Un innocent avait été condamné. Matthieu aimait que des hommes influents prennent publiquement position et dénoncent outrages et injustices.

Le coup de sifflet du départ venait d'être donné. Le chef de gare allait et venait sur le quai, sa lanterne à la main. Il venait d'échanger quelques mots avec le conducteur principal du train dont la locomotive crachait déjà une épaisse fumée, impatiente de s'élancer. Le machiniste vérifiait une dernière fois les pistons à tirer et à pousser.

Et le monstre s'ébranla, entraînant à sa suite une kyrielle de wagons de troisième, deuxième et première classe. Matthieu venait de s'asseoir sur la banquette capitonnée de velours rouge d'un compartiment de première classe quand il vit passer dans le couloir une silhouette connue. Il sortit de son compartiment, son chapeau à la main, et héla la jeune fille.

— Mademoiselle, mademoiselle Emélie, vous ne me reconnaissez pas ?

Elle se retourna et étouffa un petit cri de surprise.

— Si... Si... monsieur Matthieu Thuillier, bafouilla la jeune fille rougissante.

Elle présenta la jeune femme qui l'accompagnait :

— Simone Schoeller : ma tante, une sœur de maman. Nous allons à Paris et nous nous sommes risquées jusqu'ici pour voir à quoi ressemblait un wagon de première classe.

— Eh bien, voyez. Mais, laissez-moi deviner... Vous allez au même endroit que moi, j'en suis presque certain. Je pourrais parier que j'ai raison, n'est-ce pas ? glissa Matthieu, l'air un peu mystérieux pour assombrir son regard de velours. Je le vois à votre sourire, je le lis dans vos yeux.

— Nous allons à l'Exposition universelle, dit Simone, pour couper court aux suppositions de Matthieu qui empruntait les chemins de la séduction. Nous avons été embauchées pour quelques mois pour accueillir les visiteurs et les guider vers les stands des artistes lorrains.

— J'en suis doublement heureux. D'abord pour vous. Et ensuite parce que nous allons nous rencontrer souvent à Paris. Moi aussi, j'y vais pour faire quelques démonstrations et expliquer le travail et les recherches de la verrerie. Alors, si ma compagnie ne vous déplaît pas...

— C'est que nous voyageons en deuxième classe, monsieur, continua Simone, faussement navrée.

Elle avait bien remarqué que Matthieu parlait sans quitter Emélie du regard. Il buvait ses paroles. C'est à elle qu'il s'adressait. Matthieu avait perçu la pointe de jalousie de Simone et il s'en amusait en insistant gentiment auprès des jeunes femmes.

— Eh bien, si ma compagnie ne vous déplaît pas, je vous suis en deuxième classe, mesdames.

Emélie était charmante, mais, sous le regard de sa tante, elle n'osait guère s'exprimer. Matthieu avait revu Emélie en avril quand la verrerie avait ouvert ses portes au public, un samedi, de treize à dix-huit heures. Les journaux avaient relaté l'événement. Les amateurs d'art s'étaient pressés pour contempler les vitrines étincelantes. C'était un peu, disait la presse, une avant-première de ce qui serait montré à l'Exposition universelle. On s'extasiait devant « des œuvres étincelantes de couleurs et de lumière ». Des beautés qui montraient le jour qui se lève et le soir qui se couche. Tous les tons de l'âme humaine se trouvaient ainsi déclinés. On félicitait messieurs Daum pour « l'exquise délicatesse de leurs œuvres qui permettaient de fixer la pensée sur les profondeurs mystérieuses du rêve ». Les critiques étaient enthousiastes.

Guidée par Matthieu, Emélie avait vu ces œuvres d'art. Elle s'était trouvée flattée et, quand elle avait croisé quelques amies ou camarades de classe alors que Matthieu la dirigeait d'une pression du coude, elle s'était sentie très fière. Matthieu était un beau jeune homme. Il avait l'air d'un vrai monsieur. Elle pensait à lui en aidant sa mère et se trouvait parfois rappelée à l'ordre : « Oh, oh, Mélie ! Reste avec nous ! »

Elle se rattrapait le soir avant de s'endormir. Elle pensait très fort à Matthieu, espérant ainsi rêver de lui pendant son sommeil.

Matthieu observait Simone, la jeune tante d'Emélie. C'était une jeune femme d'au moins trente ans, pensa le jeune homme. « Une presque vieille », se dit-il. Simone avait dû être une jeune fille assez agréable. Il avait aperçu ses chevilles lorsqu'elle s'était assise dans un froissement d'étoffes qui avait rappelé à Matthieu son enfance. Il revoyait Mathilde, sa mère, quand elle se levait pour faire face à Gustave avant de quitter la pièce. Oui, Simone avait dû faire tourner les têtes et le pouvait encore. Les chevilles de la jeune femme étaient fines, comme ses poignets. Sa poitrine était généreuse, tandis que celle d'Emélie, toute menue sous un bustier ajusté, contenait un soupçon de mystère.

Matthieu avait déjà eu l'occasion de se rendre à Paris. Mais les jeunes femmes ne connaissaient pas la capitale. Et il leur promit de les guider pendant leurs heures de congé. Ce qu'elles ne refusèrent pas. Matthieu s'était assis à côté d'Emélie et espérait que le long trajet leur réserverait quelques heureuses surprises. Vint le moment où, fatiguée, elle se laissa aller à dormir, coincée entre la vitre et le jeune homme. Parfois, les cahots du train la poussaient légèrement vers Matthieu qui recevait avec une pointe d'émotion l'épaule de la jeune femme contre la sienne. En ces instants, il souhaitait que Simone se levât quelques instants pour marcher dans le couloir afin de les laisser seuls. Mais il n'en fut rien. Simone n'avait pas seulement été embauchée pour travailler à Paris pendant la durée de l'Exposition universelle. Elle se devait de chaperonner une très jeune fille, c'est-à-dire de veiller sur sa vertu. Matthieu comprenait fort bien cela. Cependant, il ne pouvait nier le trouble qui l'agitait et dont il était d'usage de ne rien montrer. Il rêva à ces quelques semaines parisiennes. Pourrait-il se promener seul avec Emélie ? Saurait-il la guider dans la capitale et sur les chemins où les battements de son jeune cœur le poussaient ?

Jamais encore il n'était réellement tombé amoureux. De vagues émois, quelques rares expériences l'avaient laissé en attente sur les choses de l'amour. Ses rêves n'avaient guère été égratignés et les espoirs gonflaient encore son cœur. En cet après-midi, Matthieu percevait sur sa peau ces délicieux picotements, ce trouble insensé qui met en émoi. Mais ce trouble était-il le début du sentiment amoureux ? Quoi qu'il en fût, il se laissa gagner par cet état nouveau qui le plongeait dans une agitation intérieure qui n'avait rien de désagréable. Il ferma les yeux pour imaginer la jeune fille tremblante dans ses bras… Des rêveries déjà audacieuses auxquelles un jour, peut-être, il pourrait donner corps. La vie était belle.

Depuis le voyage entre Nancy et Paris, Matthieu avait revu Emélie. Il l'avait croisée à plusieurs reprises au pavillon de Marsan, il avait réussi à l'emmener jusqu'à une buvette non loin de la tour Eiffel pour lui offrir un soda. La première fois, Simone avait froncé les sourcils. Et puis, constatant que Matthieu était un jeune homme sérieux, elle avait donné sa permission.

— Les permissions de l'après-midi sont accordées, dit-elle, le sourire aux lèvres, mais pas celles du soir, vous me comprenez ? Je compte sur votre loyauté.

Matthieu n'en demandait pas davantage. Il apprivoisait la jeune fille, comme il devait aussi apprivoiser l'état de confusion qui s'emparait de lui. Etait-ce l'amour ? Le véritable amour ? Celui qui donne l'envie de ne plus quitter la personne avec qui on se trouve ? Etait-ce cela, ce merveilleux et exaltant sentiment qui faisait que chaque soir on voulait s'endormir en tenant la personne chérie entre ses bras et la serrer pour toujours ? Alors, tout son corps se tendait de désir. Cependant, Matthieu craignait cet état. Trop beau, un rêve dont on se réveille forcément un jour ou l'autre. Il se souvenait de ses parents. Il voulait se rassurer. Il avait appris que le mariage de ses parents avait été dicté par la raison et de sordides intérêts financiers. Son père avait aimé en dehors du mariage. C'était de ces amours coupables qu'il était né. Il savait qu'il avait été chéri par Mathilde. Pour lui, elle était et resterait sa mère. Il n'avait connu qu'elle. A vrai dire, Matthieu ne craignait pas l'amour. Il avait seulement peur de souffrir du désamour.

Quand il se promenait avec Emélie, il essayait de lui faire la cour. Il complimentait la jeune fille sur ses tenues, ses chapeaux, son ravissant sourire. Il la taquinait lorsqu'elle suscitait l'admiration, et cela arrivait quelquefois. Il aimait la voir se troubler jusqu'à ce qu'un peu de couleur empourprât ses pommettes. Il s'arrêtait alors et plongeait son regard dans ses yeux. Il prenait ses mains dans les siennes. Elle essayait toujours de se dérober avant de céder à cet assaut de tendresse. Quand ils étaient seuls, il risquait le tutoiement. Sa voix alors se faisait caressante et il devinait la jeune fille tout aussi troublée que lui. Au soir du 31 mai, la veille de la visite d'Emile Loubet, Matthieu prit Emélie dans ses bras et de ses lèvres frôla celles de la jeune fille, qui avait voulu se dérober. Matthieu l'avait maintenue doucement et avait murmuré mille douceurs au creux du cou de la jeune fille. Interdite, Emélie toucha ses lèvres du bout de ses doigts et regarda Matthieu, avant de baisser les yeux et de poser la tête contre lui. Il avait gagné. Le jeune homme avait allumé un feu qui ne s'éteindrait plus. Un feu délicieux qui déclenchait chez l'un comme chez l'autre des battements de cœur désordonnés. La belle était prise dans le filet de l'amour.

7

1er juin 1900

On avait annoncé la visite d'Emile Loubet dans la journée du vendredi 1er juin. La Lorraine était bien présente à cette exposition, mais les exposants étaient déçus. Leur production avait été dispersée en différents endroits. Ils avaient l'impression que leur art s'en trouvait amoindri, diminué. Les artistes voulaient être regardés dans leur ensemble. Daum et Majorelle étaient installés à l'exposition des Invalides. Les œuvres de la verrerie étaient présentées sur des meubles et des crédences signés Majorelle. Mais Emile Gallé, les peintres, les ferronniers ou les sculpteurs étaient ailleurs. La verrerie Daum fut cependant à l'honneur. Un bon présage, nota un de ses représentants.

Emile Loubet vint à l'exposition des Invalides et s'arrêta longuement au stand des frères Daum et, s'adressant à eux, déclara : « Il y a bien longtemps que j'ai vu vos ouvriers, vos artistes à l'œuvre. Je me rappelle avoir visité votre usine quand, président du Conseil, j'eus l'honneur de me trouver aux côtés de monsieur

Carnot, qui accompagnait à Nancy le grand-duc Constantin. »

Tout au long de l'exposition des clameurs s'élevaient. Les visiteurs étaient enchantés des créations. « Mais comment peut-on rendre ces fleurs plus vraies que nature sur ces vases ? »

Une personnalité aimait une coupe aux libellules, une autre louait un vase enserré dans des grappes de raisin dont les grains noirs en relief ornaient la surface. Et puis, il y avait ces lampes électriques décorées d'églantines, d'iris. Toutes plus belles les unes que les autres. Qui savait les efforts des décorateurs, des chimistes, des maîtres verriers pour parvenir à ce résultat ? Combien de vases avaient cédé en refroidissant quand les différentes couches de verre n'avaient pas été chauffées ou réchauffées à même température ? Mais, ce jour, Antonin et Auguste se regardaient avec bonheur. On les félicitait, on criait au génie. Etait-ce un bon présage ? Allaient-ils être récompensés ? Leur lampe-champignon avait beaucoup de succès. L'électricité était vraiment la reine de cette Exposition universelle. On attendait avec impatience que le soir tombe pour que les visiteurs voient soudain éclore la lumière de ces lampes, abritant la plus belle nature. Antonin et son équipe avaient œuvré d'arrache-pied pendant dix-huit mois pour mettre au point cette lampe. Ils disaient leurs efforts au public avide de les entendre : « Nous avons tellement travaillé sur ce bel objet pour que l'ampoule électrique puisse s'incorporer dans la lampe-champignon ! La difficulté était d'éviter les effets de surchauffe... »

Antonin espérait la reconnaissance. Une récompense qui consacrerait la verrerie de la rue du Pont-Cassé et la placerait sur le même plan que celle d'Emile Gallé, toujours méfiant à l'égard de la maison Daum. Entre ces créateurs de génie, il n'y avait jamais eu de véritable rencontre. Emile Gallé s'agaçait un peu du succès grandissant des frères Daum. Il avait été un précurseur dans le domaine de la verrerie et entendait demeurer le premier, et le meilleur. Sa hantise était d'être copié. Qu'il eût donné une impulsion, nul ne cherchait à le nier. Les deux verreries travaillaient dans la même direction : faire en sorte que les techniques modernes de l'industrie permettent de faire naître d'authentiques objets d'art à la portée du plus grand nombre. Mais chacune gardait son originalité et créait ses propres modèles.

Matthieu s'empressait chaque matin de lire la presse. *Le Figaro* rendait compte des idées novatrices, des chemins de beauté qui s'ouvraient pour l'avenir. On ne parlait plus que des lampes Daum. « Dans un cadre aux tonalités claires et lumineuses chatoient les nuances pâles ou rutilantes de cristaux ciselés, la translucidité des pâtes de verre plus frustes, leurs couleurs métallisées, leurs décors intercalaires au sein même des parois vitreuses d'un si troublant effet. Le tout est adorable et il faut même louer l'ingénieuse application des procédés les plus artistiques à de charmants appareils d'éclairage. »

La médaille d'or ! Les frères Daum avaient obtenu la médaille d'or, comme Emile Gallé. Ils allaient monter sur le même podium. C'était non seulement la consécration de la verrerie de la rue du Pont-Cassé, à

Nancy, mais aussi bel et bien le signe que quelque chose se passait en Lorraine. Louis Majorelle ne fut pas récompensé, car il faisait partie du jury, mais il fut fait chevalier de la Légion d'honneur, tout comme Auguste Daum et d'autres artistes lorrains, Aimé Morot, Emile Friant, Louis Hestaux. Oui, un vent de création artistique soufflait à Nancy et on le reconnaissait. Enfin, on allait damer le pion aux écoles anglaises, longtemps souveraines en ce domaine. Certaines revues parlaient maintenant d'une école française, lorraine même... Il était temps de lui donner un véritable statut. Cette exposition pouvait fort bien être le point de départ d'un mouvement nouveau.

Les Lorrains présents à Paris fêtèrent l'événement. Matthieu obtint la permission d'une soirée avec Emélie. Simone ne serait pas loin, mais laisserait au jeune couple un peu d'intimité. De toute façon, tout se déroulait selon les plans de Raymond, qui espérait bien qu'Emélie serait choisie et aimée par Matthieu. Raymond voulait s'élever socialement. Pour cela, il lui fallait bien marier son aînée.

Matthieu avait bu plus que de coutume pour fêter la réussite des frères Daum et, lorsqu'il se retrouva auprès d'Emélie, elle eut toutes les peines à lui demander de rester sage. Le vin lui avait un peu tourné la tête. Un état inconnu de lui et qu'il ne maîtrisait pas. Il l'entraîna le long des berges de la Seine. Il avait fait chaud. Une de ces journées orageuses qui laissent un ciel de nuit lourd de nuages n'ayant pas trouvé de terre où se répandre. C'est alors que monte des rues et des chemins une torpeur telle qu'elle peut anéantir toute résistance. Matthieu sentait la chaleur moite de la nuit, et il perdit la tête en tentant d'obliger Emélie à se laisser caresser. Les mains de Matthieu la parcouraient sur tout le corps. Elle prit peur et se débattit. Lui revenaient les discours de sa mère sur la conduite à tenir. Les principes enseignés pour demeurer une jeune fille sage, respectée et respectable : *Ne jamais céder à un garçon tant qu'on n'a pas la bague au doigt.* Matthieu ne s'était d'ailleurs jamais déclaré et n'avait jamais fait la moindre promesse. Ce soir-là il perdait la tête sous l'assaut d'une sexualité qui voulait s'exprimer. La bête en lui parlait, aurait dit Simone, et Emélie était terrifiée de découvrir son Matthieu sous ce jour. Il désirait, il voulait. Il espérait obtenir. La robe déchirée, elle parvint à lui échapper et à regagner son hôtel.

— Mon Dieu, s'écria sa tante, que t'a-t-il fait ?

— Rien ! Il ne me fera plus jamais rien. Je ne veux plus le voir. Ne m'en parle plus jamais. Ni toi, ma tante. Ni mon père.

Et Emélie alla se coucher après avoir mis des heures à se laver pour oublier le désordre de son cœur et de son corps.

A son réveil, Matthieu était penaud. « Même pas maladroit, songea-t-il. Stupide. Un bien vilain personnage. » Il n'avait aucune indulgence pour lui-même. Il courut chez un fleuriste et se hâta vers le pavillon où il savait trouver Emélie. Il ne vit que Simone, renseignant les visiteurs perdus au milieu d'objets d'art de toute provenance. Simone répondit assez sèchement à Matthieu lorsqu'il s'adressa à elle.

— Vous osez vous présenter à nous !

— Oui, pour présenter mes excuses à Mélie. Le vin m'est monté à la tête...

— Ma nièce n'a que faire d'un monsieur si peu respectueux. Elle ne veut plus vous voir.

— Je vous en prie, Simone. Vous savez l'affection que j'ai pour elle. Voulez-vous être ma messagère ? J'ai deux bouquets. L'un pour vous et l'autre pour elle. Pour elle, les roses, vous comprenez. Je repasserai en fin de journée.

Simone souriait intérieurement et se forçait à garder un air sévère. Secrètement, elle qui n'avait point été demandée en mariage depuis la trahison de son fiancé envia sa nièce. Elle tentait de cerner la personnalité de Matthieu. Avait-il ou non de nobles intentions ? Irait-il jusqu'à la demande en mariage ? Unc chose était certaine : il semblait tenir à Mélie. Mais Mélie restait choquée. Elle n'avait pas rejoint son poste. Elle craignait de revoir Matthieu. Elle resta enfermée à l'hôtel pendant les derniers jours de leur séjour et demanda à Simone si elles pouvaient rentrer plus tôt à Nancy tant elle redoutait de croiser Matthieu.

— Tu ne crois pas que tu dramatises la situation ? Un homme est un homme. Il peut perdre la tête devant la personne qui le trouble, surtout s'il a un peu bu. Ce sont des choses qui arrivent...

— Je ne vois pas les choses ainsi. Si j'avais cédé, quelle opinion aurait-il eue de moi ? Il aurait pensé que je suis une fille facile. Une fille avec qui on prend du bon temps pour s'amuser. Ces filles-là, on ne les épouse pas.

Simone comprenait la détermination de sa nièce. La jeune fille était entière... Elle rêvait d'un amour pur et noble. Un idéal placé si haut qu'il ferait fuir les postulants. Mélie risquait de souffrir. « En tout cas, songea Simone, tant de raideur ne facilitera pas les plans de son père. »

Il fallut expliquer à Raymond les raisons de ce retour avancé. Mélie était un peu fatiguée et les longues semaines sans voir ceux qu'elle chérissait commençaient à lui peser. Simone s'empressa toutefois de rassurer Raymond et Virginie. Tout s'était bien passé. Elle évoqua aussi, avec force détails, l'Exposition universelle qui avait été un succès. La beauté avait été dignement célébrée, éclairée de l'intérieur, caressée. La tour Eiffel avait brillé dans le ciel. Et Simone, qui avait déjà eu l'occasion de voyager jusqu'à Bruxelles et en Bavière, confirma un peu solennellement :

— Paris est bien la plus belle ville du monde !

Une constatation qui laissait Emélie indifférente. Pour elle, Paris resterait la ville des espoirs déçus, la ville des rêves perdus. Elle se tut, reprit ses ouvrages de couture, fréquenta davantage la bibliothèque municipale. Elle aimait lire et relire Lamartine, Flaubert et Maupassant, et même Zola, au grand désespoir de sa mère.

— Ne t'égare pas, ma fille, les livres ne sont que des livres. Ils peuvent éloigner des réalités de la vie.

Emélie souriait et tentait de rassurer sa mère :

— Je sais, maman. Mais ce que je lis, et qui t'inquiète, fait réfléchir. Zola me plaît bien.

— Ce ne sont peut-être pas des lectures de jeune fille, soupirait sa mère.

— A quoi sert de garder les yeux clos et de se bercer d'illusions ?

8

Janvier 1901

Au fil des mois, depuis le début du siècle, Nancy prenait des airs de fête. Les transports en commun s'étaient considérablement modernisés. Les chevaux tirant les voitures de tramway se faisaient plus rares. La plupart des grandes artères voyaient maintenant aller et venir un tramway électrique, dans des rues éclairées à l'électricité. A la tombée du soir, les fenêtres des maisons et des appartements s'illuminaient de lueurs qui ne vacillaient plus. Chacun louait ces veillées où l'on se retrouvait sous les abat-jour et auprès de jolies lampes qui diffusaient une douce lumière. Et chaque foyer nouvellement équipé dans la région depuis la construction de la centrale électrique en 1898 vantait les mérites de la fée Electricité.

Matthieu, devenu chef de projets à la verrerie de la rue du Pont-Cassé, travaillait maintenant à l'atelier de décoration. Mais il aimait encore se rendre auprès des souffleurs et des tailleurs, approcher de la gueule des fours à pots. Il se penchait et jetait un œil dans l'arche de refroidissement, la chambre des merveilles... Parfois, il croisait Raymond, le saluait, mais s'arrêtait peu. Il prétendait toujours avoir à faire à la taillerie ou à l'atelier de gravure. La raison véritable était que Matthieu était gêné. Il ignorait si Raymond était au courant. Longtemps, il s'était demandé si Emélie lui avait parlé. Pour son anniversaire, il lui avait écrit. Une lettre de camarade, l'assurant de son affection. Emélie n'avait pas répondu. Il avait encore écrit à l'occasion des vœux, l'invitant à la brasserie Walter, un dimanche après-midi autour d'un chocolat, si elle le désirait, en compagnie de Simone ou de ses sœurs. Son invitation était restée lettre morte. Emélie ne voulait plus le voir. Il en fut plus vexé que chagriné, du moins voulut-il s'en persuader. Allons, se dit-il, peu fier de lui, je trouverai d'autres jeunes filles moins farouches et, si elles le sont, je devrai en tenir compte.

Ses nouvelles fonctions lui permettaient de jouir d'horaires plus souples. Et, souvent, le samedi après-midi était un moment de rencontres à l'extérieur de la verrerie, dans l'une ou l'autre des brasseries nancéiennes, pour parler travail ou se détendre. Il aimait, depuis le faubourg Saint-Georges, rejoindre la salle Poirel où tant d'expositions et de conférences avaient lieu, avant de se rendre aux Magasins réunis. Il se souvenait de ces chemins empruntés aux côtés de son grand-père.

Le bel édifice des Magasins réunis était impressionnant. Eugène Corbin avait eu une fabuleuse idée en ouvrant ce grand magasin, construit avec l'aide et le conseil des artistes lorrains. L'escalier central qui menait aux étages était une splendeur de ferronnerie, mise en valeur par des éclairages invitant à découvrir des trésors. Nancy avait peu à envier aux grands magasins parisiens. Eugène Corbin avait même imaginé un lieu de détente au cœur de l'édifice. Le salon de thé connaissait un grand succès. Le mercredi et le vendredi, on pouvait boire un chocolat tout en écoutant un concert. En semaine, ce salon de thé était fréquenté par des femmes de la bonne société. Des jeunes filles chaperonnées y venaient, d'où l'intérêt de bon nombre de jeunes hommes désireux de venir admirer quelques beautés...

C'est presque par hasard que Matthieu découvrit ce salon de thé, au cœur d'un magasin qu'il aimait beaucoup. Il ne se souvenait pas d'avoir lu un article ou une réclame annonçant son ouverture. Lucienne, qui savait toujours tout, ne lui en avait rien dit. C'était un jour où il était allé admirer quelques objets à la boutique d'art. Il avait trouvé l'idée excellente. Le lieu, intime et de bon goût, l'avait séduit. Puis il avait dirigé ses pas vers le rayon confection. Il cherchait un gilet élégant et confortable pour son costume gris. La vendeuse s'était donné beaucoup de peine pour le satisfaire. Mais rien ne lui convenait. Désolée, elle avait procédé à un inventaire méthodique de la réserve pour combler ses attentes. Il avait eu ainsi tout le loisir de l'observer. Plus âgée que lui, la jeune femme présentait bien. Une certaine élégance transparaissait dans ses mouvements, ses déplacements, et jusque dans sa façon de s'exprimer. Plus il la regardait aller et venir, plus il l'écoutait, plus il était persuadé de la connaître. Mais c'était en d'autres lieux. Des lieux qui lui rappelaient son enfance et où peu de femmes, excepté sa mère et quelques amies de celle-ci, irradiaient la beauté et le charme confondus. Et puis Matthieu se souvint plus précisément de cette époque lointaine quand la jeune femme se baissa pour reprendre les cartons et les redisposer dans le rayon. Il ne sut pas pourquoi, mais sa façon de se mouvoir lui rappela une jeune fille se baissant pour saisir des brocs de lait. On disait à cette époque que Lucie, l'employée de la laiterie Jacquot, était trop jolie pour ce métier.

— Je vous ai déjà vue quelque part…

Elle avait essayé de détourner la conversation. Elle ne voulait pas se souvenir. Elle pouvait alors se défendre en feignant d'entrer dans le jeu de la séduction.

— Mon Dieu, les hommes, soupira-t-elle, tous les mêmes !

— Je ne veux pas vous froisser, mais je sais que c'est vrai. C'était en une autre ville que Nancy.

— C'est possible, je ne suis pas d'ici.

— Moi non plus, répondit Matthieu. Mais je vis dans cette belle ville depuis plusieurs années. Attendez, c'est dans les Vosges que nous nous sommes croisés.

— Vous deviez alors être bien jeune.

— Pas tant que ça ! Approchez, dit-il plus bas. C'était à Charmes…

Elle avait rougi. Il ne s'était pas trompé. Mais c'était une époque qu'elle voulait oublier. Elle était partie au bras d'un monsieur pour échapper à sa condition. Elle ne voulait pas travailler dans la laiterie où ses parents l'avaient placée.

— Oui, j'ai habité à Charmes et nous avons dû nous croiser, reprit-elle, mais moi, je ne vous reconnais pas.

— C'est sans importance, laissa-t-il tomber. Pour me faire pardonner, puis-je vous inviter à partager quelques heures avec moi ?

Elle parut surprise.

— En tout bien tout honneur. Dimanche après-midi, par exemple. Retrouvons-nous à la brasserie Walter, vous pouvez venir avec une amie. Il y a tellement de monde, ce jour-là...

La confusion s'inscrivit sur le visage de la jeune femme, qui bafouilla un oui aussi vague que confus.

— Vous demanderez la table de Matthieu Thuillier, à moins que je ne sois avec les artistes et les artisans de l'école de Nancy, fondée par Emile Gallé avec les frères Daum, Majorelle et Eugène Vallin.

Elle s'anima soudain.

— Vous voulez parler de l'Alliance provinciale des industries d'art...

— Vous avez l'air bien au courant.

— Oh ! dit-elle, je lis les articles de Victor Mollin dans *L'Est républicain.*

Elle s'interrompit un instant avant de reprendre :

— Vous avez dit vous appeler Matthieu Thuillier et être originaire de Charmes ?

— C'est cela, dit-il.

Elle comprit qui était ce jeune homme et passa une main sur son front.

— Je crois, reprit-elle, soudain plus à l'aise et en souriant, que nous pourrons parler du pays.

— Et vous, insista Matthieu, qui êtes-vous ?

Il avait pris une moue enfantine pour obtenir ce qu'il cherchait.

— Puisque vous m'avez reconnue, essayez de vous souvenir vraiment, ou de deviner.

— Ah ! D'accord, dit-il en riant, et, si j'y parviens, vous aurez un gage. Vous me devrez un baiser.

— Pas ici, monsieur, surtout pas !

— Et pourquoi pas, si je fais en sorte que personne ne se trouve à proximité ?

Elle éclata de rire. Matthieu fut satisfait, il savait encore se montrer charmeur.

— Donnez-moi trois chances.

— Deux, pas plus, mais je viendrai dimanche.

— Ce n'est pas Marie, Marie c'était votre patronne. Elle avait deux aides… Il y avait Fanchon, tournez-vous… Non, vous n'êtes pas Fanchon, vous êtes bien plus lumineuse… Vous êtes Lucie ?

Lucie avait baissé les yeux en signe d'acquiescement. Elle jetait autour d'elle des regards désespérés.

— Allons, je ne vais pas vous manger. Quand finissez-vous votre service ?

— Dans un quart d'heure.

— J'ai tout mon temps. Je peux vous attendre.

— C'est moi qui n'ai pas tout mon temps. Une course urgente. Un rendez-vous…

— Galant ?

— Euh, non ! Mais familial, obligé, fit-elle, embarrassée.

— Pardonnez-moi, je ne veux pas vous causer de soucis, mais penchez-vous vers moi et donnez-le-moi, ce baiser, l'étage est désert.

Elle devint écarlate, mais s'exécuta.

Heureux, Matthieu s'éloigna en redisant :

— A dimanche, à la brasserie Walter !

9

Fin janvier 1901

On ne parlait plus que de l'école de Nancy. Depuis l'Exposition universelle qui avait couronné les artistes lorrains et placé à égalité sur le podium les maisons Daum et Gallé. A l'initiative d'Emile Gallé, les artistes avaient décidé de travailler ensemble et de fonder une Alliance provinciale des industries d'art. Très vite, le terme d'école de Nancy, sous l'impulsion d'Emile Gallé, avait fleuri sur les lèvres des membres de l'Alliance, qui comptait déjà un comité directeur de trente-six membres. La présidence en revenait naturellement à Emile Gallé, qui désirait s'appuyer sur trois vice-présidents : Antonin Daum, Louis Majorelle, appelé le magicien de la marqueterie, et Eugène Vallin, l'ébéniste sourcilleux, avaient répondu présent.

Lorsque Lucie pénétra au bras de son amie Elisabeth à la brasserie Walter, ce dimanche de fin janvier, c'était l'heure du café que l'on prenait avec un soupçon de mirabelle. Le parfum de cet alcool flottait délicieusement dans l'air. A la table des artistes de l'école de

Nancy, on riait, on applaudissait à tout rompre et on fêtait aussi la création officielle de l'école. Ce serait le 13 février 1901. « Une date inoubliable », disaient Antonin Daum et Emile Gallé, qui s'envoyaient du « cher maître » en veux-tu en voilà.

« Il était urgent de fédérer les énergies des artistes lorrains », disait Emile Gallé, approuvé aussitôt par Auguste et Antonin Daum.

Louis Majorelle était là, Eugène Vallin aussi. Louis Guingot, le peintre, avait l'œil vif et caressait sa longue barbe. Sur un petit bloc, il griffonnait, dessinait la joyeuse tablée. Jacques Gruber promettait un vitrail célébrant cette alliance. Ce qui se faisait à titre privé, quand l'un ou l'autre artiste allait donner quelques cours à l'Ecole professionnelle ou aux Beaux-Arts, se ferait dans le cadre d'authentiques structures. Il fallait former des élèves, transmettre le savoir. Des verres à goutte se levaient, emplis de ce soupçon de mirabelle capable de faire chanter le plus triste des hommes. Ce jour-là, à chaque table, on reprenait sur l'air du *Vieux Quartier latin* :

Mais d'vant ses toiles je savoure souriant
Des friandises et d'bons morceaux, Friant.
Mieux qu'Marc Aurèle, tu marquettes, Majorelle,
Graveur de telles et d'images, oh réelles !
A ta santé, ô maître Antonin Daum,
Dans ton cristal de chrome, j'entonne un baume.

Matthieu aperçut Lucie et agita un bras pour l'inviter à prendre place à ses côtés en bout de table. Il avait approché deux sièges. Les uns et les autres s'étaient serrés pour accueillir les belles dames amies de Matthieu, très fier.

— Matthieu, tu agrandis le cercle avec de bien jolis minois. Poseraient-elles pour nous, par hasard ? lança Guingot.

— Qui sait ? dit Matthieu, l'air mystérieux.

Mais son autre voisin, Emile Friant, murmura à son oreille :

— Laquelle est ta conquête, la blonde ou la rousse ?

— Aucune n'est rousse.

— Il y en a une plus blonde que l'autre, reprit Pierrot, un jeune ébéniste qui faisait face à Emile Friant. Il faut que tu saches que la rousse est la maîtresse de Victor Mollin, le vieux chroniqueur artistique de *L'Est républicain*. La blonde est l'un des modèles d'Emile.

— Cela la regarde, dit Matthieu, confus. Ce sont des amies, c'est tout.

— Ne rougis pas, je comprends. Seulement, si Victor apprend que tu marches sur ses plates-bandes... Quoique, il vieillit, le père Victor. Quelques-unes de ses protégées l'ont quitté... Mais Lucie, qui fut longtemps sa préférée, reçoit encore sa visite de temps en temps... C'est du moins ce qu'il raconte volontiers, car il reste fier de ses performances.

Matthieu avait accusé le coup. Après tout, rien ne le liait à Lucie. Mais il ne pouvait nier l'attirance qu'elle exerçait sur lui. Il était retourné plusieurs fois aux Magasins réunis pour bavarder gaiement avec elle. Il avait beau se gourmander, il savait bien qu'elle avait au moins douze ans de plus que lui, mais il ne pouvait s'empêcher de penser à elle tout le jour. Savoir que Lucie était la protégée d'un personnage haut placé lui donna soudain envie de s'imposer. Un défi qu'il se lança lorsque Lucie prit place à côté de lui. Il mit sa main sur la sienne. Elle ne la retira pas. Il en ressentit un trouble immense et glissa à son oreille :

— Je ne pense qu'à vous.

Elle ne parut pas choquée.

— Le jour, la nuit, reprit-il doucement.

Elle dit simplement et avec un naturel désarmant :

— Moi aussi.

— Si je vous invitais à faire un petit tour de Pépinière, il fait soleil aujourd'hui, vous accepteriez ?

Elle glissa deux ou trois mots à son amie, très occupée avec son voisin, et se leva en se penchant vers Matthieu :

— Rejoignez-moi près de la fontaine de Neptune, dans une dizaine de minutes. Il ne faut choquer personne.

Matthieu dut remettre de l'ordre dans ses idées. Il avait la tête à l'envers et le cœur retourné.

Elle l'attendait et, dès qu'ils s'engagèrent dans les petites allées bordées d'arbres et de massifs encore nus, elle lui tendit ses lèvres, qu'il prit avec gourmandise et folie.

Ce fut elle qui, prétextant soudain un vent trop frais, l'entraîna jusqu'à son logement, non loin de la porte de la Craffe, au troisième étage d'une jolie maison d'où on voyait le toit de l'église Saint-Epvre.

— Vous devez le savoir, je suis ici dans l'appartement de l'homme qui m'a permis de quitter Charmes.

— Je suis au courant, Lucie.

— Qui ne le sait pas dans le milieu des artistes ?

— Victor Mollin est un homme d'un certain âge.

— Et d'un âge certain. Il pourrait être mon grand-père. Nous avons peu de relations, aujourd'hui. Je lui ai toujours été fidèle. Ce ne fut pas son cas. Mais je n'ai pas à me plaindre. C'est lui qui décide, puisque c'est lui qui tient les cordons de la bourse, gloussa-t-elle en éclatant de rire.

Ce que n'apprécia pas du tout Matthieu.

— Jusqu'à l'année dernière, je ne travaillais pas. Il devait toujours me trouver ici quand tel était son bon plaisir. Mais je m'ennuie à l'attendre, à écouter la lecture des papiers qui vont paraître. Au début, cela m'amusait. Grâce à lui, j'ai appris énormément de choses. Maintenant, Victor vieillit. Mais j'ai de la tendresse et de la reconnaissance. Il a élargi mon horizon.

Elle expliqua encore, en s'asseyant sur le petit canapé aux côtés de Matthieu, que, depuis qu'elle l'avait rencontré, lui, Matthieu, elle avait l'impression de redevenir jeune.

— Si Victor m'a libérée de certaines servitudes, je l'ai payé cher en lui donnant ma jeunesse, qu'il s'est empressé de dévorer. De l'amour, je n'ai connu qu'un corps vieillissant, mais je n'oublie pas ce que son savoir a fait de moi, comment il m'a aidée à mettre en forme ma pensée. Peut-être est-ce lui qui, forçant ma réflexion, a fait que je suis près de toi ce jour, glissa-t-elle en posant sa tête sur son épaule et en passant un bras dans son dos pour l'attirer en soupirant. Où aurais-je eu l'idée de la liberté de l'être ? Il m'a fait lire et exprimer ce que je pouvais ressentir. J'ai trouvé un maître en lui.

Lucie se taisait à présent et respirait bruyamment tout contre Matthieu, qu'elle devinait plus que troublé. Elle caressait son visage. Elle quittait un vieillard pour qui elle avait de l'admiration pour un jeune homme au sortir de l'enfance. « Et moi, qui suis-je, s'interrogeait-elle ?

Que suis-je pour Matthieu ? » Qu'est-ce que ce jeune homme pouvait pour elle ? Et elle pour lui ? Pouvait-il lui rendre l'illusion de la jeunesse ? Pouvait-elle l'aider à grandir ? Elle percevait chez lui un voile couvrant des zones d'une vie peu ordinaire. Un peu de mystère sommeillait en Matthieu, elle le pressentait. Victor lui avait appris que, sans mystère, il n'est pas d'amour. Elle expérimentait cela en cet après-midi de janvier.

Matthieu était flatté et fou de désir, mais se sentait gauche, perdu face à une femme lumineuse. Lucie s'en aperçut et, doucement, commença à défaire son faux col pour l'embrasser dans le cou. Elle dégrafa son gilet, ouvrit sa chemise et glissa ses mains sur la peau de Matthieu qui frémit. Elle se releva et, lui prenant les mains, l'entraîna dans la chambre pour l'obliger à s'asseoir dans unc bergère de velours rouge.

— Allons, viens, nous allons nous offrir un peu de paradis.

Pour se dévêtir, elle passa derrière un magnifique paravent japonais. Des iris, des clématites s'y épanouissaient au bord d'un étang. On y reconnaissait le savoir-faire de Louis Majorelle.

Assis, Matthieu voyait sa tête et ses épaules. Elle rit d'un petit rire clair qui mit le désir de Matthieu au supplice. Il entendit les étoffes glisser, frôler le corps de Lucie avant de choir sur le parquet. Elle se baissa alors, sans doute pour les ramasser, car il ne vit plus sa tête. Et, avec grâce, une épaule nue, puis l'autre reparurent au-dessus du bouquet d'iris et de clématites, et elle lui lança ses vêtements avec une bonne humeur contagieuse. Il reçut ainsi corsage, jupe et jupon, bas et guêpière. Il tenait la guêpière dans ses mains, rougissant et ému, et il y plongea le nez pour en respirer le parfum. Il en émanait des senteurs de lilas et de violettes. De quoi laisser flotter son âme.

— Et maintenant… lança-t-elle, l'œil coquin, en agitant une main.

Maintenant, elle était nue et Matthieu tremblait de bonheur. Lucie sortit de derrière le paravent, mais vêtue d'un peignoir de satin et de dentelle rose tendre. Il la regarda aller lentement jusqu'au lit. Le peignoir s'ouvrait et découvrait de jolies jambes bien galbées. Elle n'était pas allongée qu'il était déjà près d'elle à la couvrir de baisers en se déshabillant. Il se répétait intérieurement : « Je fais un rêve, je fais un rêve, un rêve fou, mais tant pis, va pour la folie puisqu'elle m'ouvre les portes du paradis. »

La rencontre amoureuse fut éblouissante pour Matthieu. Lucie était experte dans les choses de l'amour et elle n'eut aucune peine à faire la conquête de son corps et de son cœur. Il n'avait pas vingt ans, mais soudain il se sentait toutes les audaces.

En regagnant la rue des Carmes, après avoir marché rue Grandville pour retraverser la place Stanislas, il se promit d'arracher Lucie aux griffes de Victor Mollin. Cette jeune femme était trop belle encore pour ce vieux grigou. Le seul moyen était d'épouser la belle. Il ne voulait pas entendre la voix de la raison qui cognait à ses oreilles : « Elle est plus âgée que toi. » « L'amour n'a pas d'âge. L'amour n'a pas d'âge », sifflotait-il. Il revivait leur rencontre, se remémorait les courbes de la jeune femme, la douceur de sa peau, son joli minois. Qu'il était bon d'aimer ainsi.

10

Lucienne se fâcha, ce soir-là.

— J'ai promis à votre grand-père de m'occuper de vous. Je vous vois aller et venir tous les soirs. Parfois, vous ne rentrez qu'au petit matin. Vous avez beau user de discrétion, tenir vos souliers à la main pour grimper les étages et mettre de la graisse dans les gonds de la porte certains soirs avant de sortir pour l'empêcher de grincer, j'ai encore mes oreilles de vingt ans et je vous entends. Matthieu, ce n'est pas raisonnable. Et vous avez vu votre tête ? Pâlot, les joues creusées, des cernes sous les yeux. Il y a une femme derrière tout ça. Il faut me dire.

— Oui, concéda-t-il, il y a une femme. Une femme que j'aime beaucoup, mais dont je ne peux parler.

— Une femme ! Une femme secrète ! Une maîtresse, alors, une cocotte ! C'est du joli ! Doux Jésus ! Votre grand-père va se retourner dans sa tombe ! C'est pour cela que vous n'allez plus à la grand-messe ? Vous avez consommé ? C'est du propre !

Lucienne se lamentait, joignait les mains, se signait.

— Je réparerai et l'épouserai.

— Ah non ! Matthieu, je m'y opposerai. Je vais prévenir vos cousins, vos tuteurs… ou bien je vais écrire à votre père.

— Lucienne, si vous faites cela, je m'engage dans la Légion et vous ne me reverrez plus. J'aime cette jeune femme. J'attendrai ma majorité pour l'épouser ; je ne veux pas demander à mon père la permission de me marier, puisqu'il me la refuserait.

— Monsieur Belmont, vous qui êtes là-haut, mettez du plomb dans la cervelle de ce gamin devenu fou, reprit Lucienne, les mains jointes et les yeux levés au ciel.

Matthieu éclata franchement de rire. Lucienne débarrassait la table tout en continuant son sermon.

— Vous n'êtes encore qu'un enfant sans expérience.

— J'avance, Lucienne, je fais des progrès tous les jours, grâce à cette femme…

— Pour l'amour du ciel, ne soyez pas indécent !

Chaque jour ou presque Matthieu se rendait chez Lucie. Elle aimait sa fougue, sa vigueur. Elle n'avait plus jamais reparlé de Victor et Matthieu se rassurait, aimait penser que Victor s'était lassé.

Il y eut un soir où, épuisé d'amour, Matthieu s'apprêtait à s'endormir près de Lucie. Elle se souleva, repoussa les draps, se jeta sur Matthieu qui eut un sourire en refermant les bras sur elle.

— Que nous sommes heureux et fous !

Déjà, il la parcourait de baisers, la frôlait de caresses pour la faire tressaillir. Mais elle mit un doigt sur ses lèvres.

— Demain, murmura-t-elle, demain, mon ange. Plus ce soir. Je voudrais dormir seule, me reposer. Demain, nous passerons ensemble une nuit entière et le jour suivant, puisque ce sera dimanche.

Il la serra plus fort contre lui. Il la sentait tendue, prête à s'offrir encore. Mais elle résista. Il perçut dans son regard une pointe d'affolement. La pendulette sur la cheminée venait d'entamer la sonnerie de onze heures. Il se leva à regret. Lucie expliqua encore que les Magasins réunis procédaient aux inventaires annuels. Matthieu comprit.

— Une petite étreinte pour m'aider, gémit-il comme un enfant alors qu'elle tournait autour de lui tandis qu'il s'habillait.

Elle referma sa robe de chambre.

— Ce nc serait pas raisonnable, Matthieu.

— L'amour n'est jamais raisonnable.

Il la retenait près de lui, la respirait, le cœur battant. Elle faiblissait. Il obtiendrait cette dernière étreinte à demi vêtu, presque à la hussarde et dans la fièvre. Lucie disait non, mais haletait contre lui. Le désir était souverain. Elle préféra céder à Matthieu pour le renvoyer au plus vite. Le jeu de l'amour commencé au bord du lit s'acheva de façon extravagante sur le tapis, entre deux rires. « Je suis folle », songea Lucie, qui n'avait jamais été aussi heureuse. Cette même folie amoureuse les laissa exsangues, hébétés, adossés au pied du lit, emmêlés dans les draps que leur corps-à-corps avait déchirés. La pendulette sonna un bref coup. Onze heures trente.

— Maintenant, pars, Matthieu. Il le faut, je t'en supplie.

— Demain soir, Lucie, toute la nuit et le dimanche, c'est promis ?

Elle acquiesça d'un battement de cils, d'une moue enfantine et charmeuse encore.

Il descendait l'escalier en sifflotant, comme à son habitude, lorsqu'il entendit la porte d'entrée de l'immeuble s'ouvrir et se fermer. Il se tapit derrière un pilier et risqua un œil sur le hall d'entrée qu'une ombre traversait pour se diriger vers l'escalier. Un homme montait lentement en se tenant à la rampe. Un homme élégant portant un chapeau. Matthieu eut un pressentiment avant de le reconnaître, et son cœur se serra jusqu'à la douleur. Victor Mollin, lui, le vieux journaliste, allait voir Lucie.

Matthieu se souvint d'autres soirs, rares, de plus en plus rares, où Lucie, prétextant un surcroît de travail, avait écourté leurs étreintes. C'était donc pour lui, pour ce vieil homme. Après Matthieu, Lucie devait... Il imagina sa belle obligée de sourire, de tendre les bras. Les mêmes mains qui l'avaient caressé, qui avaient fait tressaillir sa peau, allaient parcourir ce vieux corps ridé. Et ce vieux Victor, était-il doux, au moins, savait-il aimer Lucie ? Savait-il la faire rire ? Connaissait-il bien les endroits de son corps qui la faisaient gémir de plaisir ? Comment pouvait-elle supporter sur sa jolie peau laiteuse les mains ridées, la peau crevassée peut-être, flasque ? Ne ressentait-elle pas trop de dégoût avec un tel homme ? Peut-être savait-il lui parler ? Lui parler comme il savait écrire ? Oh, oui ! Sans doute savait-il parler à Lucie avec des mots de lumière. Matthieu ne savait pas bien faire cela. Il en était aux essais de langage amoureux. Il s'affirmait lentement, parfois avec maladresse. Lucie le reprenait doucement. Et, soudain, Matthieu ressentit le mal d'aimer. La douleur se ficha dans son cœur. Il sut ce qu'était la blessure de jalousie. Et il fut au désespoir quand il réalisa que Lucie était encore à la merci de cet homme !

« Il y aura une explication entre Lucie et moi, entre ce vieux et moi. » Matthieu sentit un torrent de colère l'envahir.

11

— Mais je vis dans son appartement, Matthieu ! Je ne peux lui interdire ma porte. Et, si tu veux la vérité il vient seulement chercher un conseil, un peu de tendresse, une petite caresse, ou boire un café. Mon corps en entier, mon cœur, mon âme sont à toi, tu dois me croire.

Lucie s'était pendue au cou de Matthieu et le dévorait de baisers. Il sentait la pointe de ses seins tendue à travers la fine lingerie dont elle s'était vêtue en prévision de leur nuit. Elle se faisait insistante, répétant :

— Tu dois me croire, Matthieu.

— Est-ce que... lui et toi...

— Pas comme tu le penses, Matthieu. Entre Victor et moi, c'est très différent.

Lucie ne pouvait en dire plus. Elle avait les yeux gonflés de larmes. Depuis qu'elle connaissait Matthieu, une fois Victor avait exigé d'elle l'amour, comme autrefois, c'est-à-dire comme si elle était une fille de joie. Victor l'appelait sa poupée d'amour quand il était en quête d'extase. Il la voulait à demi dévêtue, marchant de long en large dans la pièce avant de la prendre debout et de la faire crier. Il disait que si elle ne criait pas il n'avait pas son plaisir. Lucie n'avait jamais aimé ces jeux-là. Mais comme ils étaient bien différents de ceux pratiqués avec Matthieu, elle en fut soulagée. C'était l'autre femme, celle qui avait usé de son corps pour se défaire de l'esclavage d'un travail qu'elle n'avait pas choisi. Avec Matthieu, elle était une jeune femme normale. Elle aimait et elle était aimée.

Victor força Lucie, voulut retrouver sa poupée, la regarder surtout avant de la toucher, les yeux clos sous un bandeau noir. A cause de ces jeux étranges, un rien pervers, Lucie put s'offrir à lui. Cela n'avait rien à voir avec l'amour. Rien à voir avec Matthieu. Elle ne griffait pas le bel amour de Matthieu.

Quand Matthieu avait croisé Victor dans la pénombre de l'escalier de l'immeuble, Victor venait quêter une vérité qu'au fond il connaissait. Une fatalité redoutée depuis l'installation de la jeune femme dans cet appartement. Il avait mis son bel oiseau en cage, sachant qu'un jour le bel oiseau en pousserait les barreaux. Victor s'était assis pour reprendre souffle.

« Il est venu, ce jeune coq, ne mens pas. Je le sais. La concierge me dit tout en échange d'un gros billet que je lui donne chaque semaine. N'essaie pas de mentir, tu n'as même pas eu le temps de refaire le lit. »

Il respira fort, déçu et résigné à la fois.

« Ces choses devaient arriver. Habille-toi, remets tes vêtements de petite paysanne. »

Elle protesta, disant qu'elle les avait jetés.

« Toi, tu les as jetés. Mais moi je les ai récupérés. »

Il se leva et alla ouvrir un placard dans le mur dont il avait la clé. Il en sortit un petit carton dont il souleva le couvercle. Lucie poussa un cri en apercevant les loques qui avaient été les siennes.

« J'ai dit : remets tes vêtements du premier jour, y compris les vêtements intimes. Ils ont été lavés. Allons, poupée, hâte-toi, mon désir ne peut attendre. Aujourd'hui est un jour faste pour moi. »

Elle passa à la hâte jupon et jupe reprisés, le petit bonnet frangé et le chemisier déchiré par son patron un jour où il avait tenté d'abuser d'elle. Le jour où Victor, venu à Charmes pour rédiger un article sur la verrerie de Portieux, avait découvert Lucie sanglotant en haut du pré de son maître.

« Regarde-toi, poupée, n'oublie pas d'où tu es partie. Voilà ce que tu étais quand je t'ai trouvée, j'ai eu de la chance : ce que tu as refusé au laitier, tu me l'as accordé immédiatement pour que je t'emmène loin. Tu étais belle et tu étais propre, pour une paysanne. Je me souviens de l'odeur de savon qui imprégnait ta peau. Tourne-toi, montre-moi tes jambes, plus haut, baisse-toi… robes relevées, que je te devine, mon petit… »

Lucie se mit à le haïr.

« Maintenant, tu es Lucie d'aujourd'hui, mets ta guêpière et des bas et laisse-moi te les enlever. Oublions ce jeune coq. J'ai fait de toi une dame, et tu n'es qu'à moi. Mais non, ma belle, ne dis pas merci à Victor, fais tout simplement ce qu'il te demande. Tu vas te déshabiller lentement, que je te contemple encore et que je t'emporte plus belle que jamais. Tu rayonnes des bienfaits de l'autre, grâce à moi, au fond. Moi qui t'ai tirée des griffes d'Alphonse qui t'aurait culbutée dans sa laiterie, au pied des vaches. Tu méritais tellement mieux. Allons, marche, ma belle enfant, marche et, quand tu seras fatiguée, tu viendras t'asseoir sur mes genoux, comme une gentille petite fille, alors je te respirerai un peu. Est-ce que tu sens ce jeune coq ? »

Lucie avait pleuré, de rage intérieure et de dégoût. Mais elle avait perçu la peine du vieil amant qui voit s'ouvrir la tombe. Il avait besoin de céder à ses vieux démons. Il achetait l'amour et l'émotion. Il n'avait jamais su faire autrement, disaient ses vieux amis. Pour lui, elle serait éternellement une fille de joie, une poupée d'amour. Pour Matthieu, elle était l'amante, la folle amoureuse.

Lucie n'avait jamais dit à Matthieu les penchants un peu maniaques de Victor, sans doute pour ne pas le peiner. Pour elle, y songer était souffrance, humiliation. Pourtant, indulgente, elle voulait trouver des excuses à Victor.

« Un peu de tendresse, je peux lui en donner encore, demain il sera peut-être mort. »

Elle voulait oublier les paradoxes de Victor, capable d'oser proclamer qu'elle devait se libérer, qu'une femme pouvait être l'égale des hommes, quitte, dans la demi-heure suivante, à la vouloir soumise. Et si elle se rebellait en cherchant des arguments solides et fondés, il savait lui clore le bec. En amour, les choses étaient bien différentes.

« Tais-toi, ne dis rien, jolie poupée. Les jeux de l'amour n'obéissent à aucune logique. Allons, viens près de moi. »

Et elle voyait une ombre de lubricité passer dans le regard du vieil amant.

Si Matthieu avait su ce qu'avaient été les débuts de Victor et de Lucie, il eût provoqué le vieil homme en duel. Mais Lucie se tut. C'était son secret et un chagrin immense pour elle.

Néanmoins, Matthieu ne pouvait se résoudre à partager cette femme. Il imaginait les vieilles mains de l'homme sur la douce peau laiteuse de Lucie. Non, ce n'était pas possible. Il ferma les yeux pour éloigner le supplice.

En la retrouvant, malgré le violent désir qu'il avait d'elle, il prit les poignets de Lucie et se retint. Il aurait pu la battre.

— Tu vas rompre et me suivre. Je vais t'installer ailleurs. Je trouverai une solution.

Lucie vacilla, puis se ressaisit. Elle réalisa qu'elle avait pris goût à une vie facile, dorée. Elle connaissait à peine Matthieu, ce jeune homme bien mis, il était vrai. Avait-il les mêmes moyens que Victor ?

— Mais un appartement comme celui-ci coûte une petite fortune, Matthieu, tu es si jeune.

— M'aimes-tu seulement un peu ?

La question était posée. Lucie baissa les yeux, mais ne put répondre sur-le-champ. Elle revoyait Charmes et les besognes qui avaient été les siennes, et elle refit mentalement son parcours aux côtés de Victor. Matthieu la frôla de ses mains sur tout le corps. Son sang se figea. Statufiée, incapable de répondre, de choisir, elle ferma les yeux et serra les mâchoires. Le jeune homme sortit en claquant la porte rageusement.

Il ne revit pas Lucie et ne chercha plus à la rencontrer. Il ne mangeait plus, dépérissait malgré les attentions de Lucienne. A la verrerie, il ne parlait plus à personne. Plus rien ne le réjouissait. Il accomplissait ses tâches par habitude, rudoyait parfois l'équipe de jeunes apprentis qui travaillaient avec lui à l'atelier de dessin. La gentillesse de Matthieu appartenait au passé.

Le printemps éclatait et inondait les rues. Dans les faubourgs, les lilas s'épanouissaient et leur parfum s'offrait le soir jusqu'à l'étourdissement. Ce fut un de ces soirs, non loin du parc Sainte-Marie, que Matthieu, qui revenait de chez le notaire, croisa Lucie, marchant aux côtés d'Elisabeth. Lucie portait un panier qui indiquait qu'elle venait de faire quelques provisions. Elle n'avait pas changé. Toujours jolie, élégante... Peut-être une ombre de tristesse voilait-elle son regard. Matthieu se découvrit et salua les jeunes femmes avant de se planter devant Lucie en saisissant son panier, les deux mains posées sur l'anse pour l'aider.

— Je peux ?

Elle ne voulait pas faire de scandale. D'un signe de tête, elle acquiesça et Elisabeth pressa le pas, s'éloigna pour les laisser tous les deux.

— Tu es perdue, ici ? interrogea Matthieu.

— Non, j'arrive chez moi, dit-elle.

— Chez toi ?

— Oui, j'ai quitté Victor après ton départ et je me suis installée là-haut, dit-elle en montrant un immeuble. Ce n'est pas luxueux, mais je ne dépends pas d'un homme.

— Je suis désolé. Je te demande pardon, Lucie. Tu me manques.

— Tais-toi, dit-elle.

— As-tu quelqu'un dans ta vie ?

— Oui, toi, dit-elle doucement en plongeant son regard dans le sien.

Il la suivit au quatrième étage sous les toits. Elle logeait dans une vaste chambre de bonne, sans eau courante, mais ensoleillée, d'où elle apercevait le parc Sainte-Marie. Le mobilier était sommaire et d'une grande sobriété, cependant Lucie n'avait commis aucune faute de goût en accordant les rideaux, le dessus-de-lit et la nappe en dentelle sur la table Empire.

Il faisait très chaud sous les toits, mais ni l'un ni l'autre ne semblaient en souffrir. La même fièvre amoureuse les avait saisis et les soudait. A chaque fois que Matthieu se relevait pour partir, Lucie le retenait. Et quand elle criait grâce, c'est lui qui quémandait une dernière étreinte. Le soir tomba, la nuit les enveloppa. Ils s'endormirent alors que le jour se levait.

C'est en quittant Lucie pour se rendre directement à la verrerie que Matthieu prit une grande décision. Il se rendrait à Charmes, arracherait à Gustave la permission d'épouser Lucie. Il ne pouvait plus vivre sans elle.

Le dimanche suivant, ils se rendirent au bas de la rue Notre-Dame-des-Anges pour prendre le funiculaire en direction de la cure d'air Saint-Antoine. Les Nancéiens aimaient s'y retrouver pour un déjeuner champêtre. L'après-midi, on dansait. Les enfants pouvaient jouer un peu plus loin. Des balançoires, des manèges leur tournaient la tête et les rires fusaient, mêlés au chant des oiseaux.

Matthieu invita Lucie au restaurant le plus chic de la cure, où il salua des artistes de l'école de Nancy. Matthieu ne se cachait pas. Il tenait Lucie par la taille, se penchait vers elle avec émotion et fierté. Mais, après le repas, tous deux s'éloignèrent, s'enfoncèrent dans les bois, quittèrent le sentier loin des regards pour trouver refuge dans un bosquet. Personne, sauf peut-être les oiseaux et quelques lapins, ne sut les mots murmurés entre deux boutons défaits et deux promesses d'amour éternel.

12

A la verrerie, on voyait beaucoup Matthieu sur la place tôt le matin ou tard le soir. Il se mêlait à l'équipe formée quelques années auparavant par les frères Geslot, une équipe de recherche pour les formes nouvelles. Matthieu avait demandé qu'on fît une canne légère, de très petites dimensions, pour aller cueillir le verre en fusion. Il soufflait et tournait très vite de très petites paraisons, de plus en plus petites et de plus en plus vite, sous le regard de son apprenti prêt à ouvrir la flamme du chalumeau pour réchauffer la paraison. Le travail du verre ne supportait pas d'être interrompu une fois qu'il était commencé.

« Mais à quoi il joue, Matthieu ? Qu'est-ce qu'il prépare ? » se demandait l'un ou l'autre décorateur de passage sur la place.

Matthieu ne répondait pas. Il gardait les yeux fixés sur le four, sur la paraison qu'il cueillait avec une pointe d'angoisse. Il soufflait en tournant la canne tout en approchant les palets de bois dont le frottement contre le verre en fusion provoquait une flamme qui déchirait les regards. Matthieu ne cessait de tourner pour obtenir un rond parfait, mais toujours trop volumineux.

Il transpirait, s'impatientait, s'exaltait quand son rêve prenait forme et se décourageait quand la fatigue faisait que le bon mouvement n'avait pas été au rendez-vous pour une parfaite réussite de l'objet extraordinaire qu'il projetait de réaliser.

Et puis, il eut une autre idée. Fabriquer un moule en fonte qui serait le moule d'un anneau qu'on pourrait ensuite travailler. Il se rendit à l'atelier des moules, après avoir pris conseil auprès de l'un des directeurs artistiques.

Il ne fallut pas très longtemps pour que ce moule fût prêt. Jacques, l'un des chefs décorateurs, encourageait les recherches de Matthieu. Il y voyait la possibilité de lancer une nouvelle création. Matthieu reprit ses essais. Avec le moule, son travail fut plus aisé. Quand l'anneau fut formé, il le fit rouler sur une plaque de marbre où était étalée de la poudre de cobalt. Il allait procéder à la vitrification de cette poudre et colorer l'anneau, qu'il saisit entre deux petites pinces pour le glisser sur une tige de fonte qu'il posa sur deux tréteaux. D'une main, il actionnait la tige de fonte pour faire tourner l'anneau, et de l'autre approchait la flamme du chalumeau pour que le verre conserve la même température à mesure qu'il se colorait. Matthieu tournait et tournait l'anneau, ivre du résultat qui doucement se dessinait sur la tige. Le cœur battant, il le déposa ensuite dans le moule placé sous un vaporisateur d'eau. Cette fois, il allait atteindre son but, pour Lucie. Il ne comptait plus les essais. Il travaillait dans un surprenant silence, entièrement absorbé par son œuvre, le visage noyé de sueur et d'espoir mélangés, les yeux rivés aux paraisons, au moule. Combien de fois, agacé, avait-il jeté l'anneau à terre d'un geste rageur ? Mais toujours il avait recommencé, comme si son avenir dépendait de ce succès. Matthieu se découvrait. Il n'admettait point l'échec.

C'est par un beau jour de juillet que Matthieu réussit enfin à brandir entre ses pinces un anneau parfait, éclatant de lumière bleutée, qu'il déposa dans l'arche de refroidissement. Quelques heures seraient nécessaires avant de pouvoir continuer à le travailler. Si toutefois l'anneau n'éclatait pas. Matthieu avait renoncé à la technique du verre intercalaire. Pour une si petite pièce, avaient conseillé les maîtres, ce n'était pas la peine. Pour la couleur, il avait fait en sorte que la poudre de cobalt et d'or soit absorbée par le verre à 800 °C avant de le recuire. Ensuite, il prévoyait de graver « Lucie » à l'intérieur de l'anneau. Quand tout serait terminé, quand l'anneau aurait été passé au flétage afin que les jolis doigts de Lucie ne fussent point blessés, il fabriquerait son alliance. Celle qui porterait son prénom : « Matthieu ».

Alors il pourrait épouser Lucie, en septembre. Mais, auparavant, il se rendrait aux tanneries de Charmes, où Gustave demeurait toujours. Il arracherait l'accord de son père. Matthieu avait vingt ans et ne pouvait plus attendre.

Il gravit les marches quatre à quatre. Parvenu au troisième étage, Matthieu appelait déjà :

— Lucie, Lucie !

Sur le palier du quatrième, elle l'attendait, impatiente.

— Cherche dans ma poche, vite, murmura-t-il en l'embrassant, impatient de cueillir le contentement de sa belle dans ses yeux verts.

Lucie avait trouvé l'anneau.

— Par cet anneau, je te demande en mariage. Que dirais-tu d'une noce au moment des vendanges, par exemple ? Tu dis oui, bien sûr. Demain, nous ne nous verrons pas de la journée. Je prends le train très tôt pour aller à Charmes et obtenir de mon père la permission de t'épouser. Je ne serai majeur qu'en avril prochain. Je ne veux plus attendre. Qu'en dis-tu ?

Pour toute réponse, Lucie avait posé sa tête contre la poitrine de Matthieu. Il n'avait eu qu'à refermer les bras.

— Tu me crois ?

— Je suis obligée de te croire, et lui ou elle aussi, dit-elle en guidant la main de Matthieu sur son ventre. La sage-femme l'a confirmé. La naissance devrait avoir lieu fin février.

Un enfant ! Un enfant dans le ventre de Lucie ! Un enfant, le sien, le leur ! Sous l'effet de l'annonce si soudaine, Matthieu s'était assis.

— Tu n'es pas content ?

— Bien sûr que je suis content ! Fou de joie ! Mais toi, es-tu heureuse ?

Elle n'avait pas répondu.

— Si tu es à mes côtés, tout va bien. Mais si je suis seule pour élever ce bébé…

— Notre bébé, corrigea-t-il.

— Tu es si jeune, Matthieu, murmura Lucie.

— La valeur n'attend pas le nombre des années… déclama Matthieu, heureux de faire resurgir quelques souvenirs.

Mais Lucie ne le suivit point. Elle n'avait pas compris. Des larmes roulèrent sur ses joues et Matthieu la prit dans ses bras, la coucha doucement en l'embrassant.

— Nous serons heureux jusqu'à la fin des temps, déclara-t-il pour s'en convaincre. Et notre bébé sera le plus beau du monde. Tu dois y croire, Lucie.

13

Matthieu n'était pas revenu à Charmes depuis longtemps. Il se souvenait de son départ, une fuite, d'ailleurs, conduit par son grand-père chez Henri et Marguerite, rue des Dominicains, pour échapper à la fureur de Gustave. Il se souvenait encore d'une rencontre avec Gustave et d'un chocolat bu à l'Excelsior, quand son père désirait son retour à Charmes. Depuis cette dernière rencontre, le père et le fils avaient échangé quelques lettres courtoises deux fois l'an, pour se souhaiter une bonne année et une bonne fête pascale, mais il n'avait plus jamais été question de retour dans les Vosges.

La campagne défilait, prise dans les brumes laiteuses d'un lendemain d'orage. Matthieu se laissait bercer par les cahots du train qui le déposerait à la gare sur le coup de dix heures du matin. Gustave avait été prévenu par courrier de l'arrivée de son fils, mais n'avait pas répondu. Matthieu se demandait s'il retrouverait le chemin des tanneries, au bord du canal. Mentalement, il refaisait ce trajet. Presque dix ans s'étaient écoulés. Charmes avait dû changer, s'agrandir, embellir. C'était une période de grand dynamisme. Certes, les pauvres étaient encore nombreux dans les cités ouvrières, mais on disait qu'on y mangeait mieux, que les mesures d'hygiène avaient fait reculer la mortalité infantile. Le rêve d'un avenir meilleur existait... Matthieu espérait aussi croiser un visage connu. Se souviendrait-on de lui ? Il était parti enfant et revenait à l'âge d'homme. Pour s'en convaincre, il se répétait : « Père, je vais être père. »

Personne ne l'attendait à la gare. Il fut déçu. Il passa devant l'église Saint-Nicolas qui sonnait déjà l'appel de la messe de onze heures. Et il se hâta vers les tanneries. Il y avait peu de monde dans les rues et son passage ne provoqua aucun mouvement. Pourtant, il croisa la boulangère de la Grand-Place, Madeleine, toujours égale à elle-même, bien rougeaude, ronde, et même gironde dans ses jupes et tabliers. Il la salua. Elle lui rendit la politesse avec une pesante indifférence. Elle passa son chemin. Il se retourna deux fois sur elle. Il eût aimé décliner son identité, s'informer des événements. Il soupira. Il devait être bien différent du petit garçon qui courait à la main de Mathilde, qu'on saluait avec respect et déférence.

Comme il arrivait près des tanneries, l'appréhension le gagna. Il s'arrêta sur le petit pont avant d'emprunter le sentier menant à l'entrée. Il observa attentivement les bâtiments dont rien ne semblait avoir changé. On eût dit que le temps avait figé les lieux.

— Alors, jeune homme, on rêve ?

Il se retourna.

— Je pensais, monsieur... Je pensais au patron des tanneries.

— Gustave, ben, le pauvre, il est dans un triste état. Il n'ira plus loin. Il rejoindra ses deux femmes, si le bon Dieu ne l'envoie pas aux enfers. Vous le connaissez ?

— Un peu, une vague parenté, répondit Matthieu, très gêné par son mensonge.

— Il a eu un fils que son beau-père a emmené vivre à Nancy. Faut dire que la situation de Gustave n'était pas simple. Un mariage pour l'argent et l'amour hors mariage. Un enfant né hors mariage, mais élevé par l'épouse légitime. Faut être costaud pour tenir le coup.

Matthieu baissa les yeux et regarda à terre, gêné de découvrir que son histoire était connue.

— Est-il chez lui ?

— Oui, je crois, il n'a plus guère de forces. Marie, la sage-femme, et les sœurs de l'hospice se relaient pour les soins.

— Et les tanneries ?

— Bah, vous savez, les affaires vont tout doucement. Sans enfants pour succéder à Gustave, peut-être que les tanneries fermeront et que beaucoup de nos gens d'ici devront chercher du travail ailleurs. Près de Gustave, il y a bien Marcel, un vague neveu qui est arrivé depuis la Noël, mais vu que personne ne le connaissait, ce gars-là est sûrement plus intéressé par le pactole que par la bonne marche des tanneries. Ah, du temps de sa femme, c'était autre chose ! Il faut dire qu'à cette époque le beau-père était là pour donner de bons conseils... Et Gustave n'avait qu'à s'incliner.

— Mais vous avez travaillé aux tanneries, vous ?

— J'y allais, pendant l'hiver. Comme tous les paysans d'ici. Pour faire un peu de sous quand la terre est dure ou recouverte de neige. Les journées sont longues en hiver et la goyotte[1] a les doublures qui se touchent... Maintenant, je me repose, je me fais vieux, ce sont les fils qui exploitent la ferme. Et vous, jeune homme, vous n'êtes pas d'ici ?

— Non, soupira Matthieu, je ne suis pas d'ici. Je suis de Nancy, mais j'ai des connaissances dans la région.

— De Nancy ! reprit l'homme qui n'avait rien entendu de la suite. J'y suis allé deux fois. Quand les Boches ont quitté la ville en 1873. Je voulais voir ça. Ici, on avait tellement souffert de la guerre ! Vous n'étiez pas né, mais sur la colline et sur la place, ça tirait de partout. Les Carpiniens ne se sont pas laissé faire. Certains ont même payé de leur vie. Alors, quand on a su par le journal, *Le Petit Echo du Madon*, que les Prussiens levaient le camp... on s'est organisés, avec les camarades. Quelle fête ! On a dansé dans les rues. On a bu aussi dans tous les cafés. J'avais vingt ans et pas l'habitude du vin et de la goutte. Ma mère n'était pas près de moi pour me rappeler à l'ordre. J'ai pris une de ces cuites ! Les camarades m'ont dit que j'avais dormi trente-six heures d'affilée près du pont de Malzéville et qu'une pauvre vieille était venue jeter une couverture sur moi pour que je n'attrape pas froid.

Il s'arrêta un instant, les yeux embués de larmes, avant de reprendre :

— Plus tard, je suis retourné à Nancy pour l'enterrement de ma belle-mère. La ville s'enrichissait, on construisait beaucoup de belles maisons. Des quartiers entiers. L'argent ne manquait pas, grâce aux Alsaciens

1. Bourse.

et aux Lorrains de Metz qui avaient opté pour la France. Enfin, nous, on venait voir le notaire qui nous recevait après la mise au trou.

L'homme s'arrêta encore, comme pour mesurer le temps écoulé depuis ces événements. Mentalement, il comptait les années le séparant de ces instants. Ce qu'il avait été, ce dont il avait rêvé et ce qu'il était devenu. Il y avait loin de la coupe aux lèvres. Il soupira, jeta un œil sur le canal, puis leva les yeux sur la colline avant de reprendre :

— Nancy, c'est une belle ville. Mais il faut des sous pour y vivre. Tout y est plus cher qu'ailleurs...

Matthieu se taisait et approuvait d'un hochement de tête. Soudain, on entendit les cloches de la fin de la messe.

— Ce n'est pas le tout, jeune homme, il faut que j'y aille, sinon ma femme ne sera pas contente. Elle croira encore que j'ai fait une escale chez le père Julot et que j'ai tâté de la chopine. A une autre fois.

Matthieu attendit que Désiré se fût éloigné pour poursuivre son chemin. Il avait reconnu le fermier des Rocheuses. La ville était calme et il entreprit la descente du pont afin de rejoindre les tanneries. Au portail, il se heurta à Marie.

— Bonjour, Marie, je suis Matthieu.

— Ciel ! Ben tu tombes bien, toi, le déserteur.

Marie le prit par les épaules, le secoua, les larmes dans les yeux. Elle revit, le temps d'un instant, l'enfant né de Bertille. L'enfant qu'elle emporta pendant le sommeil de Bertille, dont on se demandait d'ailleurs si elle s'éveillerait. Elle se revit déposant le petit dans le carton sur le chemin. Et puis, derrière la haie, elle avait guetté la sortie de Mathilde. Et, aujourd'hui, il se dressait là, devant elle. Mon Dieu, ce regard, le dessin de ses lèvres... S'il avait la belle stature de Gustave quand il était jeune, il ressemblait à sa mère, c'est-à-dire à Bertille.

— J'ai écrit, Marie. J'ai écrit à mon père.

— Je sais. J'ai lu ta lettre.

— Mais lui, l'a-t-il lue ?

— Je la lui ai lue.

— Et alors ? questionna Matthieu, anxieux.

— Il va mourir, Matthieu. Il va mourir d'un jour à l'autre. Trop d'alcool dans ses veines. Trop de chagrin dans le cœur.

— Pourquoi ne pas m'avoir prévenu ? Il ne disait jamais rien dans ses courriers.

— Il ne voulait pas que tu saches. Tu l'avais abandonné en refusant de le suivre quand il est venu te chercher à Nancy. Pour lui, tu avais choisi l'autre famille. Alors que ta vraie famille, tu es au courant, c'est la sienne.

— Peut-être, Marie. Mais j'ai aimé ma mère, celle qui m'a élevé. J'ai aimé Jacques, mon grand-père. Gustave me regardait à peine quand j'étais enfant. Chaque soir, il claquait la porte pour grimper Dieu sait où sur la colline.

— Il allait voir ta mère, celle qui t'a mis au monde. Gustave paie cher le mal qu'il a fait. Sa souffrance est immense. Les regrets lui mangent l'âme et le cœur.

— Que puis-je faire ?

— Rien. Il est des destins qui s'écrivent dans la douleur. Viens, suis-moi.

— Marie, je viens seulement lui demander de me donner la permission de me marier.

— Un bon conseil, ne lui en parle pas trop vite. Donne-lui d'abord ton sourire, et un peu d'amour. Il a besoin de ce bagage avant de mourir.

— Mais je dois repartir ce soir, Lucie m'attend...

— Gustave est ton père et il va mourir... Ton amoureuse peut bien t'attendre.

Matthieu se demandait comment prévenir Lucie. C'était dimanche et le bureau de poste ne fonctionnait pas pour cause de Fête nationale. Il ne pouvait pas envoyer un télégramme. Il aurait pu téléphoner aux cristalleries pour prévenir de son absence, mais comment joindre Lucie ? Elle l'attendait, angoissée. Elle n'avait que lui au monde. Maintenant qu'elle portait leur bébé, elle vivait dans l'inquiétude. N'allait-elle pas être montrée du doigt, rejetée ? Elle allait se croire abandonnée s'il ne revenait pas à temps. Il cherchait à se rassurer. Il avait fait sa demande en lui donnant l'anneau en gage de la promesse, en gage de l'amour qu'il lui vouait. Matthieu revivait leurs derniers instants passés ensemble. Avait-il su la convaincre pour qu'elle crût possible ce mariage ?

Matthieu songea aux Magasins réunis, où Lucie travaillait encore. Il essaierait de faire passer un message dès le lundi matin. Non, pas le lundi puisque, ce jour-là, Lucie n'y travaillait pas. L'inquiétude le rongeait. Il se rabattit sur Elisabeth, l'amie de Lucie. Elisabeth serait peut-être la messagère. Elle travaillait aux cristalleries et posait encore pour Emile Friant. Il tenta de téléphoner chez le peintre pour prévenir Elisabeth.

Mais Emile était absent. Sans doute dans le Saintois avec les gens de l'école de Nancy. Il laissa son numéro de téléphone à la jeune bonne qui avait décroché pour qu'Emile pût le joindre immédiatement. Lucie allait avoir le cœur déchiré sur le quai de la gare en le guettant en vain à la descente du train. Cette pensée était intolérable à Matthieu.

14

Gustave dormait. Matthieu n'avait pas quitté le chevet de son père depuis quatre jours. Bouleversé. Il n'aurait jamais imaginé être ainsi atteint dans son cœur et son corps par la fin de cet homme. Ce père qui, parfois, l'avait fait trembler gisait dans ce lit telle une petite chose entre les mains des uns et des autres. Marie caressait son front et ses cheveux quand elle venait. Des gestes de compassion, des gestes de femme aimante. Matthieu l'aurait juré. Mais, après tout, qui était-il, lui, Matthieu, pour se permettre de juger une si vieille histoire ? Cela ne le regardait pas.

« Gustave n'a pas eu de chance ou trop de chance, songea-t-il, deux femmes dans sa vie... » Bertille, dont Marie ne cessait de lui dire que c'était la trahison qui lui avait fait perdre la tête. Bertille était jolie et intelligente, et elle aimait Gustave.

— Et ma mère, Mathilde ? interrogea Matthieu.

— C'était une femme merveilleuse, mais d'un autre milieu. Elle avait été séduite par ton père. Si tous deux avaient vraiment pu avoir un enfant ensemble, rien n'aurait été pareil. Mathilde est morte en allant chercher le secret de ta naissance. L'a-t-elle trouvé ?

— Mon père m'a affirmé que oui quand il est venu me voir à Nancy. Il m'a fait pitié. Il a perdu ses femmes le même jour.

— Et son fils, par la même occasion, lâcha Marie sur un ton de réprimande.

— C'était mon droit d'aller là où m'entraînaient mes sentiments, soupira Matthieu pour se défendre.

— Ton grand-père, enfin, monsieur Belmont, a bien œuvré pour cela…

— Je n'aurais pas suivi mon père. Je n'aime pas l'ambiance des tanneries.

— Disons que ton grand-père a privé ton père de ses droits sur toi.

— Que voulez-vous dire ?

— Ton grand-père t'a acheté. Tu peux même te marier sans demander la permission à ton père. Ce sont tes tuteurs qui ont à donner leur avis sur ton avenir.

— Ça, je l'ignorais. Henri et Marguerite ne m'en ont jamais parlé.

— Quand ton père est venu te voir à Nancy, il a aussi rencontré ton grand-père. Les tanneries connaissaient une période difficile. Ton grand-père a accepté de les renflouer en échange de l'abandon par ton père de ses droits sur toi. Le résultat, tu le vois. Les tanneries ont été sauvées. Mais ton père ne s'est pas remis d'avoir perdu son fils. Tu n'y es pour rien, mais… sous ses aspects bourrus, Gustave t'aimait. Tu étais sa fierté.

— Il n'a pourtant pas hésité à déposséder ma vraie mère, qui en a perdu la raison… Gustave a payé, murmura Matthieu, soudain au bord de la colère.

Marie se souciait du chagrin de Gustave, mais, semblait-il, oubliait celui de Bertille, comme avait été mis à l'écart celui de Mathilde.

— Dans cette triste affaire, reprit Matthieu, j'aurai été un otage. Les adultes ont réglé leurs comptes sur mon dos.

Il avait quitté la salle à manger pour aller marcher dans Charmes. Il gravit la colline du Haut du Mont jusqu'à la ferme où Bertille était morte. Personne n'avait repris l'exploitation. Tout n'était que ruine et friche. Longtemps, Matthieu médita, adossé à un sapin, avant de redescendre et de tenter de retrouver le lieu où sa mère avait péri. Il le trouva, car Gustave avait fait élever une stèle de granit rose portant le prénom de Mathilde et la date du funeste jour. Alors, Matthieu pleura longtemps, à genoux parmi les feuilles mortes et les épines de sapin, les mains posées sur la stèle, avant de revenir aux tanneries. Marie l'attendait sur le chemin du canal.

— Dépêche-toi, Matthieu, le curé vient d'arriver, c'est la fin.

Matthieu courut aussi vite qu'il le put.

— Ah, dit son père quand Matthieu prit sa main. Tu vois, c'est mon tour et je t'aurai à peine connu. Dis-moi ce que tu vas faire.

— Je connais une jeune femme, papa, elle s'appelle Lucie. Elle est de Charmes et est partie vivre à Nancy. Tu te souviens de la petite bonne d'Alphonse à la laiterie ? Lucie Kessler, c'est elle que j'aime et nous allons avoir un enfant.

— C'est bien, mais aime-la. Sois meilleur père que moi. Meilleur mari, aussi. Les tanneries t'attendent. Ce sera comme tu veux. Je ne veux pas t'obliger. Ta mère n'aimait pas.

— Elle aimait le feu du verre, moi aussi, je dois dire. Je travaille à la verrerie Daum, papa. J'aime mon métier.

— Mais tu n'es pas patron.

— Cela m'est égal. J'ai le temps.

— Mais les tanneries, mon fils, les tanneries...

Marie avait fait un signe à Matthieu pour l'encourager, le presser de s'exprimer sur le sujet.

— Je te promets, papa. Je te promets de ne pas les abandonner.

— Ah !

Gustave avait essayé de se soulever de ses oreillers, d'ouvrir les yeux pour croiser le regard de Matthieu. Il s'accrochait de ses mains fiévreuses à celles de son fils.

Gustave poussa un grand cri. Un râle atroce. L'air lui manquait. Marie s'était approchée de lui, avait rehaussé les oreillers et caressé ses cheveux en murmurant que tout irait bien puisqu'elle était là. Elle dit encore qu'elle n'oublierait jamais rien de leur jeunesse dans les prés de Brantigny quand ils étaient enfants.

Gustave avait relâché la pression de ses mains sur celles de Matthieu pour retomber haletant sur ses oreillers. Il avait baissé les paupières, comme pour emprisonner ce qui avait sans doute été un beau souvenir de sa vie, quand il courait dans les prairies au bord du Madon aux côtés de Marie. C'était avant de rencontrer Mathilde et de la faire danser un soir de Saint-Jean.

Le prêtre avait commencé les prières, les onctions. On ne sut pas vraiment quand la vie quitta le corps de Gustave. Matthieu était très ému, concentré sur l'instant. Il tenait la main gauche de son père. En proie à l'émotion, il serrait si fort qu'il ne réalisa pas quand la main de son père devint une petite chose inerte. Ce fut Marie qui, surveillant la respiration de Gustave, se rendit compte que tout était fini. Elle chuchota à l'oreille de Matthieu que Gustave avait passé la rive.

— Il ne connaîtra jamais son petit-fils ou sa petite-fille, gémit Matthieu.

— Mais, là où il est, il ne souffre plus et trouvera sa part de lumière. Là où il va, il t'aidera, Matthieu. Fais confiance à la vie. Je t'ai vu naître, je t'ai confié à Mathilde, c'est à toi de faire, tu peux, tu dois, dit-elle en prenant Matthieu contre elle avec affection.

Matthieu comprit combien il était seul pour décider de sa vie. Lucienne vieillissait, Henri et Marguerite ne seraient pas éternels. Il prenait soudain conscience que, jusqu'à présent, il s'était surtout comporté en gosse de riche, en gamin privilégié.

Presque trois semaines s'étaient écoulées depuis son départ de Nancy pour venir quérir une autorisation qu'il eût pu trouver là-bas. Mais Jacques Belmont s'était tu, s'en remettant à Henri et Marguerite, bien silencieux, eux aussi.

On venait d'enterrer Gustave. Matthieu allait regagner Nancy pour retrouver Lucie, qui n'avait pas écrit, malgré ses demandes. Il avait téléphoné aux Magasins réunis sans parvenir à la joindre. « Elle est souffrante », avait répondu le chef de rayon, et Elisabeth était absente jusqu'au 15 août.

15

Matthieu s'impatientait sur le quai de la gare. Marie l'avait accompagné en lui faisant promettre de revenir, quand il le voudrait.

— Je reviendrai pour régler cette affaire des tanneries après avoir pris conseil chez le notaire de grand-père, affirma-t-il, mais, c'est vrai, je reviendrai.

Maintenant, le train roulait à travers la campagne, sous un soleil torride. Une chaleur implacable, sans un souffle d'air, sans la moindre brise. Les femmes s'éventaient doucement et Matthieu en fit autant avec son journal, rêvant de Lucie sur le quai de la gare. Lucie vêtue de sa jolie robe vert pâle comme son regard, bordé d'un jaune faisant penser à l'or du soleil.

Le train s'immobilisa sur le quai numéro trois. Matthieu aperçut les tours de l'église Saint-Léon et se hâta de descendre du train. Il guettait Lucie, se préparant à ouvrir les bras, à respirer sa peau, à la serrer sur son cœur. Mais Lucie n'était pas sur le quai. Elle n'était pas non plus dans la salle des pas perdus. Ni devant la gare, ni à la terrasse des Deux Hémisphères où parfois tous deux se donnaient rendez-vous. Alors, il héla un fiacre et se fit conduire jusqu'au domicile de Lucie. Il frappa, appela, tambourina. Personne ne répondit. Il fit tant de bruit que, du troisième étage, une voisine monta et le trouva hébété, appuyé contre la porte.

— Elle est partie, monsieur.

— Partie ? Quand et où ?

— Elle n'a pas dit, monsieur. Mais elle était bien triste. Elle m'a remis une lettre, pour vous, sans doute.

— Mais j'ai écrit, j'ai envoyé des télégrammes.

— Elle était déjà partie.

Cher Matthieu,

Je t'ai attendu sur le quai de la gare avec espoir et douleur tout ce dimanche. J'ai appelé le service décoration de la verrerie le lundi. On m'a dit que tu serais absent plusieurs jours. Je ne comprends pas, tu m'avais promis ton retour, pour moi, pour nous, pour notre petit. Tu n'as sans doute pas osé me dire que tu ne pouvais pas m'épouser. Nous ne sommes pas du même monde et je l'avais un peu oublié. Aussi, je préfère m'en aller tout de suite. C'est trop douloureux d'attendre et d'espérer en vain. Je pars quelque part en Alsace dans la famille de ma mère. Personne ne saura que je ne suis pas mariée. Je mettrai ton bel anneau. Je serai veuve. Veuve de notre amour. Une tragédie et, comme je n'ai pas l'intention de me « remarier », je n'aurai jamais à me justifier. Merci pour les rêves que tu as fait naître en moi. Adieu !

Lucie

— C'est le mardi qu'elle est partie. J'ai vos lettres et vos télégrammes. Les voici, dit la voisine, consternée. J'ai essayé de la faire changer d'avis, de lui dire d'attendre au moins votre retour. Elle a dit non et ajouté : « De toute façon, lui et moi, c'était une folie. »

— Si elle revient...

— Elle ne reviendra pas, monsieur, elle a rendu les clés à la propriétaire. Son départ est définitif.

— Mais, ses meubles...

— Ils ne sont pas à elle. Ici, c'est un meublé, vous comprenez ?

— Elle ne vous a pas donné son adresse ?

— Non, monsieur. Elle ne voulait pas. J'ai insisté, mais elle s'est fâchée. Mais je m'en veux de ne pas avoir su la convaincre de rester. Jc vois bien que vous êtes triste, très triste.

Matthieu descendit lentement l'escalier en s'appuyant à la rampe de fer forgé. Il avait le cœur brisé et se demandait ce qu'il convenait de faire. Il songea à Elisabeth. Peut-être saurait-elle où avait pu partir Lucie ? Peut-être que Lucie lui écrirait ? Lucie portait leur enfant. Cet enfant devait grandir entre son père et sa mère. Il pria secrètement sa mère, Mathilde, son père, Gustave, et Bertille, qu'il n'avait pas connue, de l'éclairer et d'inspirer de bonnes décisions à Lucie.

Matthieu erra longtemps dans les rues de Nancy, puis dans les allées de la Pépinière où, pour la première fois, un jour ensoleillé de janvier, elle lui avait tendu ses lèvres. Dans une contre-allée, il se laissa choir, appuyé à un tronc d'arbre. Il posa son front sur ses genoux. Le chagrin était là, terrible et qu'il fallait contenir. Qu'avait-il fait de sa vie ? Il eût voulu être encore un petit garçon à la main de Jacques Belmont, son grand-père. Il eût voulu être encore l'adolescent que Lucienne cajolait. Il avait aimé une femme, comme un jeune fou, il avait rêvé d'un avenir possible. Un peu de lui poussait dans le ventre de cette jeune femme qui s'en était allée parce qu'elle ne croyait plus en lui. Ah, sot qu'il avait été de ne pas avoir su lui dire avec force combien elle comptait pour lui ! Et cet enfant, que saurait-il d'eux ? Que saurait-il de lui ? Matthieu était accablé. La chaude journée de fin juillet ne parvenait pas à lui rendre son sourire. Il se releva et marcha lentement jusqu'à la rue des Carmes. Lucienne somnolait dans son fauteuil d'osier sur le balcon. Elle vieillissait doucement, Lucienne, mais son visage gardait la même douceur et la même tendresse. Il toussa en passant non loin d'elle pour tenter de l'éveiller sans lui faire peur. Il lui avait téléphoné depuis Charmes pour lui parler de Gustave. Bien évidemment, Lucienne avait compati. Elle se rangeait toujours de son côté. Les joies et les peines de Matthieu étaient forcément les siennes. Elle ne vivait plus que pour lui depuis la mort de sa mère. « Vous m'enterrerez, Matthieu, il n'y aura plus que vous pour veiller sur moi, vous me le promettez, une belle messe chantée comme chez les gens de la haute ? » Matthieu avait promis.

— Ah, vous voilà de retour ! Le chagrin vous donne une petite mine et les peines de cœur aussi, sans doute.

Il haussa les épaules.

— Pendant votre absence, une jeune femme qui n'a pas dit son nom a téléphoné ici.

— Quand, Lucienne ? Souvenez-vous, c'est important, dit-il en la saisissant aux épaules.

— Il y a longtemps, le lundi après votre départ. Oui, le lundi. Elle voulait être sûre que vous n'étiez pas là.

— Qu'avez-vous dit ?

— Ce que je savais. Que vous attendiez la mort de votre père pour revenir. On ne savait pas quand elle surviendrait, le jour même ou dans un mois.

— Lucienne, vous auriez dû demander qui était la personne.

— Je l'ai fait, je vous le jure. Elle a dit : c'est sans importance, je m'en vais.

Lucie l'avait donc cherché et voulait être certaine qu'il n'était pas là. Matthieu s'assit, se prit la tête dans les mains et pleura comme un enfant. Lucienne s'approcha de lui et caressa ses cheveux comme lorsqu'il revenait de l'école.

— Ça passera, tout passe. Allez, je m'en vais vous faire une bonne quiche avec une crème fouettée pour le dessert.

TROISIÈME PARTIE

1

25 avril 1909, place Carrière

Penché sur sa table de travail, Matthieu récapitulait les temps forts de l'exposition internationale de l'Est qui allait s'ouvrir le 1er mai à Nancy. Directeur artistique à la verrerie Daum, Matthieu avait été détaché pour seconder Louis Laffitte, secrétaire général de la chambre de commerce et d'industrie de la Ville de Nancy et commissaire de cette exposition. L'école de Nancy serait bien évidemment présente. Elle aurait son pavillon, réalisé par Victor Prouvé. Matthieu avait vu les plans et aimé les idées de Prouvé. Un bâtiment d'une grande sobriété, sculpté, bien sûr, mais conçu en béton armé, ce qui était une petite révolution que certains ne se privaient pas de critiquer. Alors que les autres pavillons étaient quasiment terminés, celui de Prouvé était encore enlacé de nombreux échafaudages.

Le calendrier des festivités était chargé et promettait, en tout cas, aux Nancéiens et aux visiteurs une fête éclatante. Les journées et semaines étrangères se succéderaient : anglaise, algérienne, marocaine, belge, allemande. Matthieu veillerait particulièrement à la fête du village alsacien. Monsieur Deutsch de la Meurthe, président du comité d'honneur de ce village, serait honoré comme tel. Antonin Daum avait fait exécuter un vase souvenir. Il n'oubliait pas ses racines. Pour lui, le cœur de l'Alsace occupée battait toujours avec ardeur à Nancy même.

On frappa à la porte du bureau de Matthieu, qui repoussa ses papiers et vérifia qu'un fauteuil était libre pour accueillir le visiteur. Le local de la chambre de commerce était exigu. Bientôt aurait lieu le déménagement dans les nouveaux locaux près de la gare. Un superbe bâtiment réalisé par des artistes et artisans de Nancy, parmi lesquels Louis Majorelle et Jacques Gruber. Antonin Daum avait été la cheville ouvrière de cette construction qui faisait s'arrêter tous les passants.

— Entrez, soupira Matthieu, visiblement fatigué.

C'était Marc, un de ses collaborateurs, qui revenait du parc Sainte-Marie.

— Le pavillon de l'école de Nancy ne sera pas fini, Matthieu. Les constructeurs ont quelques problèmes, par endroits le ciment se fissure et se disjoint. Il faudra plus de temps que prévu. Mais le fronton sera terminé. L'intérieur sera habitable, enfin presque. Les visiteurs pourront y admirer les objets exposés. A l'extérieur du bâtiment, sur les côtés et l'arrière, je crains que les échafaudages ne restent plus longtemps que prévu. Prouvé préfère prendre son temps, bien faire, puisqu'on devrait garder ce pavillon pour en faire un musée.

— Sauf que, dans cette affaire, il s'est fait plus d'ennemis que d'amis, murmura Matthieu. La presse n'est pas toujours tendre. Il est vrai que le temps n'a pas été très clément ces dernières semaines, et que ciment et plâtres sèchent bien lentement.

Depuis des mois, les journaux ne cessaient de faire écho à l'exposition de Nancy. Elle allait durer jusqu'en octobre. Presque quarante ans après l'annexion de l'Alsace et du nord de la Lorraine, cette exposition avait un objectif : « Conserver et accroître le renom d'élégance et de coquetterie de Nancy », écrivait Emile Badel dans les colonnes de *L'Est républicain.* « Damer le pion à l'Allemagne, toujours plus menaçante », signait encore un lecteur. Mille huit cents exposants pour huit cent quinze industries de l'Est s'étaleraient sur dix-huit mille mètres carrés d'exposition. On attendait des centaines de milliers de visiteurs[1]. Toutes les énergies de l'école de Nancy s'étaient mobilisées depuis des mois pour construire différents pavillons. Le pavillon des Fêtes avait fière allure, ceux de l'Alimentation, des arts libéraux et de l'Ameublement dessinaient un arc de cercle. Celui du Gaz surpassait les autres en beauté. Du moins montrait-il à lui seul ce qu'était le style de l'école de Nancy. Eugène Vallin avait signé le pavillon de la Métallurgie et ses bas-reliefs. Le peintre-décorateur Eugène Guingot s'était chargé d'une fresque audacieuse et bon enfant sur le pavillon des Fêtes. On y voyait une Nancéienne pulpeuse avec une poitrine à faire se damner le plus sage des hommes. Cette exposition, disait Louis Laffitte, devait présenter une vitrine de la France. Une démonstration pacifique de ce que les arts peuvent faire. L'industrie et l'art continuaient de

1. Il en vint presque deux millions cinq cent mille en six mois.

faire bon ménage. Les aciéries de Pompey, qui avaient déjà coulé et forgé la tour Eiffel, avaient assemblé une porte monumentale à l'entrée du parc Sainte-Marie. On avait reconstitué des lieux de travail grandeur nature, des galeries de mine, des ateliers de forge, d'ébénisterie, l'intérieur d'un logement ouvrier ; on avait même installé un laminoir. Plus loin, une salle d'opération, une blanchisserie, une école, une salle de tissage, de filature et une teinturerie. Tous les corps de métier œuvrant dans l'Est étaient à l'honneur.

Naturellement, les attractions ne manquaient pas et rivalisaient d'audace : pont aérien, toboggan, grand huit aquatique allaient faire la joie des amateurs de sensations fortes. Maurice Pottecher, qui avait déjà fondé son théâtre du Peuple à Bussang, avait concocté un prestigieux programme ayant pour scène le parc de la Pépinière. Et pour ceux qui voulaient jouer, un casino avait été construit à la hâte. Les visiteurs, disaient les organisateurs, devaient pouvoir s'instruire et se distraire. La fête, les divertissements ne seraient pas les ennemis du savoir.

Nancy eut la fièvre ce jour du 1er mai. La météo était encore incertaine après les dépressions qui avaient traversé la région les jours précédents. Mais peu importait, le soleil était dans les cœurs. Des milliers de personnes attendaient que les rubans fussent tranchés pour entrer et s'émerveiller. Un petit train pouvait les conduire d'un lieu à un autre. Les bravos, les hourras fusaient. On s'extasiait. On savait que ce premier jour se terminerait pour les officiels par un gigantesque banquet et qu'un magnifique feu d'artifice serait tiré.

2

1er mai 1909

Matthieu se leva tôt, le cœur serré. Malgré la foule, il se sentait bien seul... Aux côtés de Louis Laffitte, il savait qu'il portait une grande partie de l'organisation sur ses épaules. On ne lui pardonnerait pas le moindre écart. Il se prépara avec beaucoup de soin sous l'œil admiratif de Lucienne. Elle avait vieilli, marchait à petits pas et n'était plus au service de Matthieu, qui l'avait cependant gardée sous son toit. Matthieu avait embauché Mariette, une jeune employée de maison, pour veiller sur Lucienne, qui faisait désormais partie de la famille. Henri et Marguerite avaient approuvé le choix de Matthieu. Eux aussi prenaient de l'âge. Henri se déplaçait difficilement, appuyé sur ses cannes, depuis qu'il avait fait une petite attaque cérébrale. Parfois, Matthieu plaisantait et leur disait : « Je vais acheter l'appartement à côté de celui de grand-père, rue des Carmes, percer un mur, et vous tiendrez ainsi compagnie à Lucienne. Le travail sera plus aisé pour Mariette... »

Tout Nancy s'était rassemblé avec fierté et émotion au parc Sainte-Marie. Depuis des mois, la presse locale s'était dépensée sans compter pour informer ses lecteurs. Car cette exposition était un événement. Il n'était pas question d'en perdre une miette. A l'ouverture du parc, une fanfare retentit, joyeuse et colorée. C'était l'harmonie des aciéries de Pompey qui interprétait *Sur les rives de la Volga* et *Le Joyeux Forgeron pompéien*. Elle fut vivement applaudie et reprit avec un évident bonheur les airs interprétés. Déjà, les sourires inondaient les visages. Un peu crispé, Matthieu se détendit. Louis Laffitte semblait satisfait. Le maire de Nancy, le ministre des Transports Louis Barthou ne l'étaient pas moins. Le plus difficile était fait. Les discours officiels s'envolaient avec un grand naturel. Les Nancéiens regrettaient l'absence de Georges Clemenceau, retenu à Paris pour cause de mouvements sociaux qu'il devait suivre de près.

Matthieu se hissa à bord du chemin de fer anglais qui reliait les différents points de l'exposition. C'est alors qu'il aperçut, bien au-delà d'un grand huit géant, une jeune femme qui lui fit bondir le cœur.

— Pardonnez-moi, je vous rejoins au pavillon de Victor Prouvé, dit-il à Louis Laffitte, je dois absolument tirer au clair une affaire importante.

— Je vous en prie, mon ami, dit Laffitte, magnanime, en posant sa main sur l'avant-bras de Matthieu.

Matthieu courut jusqu'à la jeune femme qui surveillait une petite fille de huit ans environ installée sur une balançoire.

— Elisabeth, je vous en prie, ne partez pas.

La jeune femme se tourna lentement et fixa Matthieu.

— Matthieu ! s'exclama-t-elle en retenant sa voix.

— Mes hommages, dit Matthieu en se découvrant et en prenant sa main qu'il approcha de ses lèvres sans la toucher. Avez-vous des nouvelles de Lucie ?

— Lucie ? Oh ! Pauvre Lucie. Comment avez-vous pu l'abandonner ?

— Vous savez bien que non. Je l'ai cherchée partout. Elle ne m'a pas attendu et vous étiez absente. Personne n'a pu me dire où elle était partie.

Elisabeth garda le silence un instant avant de répondre :

— C'est vrai qu'elle ne m'a pas avertie tout de suite de son départ. Moi-même je ne suis rentrée qu'en octobre dans la région pour me marier. Vous avez dû apprendre tout cela par Emile Friant et ses élèves. Mariée, il ne m'était plus possible de poser. Et puis, j'ai attendu un bébé... Lucie m'a écrit à Noël. Elle vivait en Alsace dans le Sundgau, pas très loin de la Suisse. Mais elle ne m'a pas donné son adresse. Sa lettre était postée de Mulhouse. Ensuite, fin mars, j'ai reçu une carte étrange, toujours postée de Mulhouse. La personne chez qui elle vivait écrivait que Lucie était morte en mettant au monde son bébé. Une petite fille qui se portait bien et dont elle prenait soin.

A l'évocation de ces souvenirs qu'on devinait encore douloureux pour Elisabeth, ses yeux s'emplirent de larmes.

— C'est bien triste, n'est-ce pas ? reprit-elle. Je pense souvent à elle. Le bébé a-t-il vécu ? Nos filles sont nées la même année et auraient pu grandir ensemble, devenir amies. J'ai voulu faire des recherches, retrouver cette petite fille, mais mon mari n'était pas d'accord. Les hommes n'ont pas la même fibre aimante en ce qui concerne les enfants. J'en garde bien des regrets... Je vous abandonne, Matthieu, je ne sais si nous nous reverrons, mon mari est ingénieur dans les travaux publics et travaille sur des chantiers internationaux. Dans quinze jours, nous partons en Indochine.

Bouleversé, Matthieu salua et s'éloigna lentement sans se retourner. Longtemps, Elisabeth regarda Matthieu. Une révélation avait suffi pour lui donner dix ans de plus. Jusque-là il avait gardé, chevillé au corps, l'espoir de possibles retrouvailles.

3

27 juin 1909

« Les Alsaciens sont arrivés. Des centaines d'invités viennent d'outre-Vosges pour la fête du village alsacien, écrivait dans ses colonnes *L'Est républicain*, qui racontait par le menu les festivités de cette exposition internationale de l'Est. Antonin Daum a offert un magnifique vase à monsieur Deutsch de la Meurthe, le président d'honneur. »

Mais la grande fête aurait lieu le 3 juillet 1909, avec l'arrivée des vignerons de la plaine d'Alsace. On y chanterait à en perdre le souffle, on y danserait jusqu'à l'ivresse.

En souvenir de Lucie, Matthieu fut de toutes les manifestations alsaciennes. Il ne voulait rien manquer.

Sur une scène installée en plein air, la chorale des Trois-Frontières du sud de l'Alsace prit place pour un concert exceptionnel. Tous les participants portaient le costume régional. Ils chantaient et dansaient, inondant de bonheur les spectateurs. Quand, au dernier refrain d'une chanson patriotique alsacienne, une petite fille rousse s'avança, une gerbe de blé dans les bras, et lança de sa voix claire :

Das Elsass, unser Ländel,
Da esch meineidigscheen,
Mir he we's fest am Bändel un lohn's mi sechs net
Gehn, Juhé ! un lohn's mi sechs net gehn.

Un grand silence se fit. Il n'y avait plus que cette gamine que les uns et les autres dévoraient des yeux. La petite avait un réel charisme. Son charme opérait. Et puis on vit sur cette même scène monter trois petits garçons revêtus du costume lorrain. Très naturellement, ils vinrent s'incliner devant la demoiselle, qui en profita pour marteler la scène de ses sabots en chantant, en français cette fois :

En passant par la Lorraine avec mes sabots,
J'ai rencontré trois capitaines avec mes sabots,
Ils m'ont appelée vilaine avec mes sabots dondaine,
Oh, oh, oh ! Avec mes sabots...

(Et les garçons d'agiter leur index en signe de négation et de venir déposer un baiser sur les joues de la fillette.)

Le public applaudissait à tout rompre. Une farandole s'ébaucha, la petite fille fut portée à bout de bras par les aînés. C'est alors que le chef de la chorale lança, avec un accent qui fit chaud au cœur de tous les Alsaciens établis en Lorraine :

— Mademoiselle Alsace a plus d'un talent, elle sait aussi jouer du piano. Ce soir, au pavillon des Fêtes, pour vous, elle se penchera sur Mozart.

Matthieu refoula l'émotion qui l'étreignait et qu'il ne comprenait pas.

Au cours des heures qui suivirent, il revit Elisabeth se mêlant aux Alsaciens invités de la fête. Elle avait même réussi à approcher la petite demoiselle Alsace, qu'elle embrassa.

La petite fille était installée au piano. C'était une belle enfant à la peau claire, aux cheveux un peu roux, mais, chose étrange, elle avait des yeux très sombres. Il avait fallu surélever le tabouret pour qu'elle pût jouer *La Marche turque* de Mozart. Le public écoutait et retenait sa respiration. On l'aida à descendre de son tabouret. Elle salua deux fois et courut jusque dans les bras d'une vieille dame qui se tenait en retrait et qui l'emporta tout aussitôt. Matthieu s'était levé précipitamment, voulant contempler encore cette charmante enfant. Il tenta d'obtenir son nom auprès des organisateurs alsaciens. Mais il ne recueillit que de vagues renseignements. La petite fille avait quitté le village alsacien pour rentrer chez elle. Il fut déçu, comme beaucoup d'auditeurs qui eussent aimé l'approcher, la complimenter, parler avec ses parents. L'enfant prodige s'était envolée. Le lendemain, sa photographie s'étalait dans les journaux. On disait qu'elle avait captivé l'auditoire par son talent et sa jolie frimousse.

La fête reprit. Un mime, puis un conteur, des danses, une chanteuse d'opéra…

Des présents furent échangés, remis aux uns et aux autres. Eugène Corbin, organisateur de cette fête alsacienne, n'avait pas ménagé sa peine. Il avait fait faire une chaîne de montre en vieil argent avec une médaille commémorative signée Prouvé pour les messieurs. Les épouses n'étaient pas oubliées. Elles reçurent une superbe broche, toujours en vieil argent et également signée Prouvé.

Matthieu reprit son travail à la verrerie, qu'il avait un peu délaissé avec l'exposition internationale. Il avait assisté au déménagement de la chambre de commerce dans ses nouveaux locaux. Une splendeur de l'Art nouveau. Conquis par les travaux d'Henri Bergé, qui s'était lancé dans la fabrication de la pâte de verre, remise à l'honneur par Henri Cros peu avant sa mort, Antonin Daum n'avait pas hésité à utiliser ce style nouveau pour la décoration de cette chambre de commerce. L'inspiration naturaliste de l'école de Nancy pouvait se poursuivre. La nature, les fleurs et les fruits, les animaux réchauffaient et éclairaient les murs. Des plaques de verre finement travaillées s'encastraient dans les boiseries, des incrustations de verre coloré avaient trouvé leur place dans la salle des délibérations. Antonin les décrivait aux élèves quand il donnait ses cours. Il avait l'art de les faire rêver.

« Certains panneaux sont autant de peintures, de diapositives de paysages que peut caresser le soleil. »

Les élèves de l'Ecole professionnelle l'écoutaient avec un réel bonheur. Qui, mieux que lui, savait parler de beauté, de grandeur et de grâce ?

« La science et la beauté peuvent s'épouser. Je vous supplie, jeunes gens, de maintenir cette tradition », aimait-il répéter.

C'était encore lui qui remettait chaque année les diplômes : « Habituez-vous de bonne heure à bien regarder autour de vous, à vous arrêter devant les choses que vous trouvez jolies, un paysage, une fleur, un bibelot... »

Selon lui, prendre le temps de rêver, de regarder était indispensable à la création. Il disait combien le travail du verre, le travail artistique est l'affaire d'une équipe et il émaillait ses propos d'anecdotes, n'oubliant jamais d'évoquer sa complicité avec son ami de toujours : Eugène Gall, « le grand Eugène Gall ».

« Avec Eugène, grâce à Eugène, mes rêves de beauté, parfois insensés, prennent corps. D'abord, je lui dis ce que j'aimerais faire exister. Il est toujours silencieux. Il réfléchit. C'est important de prendre le temps de réfléchir. Les arts du verre ne riment pas avec la vitesse. Mais Eugène suit sa pensée jusqu'au moment où lui, cet homme aux mains calleuses, mais aux doigts de fée, réalise l'objet rêvé avec d'autres artistes. Car on ne travaille jamais seul, dans ce domaine. »

4

Noël 1909

Matthieu parcourait les rayons des Magasins réunis à la recherche d'une idée de cadeau pour Lucienne, dont il se disait que c'était sans doute le dernier Noël. Lucienne ne se levait plus. Henri et Marguerite venaient souvent bavarder avec elle. Matthieu choisit une eau de Cologne dans un magnifique flacon dessiné par Henri Bergé. Il attendait que la vendeuse ait terminé l'emballage quand il s'entendit appeler.

— Mais, c'est monsieur Thuillier, Matthieu, je ne me trompe pas ?

Il se trouvait face à une femme d'une quarantaine d'années environ, mais il ne pouvait réellement donner un âge à cette femme bien mise et qui le connaissait.

— Vous ne me remettez pas ? Simone Schoeller, la tante d'Emélie ! On a fait l'Exposition universelle à Paris, en 1900 !

Matthieu sourit avec politesse et passa une main dans ses cheveux pour reprendre pied avec la réalité, pour abolir les années écoulées. Cette exposition dont

Antonin Daum, quand il en parlait encore, disait : « Je n'ai pas tout aimé, dans cette exposition. On nous avait installés dans des salons au milieu de plantes vertes. Nous étions mis comme des princes et on nous faisait des courbettes. »

Matthieu se souvenait aussi des promenades au bord de la Seine. Il revécut ses premiers émois. Comme il avait été sot, si sot face à une très jeune fille... De nouveau, la voix de Simone s'élevait :

— Auriez-vous oublié, Matthieu ? Je ne puis le croire.

— Je n'ai rien oublié, Simone. J'y ai souvent repensé, j'y pense encore pour battre ma coulpe. Pardonnez-moi. Je suis un peu ailleurs aujourd'hui et très soucieux de l'état de Lucienne qui m'a vu grandir et que le grand âge va m'enlever. Allons, venez, je vous invite à boire un chocolat au salon de thé, si vous avez du temps. Nous bavarderons, vous me donnerez quelques nouvelles.

Simone accepta et raconta. Elle s'était mariée, disait-elle, pour peu de temps, son mari, plus âgé qu'elle d'une dizaine d'années, veuf déjà, étant mort en quelques mois. Une mauvaise fièvre, une toux. Il était bien fatigué quand elle l'avait connu. Elle l'avait un peu pris en pitié. Il avait une fille, dit-elle, gentille comme tout et dont elle continuait de s'occuper. Elle avait ainsi un but dans la vie.

— Et Emélie ? questionna Matthieu.

— Oh ! Emélie, vous n'avez pas su ?

Matthieu se crispa : quelle mauvaise nouvelle Simone allait-elle lui apprendre ?

— Elle est d'abord allée au couvent, pendant deux ans. Elle ne voulait pas se faire *chère-sœur*. Ça, non ! Elle voulait seulement vivre loin du monde, disait-elle. Moi, je crois qu'elle voulait oublier vos amourettes. Finalement, son père est allé la rechercher car elle dépérissait. Et puis, il l'a envoyée à Bouxières-aux-Dames pour aider une cousine lotie d'une tripotée d'enfants. Et là, c'est assez incroyable, mais c'est vrai, Emélie a rencontré l'homme de sa vie. Un fils Jollain, associé à Julien Misserey, qui travaille le bois pour monsieur Majorelle. Il paraît que les affaires sont florissantes. Emélie a fait un beau mariage et a deux enfants : une fille et un garçon.

— Elle est heureuse ?

— Elle est restée secrète, vous savez. Mais tout va bien.

— Et ses sœurs ?

— Catherine a épousé un drapier de Nancy. Elle ne l'aimait guère, mais il est gentil pour elle. Elle fait ce qu'elle veut dans son ménage. Lui voulait une jolie femme, et bien éduquée. De ce côté, il est comblé. Marie est infirmière à l'hôpital de Nancy. Elle ne songe pas au mariage. Et Francette, la petite dernière, institutrice à Champigneulles, attend qu'un homme la regarde. Enfin, ça, c'est moi qui le dis. Mais, si ça continue, elle va coiffer Sainte-Catherine.

— Et les parents ? Raymond, dites-moi, ça fait un bail que je ne l'ai vu !

— Ils sont repartis près de Lunéville. Raymond était très fatigué. Il a attrapé quelque chose dans la poitrine. A travailler à la verrerie, il paraît que c'est fréquent, a dit le docteur. Le décalage de température est trop important entre la chaleur des fours et les températures de l'hiver. Notre corps ne peut pas toujours le supporter.

On est saisi et on tombe malade... Enfin, comme leurs filles sont établies, et que ma sœur travaille chez notre père, tout va bien aussi pour eux. Voilà les nouvelles ! Et vous, marié ?

— Non. Trop pris par le travail.

— Vous n'avez pas pu oublier notre Emélie, c'est ça ? Simone aimait les histoires d'amour contrariées comme dans les romans et comme au cinéma, quand elle avait l'occasion de s'y rendre. C'était si beau, les chagrins d'amour ! Ça la faisait pleurer comme une Madeleine, affirmait-elle.

— C'est plus complexe que cela, Simone. Emélie et moi, ce fut un amour de jeunesse. Un amour d'une grande pureté. J'ai été bien bête.

— De toute façon, vous ne l'auriez pas mariée, ma nièce. Vous n'étiez pas du même monde, même si vous étiez à la verrerie.

— Si j'avais été plus intelligent, à l'époque, j'aurais épousé Emélie. Et le milieu aurait fort peu compté. Nous étions jeunes pour prendre un engagement définitif. Nous ne savions rien des choses du cœur, rien des choses de la vie. Mais on ne peut pas revenir en arrière, Simone. Rien ne sert de refaire sa vie avec des si. C'est ainsi.

— Vous avez raison... Remarquez, vous êtes encore jeune, la vie ne s'arrête pas à ce jour, n'est-ce pas ?

— C'est vrai, admit-il.

— Vous finirez bien par trouver chaussure à votre pied, comme on dit.

Quand il regagna la rue des Carmes, il s'arrêta au kiosque, non loin de la gare, pour acheter la presse. Marie Marvingt, la Nancéienne, était célébrée pour un authentique exploit. Elle était la première femme à avoir réussi la traversée de la Manche en ballon. « Un jour, déclarait-elle à la presse venue l'interviewer, ce sera aux commandes d'un avion à moteur que j'accomplirai cet exploit. » Matthieu nota le commentaire du journaliste, enthousiasmé par les performances de la jeune femme, toujours prête à repousser les limites du possible, mais réservé quant aux exploits futurs de Marie Marvingt.

Il se hâta de grimper l'escalier. Mariette l'attendait.

— Monsieur Matthieu, la pauvre Lucienne ne va pas bien. Elle vous réclame tout le temps. Ah, j'allais oublier de vous dire que monsieur Jean Daum[1] et monsieur Bergé ont appelé tout à l'heure. Il y a un problème à la verrerie. Ils n'arrivent pas à joindre Almaric Walter. Un problème de four, une cuisson entière à refaire. Je ne sais pas si j'ai bien compris ce qu'ils ont dit. C'est la cuisson pâte de verre. Les coupes de fruits. Tous les pieds ont éclaté. Ceux qui ont résisté n'ont pas les couleurs prévues. Les chimistes ont dû se tromper dans la préparation.

— Mariette, vous allez appeler Almaric ou son adjoint à ce numéro.

Il chercha dans un petit calepin de cuir noir les coordonnées des deux hommes.

— Dites que ma grand-mère est au plus mal. Précisez bien que je leur téléphonerai plus tard. Rappelez aussi Jean Daum, il comprendra, mais indiquez-lui qu'en attendant mon arrivée on peut s'adresser à Marc,

1. Fils d'Auguste Daum, petit-fils de Jean Daum qui relança la verrerie en 1878.

mon adjoint, et à Pierre, qui ne refuseront pas de l'aider. Je les rejoindrai dès que ce sera possible.

Lucienne n'avait pas perdu son humour.

— C'est bientôt la fin, Matthieu. Vous m'aurez donné bien du bonheur à moi qui n'ai pas eu d'enfants. J'aurais aimé vous voir la bague au doigt et serrer sur mon cœur vos petiots.

— Peut-être l'an prochain, Lucienne. Il faut rester avec nous.

Elle se remit à le tutoyer comme autrefois et il en fut très ému.

— Tu me demandes l'impossible, Matthieu. Le bon Dieu me réclame, c'est lui qui décide. Peut-être que ton grand-père en a assez de tenir la porte le temps que j'arrive. Il doit avoir des courbatures, le pauvre. Embrasse-moi, grand nigaud. Où est-ce que tu es encore allé traîner ?

— Je suis allé vous acheter votre cadeau de Noël.

— Je serai morte d'ici là. Donne-le-moi tout de suite.

Matthieu lui tendit le paquet. Mariette aida Lucienne à le déballer.

— Tu en fais des folies pour une pauvre vieille !

— Lucienne, je vous interdis de parler ainsi.

— Tu mettras cela dans mon cercueil, et qu'on me parfume avec cette belle chose.

Elle s'endormit après le repas. Elle ne se sentait pas très bien, avait du mal à digérer le potage pourtant léger que Mariette avait préparé selon sa recette. Lucienne ne se réveilla pas. Ce fut pendant son sommeil, comme elle le demandait dans toutes ses prières, que les anges l'emportèrent.

5

Janvier 1910

Du mieux qu'il le pouvait, Matthieu secondait Almaric Walter et Henri Bergé dans la technique de la pâte de verre. Jean Daum, l'un des fils d'Auguste, avait fait son entrée dans l'entreprise en 1907. Déjà très actif, il gérait le service des approvisionnements et dirigeait les services généraux. Jusqu'à la mort de son père, en 1909, emporté par le diabète, Jean ne s'était guère occupé de la fabrication, pas plus que de la direction artistique, toujours aux mains d'Antonin. Mais, depuis la disparition d'Auguste Daum, Jean était devenu le directeur de la verrerie. Il coordonnait et rassemblait les forces utiles à la réussite de l'entreprise. Il avait déjà alerté ses frères, Paul et Henri, qui passaient souvent le porche d'entrée et se rendaient dans l'un ou l'autre des ateliers pour rencontrer les verriers. Paul avait étudié la physique et la chimie à l'Institut de physique-chimie de Nancy, et Henri l'avait suivi dans le même domaine. Ingénieur chimiste, Henri savait que son avenir était désormais inscrit au fronton de la verrerie. Son orientation était bonne, sa formation serait utile pour la fabrication de la pâte de verre.

Le procédé n'était pas nouveau. Les Egyptiens l'utilisaient déjà, cinq mille ans avant Jésus-Christ. Et si les Egyptiens maîtrisaient parfaitement cette technique, il n'y avait pas de raison pour que les hommes du xxe siècle n'en fissent pas autant.

« La pâte de verre nécessite un grand savoir-faire. Le droit à l'erreur n'existe pas pour obtenir une couleur précise », soulignait Almaric Walter, qui avait emboîté le pas au céramiste-sculpteur Henri Cros, le génial redécouvreur de cette antique technique. Henri Cros était mort en 1907, mais ses travaux faisaient toujours autorité.

Henri Bergé, peintre et sculpteur, se réjouissait vraiment. Il allait exercer son talent sur d'autres objets de verre. Au « décor », il peignait ses aquarelles avec désormais des optiques différentes, puisque la pâte de verre n'avait plus rien à voir avec les modèles créés précédemment par la verrerie. On voyait donc Henri Bergé travailler l'argile à l'atelier de modelage, imaginer des statues au visage et au corps magnifiques, tenant délicatement un bouquet ou dont l'expression disait toute la beauté du monde.

Ce matin-là, Matthieu le regardait travailler le visage d'une jeune femme superbe en chantonnant. Penché sur l'argile qu'il modelait, Henri Bergé donnait l'impression de vouloir apprivoiser la matière, mais elle se dérobait, résistait sous ses doigts et sous le plat du couteau.

— Vous devriez lui remonter un peu les yeux, conseilla Matthieu, c'est cela, des yeux plus en amande, des fossettes un peu plus hautes. Non, pas des lèvres trop épaisses. Gardez-lui la finesse de ses traits.

— Ma parole, Matthieu, tu es en train de me faire exécuter la femme de tes rêves. La femme que tu me fais sculpter n'est pas celle à qui je pensais.

— Dommage.

— Ecoute, exerce-toi, donne corps à ton rêve. D'après ta sculpture, on réalisera un moule en plâtre dont les détails pourront être précisés. Voilà qui sera passionnant !

— Dites-moi tout, Henri, de cette technique que je connais encore très mal.

Matthieu s'était assis à côté d'Henri, qui poursuivait ses explications.

— A partir de ce moule en plâtre travaillé à la perfection sera réalisé un négatif avec des matières comme le caoutchouc, qui est coulé afin d'épouser les moindres détails du modèle. Ce moule restituera parfaitement, en creux, la forme d'origine. A l'intérieur de ce moule creux, on coulera une cire chaude et liquide qui, une fois figée, va donner une statue originale en cire. Cette statue de cire est déjà une approche de ce que sera la future statue de pâte de verre. Cette pièce de cire va elle aussi être travaillée avant d'être noyée dans du plâtre réfractaire placé dans une étuve qui fera fondre la cire. Le plâtre réfractaire sera le moule de la statue en pâte de verre. Tu sais ce qu'on dit de cette cire fondue ? On l'appelle injustement « cire perdue ». C'est faux, tu le sais bien, puisqu'elle est récupérée dans d'immenses bacs.

— J'ai vu et j'ai surtout senti. Ça prend à la gorge et à la poitrine, les vapeurs que la cire chaude dégage.

Matthieu connaissait l'étuve de ces ateliers où l'on travaillait fenêtres ouvertes pour permettre l'évacuation des vapeurs de cire liquide qui bouillonnait encore dans les vastes bacs avant d'être réutilisée pour de nouveaux moulages.

— Là, tout devient extrêmement important et délicat. Le plâtre réfractaire a épousé la forme de l'objet en cire qui a fondu. Il a donné ce que l'on appelle un moule en creux qui, lui, va recevoir le groisil, c'est-à-dire les morceaux de cristal concassé de différentes couleurs selon l'objet que l'on veut obtenir, et là…

Henri Bergé s'était arrêté et avait pris un air très mystérieux, l'index droit levé. Matthieu s'écria sur le même ton :

— Le savoir-faire des chimistes est précieux.

— Oui, Matthieu, le verre concassé de différentes tailles, de différentes couleurs va fondre sous l'effet d'une cuisson qui dure dix jours. Le verre en fusion va remplir toutes les parties du moule.

— Les ouvriers m'ont dit que la chaleur du four atteignait plus de 1 000 °C.

— C'est vrai. Ce sont des chaleurs nécessaires pour que le verre fonde. Quand on ressort les objets du four et que l'ensemble de la cuisson est refroidie, on a bien des surprises. Parfois, c'est une réussite, parfois c'est un désastre.

— Comme le mois dernier.

— Le mois dernier, c'était à cause d'une panne de four.

— Mais tout n'est pas terminé à la sortie du four ?

— Evidemment, on nettoie les sculptures, on les passe au polissage, au flétage, au lustrage. Ce qui n'est pas une mince affaire. Un ouvrier peut fort bien, dans un geste de maladresse ou de fatigue, laisser échapper un objet qui était parfaitement réussi.

Matthieu continuait de regarder les doigts d'Henri qui modelaient une femme de rêve.

— Demain, je viendrai très tôt m'exercer à travailler l'argile, déclara-t-il, si vous n'y voyez pas d'inconvénient.

Il s'éloigna en sifflant et passa par l'atelier de gravure où de jeunes apprentis accentuaient des gravures de vases déjà plongés dans l'acide fluorhydrique. Matthieu se revoyait quelques années auparavant à la place de l'un ou l'autre de ces très jeunes gens vêtus de l'ample blaude, blouse, serrée au cou, par-dessus les vêtements. Et il fut ému.

Il rentra directement rue des Carmes. Il prit son repas, se plongea dans la lecture du journal et décida de se reposer au lieu de se rendre à une conférence sur les nouveaux moyens de transport qui l'avait vivement intéressé quand il avait reçu l'invitation. On devait parler des progrès de l'aviation et du développement de l'automobile qu'aux Etats-Unis on commençait à fabriquer en série. Matthieu songeait de plus en plus à acquérir une automobile. Non par snobisme ou pour étaler sa réussite, ce n'était pas tellement son genre, ni même par goût de l'aventure ou des sensations fortes. Matthieu y voyait seulement un moyen de voyager sans être tenu par des horaires. Il pensait à ses déplacements à Charmes quand il allait vérifier que tout se passait bien aux tanneries, dont il restait le patron à distance. Marcel, le neveu de son père s'était révélé un excellent gestionnaire. Par respect pour Gustave, en souvenir de lui, Matthieu ne voyait pas la nécessité d'agir différemment. L'activité des tanneries, qui faisait vivre plusieurs familles, se poursuivait le plus naturellement du monde.

— Vous ne sortez pas, Monsieur ? interrogea Mariette en desservant.

— Non, Mariette, demain je voudrais me lever tôt et me mettre à la sculpture d'une statuette que je voudrais voir réaliser par la verrerie.

— Ah ! fit Mariette d'un air entendu. Quel genre de statuette, un animal, un chat, sans doute ? Monsieur aime beaucoup les animaux, et elle désigna une vitrine où quelques spécimens exécutés dans des verres de différentes couleurs étaient exposés.

— C'est vrai que chez Daum, comme autrefois chez Gallé, le travail artistique du verre est d'inspiration naturaliste. Mais ce que je voudrais faire, Mariette, est un peu différent. J'aimerais sculpter une jolie jeune femme.

— Ah !

Mariette regagna la cuisine sans remarquer que Matthieu observait sa silhouette. Il se souvenait d'avoir discuté avec Henri Bergé de l'évolution de la ligne des femmes depuis quelques années. Le couturier parisien Poiret les avait libérées des vêtements qui les corsetaient et leur donnaient une allure très guindée, accentuant la cambrure des reins. Autrefois, quand elles se redressaient, les femmes présentaient un derrière avenant, un rien engageant. Poiret estimait que la femme pouvait séduire autrement qu'avec ces artifices. Un grand naturel, une fluidité des mouvements pouvaient avoir autant d'attraits et révéler la beauté.

Matthieu regardait Mariette aller et venir. Ses mouvements n'étaient aucunement entravés. Par instants, on eût dit une liane ondulant avec infiniment de grâce. La jeune femme était un beau brin de fille, dont la minceur se trouvait renforcée par une robe à taille haute, rappelant le style Empire. Sous son tout petit tablier blanc, la robe tombait très droit jusque sur ses chevilles. Peu de jupons. La robe ne bouffait pas.

— Puis-je vous poser une question, Mariette ? Comme c'est une question un peu personnelle, vous n'êtes pas obligée de me répondre.

— Je vous écoute, Monsieur.

— Faites-vous partie de ces jeunes femmes qui suivent la mode de Paris ?

— Quand c'est possible, oui. Avec ma sœur, nous regardons les catalogues, les modèles, et nous nous en inspirons pour coudre de nouveaux vêtements.

— Mais sous la robe, insista Matthieu, suivez-vous la mode ?

— Monsieur, ne soyez pas coquin. Lucienne serait fâchée si elle vous entendait.

— Je ne veux pas vous offenser, c'est une simple curiosité par rapport aux modèles, aux sculptures nouvelles que je voudrais faire exécuter à la verrerie. Il me semble que votre démarche est très souple, donc débarrassée de tout ce qui gêne une femme active comme vous. On dirait que vous ne portez pas de corset, ce que, pour ma part, je trouve très bien.

Mariette rougit, et Matthieu baissa la tête dans son journal pour ne pas la gêner davantage.

— Oui, Monsieur, j'ai abandonné le corset, mais ne le dites pas à maman.

Et Mariette disparut sans entendre le : « Je vous remercie de votre confiance, Mariette. »

Le lendemain, Matthieu se leva très tôt et se rendit à la verrerie. Il ne passa pas par son bureau, mais se dirigea directement vers les ateliers. Il poussa la porte de celui du moulage, situé en face du décor. Une grande paix y régnait. Une douce odeur de terre imprégnait l'atmosphère. Il souleva les toiles qui recouvraient les blocs d'argile, alla d'une étagère à l'autre pour enfoncer ses doigts dans cette glaise qui s'offrait. Il posa les mains bien à plat sur les blocs pour faire corps avec la matière. Puis il recula, évalua, jaugea la malléabilité et la beauté de chaque bloc. Après avoir hésité, il en trouva un de moyenne grosseur que les paumes de ses mains pouvaient serrer avec plaisir. Il en aimait l'odeur. Alors, avec un large couteau, il préleva de quoi sculpter une statuette qui devrait mesurer environ trente centimètres de hauteur. Lorsque Henri l'eut rejoint, il le complimenta et corrigea quelques maladresses dans les proportions.

— Superbe ! Cette jeune femme me rappelle quelqu'un, murmura Henri. Ne serait-elle pas celle avec qui tu t'affichais sous le regard courroucé de ce vieux critique d'art, aujourd'hui décédé ? Tu sais bien, l'une des amies d'Elisabeth, l'un des modèles d'Emile Friant. Je ne me trompe pas, n'est-ce pas ?

— Oui, admit Matthieu, il s'agit de Lucie.

— Qu'est-elle devenue ?

— Lucie est morte depuis longtemps et je ne l'ai pas oubliée.

— Pardonne-moi, Matthieu.

Après un temps de silence, il reprit :

— Tu sais, les amours les plus belles sont celles qui n'ont pas eu le temps de subir l'érosion du temps et donc de décevoir. Mais, dis-moi, est-ce la raison pour laquelle tu ne te maries pas ? Je te vois cependant parler avec quelques jeunes filles, sortir avec l'une ou l'autre. Cela arrive, non ?

— Oui, mais nous n'allons jamais très loin. Je le regrette, mais je ne parviens pas à engager ma vie dans cette voie. Peut-être ne suis-je pas fait pour le mariage ? C'est paradoxal, car je rêve d'une vie de famille douce et paisible.

— Tu brises donc les cœurs de jeunes filles qui ne le méritent pas.

— Aucune jeune fille ne mérite d'avoir le cœur brisé. Je les préviens, je ne suis pas sûr de moi. Je leur dis qu'une jeune femme est morte, par ma faute sans doute.

— Matthieu, ta façon de procéder est ambiguë. C'est le plus sûr moyen de t'attacher ces jeunes filles qui ne rêvent que d'une chose : chasser ton chagrin. Chacune veut être celle qui te réconciliera avec l'amour. Tu agis en fin stratège, au fond.

— Bien malgré moi, je vous assure. Je veux être seulement honnête avec ces jeunes filles ou jeunes femmes. Je crois qu'elles me comprennent, car nous restons d'excellents camarades.

Matthieu n'osait tout dire. Il y avait cette lourde absence, ce doute, ce nuage qui se faisait tempête sur son âme lorsqu'il songeait à l'enfant, à cette petite fille née quelque part en terre d'Alsace. Vivait-elle ou était-elle morte ? Tant d'incertitude faisait un poids sur son cœur. Si elle vivait, qu'était-elle devenue ? Ressemblait-elle à celle d'Elisabeth ou à cette petite musicienne venue d'Alsace qu'il n'avait jamais oubliée ?

Cette nuit-là, Matthieu fit un rêve étrange. Une petite fille rousse courait dans un pré où se trouvait un piano. Elle s'asseyait devant le piano. A peine avait-elle posé ses doigts sur le clavier que le dessus du piano s'ouvrait pour laisser surgir deux bras qui attrapaient l'enfant pour la soustraire à son regard. Le piano continuait à jouer seul une sonate de Brahms ou un *Nocturne* de Chopin.

Ce rêve laissa Matthieu épuisé.

6

Juin 1912

Apprendre à conduire ne fut pas difficile pour Matthieu, qui venait d'acquérir une jolie limousine noir et beige montée sur un châssis Panhard-Levassor. Il avait longtemps hésité avant de choisir ce modèle. Les modèles Hotchkiss avaient exercé une certaine séduction sur lui. Depuis plusieurs mois, Matthieu suivait l'actualité des courses et rallyes automobiles et les résultats de ceux-ci prouvaient une certaine supériorité des Panhard. D'où les déductions de Matthieu que ces voitures avaient sans doute plus de résistance que d'autres, aux fort belles lignes, mais qui risquaient de tomber en panne.

Matthieu s'entraîna à bord de son automobile qui faisait se retourner les passants. D'abord de petits trajets dans la banlieue de Nancy avant de rouler dans la campagne. L'air fouettait son visage. Il fit quelques excursions avec des amis de la verrerie et proposa un jour à Mariette de la conduire chez ses parents à Saint-Nicolas-de-Port. Terrorisée à l'idée de monter dans un tel engin, elle refusa.

— Vous n'y pensez pas, Monsieur. Cela va bien trop vite pour moi, je veux rester vivante.

— Je vous promets de rouler doucement.

— Non, non, c'est impossible, Monsieur. Et puis, il y a les gens...

— Les gens ?

— Ne dirait-on pas que je partage le lit de mon patron ?

— Alors, invitez votre petit ami. Ne rougissez pas. Je sais qu'il vient vous voir quand je m'absente et qu'il vous attend au pied de l'escalier le jour de votre congé. Il est bien jeune, je crois ?

— Il a déjà presque dix-neuf ans, Monsieur, répondit-elle avec autorité.

— J'espère seulement que vous m'inviterez à votre mariage...

— Ce n'est pas encore pour demain, Monsieur. C'est que... mon « fiancé » n'est pas libre.

— Comment ça, pas libre, Mariette ? Vous fréquentez donc un homme marié ? Vous dérangeriez un ménage, vous, si sage ?

— Non, Monsieur. Ce n'est pas cela du tout. C'est la mère de mon « fiancé » qui ne veut pas de moi. Son fils peut trouver mieux qu'une bonniche, dit-elle. Enfin, il faudra bien qu'elle m'accepte parce que, parce que...

Mariette toucha son ventre du plat de la main.

— ... bientôt, je vais être grosse.

— Vous voulez dire que ce petit jeune et vous...

— C'est ça, Monsieur. J'ai passé commande. En deux fois, c'était fait. Depuis, nous n'avons plus osé...

— Et qui donc est cette dame qui ne vous veut pas ?

— Madame Grandperrin, de la confiserie près de la place Stanislas.

— Madame Grandperrin ! fit Matthieu en sifflant. Eh bien ! Parlons-en, de cette dame qui ne vous trouve pas assez bien pour son grand dadais, pardon, ma petite Mariette. Ne pleurez pas. Il s'agit d'Eliane, n'est-ce pas ?

— Vous... vous la connaissez ?

— Un peu. Elle doit sa situation à son mariage parce qu'elle a su y faire avec le fils du patron, à l'époque. Eliane est une fine mouche. Elle savait bien qui était l'homme sur qui elle avait jeté son dévolu. Gérard Grandperrin succéderait à son père. Fils unique d'un confiseur ayant pignon sur rue, et homme d'honneur. On ne laisse pas traîner son sang, chez les Grandperrin. Je connais Eliane depuis longtemps, elle a été une très gentille et très dévouée petite bonne chez mon grand-père, il y a plus de vingt ans... Je vais aller lui dire deux mots.

— Oh non ! S'il vous plaît...

— Mariette, j'en fais, moi aussi, une affaire d'honneur et ne supporte pas qu'on médise à votre sujet. A moi, il plaît d'aller lui faire entendre raison, à madame Grandperrin, ainsi qu'à Claude, son fils.

Deux mois plus tard, le mariage de Mariette et de Claude Grandperrin était célébré à la cathédrale. Mariette faisait, comme on dit, un beau mariage. L'enfant qui naîtrait serait un peu prématuré. Mais qu'importe, en ce jour, elle marchait rayonnante au bras de son père dans la grande allée de la cathédrale. Quand elle passa devant Matthieu, elle marqua un temps d'arrêt et il cligna des yeux en levant discrètement un pouce pour lui signifier qu'elle était jolie sous son voile retenu par une couronne de fleurs d'oranger. Il était heureux d'être l'artisan de ce bonheur.

A la fin de la cérémonie, lorsque Matthieu s'approcha de la famille pour les félicitations d'usage, Eliane Grandperrin confia à Matthieu qu'elle avait parlé un peu vite et qu'elle voyait bien que Mariette serait une gentille bru.

— Notre fils est très heureux. C'est ce qui compte, n'est-ce pas, Matthieu ?

— Le plus triste dans cette affaire, répondit Matthieu sur un ton un peu badin, c'est moi, car j'ai perdu une employée de confiance.

— Cela peut s'arranger, insinua doucement Eliane. Une de mes nièces, de mon côté, naturellement, devrait faire l'affaire. Elle cst jeune, pas sotte, et comme je ne serai pas loin pour l'accueillir quand elle sera de repos, elle ne se sentira pas perdue à Nancy.

— Elle n'est pas d'ici ? questionna Matthieu.

— Non, elle habite près de Metz. Elle s'entend mal avec mon beau-frère. Ma sœur, veuve, a trouvé à se replacer avec un homme déjà âgé, faut dire les choses comme elles sont. Le vieux Thomas, l'un des plus gros exploitants de mirabelle, a du bien au soleil, c'est ce qu'a vu ma sœur. Rosa, la gamine, n'a jamais admis la chose. C'est la guerre entre eux. Elle lui répond, faut voir comment. Ma sœur a de quoi s'arracher les cheveux. Pensez donc, Matthieu, elle a peur que le vieux Thomas la renvoie d'où elle vient.

— Et Rosa, la gamine, comme vous dites, elle a quel âge ?

— Dix-sept ans, et sérieuse, je vous le garantis.

— Va pour Rosa, je vous fais confiance, Eliane.

— Votre grand-mère et votre mère n'ont jamais eu à se plaindre de moi ou de notre famille ?

— Ah, jamais, Eliane ! Sauf quand vous êtes partie pour vous marier.

— C'est que, enfin, vous savez bien, comme Claude et Mariette. Il y avait urgence.

Rosa vint s'installer le plus simplement du monde rue des Carmes. Elle apportait le soleil chez Matthieu, avec son visage rieur, de longues nattes brunes et un joli teint de pêche. De temps à autre, elle pleurait dans la cuisine. Matthieu s'inquiétait :

— Ce n'est rien, Monsieur, j'ai la grieté[1] des miens, ça va passer. Ça passe toujours, ces choses-là. Donnez-moi du travail, ou laissez-moi aller embrasser ma tante pour que j'oublie combien c'est difficile de vivre en ville. Moi, vous savez, ce que j'aime, c'est la campagne. Aller dans les prés, respirer l'herbe, cueillir les fruits, les préparer pour les conserves et les tartes. Tout ça donne des odeurs qu'on ne retrouve pas en ville. Mais je m'habituerai. On se fait à tout, paraît-il.

— Mais en ville, on voit des choses, on peut aller à des expositions, on peut apprendre.

— Oh, oui ! Ça, je sais. Mais ça va cinq minutes, ça ne flatte ni le palais, ni le nez, ni le ventre. C'est bon pour la tête, à ce qu'on dit, mais point trop n'en faut, sinon on a la migraine.

Matthieu se retint de rire. Rosa se défendait et ne voulait pas être une intellectuelle. Elle aimait le concret et voulait toucher la vie, disait-elle, au lieu de la rêver.

1. Chagrin.

L'ouvrage ne manquait pas à la verrerie de la rue du Pont-Cassé. Trois cents ouvriers y travaillaient. Les carnets de commandes étaient remplis. Des lampes, des vases, des services de verres, des flacons. Des appartements à décorer où les verriers côtoyaient peintres et ébénistes. Les objets en pâte de verre avaient le vent en poupe. Matthieu avait réussi à façonner l'objet de son amour dans une pâte de verre à l'étonnante matité. La magnifique statuette de femme moulée dans une robe dont le drapé montrait des formes parfaites avait suscité l'admiration. Matthieu s'exerçait parfois à modeler d'autres objets et à suivre la fabrication de ceux-ci en pâte de verre. Mais il n'était pas chimiste et le regrettait, songeant parfois à son grand-père quand il le sermonnait : « les études, Matthieu, les études ». Matthieu ne parviendrait jamais à calculer avec rigueur et précision les proportions de groisil, ce verre concassé aux couleurs allant du vert au bleu en passant par le gris, l'orange et le violet. Il ignorait l'action d'une matière sur une autre lorsqu'elle entrait en fusion. Mais si on lui en donnait la recette, il savait l'appliquer. Il avait conscience qu'il ne serait jamais un inventeur de génie. Celui qui crée la couleur. Il avait saisi comment on obtenait certaines nuances. Le violet, par exemple, avec de l'oxyde de manganèse et, quand on voulait un vert très franc, il fallait surdoser l'oxyde de fer. Quant au verre que l'on désirait gris mais qui devait rester translucide, il fallait savoir ajouter au gramme près le nickel, le cuivre et l'oxyde de fer. Il se réjouissait d'être devenu un spécialiste du bleu pigeon. Une lente observation, le recours à quelques livres de chimie l'avaient encouragé à persévérer. Il ne suffisait pas d'ajouter un soupçon d'oxyde de cobalt à une composition déjà complexe. On devait doser très précisément les cent parties de sable, les vingt et une de carbonate de soude, les dix de carbonate de potasse, les quinze de chaux, les six de salpêtre, les deux de borax et les deux autres d'oxyde de cuivre. A tout cela on ajoutait une partie d'oxyde de fer et une infime partie de bichromate de potasse, représentant les trois quarts de l'ensemble de toutes les matières nécessaires.

La réussite de la pâte de verre obéissait donc d'abord à ce savant dosage des couleurs du verre qui serait concassé et ensuite à une répartition très minutieuse du groisil ainsi obtenu dans le moule en creux.

Mais quand on ouvrait la porte du four après dix jours de chauffe, quand l'alchimie avait opéré et que, doucement, on débarrassait l'objet des résidus de plâtre afin d'examiner s'il était conforme aux espoirs, le cœur battait, parfois jusqu'à l'affolement. Matthieu se souvenait d'une série de médaillons représentant Lucie de profil, les épaules nues et le front appuyé sur une églantine rose. Henri Bergé avait beaucoup travaillé avec lui. Matthieu était plus fébrile que pendant cette promenade dans les allées de la Pépinière en 1901. Le grincement de la porte du four dans la chaleur de l'atelier l'avait fait entrer dans une véritable transe qu'il avait peine à dominer. Les médaillons furent nettoyés avec douceur, alternativement trempés dans l'eau et passés sur les meules pour en arrondir le bord. Avec une minuscule molette, il fallait redessiner les traits du visage pour en extraire les derniers grains de plâtre. Sur dix médaillons, deux seulement étaient parfaits. Mais quelles merveilles ! Matthieu en prit un entre le pouce et l'index et le leva à la hauteur d'une fenêtre en s'écriant :

« Regardez, le soleil traverse presque ce visage. Cette femme est plus lumineuse que jamais. »

Il en aurait pleuré de bonheur.

Antonin passait par là. Il s'arrêta un instant, heureux, tout simplement. Le travail du verre procurait des émotions intenses et élevait les êtres qui le façonnaient. Lui, Antonin, n'en avait jamais douté.

7

Novembre 1913

Chaque soir, Matthieu lisait les journaux. Depuis des mois, la menace se précisait. La guerre semblait inévitable. Elle s'approchait à grands pas de la France. Elle venait de l'Est et des Balkans à la fois. Si l'Empire ottoman et les Etats balkaniques avaient signé l'armistice, les Monténégrins assiégeaient toujours Scutari. Ce qui se passait à l'Est inquiétait tous les Etats d'Europe. En Allemagne, certains députés socialistes n'hésitaient pas à pousser à la guerre, tout simplement pour accroître certaines ventes d'armes. Pendant ce temps-là, en France, le général Joffre, chef d'état-major, faisait adopter par le Conseil supérieur de la guerre le plan XVII, reposant essentiellement sur l'idée d'une offensive décisive en Lorraine dès le début d'éventuelles hostilités. Tous les jours la tension montait en Alsace. Les Allemands humiliaient les Alsaciens. Des incidents avaient éclaté à Saverne.

Au cours d'un entretien avec Albert Ier, roi des Belges, l'empereur Guillaume II déclarait que la guerre avec la

France était « nécessaire et inévitable ». Matthieu devint songeur. « J'ai échappé au service militaire en temps de paix, mais je ne me défilerai pas en temps de guerre, se dit-il. Et il faudra gagner. Ce sera peut-être le moyen de libérer les Alsaciens et les Lorrains du joug allemand. »

1er août 1914

Sans voix, tous ceux qui achetaient le journal au jeune vendeur à la criée restaient sans voix :

— Jaurès assassiné ! Jaurès assassiné ! La guerre est proche ! Demandez l'édition spéciale de *L'Est* !

Matthieu se rendait à pied à la verrerie et fouilla dans ses poches pour acheter le journal au gamin posté près d'une des grilles de la place Stanislas. Il glissa cinq francs dans la main du petit vendeur, qui ne devait pas avoir plus de douze ans.

— Garde la monnaie !

— Merci, merci, monsieur, bafouilla le garçon, voyant l'importance de la somme.

C'était une aubaine pour lui.

Matthieu pressait le pas pour passer le porche de la verrerie afin d'aller discuter de l'avenir avec les décorateurs et les frères Daum. Une réunion exceptionnelle était prévue en raison de la situation internationale. Matthieu savait aussi qu'il devrait téléphoner aux tanneries. Transmettre ses ordres. Si les tanneries pouvaient continuer à travailler, il ne fallait pas hésiter. Si les hommes partaient à la guerre et que les femmes voulaient travailler en plus grand nombre, car elles auraient besoin d'argent, il fallait le leur permettre. Dans le cas contraire, une fermeture provisoire s'imposerait sans doute, mais des décisions devraient être prises afin qu'on veille sur le matériel et qu'on protège l'outil de travail jusqu'à la fin des hostilités.

— L'heure est grave, dit Antonin Daum. L'ordre de mobilisation générale va tomber d'un instant à l'autre sur nos murs, peut-être demain. Le préfet m'a téléphoné ce matin même. En gare de Nancy, on affrète déjà des trains, de véritables convois pour acheminer les soldats vers le front. Les troupes allemandes sont en marche par le nord de l'Europe.

— Je crois que nous allons éteindre les fours, murmura Jean Daum, la mort dans l'âme ; si la mobilisation générale est effective, Henri et moi-même, ainsi que la plupart de nos verriers, serons mobilisés. Toi aussi, Matthieu, tu partiras, tous les hommes de moins de quarante-cinq ans seront mobilisés. Il faut espérer que cette guerre ne durera pas longtemps et que la France retrouvera ses frontières d'avant 1870. Que Dieu nous garde, mes amis !

Le lendemain, l'ordre de mobilisation générale s'étalait partout, sur tout édifice, tout panneau d'affichage. La nouvelle se répandit telle une traînée de poudre. Les femmes venaient lire les affiches et se lamentaient pour leur mari, leurs fils. Les plus âgées se souvenaient de 1870. Les hommes étaient réquisitionnés, mais également les chevaux et les véhicules. Matthieu songea à sa voiture. Pour l'instant, elle dormait au garage. Il partit et confia ses clés à Rosa.

— Vous pouvez rester ici, faire venir votre famille. Je vous fais confiance.

Elle pleurait en préparant ses affaires.

— Monsieur, c'est trop injuste…

Il l'embrassa chaleureusement.

— Je vous aimais bien, Monsieur.

— Eh, je ne suis pas encore mort, et je n'en ai pas envie, plaisanta-t-il.

8

Dimanche 2 avril 1916, Verdun

Jean Daum et Matthieu Thuillier étaient à leur poste de surveillance et se donnaient quelques nouvelles de la verrerie. Leur armée venait de subir l'offensive allemande, qui avait été repoussée tant bien que mal. Les blessés étaient nombreux et la liste des morts ne cessait de s'allonger. Le ciel restait lourd de menaces sur la région de Verdun. Mais on vivait ces quelques heures de trêve sans en perdre une seconde. On faisait des rêves. La vie changerait lorsque le monde aurait retrouvé la paix. On confiait ses espoirs au voisin de chambrée et de tranchée, car rêver aide à supporter le plus noir de l'existence. Mais fallait-il être aux portes de la mort pour avoir enfin compris le sens de toute chose ?

Antonin Daum avait écrit à ses neveux. A Jean en poste près de Verdun et à Henri qui devait combattre quelque part dans la Somme. Jean faisait la lecture à haute voix à Matthieu, qui l'écoutait avec attention. Antonin racontait comment, avec l'aide d'anciens et de très jeunes apprentis, il avait rallumé un four en 1915 afin d'organiser une exposition à Casablanca, à la demande de Lyautey.

> *Je croyais bien n'y point parvenir, et puis les choses se sont faites. Mais que ce fut difficile ! Le découragement m'a souvent saisi. D'autant plus que la grande halle ici sert de base aux ambulances. Nous ne sommes qu'à huit kilomètres du front. Parfois, quand les canons tirent, les murs de Nancy tremblent. Nos ouvriers qui travaillaient à la préparation de cette exposition lâchaient parfois les paraisons pour aller se cacher quand les tirs se rapprochaient. Ils disaient que la Grosse Bertha était en action et que, contre elle, il n'y avait rien à faire, sauf attendre en se protégeant. Comment leur en vouloir ? La guerre est une bien vilaine chose...*

A chaque virgule, chaque pause de Jean Daum, Matthieu imaginait la verrerie secouée par les proches coups de canon. Il fut interrompu par l'arrivée du sergent François Jollain.

— Mauvaises nouvelles, les amis, les Boches reprennent l'assaut. La trêve aura été de courte durée. A la jumelle, j'ai vu des mouvements sur les collines. Rien ne les arrête, pas même le jour du Seigneur. Ils ne respectent rien, ces casques à pointe. Il faut donner l'ordre à nos soldats de reprendre leur poste dans les tranchées, sinon les Boches vont nous tirer comme des lapins. Ils sont furieux d'avoir échoué il y a peu. Le capitaine Surgeot dit qu'ils ont reçu des renforts et qu'ils ne nous laisseront pas tranquilles. Ils...

La terre s'ouvrit sous les pas de François en même temps qu'une douleur fulgurante traversait le bras gauche de Matthieu, soudain projeté violemment à terre avant de recevoir sur lui le corps de Jean Daum. Du moins lui sembla-t-il.

Il perdit la notion du temps. La douleur au bras s'était estompée et Matthieu se sentait flotter entre rêve et réalité. Il s'interrogeait : « Allons-nous mourir ? » Il s'étonnait de ne pas entendre de réponse à ses questions. Il répétait : « François, où t'es-tu envolé ? Ne fais pas l'idiot, que dira Emélie, ta gentille Mélie ? Et Eugène, le jeune homme qui t'accompagnait, où est-il ? Jean et moi ne faisons qu'un. Je me demande où nous avons atterri ? Quelle secousse, mon Dieu ! Quelqu'un va-t-il s'occuper de nous ? »

Matthieu eut soudain l'impression de s'élever. Il pensa en même temps : « Peut-être sommes-nous en train de mourir ? Au fond, ce n'est pas si difficile. Si c'est cela, le dernier voyage... » Il survolait un bien curieux paysage, porté par des musiques étranges. Après la désolation du champ de bataille depuis les dernières semaines, il planait au-dessus d'une prairie caressée par un soleil d'une grande tendresse. Au bout de la prairie, une petite fille rousse jouait du piano. Toujours la même petite fille depuis des années. Alors, le piano s'ouvrait tandis que les balles pleuvaient. Des balles ou des fleurs ? Matthieu ne voyait plus grand-chose, mais ressentait une certaine sérénité. Car rien de bon ou de mal ne pouvait atteindre la fillette soudain absorbée par le piano qui continuait de jouer. Puis, le piano lui aussi s'élevait dans les airs et s'éloignait toujours plus alors que Matthieu, porté par les vents, tentait de le rattraper.

Malgré l'opacité des vitres des fenêtres de la grande salle, le soleil perçait et tombait par petites flaques sur les draps des lits où geignaient les blessés. Certains appelaient la femme aimée, d'autres, dans un état de semi-inconscience, parfois aux portes de la mort, murmuraient un déchirant « maman ». Les infirmières de la Croix-Rouge, reconnaissables à leurs blouse et tablier blancs, à leur voile orné d'une croix rouge pour tenir leurs cheveux, allaient et venaient avec vaillance. Elles s'efforçaient de garder le sourire malgré la gravité de la situation, malgré la somme de souffrances qu'elles côtoyaient. Des religieuses, tout aussi dévouées, soignaient les corps tout en s'efforçant d'apporter le plus de réconfort possible. Certaines joignaient leurs prières aux soins apportés quand l'état des blessés indiquait une fin imminente.

Matthieu ouvrit les yeux dans cette immense salle d'hôpital et perçut l'atroce odeur du sang séché mêlée à celle des chairs en décomposition. Il ne comprenait pas où il se trouvait. A côté de lui, un médecin-major assistait aux soins d'un homme blessé au visage. Cet homme risquait de perdre la vue et n'avait plus vraiment de bouche pour s'exprimer.

— Tournez-vous ! ordonna une religieuse à Matthieu, ne regardez pas ce pauvre homme.

D'un signe de tête, elle s'adressa à deux jeunes filles qui tendirent un drap de part et d'autre du lit pour isoler le blessé.

— Essayez de nous dire qui vous êtes en pressant ma main, dit le médecin. Vous m'entendez ?

L'homme, semblait-il, entendait.

— Je vais énoncer quelques noms de soldats disparus dans l'attaque du 2 avril. Si vous entendez le vôtre, serrez ma main aussi fort que vous le pourrez : Marc Muller, Jean Vogenot, Alphonse Bourtille, François Jollain... François Jollain, répéta le major qui avait ressenti une pression de main.

Il fallait en être sûr.

Le major s'était arrêté en passant une main dans ses cheveux. Il songea à la famille de cet homme. Mon Dieu ! Dans quel état la guerre allait le rendre aux siens ! Ne valait-il pas mieux qu'il fût mort ?

— François Jollain, répéta encore le médecin pour vérifier qu'il avait bien compris. C'est bien cela, vous êtes François Jollain ? Notez, dit plus bas le médecin au jeune soldat qui l'accompagnait, et qu'on prévienne la famille.

En entendant le nom de François Jollain, Matthieu émergea de l'état cotonneux dans lequel il se trouvait. Il sut qu'il était vivant, dans un hôpital, que son voisin était François Jollain, le mari d'Emélie, vivant lui aussi, mais apparemment défiguré. Une violente douleur en haut du bras gauche lui arracha un cri et interrompit ses pensées. Il serra les dents. Il se souvint de Jean Daum, des dernières paroles de François Jollain qu'il avait vu voler dans une gerbe de terre ce dimanche 2 avril.

— Ma sœur, demanda Matthieu en se tournant vers la religieuse, dites-moi quel jour nous sommes.

— Le 15 avril. Vous avez eu beaucoup de chance. On vous a trouvé sur le champ de bataille parmi de nombreux morts... Le major va venir vous raconter.

Ne vous agitez pas, sinon la douleur sera plus vive encore.

— Elle est très vive, ma sœur, vous savez. Dites-moi de quelle blessure je souffre.

A cet instant, le major s'approcha du lit de Matthieu, tandis que l'infirmière refaisait le pansement de François Jollain.

— On peut dire que vous avez eu de la chance. Toute votre compagnie a été décimée, sauf vous et le soldat sans visage qui dit s'appeler Jollain. Vous avez sans doute été protégé par le corps du soldat tombé sur vous. Son corps, à son insu, aura été un bouclier pour vous. Le pauvre avait cessé de vivre quand les secours sont arrivés.

Ainsi Jean Daum était mort au champ d'honneur. Matthieu songea à sa famille, à son oncle Antonin. Jean Daum avait quatre enfants très jeunes encore. Ils allaient grandir sans père. Quelle monstruosité, la guerre ! Tous étaient partis en se disant qu'en trois mois ils auraient raison des Prussiens et récupéreraient l'Alsace et la Lorraine confisquées. Presque deux ans s'étaient écoulés et les soldats français et allemands n'en finissaient pas de patauger dans les tranchées, de partir à l'assaut de l'ennemi dans une effroyable boucherie. D'un côté comme de l'autre, ces hommes se demandaient la raison de leur présence. Au point d'eau, ils se rencontraient entre deux assauts, et certains avaient fini par se sourire, se saluer. D'autres avaient sorti des photos de la femme aimée ou des enfants. Ce sont ces souvenirs confus encore qui portaient Matthieu lorsque la douleur se fit plus vive. Il ne fallait pas geindre. Une grimace pourtant ombra son visage.

— Dites-moi de quoi je souffre, major. Les pansements sont tellement serrés que je ne sais pas où se situe ma blessure. Sur la poitrine ou sur le bras ?

— Etiez-vous gaucher ou droitier ? Avec quelle main travailliez-vous le plus volontiers ? questionna le major, qui préférait suivre sa logique avant de répondre à Matthieu.

Matthieu devint livide. Des sueurs le saisirent sur tout le corps. Son sang se glaça. Il comprenait sans oser réaliser. Il tentait cependant de se raccrocher à un espoir fou. Ne ressentait-il pas la douleur jusqu'au bout des doigts ?

— On a dû vous couper le bras. De la charpie. Vous avez eu une fièvre de cheval pendant dix jours. J'ai eu peur que la gangrène n'ait raison de vous. Aujourd'hui, je suis rassuré. Je sais que vous guérirez. Vous faites partie des solides gaillards de France !

Les larmes coulaient sur les joues de Matthieu. Son bras gauche. Il n'avait plus qu'un moignon. Le bras coupé au-dessus du coude. Il ne pourrait plus jamais serrer une femme dans ses bras, un enfant s'il se mariait. D'ailleurs, la question ne se posait plus. Quelle jolie femme voudrait de lui désormais ? Il devait se résigner. L'amour s'éloignait... Professionnellement, il n'osait même plus imaginer son avenir. A trente-six ans, sa vie allait s'arrêter, il allait l'écrire dans les marges des cahiers et n'espérait plus figurer au milieu des pages des catalogues d'objets d'art. C'était en ces instants qu'il percevait avec précision ses aspirations. En lui coulait un puissant désir de création. Fabriquer, inventer et sentir l'ivresse de la réussite le saisir quand le talent grandit et qu'il permet de tutoyer la beauté.

Matthieu eut soudain l'horrible sensation d'être devenu une chose, une petite chose minable. Lui qui avait tellement besoin de ses mains pour modeler, graver, peindre, sculpter tout ce qui était nécessaire à la beauté du monde. Il eût, en cet instant, tout donné pour être mort. Anéanti, il tourna la tête vers le lit où gisait François Jollain, l'homme sans visage... Un tremblement le saisit, qu'il eut du mal à apaiser. L'image d'Emélie, si tendre, si douce, passa devant son regard.

— Vous vous en remettrez et vous trouverez que vous avez été bien chanceux, dit le major en tentant par un clin d'œil de lui montrer le lit de François Jollain.

Il effleura sa joue d'un geste amical, puis continua sa visite dans la vaste salle des douleurs.

9

Mai 1916

De jour en jour les forces revenaient à Matthieu. Il tenait souvent compagnie à François Jollain, dont la tête n'était qu'un immense bandage. Un œil apparaissait. Un regard que Matthieu ne reconnaissait pas et qui le troublait.

— C'est normal, lui dit la religieuse infirmière. Le pauvre homme est dans un tel état de souffrance ! Soyez bon pour lui. Parlez-lui. Ce que vous faites ne peut que l'aider dans la guérison, poursuivit-elle. Son épouse va venir lui rendre visite très prochainement. Il se sentira mieux, sans doute.

Emélie ! La première réaction de Matthieu, à cette annonce, fut de vouloir quitter l'hôpital. Il n'avait jamais revu la jeune femme depuis l'Exposition universelle et il portait encore le poids de sa brusquerie. La honte aussi enrobait des souvenirs qui eussent pu être nostalgiques, doucereux, à défaut d'être heureux. Mais Matthieu se reprit. Au contraire, il fallait rester pour atténuer le choc, aider Emélie à le surmonter. Elle aurait bien besoin d'une présence amicale.

Ce fut par une belle journée, alors qu'il faisait quelques pas appuyé sur une canne dans l'allée sablée devant l'entrée de l'hôpital, que Matthieu vit un fiacre s'arrêter. Une charmante jeune femme vêtue d'un tailleur de toile beige en descendit, tout aussitôt suivie par une autre à la taille plus épaisse. Emélie n'était pas seule. En forçant son regard, Matthieu reconnut Simone. Il était trop tard pour s'esquiver. Simone l'avait reconnu et aussitôt hélé avec familiarité.

— Matthieu, comment allez-vous ?

Il se força à sourire.

— Pas trop mal, comme vous le voyez, j'ai eu de la chance, dit-il en tendant son épaule gauche encore bandée.

Emélie le regardait en souriant. Ni condescendance, ni pitié. Une réelle amitié passait dans son regard. C'était la première fois que tous deux se trouvaient face à face depuis ce que Matthieu considérait comme une offense envers une jeune fille.

Emélie était devenue une bien jolie femme. Une certaine réserve nimbait son visage derrière sa voilette, mais d'elle irradiait une présence chaleureuse. Le sourire faisait remonter ses pommettes et dégageait des dents bien rangées. Le nez se plissait un peu. De sa jeunesse, elle avait conservé cet air un peu fragile qui ne pouvait laisser un homme indifférent. Ce fut elle qui rompit le silence alors que Matthieu la contemplait sans pouvoir dire un seul mot.

— Et François ? s'inquiéta Emélie. Le major m'a écrit pour me dire son état.

— Oui, reprit Matthieu, pauvre François, il ne peut pas encore parler.

— Matthieu, s'il vous plaît, supplia Emélie, conduisez-nous. Je ne sais pas si j'aurai le courage nécessaire pour me rendre seule à son chevet.

Matthieu marchait lentement et d'un pas hésitant. On n'imagine pas ce que la perte d'un bras peut représenter comme déséquilibre quand le corps doit se mouvoir, se tenir droit, marcher. Il était encore faible et ressentait douloureusement l'absence d'un membre qui avait inscrit la déchirure dans toutes les fibres de son corps. La cicatrisation serait longue, avait déclaré le médecin. Son moignon était solidement bandé et serré contre son torse. L'envie de le balancer, pour faire contrepoids quand il marchait, subsistait. « Je balance à vide, se disait-il, je balance à vide jusqu'à en tomber. » Les nuits, il rêvait. Il était à la verrerie, il se précipitait pour cueillir la paraison, mais il était incapable de saisir la canne d'une seule main et la faisait tomber à terre. Alors le verre en fusion faisait une grande flaque sur le sol. Dieu, qu'il était malheureux quand le réveil survenait après un tel songe ! Mais ce que Matthieu ne comprenait pas, c'était les élancements jusque dans le bout de doigts absents. Des doigts devenus bouillie avant sans doute d'être retournés à la terre depuis longtemps. Il ressentait intensément la douleur, avec parfois une envie de hurler qu'il contenait avec peine et dont il avait honte.

« Je vous crois, affirmait le major, il s'agit d'une douleur fantôme. Une idée dans votre tête qui s'en ira avec le temps.

— Mais j'ai vraiment mal, ce n'est pas une idée.

— Les idées aussi font souffrir, surtout quand la plaie n'est plus visible... Le médecin ne peut donc y appliquer aucun onguent. Nous savons que ces blessures-là sont sans doute très douloureuses. Pensez à réorganiser votre vie, ayez des idées, des rêves plus forts que cette douleur inscrite dans votre tête. Et puis, avec le temps, si vous le désirez, on tentera de vous poser une prothèse. Au moins pour l'esthétique, et pour vous aider à retrouver l'équilibre. Tout s'apaisera, pensez à autre chose. »

« Facile à dire, songea Matthieu. Tous mes rêves ont été jusqu'ici orientés vers des projets nécessitant deux bras, deux mains. »

Précédée de Matthieu, Emélie s'était approchée à petits pas du lit de son mari. Simone avait préféré rester à l'entrée de l'immense pièce, qui s'ouvrait sur une longue allée plantée de part et d'autre d'une rangée de lits à barreaux de fer blanc. Il fallait rendre hommage au personnel soignant. Les draps tendus sur les lits où reposaient les blessés restaient immaculés. Un peu de soleil courait sur le carrelage noir et blanc de cette vaste salle d'hôpital où flottaient cependant par endroits d'atroces odeurs de chairs en décomposition annonçant déjà la mort.

— François, murmura Emélie, François, c'est moi.

— Il faut lui parler fort, madame, intervint la religieuse qui passait par là. Dans son état, il ne voit qu'une ombre quand vous êtes près de lui. Et, momifié comme il est, il n'entend de vous qu'un faible murmure. Vous allez tenir sa main, la gauche, dont les blessures sont superficielles et presque guéries. Vous lui demanderez de la serrer dans la vôtre quand il sera d'accord. Il a besoin de votre aide, de votre regard.

Sœur Marguerite prit la main de François et lui parla très fort. Il réagissait et son œil s'ouvrait ou se fermait.

— Allez-y, insista Matthieu, faites comme la sœur. Racontez-lui ce que vous faites, ce que deviennent vos enfants. Il doit être inquiet pour eux.

Emélie s'approcha du corps étendu et eut un léger recul en croisant son regard ; il l'avait regardée, elle aurait pu le jurer, mais il ne l'avait pas reconnue. Elle se souvenait de François venant lui faire la cour quand elle promenait les enfants de sa cousine jusqu'à la Pelouse, sur les hauteurs de Bouxières-aux-Dames. Le feu passait dans son regard. Une lueur qui éclaircissait son regard d'un éclat de soleil.

— Je suis ta femme, François, me vois-tu ?

François tentait d'imprimer quelques secousses dans la paume de la main d'Emélie, désespérée. Et si son mari avait perdu la raison ? Elle n'osait imaginer sa vie future. Ses pensées allaient vers leurs enfants. Comment réagiraient-ils ?

10

Emélie avait trouvé à se loger en ville afin de rester quelques semaines près de François, qui avait besoin de tout son amour pour guérir. Elle venait chaque jour à l'heure des visites. Elle se forçait à garder le sourire, à dire sa joie de savoir son mari vivant. Les mots passaient difficilement la barrière de ses lèvres. Elle eût aimé en parler, se confier, mais à qui ? Elle se trouvait monstrueuse de ne rien éprouver devant cet homme, d'avoir seulement envie de le fuir et d'aller pleurer sur une vie... gâchée ? Elle ne trouvait pas d'autre terme pour signifier la tempête qui bouleversait sa vie et celle de ses enfants. Pour eux la guerre serait sans fin. Emélie avait pu rencontrer le major. Il s'était voulu rassurant, attendri par l'angoisse de cette jeune femme. L'état de son mari irait s'améliorant. Il guérirait, cela il pouvait l'affirmer, mais il resterait marqué à jamais dans sa chair.

— Vous serez, chère madame, son meilleur médicament. Certes, nous ne pourrons lui rendre son visage. Mais lui, il a une famille. Tant de jeunes soldats sont seuls... Habituez-vous à l'idée qu'il faudra envisager le port d'un masque. La vue d'un visage ravagé, portant à jamais les traces de l'atrocité de cette guerre, vous serait sans doute extrêmement pénible, pour vous-même comme pour vos enfants.

L'avenir s'ouvrait par un long chemin de douleur. Emélie tentait de se raccrocher aux souvenirs heureux, à l'insouciance, à la tendresse. Son François et son regard éclairé de mille bontés, son « regard de prairie », disait-elle. Son François, dont elle ne sentirait plus la lumière. Son François devenu une ombre, un personnage de comédie tragique retranché à jamais derrière un masque pour cacher les chairs déchirées, boursouflées, violacées.

Les visites d'Emélie finissaient la plupart du temps dans le parc, où elle s'asseyait près de Matthieu qui s'efforçait de lui apporter un peu de réconfort.

— Heureusement que vous êtes là, risqua-t-elle un jour avant de le quitter.

Matthieu se pencha vers Emélie pour la distraire et lança sur un ton badin :

— Ma tête est intacte, mais mon corps, lui, est amputé. Finalement, à nous deux, votre mari et moi, nous pouvons faire un homme complet... Mais votre cœur, c'est lui qui l'a. Pas moi, car j'ai raté ma chance. Vous vous souvenez, Emélie, de ce printemps parisien et de l'été qui a suivi ?

Emélie avait soupiré et posé une main sur le bras de Matthieu. S'il fut troublé, il ne le montra point. Il songea seulement qu'il ne fallait pas que cette situation s'éternisât. Ces rencontres réveillaient des sensations qu'il croyait enfouies, disparues. Il ne put s'empêcher de caresser les cheveux d'Emélie qui ne se déroba pas et finit par se blottir contre lui.

— Ce n'est pas bien, ce que nous faisons, murmura Matthieu, pas bien du tout. Je pense à François.

— J'y pense aussi, soupira Emélie, je ne fais que cela. Mais, devant François, j'ai l'impression de me trouver devant une forteresse qui me laisse indifférente. Je ne suis plus Emélie, je suis une autre, comme sur une scène de théâtre. J'ai honte, si vous saviez... Pourquoi, Matthieu, pourquoi ? Je ne reconnais même pas son regard. Mon mari avait les yeux verts. Ce que j'en vois me semble beaucoup plus sombre. L'ai-je à ce point oublié ? Pourtant, mon cœur ne me tromperait pas. Parfois, je me dis que je suis devenue monstrueuse. Je ne pense qu'à moi et non à sa souffrance.

Les larmes roulaient sur son visage et Matthieu risqua une question.

— Pardonnez-moi d'être indiscret. Je suis bien mal placé pour vous demander ces confidences, avez-vous épousé François par amour ?

— Mais oui, Matthieu. Vraiment. J'ai mis un temps fou pour t'oublier, pardon, vous oublier, j'ai cru n'y jamais parvenir, et puis j'ai été surprise d'aimer de nouveau.

Matthieu ressentit une grande émotion. Elle l'avait donc aimé, beaucoup aimé, au point de le tutoyer comme sur les bords de Seine en 1900, quand leurs baisers les laissaient épuisés, sans souffle. Qu'il avait donc été sot de si mal se conduire ! Etait-il né sous une mauvaise étoile ? Celle des amours vouées à périr avant d'être nées ? Il songea à Lucie... Un autre échec.

— Je te demande encore pardon, Emélie, dit-il doucement en la tutoyant.

Parvenu à ce stade des confidences, Matthieu ne pouvait parler autrement à Emélie.

— Il ne faut rien regretter, Matthieu, c'était sans doute notre destin.

Elle allait se lever. Il la retint de son bras valide.

— Tu vois, aujourd'hui, dit-il doucement, même si je le voulais, je ne pourrais te retenir avec un seul bras... Tu tomberais au fond d'un gouffre où je ne pourrais aller te rechercher. L'homme fort, celui qui peut sauver sa belle, n'est plus. François le sera encore. Mais si tu savais le désir fou que j'ai de toi...

— Tu me disais tout à l'heure que ce que nous faisions était mal, et tu parles de désir, Matthieu...

— L'humain est ainsi, Emélie. Comme au pays de mes cousines, en Alsace. Ne sommes-nous pas des *Hans im Schnokeloch*[1] ? Tu connais sans doute la chanson aussi bien que moi. Quand tu étais dans mes bras, il y a seize ans, ma bêtise a tout gâché. Aujourd'hui, je te voudrais encore dans mes bras, mais plus rien n'est possible entre nous. Et je vois ta vie amoureuse en miettes. Ne pleure pas, Emélie.

Elle releva la tête lentement pour le contempler. Leurs regards se croisèrent dans une folle et vaine demande.

— Pars vite, Emélie, c'est moi qui te le demande.

— Je voudrais tellement rester près de toi, Matthieu, dit-elle en se blottissant contre son torse.

Matthieu sentait la poitrine ronde de la jeune femme jusque sur sa peau. Il faisait chaud et le tissu de sa chemise était fin comme son corsage. « Ne rien esquisser.

1. « Jean du trou du moustique », un homme jamais content de son sort.

Ne pas commencer », se dit-il. Il inspira profondément, cherchant l'air et le souffle nécessaires pour dire non à l'offrande de la jeune femme.

— Il faut partir, Emélie. Nous le regretterions, vous et moi.

Ses lèvres frôlèrent la joue de Matthieu. Elle se leva et marcha vivement jusqu'à la sortie.

Longtemps Matthieu la regarda aller, jusqu'à ce qu'elle s'engouffrât dans le fiacre qui l'attendait. Il pesta contre lui, contre cette guerre, contre le monde entier. En cet instant, dans ses veines, coulait le sang de Gustave, son père... Et lui qui n'était pas grossier de nature, les yeux levés au ciel, lança rageusement :

— Merde, merde, merde !

Une manière comme une autre de se délivrer de l'excès de tension qui lui serrait le cœur.

11

20 février 1917

La guerre était finie pour Matthieu qui, sa convalescence terminée, avait retrouvé Nancy. Nancy meurtrie par les bombardements dans lesquels Marguerite, la cousine de son père, avait péri. Il en eut beaucoup de chagrin. Henri ne voulait plus rester à Nancy. Il préférait se retirer chez sa fille, qui demeurait à Epinal.

« De toute façon, je ne lui survivrai pas longtemps. Elle me manquera trop. Le temps de mettre les choses en ordre et je partirai. Je ne suis pas chagrin pour toi, Matthieu. Tu es un homme, à présent. Ainsi vont les choses. Vis ta vie. »

Henri se connaissait. Son cœur lui disait vrai. Six semaines plus tard, la veille de son départ pour Epinal, la bonne le trouva inanimé, la tête posée sur la table de la salle à manger.

« Il n'avait même pas commencé son petit déjeuner », dit-elle à Matthieu.

Matthieu s'était réinstallé rue des Carmes, mais n'y avait pas trouvé Rosa, partie quelques mois plus tôt rejoindre sa famille à Metz en laissant une lettre d'explication.

Monsieur,

C'est difficile pour moi de rester seule, ici. Vous savez sans doute que ma tante Eliane n'a pas survécu au bombardement de Nancy, il y a quelques mois. Elle faisait quelques courses quand les Magasins réunis ont été bombardés. Quand on l'a retirée des décombres, elle avait cessé de vivre. Quel malheur, Monsieur ! C'est Mariette, sa belle-fille, qui tient le magasin de bonbons à présent, près de la place Stanislas. Dès que vous serez de retour, prévenez-moi et, si c'est possible, je viendrai vous aider.

Rosa

« J'espère que Rosa aura été épargnée à Metz », soupira Matthieu qui se sentait bien seul en ces instants, puisque même les vieux cousins s'en étaient allés.

Il se laissa choir dans la vieille bergère où son grand-père était mort. Il regarda l'immeuble qui faisait face à celui qu'il habitait. Sur le côté gauche, il voyait toujours le clocher de l'église Saint-Sébastien qu'apparemment aucune bombe n'avait touchée. Mais jusqu'à quand ? Cette guerre s'éternisait, s'enlisait dans les tranchées. Les soldats n'en pouvaient plus et des mutineries éclataient parfois. Les Alliés se déployaient sur de nombreux fronts. L'état du monde changeait. La presse s'en faisait l'écho. Avec cette guerre, Matthieu percevait la fin d'un monde. Une fois la paix revenue, plus rien ne serait comme autrefois. Les empires avaient éclaté. La Sainte Russie n'était plus. Les révolutions allaient au pas de charge. « Fasse le ciel que cet ordre nouveau apporte un peu de bonheur aux hommes, à tous les hommes ! » songea-t-il.

Matthieu avait appris la mort de l'écrivain Edouard Drumont. « Monarchiste », « chrétien », avait écrit la presse. Chrétien, mais tellement antisémite. Matthieu se souvenait du rôle joué par Drumont dans l'affaire Dreyfus. Il en eut la nausée. Curieux hommes qui ont besoin de boucs émissaires pour déverser leur fiel. Ses yeux s'attardèrent encore sur un des articles de *L'Est républicain* relatant l'arrestation de Mata Hari, une danseuse soupçonnée d'intelligence avec l'ennemi. Une femme, une danseuse, plus courtisane qu'autre chose. De temps à autre, l'opinion a besoin d'être guidée vers des personnages qui vont cristalliser le mauvais de tout un chacun. Il pesta contre ces journalistes sûrs de leur savoir et de leur analyse. Une plume est un danger, un redoutable pouvoir, aussi fatal qu'une arme de guerre. Ces gens qui écrivent font et défont des êtres humains. Matthieu avait encore en mémoire l'affaire Dreyfus, justement. La presse s'était déchaînée. Dans certaines familles, on en était venu aux mains. « Ceux qui écrivent ainsi sur des hommes devraient être traînés, de gré ou de force, sur les champs de bataille, songea-t-il. Ils comprendraient où sont les vrais enjeux. »

Il tenta, en vain, de téléphoner à Rosa, puis aux tanneries qui tournaient au ralenti, mais faisaient cependant travailler une vingtaine de personnes à Charmes, où la guerre causait de grands ravages. Les Carpiniens avaient fait preuve de vaillance et d'héroïsme.

Matthieu retrouva son bureau et écrivit à Marcel, le neveu de son père qui veillait sur les tanneries. Il rédigea aussi une lettre à Rosa l'informant de son retour. Puis il sortit pour poster son courrier.

Il flânait plus qu'il ne marchait rue Saint-Jean, après être allé constater les dégâts occasionnés par le bombardement sur les Magasins réunis, quand il rencontra Emélie, qui donnait le bras à un homme bien vêtu, mais dont le visage était dissimulé sous un foulard de soie noire et un chapeau de feutre de même couleur.

Matthieu s'arrêta pour saluer le couple.

— Matthieu, quel plaisir de vous revoir, n'est-ce pas, François ?

François n'avait pas réagi au salut de Matthieu, ni à l'exclamation de sa femme. Intrigué, Matthieu observa l'homme.

« Comme la guerre peut changer les êtres », songea-t-il.

— Nous faisons quelques courses, précisa Emélie. C'est la première sortie de François. D'ordinaire, je me rends à Nancy chaque jeudi avec ma sœur, Simone et parfois avec les enfants quand ils n'ont pas classe.

— Et vos affaires ? l'interrogea Matthieu.

Silence.

— Vos affaires ! reprit Matthieu en parlant fort pour que François pût l'entendre.

— La scierie ? Bien sûr, répondit Emélie. Oui, oui, il y a du travail. Excusez François, Matthieu. Mon mari n'entend pas bien et ne parle toujours pas. Il est à Bouxières pour quelques jours et repartira début mars à Paris où des professeurs vont tenter de l'opérer afin qu'il puisse s'exprimer. Enfin, ils feront ce qu'ils pourront pour améliorer son état. Nous vous quittons, à un de ces jours, peut-être.

Elle s'éloignait et remontait la rue Saint-Jean. Matthieu s'arrêta et se retourna pour observer le couple. Il ressentit une curieuse impression. François restait de glace face à lui, alors que les mois passés ensemble, avant cette terrible attaque allemande, en avaient fait des amis. Il songeait à Emélie, si courageuse... Elle avait dit que François allait partir début mars à Paris et qu'elle avait l'habitude de se rendre en ville les jeudis. Il en aurait le cœur net. Dans moins d'un mois, il serait fixé.

Pendant deux semaines, à la même heure, il descendit la rue Saint-Jean en direction de la cathédrale et du faubourg Saint-Georges. Ce fut Simone Schoeller qu'il croisa avec les enfants d'Emélie. Simone fut plus bavarde que sa nièce.

— Quelle histoire, Matthieu, que ce fantôme !

Matthieu entraîna Simone et les enfants à la Brasserie viennoise.

— On ne reconnaît pas François, il est souvent très en colère. Quand Emélie ne le comprend pas, elle lui demande d'écrire ce qu'il veut. Mais il se fâche, jette tout à terre. Vous savez ce que je pense : c'est que la guerre n'a pas seulement pris le visage de François, elle lui a mangé la raison.

— La guerre, les blessures peuvent changer un homme.

— Pas à ce point. Parfois, je me dis que cet homme-là n'est pas François... François avait des mais superbes, de longs doigts fins qu'on ne reconnaît pas puisque les traces de brûlure ont violacé ses phalanges qui paraissent du reste plus petites. J'en ai parlé avec Emélie qui a haussé les épaules. Vous me croyez, n'est-ce pas, Matthieu ? Et puis, ce n'est pas son regard, et cet homme-là, sans visage, est plus petit que ne l'était François. Emélie peut bien trouver mille raisons, je n'en crois rien... Et elle non plus. Elle dit : « C'est parce qu'il a beaucoup maigri... » Mais elle a été obligée de raccourcir ses pantalons, d'acheter de nouveaux vêtements à François. Emélie, c'est une sainte. Il n'y a qu'une chose dont je suis sûre, c'est qu'ils n'ont pas encore dormi ensemble. Il paraît que c'est lui qui ne veut pas et, au lieu d'être désolée, elle chante dans sa maison. Pour être franche, je crois qu'elle en est contente. Quand on veut la plaindre, elle se met en colère. « C'cst mon destin », soupire-t-elle. C'est une tête de mule, ma nièce.

— Et les enfants ? questionna doucement Matthieu, quand ceux-ci s'absentèrent pour aller flâner devant le comptoir où se trouvaient des bonbons.

— Emélie les tient à l'écart. Ils viennent souvent chez moi. Pauvres enfants. Mon Dieu ! Que ça fait mal au cœur, tout ça.

Matthieu fouilla dans son portefeuille et en tira une carte.

— Je peux compter sur vous, Simone. Dites à Emélie de me téléphoner ou de venir me voir si elle a besoin d'aide.

— C'est une femme sérieuse, vous savez bien.

— Là n'est pas la question. Emélie doit être certaine de l'identité de l'homme que la guerre lui a rendu. De mon côté, je vais enquêter et tenter d'en savoir plus.

12

Août 1917

Matthieu avait été désigné par le capitaine Surgeot et le médecin-major de La Jonchère pour accompagner Emélie au chevet de François Jollain, opéré avec succès. Il entendait mieux et pouvait s'exprimer. Mais les chirurgiens avaient prévenu Emélie. La voix qu'elle percevrait ne souffrirait aucune comparaison avec celle d'avant la guerre. Néanmoins, un dialogue pourrait avoir lieu.

— Si vous saviez mes craintes, murmura Emélie en montant dans le train qui allait les emmener à Paris.

— S'il s'agit de votre mari, vous n'avez pas de crainte à avoir. Et si ce n'est pas lui...

— Je rejoindrai la longue liste des veuves de guerre, lâcha-t-elle, non sans une pointe de fatalisme.

Matthieu eut envie de la rassurer en glissant doucement au creux de son oreille : « Je serai là. » Mais il se reprocha aussitôt de vouloir profiter de la situation. Ce voyage était un service commandé. Il devrait, comme avaient dit le capitaine et le major, tenter de confondre l'imposteur, si imposteur il y avait.

C'est Emélie qui conduisait Matthieu sur des terres où il ne voulait pas aller. Il devinait la détresse de la jeune femme. Si l'homme sans visage était François, elle serait condamnée à vivre avec lui, alors que Matthieu venait de réapparaître dans sa vie. Et l'homme qu'il était devenu semblait lui plaire, malgré son handicap. Emélie songeait à cet homme qui affirmait être François et qui ne l'attirait pas. Non parce qu'il était un homme à la face ravagée, mais parce qu'elle ne reconnaissait pas en lui l'homme généreux qu'il avait été. Et si cet homme était un imposteur, un imposteur habile qui allait la condamner à vivre avec elle, à partager son lit ? Il faudrait bien un jour ou l'autre se soumettre. De tout cela, elle n'osait s'ouvrir à Matthieu.

Peu après Vitry-le-François, le train fut arrêté en rase campagne. La chaleur était suffocante. Emélie retira chapeau et foulard avant d'ôter sa veste de tailleur qu'elle plia avec application. Un joli chemisier de soie beige caressait doucement sa peau. Elle faisait face à Matthieu et prétexta quelques nausées afin de s'asseoir à côté de lui pour être dans le sens de la marche.

— Nous pouvons échanger nos places.

Elle sourit, les yeux fermés, en s'asseyant près de lui.

— N'en faites rien. Aujourd'hui, j'ai seize ans de moins, et j'ai le droit de rêver.

— Certains rêves sont dangereux, Emélie.

— Toute vie est risquée. Regardez ce que la guerre a fait de Matthieu.

Elle l'étonnait. Mais il aimait sa franchise. Il pensait seulement à François... Il tendit son bras droit vers elle et elle s'y blottit. Levant la tête, elle lui offrit ses lèvres. Jamais baiser ne fut plus doux et plus fougueux à la fois. Ils étaient seuls dans ce compartiment et Emélie ignorait que Matthieu avait fait en sorte qu'il en fût ainsi. « Prévoyait-il ces retrouvailles, se demandait-elle pendant cet interminable baiser qui les ravissait, ou bien souhaitait-il tout simplement me permettre de parler en toute liberté ? » Matthieu parcourait maintenant de petits baisers le cou de la jeune femme, qui les lui rendait.

— Nous sommes fous, Emélie, je t'en demande pardon. Qu'est-ce que mon état t'inspire ?

Il faisait allusion à son handicap.

— Je t'en prie, Matthieu, dit-elle en glissant ses mains sous la chemise pour caresser son torse.

Matthieu ouvrit deux boutons de son chemisier pour embrasser sa gorge et descendre jusqu'à la naissance des seins. Elle ne protestait pas. Elle avait, semblait-il, tellement attendu ces instants. Alors il se leva en rapprochant hâtivement les bords du chemisier. Il posa un doigt sur ses lèvres et alla verrouiller la porte en prenant soin de descendre les rideaux de la fenêtre donnant sur le couloir.

— Ce qui va arriver ne regarde que nous, murmura-t-il.

Il posa sa main sur la poitrine d'Emélie. Son cœur battait à tout rompre. Elle ferma les yeux et remercia le ciel de lui offrir un amant d'une telle douceur. Si elle avait confié avoir aimé François, ce qui était vrai, c'était avec son cœur ; rarement les unions avec François avaient été couronnées des grandes extases dont parlait la littérature à demi-mot. Avec Matthieu, peut-être parce que le désir était à son comble, peut-être parce que depuis le début de la guerre, aucun homme n'était venu la troubler, Emélie fut parfaitement heureuse. Heureuse, comme elle ne l'avait jamais été, au point de laisser échapper un petit cri, dont elle eut honte. Matthieu en fut ravi. La jeune femme n'était pas une courtisane. Peu expérimentée, elle lui avait donné cependant infiniment de bonheur, une sérénité dont il n'avait pas souvenance. Si Emélie était loin des performances et des audaces dont avaient fait preuve Lucie ou quelques maîtresses occasionnelles, il sut trouver en elle la source qu'il avait longtemps cherchée et dont il ne pourrait plus jamais se passer.

— Je t'aime, Emélie, c'est aussi bête que ça. Je t'aime.

— Je t'aime de cet amour-là depuis seize ans, reprit-elle. Merci d'avoir donné corps à mon rêve d'amour. Même si cette rencontre, la première, risque d'être la dernière.

— Je t'interdis de dire cela, Emélie, je n'ai pas l'intention de renoncer à toi, ni celle de te faire renoncer à moi. Nous ne pourrons plus vivre l'un sans l'autre. Nous trouverons un moyen de ne pas être séparés, je le jure, dit-il en l'embrassant et en la serrant à l'étouffer.

Emélie et Matthieu mirent ensuite au point le questionnaire auquel serait soumis François. Bien qu'heureuse de s'être retrouvée dans les bras de Matthieu, Emélie ne pouvait s'empêcher d'avoir des remords. Elle songeait à l'éducation stricte reçue chez ses parents. Et si, sur ce lit d'hôpital, l'homme qu'elle allait retrouver était bien François ? Son sang se figea un instant dans ses veines. La honte lui monta aux joues. « Je profite de la faiblesse du mari blessé au champ de bataille pour me livrer à un amant », songea-t-elle. Matthieu la devinait-il, pour chasser symboliquement l'ombre qui couvrait son visage en passant sa main devant ses yeux ?

— Il n'est pas de vie sans choix difficile, voire douloureux, mais un jour la brume cède le pas et le soleil peut briller. Aie confiance, Emélie, et ne regrette pas ce bonheur. Je voudrais que tu saches que je n'ai pas voulu profiter d'une faiblesse, comme on dit. Je voudrais seulement que tu me croies. Quoi qu'il arrive, je serai toujours près de toi. Je te serai éternellement redevable, Emélie.

— Mais de quoi, Matthieu ?

— Un jour, dans une chambre d'hôpital à Verdun, je me suis vu amputé à mesure que l'infirmière défaisait les bandages. Parce que la guerre a pris mon bras, j'ai cru ne jamais plus avoir le droit d'aimer. Et toi, tu viens de me signifier le contraire. Vivre est donc toujours possible ! Tu m'as réconcilié avec la vie !

— Mais vivre comme François… soupira-t-elle. De toute façon, si l'homme qui a été opéré est François, rien ne sera plus possible entre nous, reprit-elle. Aujourd'hui restera une belle parenthèse.

— Tais-toi, glissa-t-il, vivons ce présent. Il n'est pas de nœuds que nous ne puissions défaire un jour ou l'autre. Fais-moi confiance.

Si Matthieu le disait… Emélie ferma les yeux et s'abandonna contre son épaule avec le désir fou de le croire.

13

Emélie ressortit épuisée de la confrontation qui avait eu lieu avec François. Elle avait vu le visage nu, le visage ravagé de cet homme. Qu'il fût son mari ou non ne changeait rien à l'affaire. La guerre était une monstruosité. Elle avait vu un front, un œil. Un seul, l'autre demeurant clos. Ce visage n'avait plus de nez. Le cartilage, ou ce qu'il en restait, était complètement aplati. Un peu au-dessous, deux trous, comme deux yeux hagards. La bouche avait pu être reconstituée et François parvenait à articuler des sons rauques avec une lenteur qui risquait de faire perdre patience aux interlocuteurs. Les joues n'étaient encore que des chairs boursouflées. Ce visage déformé du côté droit où le regard s'était clos pour toujours n'avait plus de menton. A la place de l'oreille droite, un trou. Un trou béant, car le cuir chevelu avait été arraché par le souffle de l'explosion. Jamais les cheveux ne repousseraient sur cette peau à l'aspect violacé. Elle se retint de porter une main à sa bouche et réprima un frisson. Méconnaissable. François était méconnaissable. Rien ne subsistait de l'homme élégant et distingué qu'Emélie avait connu.

— Tu dois me croire, je suis ton mari, articula-t-il d'une voix caverneuse et sifflante.

— Quel jour nous sommes-nous mariés, François ? dit-elle en posant une main sur son bras.

— Un samedi, les mariages, c'est le samedi.

— Pas nous, ce fut un…

— Lundi, mais oui, je me souviens, suis-je bête ? Cette guerre nous bouleverse.

Le capitaine Surgeot notait toutes les réponses de François et posait lui aussi des questions.

— Le nom des sœurs de madame votre épouse.

— Je… je ne sais plus. Elles avaient des diminutifs, des surnoms. Une d'entre elles doit s'appeler Catherine ou Marie. Dans la famille de ma femme, c'est une coutume.

— D'où votre femme est-elle originaire et que faisait son père ?

— Son père a travaillé à la verrerie. Ben, c'est une famille de Nancy, il me semble.

— Ce n'est pas exact, François. Et tu devrais le savoir, c'est parce que tu as une tante du même pays que papa que tu m'as fait la cour.

— Oui, bien sûr, la tante Josette.

— Pas Josette, Joséphine, reprit Emélie avec une pointe d'agacement.

— Parlons de votre métier, ordonna le capitaine Surgeot. Avec quelle entreprise travaillez-vous le plus ?

— Avec les Peltier, Misserey et Majorelle.

— Vous souvenez-vous de la naissance de vos enfants ?

— Ah, oui ! J'étais là.

— Pour les trois enfants ?

— Oui, bien sûr.

— François, nous n'avons que deux enfants et tu n'étais pas là pour la naissance de notre fille. Tu étais à l'exposition de Bruxelles avec Louis Majorelle, tu ne peux l'avoir oublié puisque tu as été récompensé.

— Oh ! Et puis, j'en ai marre. Croyez-moi ou non. Je sais qui je suis, François Jollain, l'époux d'Emélie qui veut me renier à cause de mon visage. Elle a fait un beau mariage avec moi. Elle a de l'argent, et maintenant, elle voudrait me chasser. Sûrement qu'elle s'est pris un amant, comme tant de femmes en période de guerre.

— François ! lança Emélie. Je ne te reconnais pas. Jamais nous ne nous sommes disputés. C'est toi qui m'as désirée... Pourquoi tant de haine ? Ce n'est pas toi, cette méchanceté.

— Madame Jollain, coupa le capitaine, j'ai l'impression que les blessures de guerre ont quelque peu endommagé la mémoire de votre mari. Je voudrais vous interroger seule. J'ai déjà entendu votre mari avant votre arrivée. Voulez-vous me suivre ?

De graves zones d'ombre subsistaient. Emélie fut reçue seule dans un bureau. Le capitaine paraissait fort ennuyé.

— La guerre est bien cruelle et il semble que l'obus qui a blessé votre mari a aussi amputé sa mémoire.

Emélie se mit à pleurer.

— Cet homme n'est pas François. Il répète ce qu'il sait de mon mari. Mon mari était quelqu'un qui se confiait facilement. Ah ! Si seulement le petit Eugène dont me parlait souvent François, vous savez, capitaine, le jeune soldat qui l'aidait, si Eugène était encore vivant, il dissiperait les doutes qui sont les miens.

— Le sergent Thuillier se souvient bien de votre mari. Sa réaction est semblable à la vôtre. Il a, comme vous, des doutes sur l'identité de cet homme qui prétend être votre mari. Le sergent Thuillier parle du regard et de l'allure générale de l'homme, bien plus frêle que celle de votre mari. Votre mari est un homme âgé de quarante-deux ans.

— Oui, et cet homme s'est trompé à deux reprises sur sa date de naissance. Il a d'abord dit avoir trente-cinq ans, puis trente-deux ans. Il ne connaît pas mon âge. Il a un trou de mémoire à cause de la guerre, dit-il. Et, surtout, François ne s'agaçait jamais ainsi. François ne se serait pas trompé. Nos familles sont amies. Une de ses tantes par alliance est liée à la famille de papa. François savait que j'acceptais ce mariage, mais que je n'étais pas sûre de moi. J'avais hésité entre le mariage et une vocation religieuse. Et puis l'affection l'a emporté. On ne peut pas ne pas aimer François. C'est un homme tellement généreux.

On frappa à la porte du bureau. Le major de La Jonchère entra, salua respectueusement Emélie et expliqua son intervention.

— Je suis médecin, madame, et je vais vous demander s'il y a un détail intime qui permettrait soit de reconnaître formellement votre mari, soit de démasquer un éventuel imposteur, puisque, du fait des brûlures, on ne peut reconnaître ses mains.

Emélie sentit le rouge lui monter aux joues. Si le major s'en amusa, ce fut secrètement ; il garda une attitude très réservée et sut que l'on serait très vite fixé sur l'identité de l'homme sans visage.

— Vous pouvez l'écrire, si vous vous sentez gênée, ou le dire à une femme.

Emélie garda le silence puis laissa échapper :

— A une femme, je veux bien.

Quand l'infirmière entra, Emélie se demanda si elle n'eût pas mieux fait de continuer à parler avec le major, un homme qui frôlait la soixantaine et dont la bonté imprégnait tous les traits du visage.

— Alors, chère madame, ce détail, entre nous, bien sûr. Parlons de ce qui différencie les hommes de nous. Parlons de son sexe. De sa queue, quoi ! Comment est-elle ? Petite, mais vivace, ronde, longue, mais paresseuse, boursouflée, de travers, coupée ? Aucune n'est semblable à une autre.

— Je vous demande pardon, fit Emélie, très choquée, quand nous sommes au lit, madame, il fait sombre. Mais je sais un détail que tous les hommes n'ont pas.

— Il a trois grains de beauté poilus sur le dessus ou sur le dessous ?

— Je vous en prie, madame.

— Navrée. Je voulais vous faire rire. Si vous saviez comment les hommes parlent de nous.

— Pas François, en tout cas. Mon mari a des cicatrices sur les fesses. Des traces d'une brûlure survenue quand il était enfant. Il est tombé dans une bassine d'eau bouillante. Sur les cuisses, aucune trace n'est restée. Mais sur les fesses, si.

— Quelle largeur ?

— Comme une main.

— Autrement dit, monsieur votre mari va devoir nous montrer son postérieur. Identifié par ses fesses, voilà qui n'est pas banal.

— Pendant sa convalescence, glissa Emélie, ayant déjà des doutes, j'ai essayé de voir ses fesses pendant qu'il se lavait, mais en vain.

— Vous voulez dire que depuis que l'armée vous l'a rendu, vous n'avez jamais…

— Non, madame, je n'étais pas sûre de lui. De plus, lui ne voulait pas. Il se sentait diminué, disait-il. Il voulait seulement reprendre son affaire, c'est-à-dire la gestion de l'entreprise, pour ne pas faillir à ses devoirs. « Les femmes ne sont bonnes à rien », a-t-il dit en remettant les pieds à la scierie. Et c'est une phrase qui m'a choquée. Quand François est parti à la guerre, il m'a donné les pleins pouvoirs.

— Avez-vous pu en parler au major et au capitaine ?

— Non, cela ne s'est pas présenté.

— Nous allons tirer cela au clair très vite. Restez ici.

14

L'infirmière, le capitaine et le major revinrent moins d'un quart d'heure plus tard auprès d'Emélie.

— Madame, nous avons besoin de vous. Pardonnez-nous. Votre mari a bien des traces de brûlures, mais sur une seule fesse, et les cicatrices de ces brûlures sont récentes.

Emélie reprit ses explications. Son mari était tombé enfant dans une bassine d'eau chaude quand sa mère lavait le linge à la rivière.

— Les deux fesses ont bien été atteintes ? questionna le major.

— Oui, la fesse droite davantage que la fesse gauche.

— Suivez-nous, dit le major, contrarié.

Il entra dans la chambre du soldat qui se dressa sur son lit, très agacé, semblait-il.

— On ne s'agite pas, même pour un feu aux fesses, s'écria le major, excédé. Calmez-vous ! Et ne vous dites pas gêné de montrer votre postérieur à une dame qui est votre femme.

On entendit soudain l'incroyable.

— Je ne suis pas François Jollain. Je suis Eugène Boulmier. François est mort dans mes bras. J'ai été blessé après.

— Et que signifie cette fesse récemment brûlée ? questionna le major.

— C'est moi, avec des cigarettes. Je me brûle tous les jours. Je savais ce qui était arrivé à François quand il était enfant. Il m'avait raconté. Je n'ai pas eu le temps de me brûler l'autre fesse. Tout ça, c'est à cause de Matthieu Thuillier, qui lorgne la dame. Je n'ai qu'un œil, mais je le vois bien.

— Je vous en prie ! s'écria le capitaine. Vous êtes un imposteur !

— Que madame se rassure, je ne l'aurais pas prise dans mon lit. Je suis jeune, moi. Trente ans. Mais avec la gueule que j'ai maintenant, je voulais une situation. Il fallait que je me fasse quelques sous. Après, j'aurais rendu sa liberté à « ma » femme. Il fallait que j'assure mes vieux jours. Les pensions de l'armée ne sont pas tellement élevées.

Emélie venait de se trouver mal. L'infirmière n'avait eu que le temps de la rattraper. Matthieu fut appelé.

— Vous aviez raison, sergent, dit le major. Merci de nous avoir alertés. Comment avez-vous eu la puce à l'oreille ?

— La taille de cet homme. Tellement plus frêle que François. Son regard aussi, et son manque de tendresse à l'égard d'Emélie. François adorait sa femme. Il nous en a tant parlé. Je suis sûr que François, même sans visage, eût agi différemment. Emélie aurait su immédiatement s'il avait été son mari. Face à cet homme, elle est restée statufiée. Une femme qui aime ne se trompe pas, même au cœur d'une nuit d'encre noire.

— Madame, nous vous présentons nos condoléances. Voulez-vous porter plainte ? demanda le capitaine.

De la tête, Emélie fit signe que non. Ce pauvre Eugène méritait plus de compassion que de punition. Elle avait bien sûr de la peine pour François. Mais elle savait depuis la première visite que l'homme sans visage n'était pas son mari. Ce jour-là, elle avait réalisé qu'elle ne reverrait plus le père de ses enfants. Elle avait tellement ressenti son absence que le froid du jamais plus avait déjà glacé ses veines. Le choc était passé, en partie atténué par la sollicitude et la tendresse de Matthieu. Il était à ses côtés. Emélie savait qu'elle n'était pas seule, qu'elle ne le serait plus.

— Cet homme est assez puni. N'ajoutons rien, glissa-t-elle, magnanime.

Puis, se penchant vers Eugène, elle lui dit :

— Je demanderai qu'on vous embauche à la scierie de mon mari. Je vous souhaite d'être heureux sans être obligé de prendre la place de quiconque.

Elle quitta l'hôpital aux côtés de Matthieu.

— J'ai l'impression de m'éveiller après une nuit de cauchemars.

— C'est fini, maintenant. Tu es libre. Je te raccompagne à Nancy dès demain, ou bien…

— Tu veux donc déjà m'abandonner, Matthieu ?

— Suis-je un homme pour toi ? Tu es belle, jeune encore, moi…

— Tais-toi ! Embrasse-moi. J'ai l'honneur de te demander ta main, murmura-t-elle.

— La guerre aurait-elle changé l'ordre du monde ? Demain et dans les années à venir, devrons-nous, nous, les hommes, nous incliner et nous soumettre aux femmes ? lâcha Matthieu en riant.

— Mon mari m'avait donné les pleins pouvoirs avant son départ à la guerre. Puis il m'a beaucoup écrit et, dans ses lettres, il me parlait de toi. Il savait que je t'avais aimé. Je le lui avais dit. Il n'était pas jaloux. Il comprenait mon inclination de jeunesse. Tu vois, notre union n'est pas impossible, mais souhaitable, sans doute.

— Ah ! Mais ça change tout, murmura Matthieu. En fait, ce mariage est l'une des clauses du testament de feu ton époux, mon ami. Je n'ai plus qu'à m'exécuter. Alors, chère et jolie Emélie, dit Matthieu en mettant un genou à terre, au nom de l'amitié qui me liait à François, j'accepte ta demande. J'espère ne pas te décevoir, Emélie, et faire honneur à la confiance de François.

Matthieu et Emélie s'épousèrent très discrètement le samedi 27 octobre 1917 alors que le général Philippe Pétain avait lancé une offensive contre le fort de Malmaison. L'angle nord-ouest du plateau du Chemin des Dames avait été reconquis. Matthieu expliqua à Emélie que la guerre s'achèverait bientôt. Il fallait y croire. Emélie eût aimé attendre davantage, pour les convenances. Elle n'était veuve que depuis un peu plus de dix-huit mois, mais elle savait qu'en elle une petite vie n'allait pas tarder à s'agiter. Matthieu allait être papa. Le mariage devenait une priorité. Les langues iraient bon train et les vieilles femmes de Bouxières-aux-Dames cocheraient sur leur calendrier la date des épousailles et compteraient les mois jusqu'à la naissance. Ne dirait-on pas ce pauvre François bien vite oublié ? Il avait pourtant été un bon mari pour Emélie. Il l'avait rendue heureuse, l'avait comblée.

Le couple s'installa rue des Carmes, « en attendant de trouver un logement plus grand », disait Matthieu qui désirait pour Emélie et ses enfants un bel appartement. Mais il fallait apprivoiser Clémence. Si elle ressemblait physiquement à Emélie, elle était impétueuse, farouche et intrépide à la fois, comme sa jeune tante. Elle boudait souvent Matthieu. Il avait pris la place de son père et elle ne supportait pas les marques de tendresse, pourtant discrètes, qu'il prodiguait à sa mère. Elle ne comprenait pas comment un homme avec un seul bras pouvait séduire une femme.

Charles, le fils de François, était d'un naturel plutôt calme. Il était attiré par la peinture et la botanique. Matthieu disait déjà de lui que ce jeune artiste ferait sans doute partie de l'école de Nancy. Rejoindrait-il la société d'horticulture Lemoine où beaucoup d'artistes et de peintres faisaient des stages ? Les créations florales de la maison Lemoine étaient réputées.

Emélie confia la scierie à son beau-frère et osa enfin vivre auprès de Matthieu. Clémence était agacée. Comme elle rangeait ses jeux dans les cartons, elle lâcha :

— Et dire qu'il faut aller vivre chez un manchot !

Emélie la gifla, puis lui demanda de l'excuser. Jamais elle ne frappait ses enfants. Mais le mal était fait. Matthieu avait entendu. Il s'était tu, blessé par la remarque. La douleur s'était réveillée.

Le lendemain, il prit rendez-vous avec un spécialiste. Il porterait une prothèse qui s'emboîterait sur son moignon. Une prothèse faite de résine. Il garderait un gant de peau sur la main artificielle quand la prothèse serait fixée au moignon. On aurait seulement l'impression que Matthieu gardait le bras plié contre sa poitrine. De ce jour, il demanda à son tailleur de lui couper des capes, courtes ou longues selon la saison. Il convenait de demeurer vigilant et de rester élégant en toute occasion. Un principe qui valait pour son épouse comme pour les enfants.

15

Mai 1918

Le bébé s'annonçait. Emélie avait prévenu Matthieu, qui courut tout Nancy afin de trouver deux sages-femmes pour assister son épouse alors que le canon tonnait encore sur le plateau de Malzéville. Les médecins œuvraient dans les hôpitaux et ne pouvaient guère s'occuper des affaires courantes. Les naissances, c'était l'affaire des femmes. Dans les hôpitaux, on parait au plus pressé et on tentait de soigner les blessés de guerre, toujours plus nombreux. Quand donc cette guerre finirait-elle ?

Matthieu s'informait. Il avait lu que le secrétaire d'Etat allemand aux Affaires étrangères avait plaidé devant le Reichstag en faveur d'une issue diplomatique à la guerre. Une guerre extrêmement meurtrière pour chaque camp. Un jour, le front de l'Ouest était percé par les armées allemandes et, deux jours après, ce même front, recevant des renforts des Alliés, repoussait les attaques. La guerre s'enlisait.

Jeanne-Marie vit le jour. Une jolie petite brune, comme son papa, avec des yeux étranges, sans couleur encore, des yeux sombres.

— Ils prendront leur couleur plus tard, déclara l'une des sages-femmes.

Matthieu se pencha, ému, sur le berceau où Jeanne-Marie dormait à poings fermés. Il l'avait vue naître, il avait dû insister pour obtenir l'autorisation de rester dans la pièce. Il avait promis de ne pas s'évanouir. Il saurait même être utile à son épouse. Les sages-femmes s'étaient regardées et avaient laissé faire. Après tout, s'il le voulait... Matthieu avait tenu les mains de sa femme serrées sur son cœur. Il avait connu un immense bonheur en voyant surgir ce bébé barbouillé de vie. Les larmes lui étaient venues aux yeux. Ce bébé qui naissait alors que la Grosse Bertha sévissait encore verrait la paix très vite, il en était sûr. Il ne put chasser de ses souvenirs une autre femme. Il songea à Lucie, mettant au monde un bébé dont il n'avait jamais rien su. Lucie, morte en donnant la vie. Lucie, pauvre Lucie...

Il embrassa Emélie fougueusement et lui jura son amour pour se forcer à rester dans la réalité. Depuis l'épaule gauche, la douleur revenait le tenailler. Il ferma les yeux pour faire taire le souvenir douloureux de cette blessure qui se perdait jusque dans les doigts absents.

— Tu me rends heureux, Emélie, parvint-il à articuler. Je ne sais comment te remercier.

— Je te retourne le compliment, grand fou, murmura Emélie.

La fin de la guerre approchait. Clemenceau ne voulait pas entendre parler de négociation de paix. L'Allemagne voulait bien que cessent les combats, mais n'était pas prête à abandonner la moindre parcelle de territoire. Or, la France tenait à récupérer l'Alsace et la Lorraine, perdues en 1870. Pour Clemenceau, les choses étaient claires : l'ennemi devait comprendre qu'il n'y avait plus de transaction possible entre le crime et le droit.

— Noël qui vient sera celui de la paix, dit Matthieu à Emélie, fort inquiète en ce jour de fin septembre.

— Puisses-tu dire vrai ! Je désespère quand je fais les courses. L'argent ne suffit pas. Certains produits sont manquants dans les étalages.

— Regarde notre fille. C'est l'innocence même. C'est l'espérance.

— En ce moment, elle est tout sourire. Sa sœur et son frère en sont fous. C'est un bébé tellement agréable.

— Parce que c'est l'enfant de notre amour. Je suis certain que ta fille et ton fils ont été aussi mignons.

Emélie aimait la délicatesse de Matthieu, qui n'oubliait jamais Clémence et Charles. Il essayait de se comporter en père, sans jamais pour autant oublier la mémoire de François. « Un homme exceptionnel, rappelait Matthieu quand il s'adressait à eux. Soyez fiers de lui comme il l'était de vous. » La gentillesse de Matthieu faisait parfois naître un sourire sur les lèvres de Charles, mais Clémence se contentait de hausser les épaules. Matthieu essayait de ne pas se formaliser. Il comprenait la souffrance de Clémence. Son père n'était plus. Et personne ne pourrait jamais le remplacer.

Novembre 1918

— Si la paix tarde encore, murmura Emélie, je crois que j'irai passer l'hiver à Bouxières-aux-Dames, dans la grande maison des Jollain où le bois ne manque pas. J'ai toujours peur pour les enfants et pour Jeanne-Marie.

Matthieu essayait de rassurer sa femme.

— La paix ne tardera plus. Les rationnements cesseront. Me crois-tu ? J'ai quelques informations.

— Moi aussi, soupira Emélie. Te souviens-tu d'Eugène, qui tenta de se faire passer pour François ? J'ai reçu une lettre de sa mère qui habite Saizerais…

— Eh bien ?

— Il s'est pendu.

— Pourtant, il travaillait normalement à la scierie ?

— Oui, il portait un masque et était, semble-t-il, bien accepté par ses collègues, mais il supportait mal le regard des gens de la rue, des inconnus et, surtout, il a vu ses espoirs de vie matrimoniale réduits à néant. Jacqueline Maisonneuve, son amie d'enfance, l'a éconduit. Je suis triste pour sa mère.

Matthieu attira sa femme contre lui, la serra avec tendresse et l'embrassa.

— On ne peut pas porter le chagrin du monde entier. Aujourd'hui, soyons heureux, veux-tu ? Nous avons le devoir de l'être pour Jeanne-Marie, Clémence et Charles.

Depuis sa démobilisation, Matthieu se rendait régulièrement à la verrerie pour aider Antonin Daum qui, au prix d'efforts insensés, fabriquait le matériel nécessaire pour les hôpitaux et les laboratoires. Ces derniers manquaient parfois cruellement de flacons et d'éprouvettes, et surtout de ventouses. Les hivers étaient froids. Les bronchites, les pneumonies faisaient des ravages. De plus, il fallait soulager les blessés qui avaient été gazés. Pour eux aussi, la pose de ventouses permettait de mieux respirer.

« Si notre père nous voyait... Il penserait que nous sommes revenus à nos débuts, soupirait Antonin. Mais il est indispensable de participer, d'une manière ou d'une autre, à l'effort du pays. »

A Matthieu, Antonin confiait ses difficultés pour s'approvisionner en charbon, en sable fin, en soude.

« Mais quand on le veut, on y parvient. Ce qui fait que, dès que la guerre sera terminée, nous serons prêts à redémarrer avant tout le monde. Henri et Paul sont toujours d'accord. Heureusement ! »

Et si Matthieu s'inquiétait pour le personnel, Antonin le rassurait :

« Nous avons de la chance, beaucoup de nos cadres ont été épargnés. Et comme toi, Matthieu, ils ont gardé le contact avec moi, avec nous, et travaillent déjà. Sans compter ceux accueillis au cours de leurs permissions. Depuis janvier 1915, le four principal est allumé. Un de nos ateliers a été bombardé, mais nous avons réussi à le réparer. Quand je pense que, dans la grande halle, on a soigné les blessés au plus fort de la bataille du Grand Couronné... Les ambulances se garaient dans notre cour. De ce fait, je suis encore plus attaché aux lieux.

— Vos neveux vont reprendre le travail et bientôt votre fils sera en âge de travailler.

— J'ai de grandes espérances quant à mes neveux. Jean n'est plus, hélas, tu le sais, mais Paul vient de revenir. Il a combattu avec vaillance et a fini commandant d'escadrille. Henri aussi est de retour. Michel nous rejoindra un jour, mais il est encore jeune, pour l'instant. »

Le 11 novembre 1918 fut un jour de liesse sans précédent dans toute la France. L'Allemagne avait capitulé. Les cloches se mirent à sonner en tout lieu. C'est à Rethondes, dans l'Oise, à bord d'un wagon de chemin de fer, que les représentants des nations en guerre se retrouvèrent pour signer l'armistice. L'Allemagne devait en quinze jours évacuer les territoires occupés. Par cette paix, l'Alsace et la Lorraine redevenaient françaises.

— Enfin, nous allons pouvoir vivre et fêter un Noël de paix.

Emélie chantait dans l'appartement de la rue des Carmes. Jeanne-Marie faisait l'émerveillement de tous. Matthieu se disait qu'il avait bien de la chance d'être encore en vie et d'avoir un avenir.

Tous les fours furent rallumés avant Noël, la plupart des ouvriers de retour du front reprirent le chemin de la rue du Pont-Cassé. La casquette sur la tête, les galoches dans le sac, ils partaient en sifflotant *Le Temps des cerises* ou les chansons de Mistinguett qui avait, disait-on, de sacrées belles gambettes. Ce dont étaient certains ces hommes qui ne voulaient plus entendre parler de la guerre, c'est que les beaux jours viendraient et que leurs mains allaient encore œuvrer, telles des mains de magicien.

Matthieu devait parfois subir des assauts de tristesse. Il passait d'une place à l'autre dans la verrerie, errait au décor, à l'atelier de moulage. Il se sentait un peu en dehors des équipes. Personne ne lui parlait de son accident, de ce bras perdu à Verdun, mais chacun savait que la cape jetée sur ses épaules dissimulait un bras artificiel. Il s'était posé mille fois la question de savoir s'il avait encore sa place à la verrerie. Antonin avait répondu en lui confiant la tâche de représenter la maison Daum dans toute la France et de préparer les expositions et les grandes manifestations.

« Pas de complexes, ta tête n'a pas souffert de la guerre. Tu as pu, heureusement, garder ta main droite. Elle suffira à serrer des mains et à signer les contrats. Je mettrai un chauffeur à ta disposition, le temps que tu puisses faire équiper ta voiture des manettes nécessaires pour une conduite d'une seule main. Un de mes neveux ingénieurs a déjà pensé à la chose. Tu n'es pas le seul à revenir handicapé de la guerre. Certains ont perdu une jambe, d'autres un bras. L'essentiel est que subsiste l'intelligence.

— J'aime tellement l'ambiance des places devant les fours, l'instant où le verre est cueillé au bout de la canne, quand tout est promesse…

— Tu peux dessiner des modèles, donner tes idées à mon ami Eugène Gall, tu auras le bonheur de voir exister tes œuvres. Tu peux aussi sculpter dans l'argile. Tu le faisais déjà, il me semble, puisque tu t'intéressais de près à la pâte de verre. »

Antonin savait trouver les paroles de réconfort et stimuler les uns et les autres. Matthieu eut l'impression d'être devenu un autre. Mais cet autre homme ne lui déplaisait pas. Il avait trouvé une raison de vivre. Il aimait et était aimé. Sa vie se prolongeait dans cette petite fille qui grandissait de jour en jour. Il l'aurait regardée dormir des heures durant. Elle souriait aux anges et il trouvait que rien n'est plus beau qu'un enfant qui s'abandonne au sommeil. « Une éternelle offrande de bonheur », disait-il à Emélie.

16

21 décembre 1918

Rosa était revenue travailler chez Matthieu. Dans son regard, la petite lueur qui faisait son charme s'était éteinte pour faire place à la tristesse. Le seul homme qu'elle disait pouvoir aimer et à qui elle s'était donnée pendant une permission, Jean-Marc, n'était pas revenu de la guerre.

— Si Madame l'avait connu, elle l'aurait aimé, mon Jean-Marc. Beau garçon, des yeux à vous donner la chair de poule. Des mains douces, trop douces pour la guerre… Madame, ou bien je travaille ici, ou je me donne à Dieu. Il n'y aura pas d'autre Jean-Marc. C'était mon homme, Madame me comprend, n'est-ce pas ?

Elle s'entendait bien avec Emélie, qui ne voulait pas qu'on lui parlât à la troisième personne.

— Vous m'appellerez « Madame » et direz « vous », et non « Madame veut-elle ». Ces usages sont ridicules, enfin pour moi. Ce soir, mon mari, les enfants et moi-même sortirons. Il y a un concert à la salle Poirel. La ville accueille des chorales et des musiciens venus d'Alsace. Il faut fêter le retour à la France de cette province à laquelle mon mari est resté attaché. Je crois même que de jeunes artistes montreront leur talent au piano et au violon. Je vous demande de veiller sur Jeanne-Marie. Elle devrait dormir, mais, si elle se réveille, n'hésitez pas à la bercer. « Cette petite doit être choyée », dit son papa.

Parfois, Emélie se moquait gentiment de Matthieu, qui craignait toujours pour Jeanne-Marie.

Rosa sourit. Elle aussi avait noté la transformation de Matthieu depuis que sa vie avait changé. Monsieur, qu'elle appelait ainsi, avait perdu un bras, disait-elle à ses amies, mais ni la tête, ni le cœur, grâce à Madame. Ah, oui ! Elle avait bien de la chance d'être au service d'une telle famille. Et surtout, il y avait Jeanne-Marie, son poussin.

— J'oubliais, reprit Emélie, ces mêmes musiciens se produiront également demain dans l'après-midi. Vous pourrez, si vous le désirez, aller les entendre. Mon mari vous a réservé une place.

La salle Poirel était noire de monde. Les Nancéiens se pressaient, heureux d'accueillir des amis, de lointains parents venus fêter leur retour à la France.

— Emélie, je suis désolé, murmura Matthieu, quand je suis allé prendre les billets, il n'y avait déjà plus de place dans les premiers rangs. Je me suis rabattu sur les corbeilles d'où la vue et l'acoustique sont, au dire des mélomanes, de bonne qualité.

— Ce n'est pas grave, admit Emélie. Dans les premiers rangs, le son est trop fort. J'ai lu sur le programme qu'il y avait une fanfare. Nous serons très bien dans les corbeilles. D'ailleurs, j'ai pensé à tout...

De son sac, elle sortit une paire de jumelles.

— Tu es un ange, ma chérie.

L'Alsace n'avait rien perdu de ses traditions et chantait. Et comme l'on était à quatre jours de Noël, doucement les voix emportaient les auditeurs de branche de sapin en branche de sapin, parmi les étoiles. Les applaudissements étaient nourris et la joie brillait dans les yeux et le cœur de tous. Vint l'instant où le chef de la chorale de Brumath s'avança vers le devant de la scène et, de sa baguette levée, réclama le silence.

— C'est un grand moment pour moi, commença-t-il alors que les applaudissements cessaient. J'ai l'honneur de vous présenter une jeune concertiste de seize ans, Lucia Muller, que certains Nancéiens ont vue et entendue pendant l'exposition de 1909, ici même, à Nancy. Mon Dieu, c'était hier... Lucia a seulement un peu grandi et son talent aussi, naturellement. Elle joue déjà Beethoven, Liszt, Brahms, Schubert et Chopin avec un réel bonheur. Je vous demande de l'applaudir.

Se pouvait-il que la jeune concertiste qui s'avançait sur le devant de la scène pour saluer avant de se mettre au piano fût la petite fille qui avait tant ému Matthieu ?

— Emélie, s'il te plaît, tes jumelles.

La jeune fille était légèrement rousse et avait un teint d'une extrême pâleur. Elle était vêtue d'une longue robe blanche bordée d'un liseré doré comme sa ceinture. Elle portait une écharpe du même blanc que sa robe. Ses cheveux tombaient souplement sur ses épaules alors que les jeunes filles suivant la mode les attachaient en de savants chignons. La jeune musicienne semblait surgie d'un lointain conte de fées.

Dès qu'elle fut assise au piano, la jeune pianiste se débarrassa de son écharpe avec une pointe d'élégance. Son cou était fin et se dégageait gracieusement de ses épaules. Puis elle inclina le buste, tendit ses mains pardessus le clavier et fit un signe de croix avant d'aller à la rencontre de l'instrument. Elle et lui n'allaient plus faire qu'un pour l'enchantement des auditeurs. Matthieu avait déjà rendu les jumelles. Il ferma les yeux comme les premières mesures s'élevaient. A son tour, Emélie observait la jeune fille.

— Cette jeune fille est magnifique, murmura Emélie, et joue divinement.

Matthieu s'était calé au fond de son fauteuil pour se laisser bercer par la musique. La salle retenait son souffle. La jeune fille jouait penchée, parfois presque couchée sur le clavier selon les mesures, selon les nuances. Ses mains allaient et venaient. Ses bras se soulevaient, s'ouvraient et se refermaient sur les notes dans une magnifique danse, une quête infinie, une aube qui tentait de repousser la nuit. Elle était un oiseau blanc se heurtant au mystère du piano noir. Une colombe occupée à le séduire, à esquisser la caresse jusqu'à se fondre en lui. A présent, Matthieu dévorait la pianiste des yeux, observait le balancement d'une jeune fille devenue musique. Lui revenait le rêve qu'il avait fait tant de fois. Le rêve d'une petite fille rousse qui jouait jusqu'à être absorbée par le piano. Entre deux morceaux, entre Brahms et Schubert, il se demanda s'il ne rêvait pas encore. Alors il posa sa main sur les genoux d'Emélie pour s'assurer de la réalité de l'instant. Son rêve était devant lui. Une jeune fille jouait et son âme se déchirait.

17

La jeune fille s'était levée pour saluer sous les bravos et les vivats. Le concert était fini. Debout, les auditeurs applaudissaient à tout rompre, criaient « bis », « encore », et refusaient de partir. Lucia Muller saluait, agitait une main, s'inclinait, envoyait des baisers, et les applaudissements reprenaient. Alors elle fit un signe de la main, la posa sur son cou, sur le bijou qu'elle portait. On avait approché un micro et, d'une voix assurée où perçait la fêlure de l'émotion, elle dit :

— Un morceau pour cette belle ville de Nancy dont un peu de sang coule dans mes veines. Un morceau de musique que certains ont entendu en 1909 quand j'étais très petite fille. Une sonate de Beethoven.

— Les jumelles, Emélie, implora soudain Matthieu d'un ton qu'elle ne lui connaissait pas.

Elle les lui régla, vérifia la bonne distance en regardant elle-même et les tendit à Matthieu. Il regardait, regardait. Emélie observait son époux sous le choc d'une émotion intense, mais qu'elle ne comprenait pas.

— Emélie, vois-tu ce que porte cette jeune fille au cou ?

— Un bijou, un anneau un peu bleu, j'avais remarqué cela avant de te reprendre les jumelles tout à l'heure, au moment où elle enlevait son foulard.

— C'est une alliance de verre, lâcha soudain Matthieu. Excuse-moi, je reviens, il faut que je sache.

Matthieu s'était levé en serrant les dents alors que la douleur à son côté gauche était insupportable. Il se forçait à n'entendre que le piano pour chasser le bruit du champ de bataille. Repousser les fantômes, comme il disait souvent lorsque Emélie s'inquiétait de le voir pâlir sous l'effet de la souffrance. La musique était belle, elle l'emportait, le portait jusqu'à cette jeune fille dont les doigts effleuraient le clavier du piano, couraient sur les touches pour le faire tressaillir. Matthieu voulait arriver à sa loge avant la fin du morceau pour être sûr de ne pas la rater. Il saurait d'où elle tenait cette alliance bleutée. Il saurait qui était Lucia Muller. Son cœur s'emballait. Après tant d'années, mon Dieu ! Il appela à l'aide sa mère Mathilde, son grand-père, Lucienne, Lucie et tous ceux qu'il avait aimés. « Aidez-moi, vous tous, aidez-moi… »

Pour gagner les coulisses, il eut un peu de peine à fendre la foule qui se levait et encombrait la grande allée de la salle Poirel. Il se heurta à quelques techniciens, à d'autres artistes.

— Il faut que je voie Lucia Muller. Excusez-moi…

Il arriva à la loge et attendit. Elle ne venait pas. Alors il demanda à l'une des choristes s'il était possible de rencontrer le chef de la chorale qui avait assuré la présentation de la jeune pianiste. Elle gloussa, mais s'exécuta.

— Un de plus, lâcha-t-elle à une autre choriste. Chaque fois que Lucia se produit, c'est la même chose ou presque, il y a toujours des dingues qui veulent la rencontrer.

Joseph Steinwald entraîna Matthieu un peu à l'écart des artistes pour discuter.

— Qui est cette jeune fille, puis-je la rencontrer ? J'ai besoin de lui parler.

— Vous n'êtes pas amoureux d'elle, monsieur ? A votre âge… plaisanta Joseph Steinwald.

— Non, je ne suis pas amoureux d'elle. Mais… c'est très personnel, je vous en prie.

— Elle est jeune, monsieur, et sa mère interdit qu'on l'importune.

— Alors faites-moi rencontrer sa mère. Elle est du spectacle ?

— Non, mais elle veille sur Lucia. Ces dames sont déjà retournées à leur hôtel, car demain Lucia part pour Paris où elle a rendez-vous avec un imprésario. Nous allons la perdre, sans doute, mais pour la bonne cause. Cette jeune fille ira loin.

— Le nom de leur hôtel, s'il vous plaît.

— Mais enfin, monsieur, qui êtes-vous ?

— Je suis Matthieu Thuillier, patron des tanneries de Charmes, mais aussi directeur des ventes de la verrerie Daum. Lucia Muller est apparentée à une partie de ma famille, je dois la retrouver.

Joseph Steinwald regarda Matthieu de la tête aux pieds.

— C'est vrai que vous n'avez pas l'air d'un bandit, dit-il en prenant la carte de visite de Matthieu. Mais le diable sait aussi se déguiser, dit-on. Enfin... Ces dames sont à l'hôtel des Capucins, près de la place d'Alliance.

Matthieu retrouva Emélie devant la salle Poirel. Clémence et Charles s'impatientaient.

— Je vous raccompagne rue des Carmes et je cours à l'hôtel des Capucins. Fais-moi confiance, Emélie, je te raconterai tout à mon retour à propos de Lucia. Ne t'inquiète pas, dit-il en la prenant contre lui.

Emélie ne voulait pas s'inquiéter, mais ses pensées se bousculaient et son esprit s'affolait.

Le portier de nuit de l'hôtel laissa entrer Matthieu, mais refusa de déranger les deux dames. Les ordres étaient les ordres et il était vingt-trois heures trente. Il accepta néanmoins de leur remettre une lettre avant leur départ, moyennant un petit quelque chose, naturellement.

— C'est la coutume, cher monsieur. Tout service se paie après les heures légales de travail.

Matthieu s'exécuta et écrivit d'un seul jet, comme on lance une bouteille à la mer, une courte missive tout en pesant ses mots s'il voulait avoir une chance d'être lu et compris.

> *Madame, Mademoiselle,*
>
> *Je ne voudrais pas vous importuner ni vous donner à penser que tous les prétextes sont bons pour vous poursuivre d'intentions plus ou moins avouables. Je voulais non seulement saluer et féliciter Lucia, mais vous entretenir toutes les deux d'une affaire très personnelle à propos de Lucia, qui ressemble à une jeune femme que j'ai connue en 1901, et dont je cherche la*

trace. Cette jeune femme portait un bijou rare qu'il me semble avoir vu au cou de Lucia. Je vous joins mes coordonnées. Vous rencontrer toutes deux ou correspondre lèverait le voile qui obscurcit une partie de mon passé et me rend malheureux.

Me comprendrez-vous ?

Par avance, je vous remercie et vous prie de pardonner mon audace.

Bravo encore à Lucia !

Matthieu Thuillier

De retour rue des Carmes, Matthieu retrouva Emélie. Jamais encore il n'avait réellement parlé de sa liaison avec Lucie. Quand il avait tenté de le faire, Emélie avait dit avec infiniment de bonté : « C'est ton passé, Matthieu, tu ne me dois rien. Je ne suis pas jalouse. »

Il avait bien essayé de lui expliquer que cela n'avait rien à voir avec la jalousie. Emélie avait haussé les épaules. Elle se voulait loin de ces sentiments, mais ne pouvait empêcher un peu d'inquiétude de lui serrer le cœur. Matthieu se voulait rassurant. Il fallait lui faire confiance. « Et moi, songeait Emélie, et moi... Et mon cœur. » Elle préférait le silence. « Une page de vie, ça se tourne. Ça doit pouvoir se tourner sans regret, sans chagrin. » Il insistait.

« Emélie, écoute-moi, ce sera plus facile ensuite.

— Cela te soulagerait toi, avait-elle taquiné. Au fond, tu es comme beaucoup d'hommes. Ton confort moral d'abord. Je ne veux rien savoir, seul compte notre présent. »

En cette nuit, Emélie réalisait soudain que personne ne peut échapper à son passé. Dans le cas d'un couple qui s'est reconstitué, chaque membre hérite d'une part de l'autre. Elle voyait Matthieu abattu, le temps était venu pour elle d'entendre ce qu'il avait à lui dire.

— Je vais peut-être te faire mal, Emélie. Crois bien que ce sera involontaire. Je t'aime, tu m'entends ? Tu dois me croire. Mais une partie de mon passé m'obsède.

Emélie s'était figée, résignée. C'était la première fois que quelque chose de douloureux surgissait entre eux deux. Matthieu déployait un zèle infini pour conquérir sa femme, pour être un mari aussi digne, aussi admirable que l'avait été François Jollain, mais il ne pouvait dissiper l'ombre de cette histoire ancienne qu'en en parlant.

— Ne pleure pas, Emélie, il n'y a pas une autre femme entre nous. Il y a eu une jeune femme, Lucie, plus âgée que toi et moi. Je l'ai connue après toi, en 1901. J'ai aimé cette femme, mais elle m'a quitté. Un fâcheux malentendu, alors qu'elle attendait un enfant. C'était au moment de la mort de mon père. J'étais à Charmes et j'ai dû prolonger mon séjour sans réussir à la prévenir. Elle n'a pas reçu mes lettres. Le doute a été plus fort que sa confiance en moi. Elle est repartie chez elle en Alsace. J'ai appris sa mort, bien des années après, mais je n'ai jamais pu retrouver l'enfant. Une petite fille...

— Et tu crois que c'est cette jeune pianiste ?

— Oui. Elle lui ressemble et elle porte l'alliance que j'avais faite pour Lucie. Oui, il est possible que cette jeune fille soit ma fille.

— Mon pauvre Matthieu, gémit Emélie en se serrant contre lui. Je comprends mieux tes craintes à propos de Jeanne-Marie. Cette peur panique qui est la tienne quand tu nous quittes pour aller travailler.

Matthieu n'obtint pas de réponse à la lettre déposée à l'hôtel des Capucins. La réception de l'hôtel lui confirma avoir transmis la missive. « Pour le reste, monsieur… »

De ce jour, la vie reprit. Emélie et Matthieu ne parlaient jamais de Lucia Muller. Ils se regardaient, se comprenaient au-delà des mots lorsqu'un article la concernant paraissait dans l'un ou l'autre journal. Lucia Muller était devenue une artiste connue et reconnue qui se produisait et enregistrait sur microsillon. Matthieu restait persuadé qu'il entendrait de nouveau parler de Lucia et que leurs chemins se croiseraient encore.

QUATRIÈME PARTIE

1

Mars 1923

La tête appuyée à la vitre du train, Matthieu regardait la campagne défiler. Paris était déjà loin derrière lui. Il avait négocié certains contrats avec quelques grands magasins. Les Galeries Lafayette comme le Printemps rivalisaient d'ambition pour étendre leur rayon de verrerie d'art. Leurs dessinateurs proposaient des modèles de vases ou de flacons que la verrerie Daum réalisait. Matthieu s'était ensuite rendu incognito chez de potentiels concurrents de la maison Daum.

Depuis la fin de la guerre, des cristalleries avaient ouvert leurs portes à Nancy sans inquiéter personne, puisqu'elles fabriquaient des flacons pour la parfumerie de luxe. De jolis flacons, certes, mais des objets sans valeur car produits en grande série. Cependant ces cristalleries ne voulaient pas en rester au simple flaconnage de luxe. Cette nouvelle manufacture dans l'industrie du verre n'avait pas hésité à se lancer dans la fabrication de la cristallerie de table et avait ouvert un atelier et un magasin de décor à Paris. Un danger pour les maisons Daum et Gallé. Le renom de l'école de Nancy ne risquait-il pas d'en souffrir ?

Matthieu était donc parti à Paris avec pour mission d'observer, d'enregistrer ce qu'il voyait afin d'éclairer la direction de la maison Daum, inquiète pour son devenir. Une autre verrerie implantée à Nancy n'hésitait pas depuis 1920 à fabriquer des objets d'art en utilisant tous les procédés nouveaux dans la décoration du verre. Des procédés qui avaient nécessité des années de recherche, de mise au point, tant dans le travail du verre que dans celui de la couleur ou encore dans celui des motifs de décoration de peinture et de gravure. « Après tout, disait Antonin, chacun a le droit de travailler, mais le plus triste dans cette affaire, c'est la manière dont procèdent ces établissements. Ils viennent ouvertement débaucher nos meilleurs ouvriers et techniciens et ces délits ne sont pas reconnus par la justice, nous l'avons vu récemment. »

La maison Daum avait déposé une plainte pour contrefaçon. Matthieu se souvenait encore de la sentence. Le tribunal estimait que l'on ne pouvait confondre la médiocrité des objets produits par ces nouvelles verreries avec le travail soigné de la manufacture Daum. En conséquence, la maison Daum avait été déboutée. Un jugement flatteur, certes, mais qui laissait la porte ouverte à bien des abus. Le grand public, friand d'œuvres d'art, surtout depuis la fin de la guerre, saurait-il faire la différence ?

Ce qu'avait vu Matthieu à Paris ne l'avait pas inquiété outre mesure. Le temps donnerait raison à la manufacture de la rue du Pont-Cassé. Il en avait la certitude.

On voyait bien que ces pièces produites, décorées et exposées à Paris par les concurrents n'avaient pas fait l'objet d'une attention rigoureuse. De petits défauts existaient. Les décorations étaient bâclées. Mais il fallait un œil averti pour s'en rendre compte. Il songea à l'esprit de la maison Daum, où celles et ceux qui y travaillaient l'avaient toujours fait avec une certaine fierté. Passer la porte d'entrée de la verrerie de la rue du Pont-Cassé, ce n'était pas entrer dans un quelconque atelier de confection, de chapeaux ou une usine de chaussures. Des liens réels existaient entre les différentes équipes. Antonin Daum disait toujours qu'il fallait garder une certaine cohésion entre la place, le décor, les commerciaux. Un vase, une lampe resteraient toujours l'aboutissement du travail de plusieurs équipes qui devaient être fières, et à juste titre, de la réussite de l'objet. C'est ce que dirait Matthieu à son retour. Il fallait poursuivre et accentuer les fêtes de l'entreprise, permettre aux ouvriers et à leurs enfants de s'élever dans la hiérarchie. Inscrire la curiosité et le désir dans tout geste. C'est ainsi que l'on éviterait le débauchage. La verrerie avait un besoin croissant de personnel qualifié. Les délais d'attente pour des objets dont personne ne voulait se passer depuis le retour de la paix etaient souvent très longs, trop longs.

La fin de la guerre avait changé les mentalités. Dans tout foyer le progrès faisait irruption. Les lampes électriques en forme de tulipe étaient très demandées. Paul Daum, qui avait désormais en main la direction artistique de la maison, restait optimiste. Du moins affichait-il une farouche volonté de faire et d'exister. Il savait que, pour durer, il faut pouvoir se développer avec du personnel qualifié qu'il était de plus en plus difficile de trouver à Nancy. N'était-il pas temps de répondre à la demande du grand public, d'ouvrir d'autres lieux de production, de fournir le verre demandé tout en conservant un site artistique ? Il fallait battre les concurrents sur leur propre terrain, sans négliger toutefois la tradition.

La campagne défilait et Matthieu avait l'impression d'entendre le bruit du vent dans les feuillages. Du bruit du vent, il passa à la musique et se souvint d'un récent concert à la salle Gaveau pendant son séjour parisien. Il avait vu les affiches sur les murs : « Lucia Muller joue Chopin, Liszt... » Son sang n'avait fait qu'un tour. Comme partout où Lucia se produisait, la salle se levait. Elle avait accepté d'offrir au public, qui ne voulait pas la laisser partir, quelques courtes pièces de piano. Elle avait superbement interprété le *Rêve d'amour n° 3* de Liszt et un *Nocturne* de Chopin. Le cœur de Matthieu s'était serré. Il avait tenté d'approcher la jeune fille, en vain. Il s'était heurté à sa mère.

« Madame, je vous en prie. »

Victoire Muller l'avait toisé.

« Vous faites erreur.

— Si je fais erreur, prouvez-le-moi, montrez-moi en quoi et je ne vous importunerai plus. Je cherche ma fille depuis des années. Lucia ressemble tellement à Lucie Kessler !

— Monsieur, cessez cette folie. Lucia a besoin de calme pour mener sa carrière. Partez ou j'appelle la police. »

Lucia avait surgi sur ces entrefaites. Depuis quand écoutait-elle la conversation entre sa mère et Matthieu ?

Elle avait longuement regardé Matthieu. Très longuement. Et lui, ému, trop ému, bouleversé, était d'abord resté sans voix.

Mais avant de disparaître des coulisses et de la saluer avec distinction en soulevant son chapeau, il s'était ressaisi et avait eu le temps de lancer : « Nous nous reverrons, avec ou sans la permission de votre mère, qui a des choses à vous dire. »

Il était allé voir un avocat qui l'avait mis en garde.

« Cette affaire est à la fois simple et compliquée. Si cette jeune fille a été adoptée légalement, vous ne pouvez rien. Les preuves de sa naissance ont été à jamais effacées. Il est possible que sa mère adoptive ne sache rien des origines de la jeune fille. Je peux cependant essayer de la contacter. Je vous rappelle que, si vous voulez engager une procédure, vous risquez de provoquer un scandale. Du fait de la notoriété de la jeune personne, qui vous croira ? Pensez à votre femme, à ses enfants, à votre fille, quand cette affaire s'étalera dans les journaux. »

Matthieu entendait le discours de la raison, mais il était tellement convaincu que Lucia Muller était la fille de Lucie, et donc la sienne, qu'il lui semblait impossible de renoncer à sa quête de vérité.

« Je ne veux pas la ravir. Je veux seulement être certain qu'elle est bien ma fille et, si c'est le cas, qu'elle connaisse mon existence. Est-il possible de faire des recherches sur la jeune fille ?

— Tout est possible. Vous pouvez aussi mettre un privé sur l'affaire.

— Voulez-vous vous en charger et me tenir au courant ? »

Matthieu avait informé Emélie des démarches entreprises. Il avait besoin d'être fixé, même s'il promettait de ne pas bouleverser la vie de Lucia.

« Tu t'obstines, Matthieu, disait Emélie chaque fois que le sujet était abordé. Mais es-tu certain, quand tu seras fixé, de laisser Lucia vivre et mener sa vie comme elle l'entend ?

— Je t'en prie, Emélie. Essaie de me comprendre. Que dirais-tu si tu perdais une enfant et que tu la retrouvais, ignorant ton existence, dans des bras étrangers ? »

Le train venait de traverser la Champagne, alors que le soleil caressait la forêt meusienne, au loin. Il ralentit avant de s'arrêter quelques minutes à Bar-le-Duc. Il semblait à Matthieu qu'il était presque chez lui. Bientôt, ce serait Commercy, puis Toul, où vivait Catherine, une sœur de sa femme, et enfin Nancy.

Il songeait à Jeanne-Marie, qui allait fêter son cinquième anniversaire, et il revoyait Lucia, une jeune fille d'un peu plus de vingt ans, penchée sur son piano, toujours vêtue d'une robe blanche bordée d'un liseré d'or. A son cou pendait l'anneau, celui qu'il avait façonné pour Lucie en gage de leur amour. Il n'avait pas eu le temps de faire le sien. Lucie s'en était allée, sans doute désespérée. Sa tête résonna de *Consolation en mi majeur*, de Liszt. Il voyait grandir l'une, alors qu'il avait raté l'autre. Comment se consoler d'avoir manqué son enfant ?

Nancy, le train entrait en gare. Il regarda sa montre. Il était à peine quatorze heures. Il avait le temps de se rendre rue du Pont-Cassé et de faire son rapport à Antonin et Paul Daum avant de retrouver l'appartement familial, désert de toute façon à cette heure-là. Le vendredi était le jour des œuvres d'Emélie, qui se rendait au cercle de la paroisse afin d'organiser les fêtes et ventes de charité en faveur des plus démunis.

L'exposition de Barcelone approchait à grands pas. Serait-elle couronnée de succès comme l'avait été l'Exposition coloniale de Marseille l'année précédente ? Cette exposition avait décerné son grand prix aux frères Daum. Depuis la fin de la guerre, chaque exposition récompensait le savoir-faire de la maison Daum. Le souci de la verrerie concernait la formation d'un personnel qualifié. L'Ecole professionnelle de Nancy, les Beaux-Arts servaient de relais, accueillaient, préparaient de futurs artistes, mais la concurrence était rude et les débauchages continuaient, au grand désespoir d'Antonin et de Paul.

En 1925 se tiendrait l'Exposition internationale des arts décoratifs à Paris, et la maison Daum y participerait. Elle pourrait prouver ses capacités d'adaptation aux temps modernes. Les maîtres verriers avaient beaucoup travaillé les couleurs. Le public s'était-il lassé d'une explosion de couleurs dont témoignaient les œuvres fabriquées à la verrerie avant guerre ? Le réalisme, le moindre détail devant figurer sur le décor avaient perdu de leur importance. L'inspiration japonaise du début du siècle s'éteignait doucement. Les faveurs du public montraient une quête de sobriété que l'on retrouvait dans la mode, dans la décoration. Les couleurs étaient travaillées et les objets montraient plus de solidité dans leurs formes. Les lignes étaient plus nettes, mais l'imprévu pouvait surgir dans la matière. On travaillait de plus en plus les décors à chaud par des applications au crochet, ton sur ton ou légèrement teintées, reprises et modelées en relief à la roue.

Matthieu entra dans la verrerie et se dirigea vers l'atelier de gravure à la roue. Louis Gisquet tenait dans ses mains un vase de cinquante centimètres de hauteur, un verre agatisé, superbe. Son coup de roue précis était réputé. Louis Gisquet reprenait l'esquisse de décor que des petites mains avaient reproduite en suivant un dessin de papier appliqué sur le verre et gravée avec des pointes très fines.

Matthieu regardait travailler le graveur qui portait le verre à la molette et transmettait en même temps son savoir au jeune Norbert. Jusque-là, le jeune apprenti avait reproduit les dessins en perçant le bitume de Judée avant que les coupes de verre ne fussent plongées dans l'acide. Matthieu enviait secrètement le jeune homme, qui recevait le savoir d'un des meilleurs graveurs de l'atelier. Louis Gisquet aimait son métier et le connaissait parfaitement. Matthieu aurait pu rester ainsi des heures durant à observer en silence le graveur, rien que pour le plaisir de voir naître le décor. Le bruit du frottement du verre sur la molette ne le gênait pas. Il était comme la musique nécessaire à l'accouchement de toute œuvre d'art.

Il salua Norbert, félicita Louis, avant de se diriger vers les bureaux d'Antonin et de Paul pour faire son rapport.

2

Décembre 1923

Depuis quelques mois, Matthieu, Emélie et les enfants étaient installés dans un vaste appartement bourgeois près de l'église Saint-Epvre, à proximité de la Pépinière. D'ailleurs, le grand salon et les chambres d'enfant donnaient sur l'immense parc.

Clémence allait bientôt fêter son seizième anniversaire. C'était une jolie jeune fille passionnée qui disait qu'elle étudierait la médecine ; elle voulait soigner celles et ceux qui souffraient. Elle regrettait son jeune âge pendant la guerre. Elle aurait pu porter secours aux blessés. Elle imaginait les médecins et les infirmières au plus fort de la bataille, courant d'un blessé à l'autre afin de les arracher à la mort.

— Ce n'est pas toujours ainsi, avait expliqué Matthieu. Parfois, les blessés ne sont relevés qu'au bout de plusieurs heures, ou hélas plusieurs jours.

— C'est horrible ! Certains ont dû mourir faute de soins. Fut-ce le cas de mon père ? risqua-t-elle.

— Je ne crois pas, nous étions ensemble lorsque l'attaque allemande a été lancée. Ton père venait nous prévenir de la nécessité de nous protéger et de reprendre nos postes. L'ennemi a été plus rapide. Ton père a été tué sur le coup.

Elle baissa la tête. Confortée dans sa vocation, elle serait médecin et sauverait des vies.

— Ce n'est pas un métier de femme, lança soudain Charles, dédaigneux.

— Et qu'en sais-tu ? Est-ce que peindre est un métier d'homme ? Les hommes et les femmes peuvent exercer les mêmes métiers et peuvent partager les mêmes passions.

— Les femmes, en peinture, c'est tout juste bon à servir de modèle.

— Tu n'es qu'un affreux misogyne ! lança Clémence.

— Oh, ce n'est pas la peine d'employer des mots savants pour m'insulter, ma vieille. On sait bien que les femmes et l'art…

— De toute façon, si je ne suis pas médecin, je ferai de la politique.

— De mieux en mieux. Avec ma sœur, les femmes auraient le droit de vote.

— J'espère bien qu'elles l'auront obtenu avant que j'arrive au pouvoir. Pardonnez-moi, Matthieu, dit-elle, mais je préfère m'en aller plutôt que d'écouter ce… ce… petit morveux.

Matthieu se plongea dans son journal pour cacher le fou rire qui le prenait.

Charles venait d'avoir quatorze ans et peignait toujours avec beaucoup de plaisir des aquarelles où la nature avait une grande place. Il voulait faire les Beaux-

Arts et plus tard, disait-il, ouvrir un atelier de peinture. En observant Jeanne-Marie, il lui arrivait de délaisser ses aquarelles pour saisir un fusain et tenter de rendre une expression attachante de l'enfant. Ses esquisses montraient de réelles dispositions pour le dessin, que Matthieu ne manquait pas d'encourager.

Jeanne-Marie grandissait, avait du charme et savait faire rire la famille par ses premiers mots d'esprit. Elle aimait chanter et semblait attirée par la musique. Clémence et Charles n'avaient pas souhaité continuer à apprendre la musique, et le piano restait souvent fermé. Clémence pianotait pour son plaisir, mais quand elle se savait seule. Elle redoutait les jugements de Matthieu, qui évoquait parfois Lucia Muller, si talentueuse. Jeanne-Marie grimpait parfois sur le tabouret devant le piano quand Clémence venait de jouer et ses petits doigts tentaient de reproduire l'une ou l'autre comptine chantée par Emélie, Clémence ou Rosa. Elle aimait promener ses doigts sur l'ébénisterie du piano décoré par les frères Majorelle. Elle cherchait fleurs et poissons entre les bouquets d'algues, et finissait par passer ses doigts dans le porte-partitions ajouré, doré à l'or fin. Matthieu décida que le moment était venu de trouver un professeur pour initier sa fille. Emélie ne s'y opposait pas, leur fille ayant déjà cinq ans, mais elle se fâchait lorsque Matthieu insistait pour que Jeanne-Marie jouât chaque jour.

« Jeanne-Marie n'est pas Lucia. Laisse-la vivre.

— Tu ne comprends rien, Emélie, pour devenir artiste, il faut commencer tôt.

— Jeanne-Marie deviendra artiste si elle en a envie. Tu ne peux remplacer Lucia par Jeanne-Marie. Le temps perdu avec l'enfant que tu n'as pas eu le bonheur de voir grandir ne se rattrapera pas. Tu voudrais pouvoir revivre l'enfance de Lucia à travers celle de Jeanne-Marie, mais c'est impossible, insensé même. Matthieu, retrouve ta raison. »

Matthieu se taisait devant les paroles pleines de bon sens de son épouse. Il fermait les yeux, se murant tellement en lui-même que la douleur au bras le reprenait. Serrer les dents, ne rien montrer. Il gardait pour lui sa blessure et parfois secrètement en voulait à Emélie de le deviner.

Pour ne plus entendre son épouse lui faire ce qu'il appelait la morale, il se plongea dans la lecture des journaux qu'il n'avait pas eu le temps de consulter depuis quelques jours. Il apprit la mort du jeune écrivain Raymond Radiguet, des suites d'une fièvre typhoïde. Il avait lu *Le Diable au corps*. Une jeune femme qui succombe à l'amour d'un adolescent en l'absence de son mari. Le roman avait fait scandale. Matthieu avait inévitablement songé à Lucie Kessler, maîtresse officielle de Victor Mollin, qu'il avait détournée de son protecteur. Leur idylle aussi avait été une histoire de *Diable au corps*, un enfant s'était annoncé... Il se sentit soudain très mal à l'aise. Ce même mois, Maurice Barrès, né comme lui à Charmes, était mort. On l'avait enterré à Charmes pour qu'il pût reposer dans la « terre de ses morts ». Matthieu reconnaissait du talent à l'écrivain, mais il ne l'avait jamais admiré, car il avait toujours détesté ses prises de position dans l'affaire Dreyfus. Barrès n'était qu'un antidreyfusard et un antisémite. Le capitaine Dreyfus avait été condamné, dégradé, banni, avant d'être, mais longtemps après, réhabilité. Une honte pour la justice et l'armée françaises qui avaient mis des années avant de reconnaître leur erreur. Monsieur Barrès n'avait jamais fait amende honorable. « Une même terre, songea Matthieu, peut donner naissance à des êtres bien différents. Le pire et le meilleur peuvent en sortir, hélas. »

3

Août 1925

Charles partit heureux pour l'Exposition internationale des Arts décoratifs au Grand Palais, à Paris. Il accompagnait son beau-père, et Emélie s'était réjouie de l'entente existant entre son mari et le fils de son premier mari.

Le mardi 28 avril 1925, à Paris, le Grand Palais avait ouvert ses portes à l'exposition qui consacrait le style Art déco. Un style qui succédait à l'Art nouveau. La grande guerre avait, disait-on, changé les mentalités. On allait de l'avant, on épurait les styles. Des noms peu connus s'étalaient. C'était le cas de Le Corbusier, qui présentait le « plan Voisin », un projet d'urbanisme pour le centre de Paris commandité par Gabriel Voisin. Mais on pouvait aussi admirer des œuvres de Sonia Delaunay, Paul Iribe, Jacques Doucet et Paul Follot, des peintres, des sculpteurs... Charles restait sans voix devant les œuvres d'art. Matthieu l'avait présenté à quelques artistes et Charles, intimidé les premiers jours, n'hésitait plus à les observer travailler, ce que certains faisaient devant le public. Il se risquait parfois à bavarder avec l'un ou l'autre si l'occasion se présentait. Il posait des questions... Il avait la certitude, en ces jours, d'avoir trouvé sa voie et se confia à Matthieu, qui promit de toujours tout faire pour l'aider à se réaliser. En allant d'un lieu à un autre, Matthieu, autant que Charles, constatait que la maison Daum avait fait le bon choix. Sous l'impulsion de Paul, elle semblait s'adapter très naturellement au style Art déco. Antonin faisait partie du jury. Lui aussi savait qu'il fallait aller de l'avant. Mais il ne pouvait s'empêcher, au détour de quelques phrases, de laisser percer un peu de nostalgie. A Nancy, l'industrie du verre avait le vent en poupe. Le public était encore demandeur d'Art nouveau.

« Trop, disait Paul. On ne peut continuer à copier impunément les modèles anciens. Un art qui ne sait pas innover est un art voué à la mort. »

Paul avait compris qu'un virage devait être pris, mais qu'il fallait de l'audace pour le négocier. Il montrait beaucoup de talent pour convaincre ceux qui hésitaient dans la voie choisie. Le verbe fleurissait au bord de ses lèvres. Il semait l'enthousiasme parmi les équipes. Fonceur, généreux, il accueillait les jeunes talents, leur ouvrait les portes de la maison Daum. Il était partout à la fois. On l'appelait le « cent pour cent ».

Matthieu avait beaucoup admiré les œuvres produites par sa verrerie, comme il disait. Il se souvenait de celles montrées à l'exposition de 1909 à Nancy et il les comparait avec les objets présentés en 1925. La délicatesse des ornements avait cédé la place à des décors stylisés. Les couleurs avaient quasiment disparu. Il en ressentait un certain pincement au cœur. Parfois, il en discutait avec Paul Racadot qu'il voyait à la fois œuvrer dans des gravures à l'acide et pédaler pour graver à la roue et à la meule. Paul Racadot était très fier des nouvelles productions, encouragé d'ailleurs par Paul Daum. Un vase était particulièrement réussi, une pièce qu'avait admirée Charles. D'une hauteur de vingt-six centimètres, ce vase, d'une grande sobriété dans les tons — gris-bleu avec une pointe de jaune sombre —, avait d'abord été gravé à l'acide, avant d'être repris à la roue et à la meule. Les motifs floraux sur le haut de l'objet étaient déjà très stylisés.

« Nous devons aller vers l'épuration des lignes et des couleurs, disait Paul Daum », qui comprenait qu'une page se tournait.

Le Corbusier était devenu le maître à penser. « Un peu trop, pensait Matthieu, ou alors c'est que je vieillis. » Les critiques reprenaient d'ailleurs ses déclarations : « L'art décoratif moderne n'a plus de décor. » Et l'architecte Auguste Perret, encore plus provocant que Le Corbusier, avait lancé dans une conférence : « L'art décoratif est à supprimer. Je voudrais savoir qui a accolé ces deux mots, art et décoratif. C'est une monstruosité ! Là où il y a art véritable, il n'est pas besoin de décoration ! » En l'entendant, Matthieu s'était levé discrètement et avait quitté la salle. Il refusait de le suivre dans cette voie.

« Il faut sans doute en passer par là pour avancer », disait Antonin, qui notait que la plupart des envois des verriers montraient un retour à la blancheur et à la légèreté.

Le jury décerna ses palmes et Paul Racadot fut sacré meilleur ouvrier de France pour le vase qu'avait admiré

Charles. Il avait été frappé par d'autres œuvres, créées ailleurs qu'à Nancy. La fontaine de cristal présentée par la maison Lalique l'avait fasciné.

« Si je ne réussis pas dans la peinture, lança Charles à l'adresse de son beau-père, j'ouvrirai une cristallerie. J'imagine déjà des objets dans un verre très pur, sans aucune couleur. Ou bien j'irai chez Majorelle. La fabrique recrute des décorateurs sur marqueterie. »

Charles avait rencontré Louis Majorelle, qui faisait partie du jury de cette exposition qui récompensait les talents et la création. Louis Majorelle avait reçu la Légion d'honneur pour sa contribution au rayonnement de l'école de Nancy.

« Regarde bien, avait-il dit à Charles, émerveillé. Tes yeux brillent devant tant de splendeur. N'oublie jamais ce que tu vois. Moi, je vais regagner notre Lorraine. Il y a beaucoup à faire. Je vieillis, mais j'ai des idées plein la tête et c'est inouï tout ce que l'homme peut imaginer, rêver. Il faut semer la beauté encore et encore.

— Matthieu, dit soudain Charles à son beau-père, j'espère vieillir comme Louis Majorelle, en restant jeune dans ma tête. »

Matthieu écoutait avec immensément d'attention ce presque jeune homme en qui il se retrouvait. Il se revoyait aux côtés de son grand-père.

« Louis Majorelle, comme Antonin Daum et ceux qui travaillent avec lui, sont des semeurs de beauté. Mon grand-père fut ainsi avec moi. J'ai, comme toi à ton âge, eu des rêves de beauté plein la tête. J'espère ne pas les avoir oubliés. La guerre m'a privé de quelques moyens. Toi, Charles, ne mets jamais tes rêves dans un tiroir.

La beauté grandit l'être humain, l'élève toujours et l'aide à faire face aux difficultés de la vie. »

Matthieu profita de ce qu'il se trouvait à Paris pour acheter un phonographe de meilleure qualité que celui acheté quelques années auparavant. La technique faisait des bons spectaculaires. On enregistrait des concerts, des opérettes sur des microsillons.

Charles ouvrait des yeux immenses et tendait l'oreille pour entendre s'élever les notes ; les voix sortaient de l'immense haut-parleur, pendant que la pointe d'un saphir frottait le sillon du disque qui tournait sur l'appareil dont on avait remonté la mécanique. Mais comment une telle chose était-elle possible ?

« Technicien du son me plairait aussi, confia-t-il à son beau-père en riant. Je n'aurai pas assez d'une vie pour réaliser tout ce qui me passionne. »

L'enthousiasme de l'adolescent fit naître un sourire sur les lèvres de Matthieu.

Lucia Muller avait déjà enregistré quelques pièces pour piano. Il en acheta pour les écouter quand il serait de retour. Il le ferait quand il serait seul, pour ne pas gêner Emélie et surtout pour ne pas la peiner.

4

Décembre 1926

La place Stanislas s'était soudain animée. C'était jour de banquet pour la maison Daum à la brasserie Walter. Un banquet où seraient remises les décorations aux collaborateurs méritants. Matthieu et Emélie étaient naturellement invités, ainsi que les enfants. Clémence avait décliné l'invitation, prétextant un travail personnel. Charles, lui, avait dit oui ; il savait qu'il rencontrerait des artistes.

Antonin serait officiellement élevé à la dignité de commandeur de la Légion d'honneur. Dans un premier temps, le président de la maison Daum avait décliné cette récompense, estimant que cette distinction devait être donnée à des « bienfaiteurs du pays désintéressés ». Paul, son neveu, et son fils Michel, fort intéressé par le travail du verre, avaient réussi à lui faire entendre raison. La maison Daum, connue dans toute la France et à l'étranger, contribuait au renom de la France, et il était normal que la France honorât Antonin, qui avait su garder la maison en état pendant la guerre. Et puis, en ce jour, on honorerait aussi Eugène Gall, le si discret Eugène Gall, l'ami de toujours, entré à la verrerie en 1886. Ce fut pour Eugène Gall qu'Antonin chassa son embarras et retrouva son sourire. Personne n'oublierait jamais Antonin aux côtés d'Eugène Gall, tellement ému.

— Avant de décorer Eugène, je voudrais saluer la mémoire de Louis Majorelle, qui nous a quittés le 15 janvier dernier alors que sa tête fourmillait encore d'idées. Il est mort face à un paysage enneigé comme notre région sait en offrir. Une neige blanche, si blanche. Un paysage d'une grande pureté. Il a retrouvé son amoureuse de toujours. De lui nous restent les récents vases à armature. Avec lui nous avons réalisé les plus beaux mariages du fer et du verre. Je voudrais élever cette coupe orangée et qu'ensemble nous puissions la voir, la regarder et nous souvenir. Et maintenant Eugène, toi l'artiste, le vivant, mon complice depuis toujours… Mon cher Eugène, te rappelles-tu cette époque où je venais m'asseoir près de toi, où je te faisais part de mes rêves et de mes ambitions ? Tu me disais : « Ce n'est pas possible, monsieur Antonin. » Et le lendemain, tu réalisais mes rêves de la veille.

Gagné par l'émotion, Eugène Gall restait sans voix. Antonin Daum lui remit la Légion d'honneur, lui donna chaleureusement l'accolade sous les applaudissements de tous. La fête pouvait se poursuivre.

Jeanne-Marie déclara à sa mère qu'un jour elle aurait, elle aussi, une décoration.

— Pour l'obtenir, ma chérie, il faut réaliser de grandes et belles choses.

— Lesquelles, maman ?

— Tu demanderas à ton père quand nous serons rentrés à la maison. Pour l'instant, il faut écouter les discours.

Paul Daum donna brièvement quelques nouvelles de la verrerie Belle Etoile installée à Croismare. Henri la gérait avec talent. Mais les marchandises sortant de cette verrerie étaient signées « Lorrain ».

— C'est une chance pour notre maison, insista Paul. Nos deux fabriques comptent cinq cents ouvriers. Nous pouvons ainsi produire de la verrerie courante sans abandonner le domaine artistique, qui a fait la réputation de notre maison.

— Maman, c'est où, Croismare ? questionna à mi-voix Jeanne-Marie.

— C'est près de Lunéville, juste à côté de chez grand-père et grand-mère Guérineau qui s'occupent du restaurant de grand-mère Schoeller.

— Grand-mère Schoeller, c'est ta grand-mère à toi ?

— Oui, mais elle est très âgée et très fatiguée.

— C'est pour cela qu'elle reste dans son fauteuil près de la cheminée ?

— Oui, ma chérie.

— Elle a quel âge ? demanda Jeanne-Marie.

— Quatre-vingt-quinze ans. Ce qui est extraordinaire, tu ne trouves pas ?

— Peut-être vivra-t-elle jusqu'à cent ans ?

— C'est peu probable, Jeanne-Marie ; son cœur est épuisé. Chaque matin, grand-mère Guérineau s'attend à la trouver endormie pour toujours quand elle lui apporte son petit déjeuner avant de la lever.

— C'est triste de mourir. On va où, après ?

— On met le corps au cimetière, mais le plus important, l'âme, va près de Dieu.

— Ah ! Rosa aussi dit comme toi.

Matthieu avait entendu la conversation d'Emélie et de Jeanne-Marie, et secrètement il admirait son épouse qui trouvait les mots justes et simples, presque paisibles, pour dire les choses les plus douloureuses. Il ne l'en admirait que davantage. Il fallait qu'il en fût ainsi. En ce lieu, son passé resurgissait et il se sentait coupable de nostalgie, à l'égard d'Emélie. La rendait-il réellement heureuse ? Elle savait la peine qui était la sienne à propos de Lucia. Lui en voulait-elle d'y songer si souvent ?

Les recherches menées par le détective privé que connaissait l'avocat avaient révélé que Lucia était une enfant qui avait été confiée à Victoire Muller. Une femme vaguement apparentée aux Kessler de Charmes. Victoire avait élevé l'enfant depuis la mort de sa mère, peu après sa naissance. « Comme c'est étrange, songea soudain Matthieu, ma mère Mathilde avait des cousines à Brumath. » Grete, la plus jeune, lui écrivait encore chaque année pour le Nouvel An.

Matthieu ne s'était donc pas trompé, Lucia était sa fille. Mais que savait Lucia de ses origines ?

« Au fond, cette jeune femme devient une ombre, une menace pour nous. Elle est le fruit d'un amour que je n'ai su ni n'ai pu te donner », gémissait parfois Emélie quand les explications étaient un peu orageuses entre eux.

Il demandait pardon, offrait un cadeau, proposait une sortie, se forçait à la gaieté. Emélie fermait les yeux, souriait, se blottissait contre lui et le traitait de grand fou. Mais elle n'était pas dupe. Elle savait qu'il l'aimait bien à défaut de l'aimer tout court. Lucie était morte avant de l'avoir déçu. Elle avait été son initiatrice dans les choses de l'amour, un point que ne pouvait comprendre la trop sage Emélie.

Rosa, qui surprenait parfois les conversations entre Monsieur et Madame, haussait les épaules. Elle avait aimé, avec son corps, son Jean-Marc. Elle ne s'était pas occupée de savoir si elle faisait le péché, comme le lui avait dit sa mère. Et elle ne le regrettait pas. Mais jamais elle n'offrirait son corps à un autre. Elle n'imaginait même pas la chose. Elle aurait comparé. Parfois, Emélie la questionnait : « Mais Rosa, vous n'avez pas envie d'une vraie famille à vous ?

— Je vous ai, j'ai mon poussin, c'est suffisant. J'aurais trop peur d'être déçue. Allez, va, je vois bien comment vous êtes avec votre Matthieu. C'est du recollage. Soit, du beau recollage, mais ce n'est pas ça. Ne dites pas le contraire. Et puis, les hommes, c'est toujours sorti, à gauche, à droite. Matthieu, c'est la mairie, la verrerie ou encore les tanneries. Bon, je me tais, je me répands un peu trop et puis le soir dans mon lit, j'aurai encore la grieté. »

5

Verdun, le 18 septembre 1927

Jeanne-Marie n'avait pas voulu accompagner ses parents à l'inauguration de l'ossuaire de Douaumont, près de Verdun. Elle trouvait un peu étrange une cérémonie du souvenir qui intervenait neuf ans après la fin de la guerre. Elle refusait de comprendre, s'agaçait, au grand désespoir d'Emélie.

— Je t'ai déjà expliqué, reprit sa mère, que sur cette terre est mort le père de Clémence et de Charles, et que son corps est resté là-bas. Il n'a jamais pu être identifié. La terre de Verdun l'a englouti, comme trois cent mille autres soldats français. Il est normal qu'en ce lieu un mémorial rappelle le sacrifice de ces hommes qui ont donné leur vie pour la paix. Pour Clémence, absente puisqu'elle travaille dans un hôpital parisien dans le cadre de ses études de médecine, et pour accompagner Charles, qui, lui, tient à venir, nous devons nous absenter.

Et Emélie ajouta plus bas :

— Et pour moi, car François fut mon mari.

— Rosa restera près de toi, dit Matthieu à Jeanne-Marie.

— Qui va conduire la voiture ?

— C'est moi, reprit Emélie, il me semble que je sais conduire, non ? Je l'ai prouvé à maintes reprises.

Matthieu ne dit rien. Il devinait sa fille inquiète et la prit contre lui.

— Ne t'inquiète pas, ta mère est plus prudente que moi. Nous te téléphonerons dès notre arrivée et même en cours de route, si c'est possible. Verdun, ce n'est pas le bout du monde, ma chérie.

Pendant toute la durée du trajet, Charles fit la conversation, se faisant raconter la guerre par Matthieu, qui ne put faire autrement que d'évoquer François.

— Ton père était un homme généreux et, sur le terrain, il le prouvait tous les jours. Quand l'un ou l'autre soldat n'avait pas le moral, et cela arrivait régulièrement, la guerre dans les tranchées n'avait rien de drôle, François était là.

— J'ai peu de souvenirs de lui. C'est très flou, admit Charles, j'avais quatre ans quand la guerre a été déclarée. C'est le grand-père Jollain qui reste dans ma mémoire. Mais, ajouta-t-il, je suis très content du choix de maman ensuite.

— Tu entends ? dit Matthieu à sa femme, concentrée sur la route, car, par endroits, flottaient quelques bancs de brume.

— J'entends, mais ne me distrayez pas avec vos bavardages, sinon nous allons verser dans le fossé ou heurter le premier arbre venu. L'automne est en avance, cette année.

Ils arrivèrent à bon port et à l'heure. Le maréchal Pétain était attendu pour cette inauguration. Et, malgré les années écoulées, les familles présentes qui avaient pu faire le déplacement ressentaient intensément l'émotion de l'instant.

La redécouverte du plateau de Verdun fut un saisissement pour Matthieu. Les lieux étaient encore habités, hantés, même. Le vent qui sifflait aux oreilles portait le souffle de ces hommes qui faisaient corps avec cette terre dont tout disait qu'elle garderait longtemps les stigmates de la souffrance. Cette terre avait bu le sang des hommes. Elle avait pris les êtres et n'avait rien rendu, qu'un immense désespoir. Un immense charnier, un magma humain. Par respect pour ces hommes et pour leur souffrance, aucun édifice, sauf celui du souvenir, ne devrait jamais s'élever en ces lieux. Il fallait entendre le chant des défunts sur cet étrange terrain ressemblant à une croûte lunaire.

« Que les vents portent le cri de l'absence ! Que les vents disent à jamais l'horreur de la guerre. Que les vivants l'entendent et veillent sur la paix », écrivait un journaliste qui relatait l'événement.

Emélie frissonnait au bras de Matthieu, absorbé lui aussi par ses souvenirs, par la fin de ses compagnons qui faisaient des vagues houleuses jusqu'à le noyer. Il se souvenait de Jean et des autres. Il n'avait rien oublié de la peur qui tenaillait les entrailles parfois et glaçait l'âme même aux heures chaudes. La vision de François, arraché à la terre en même temps que lui, le hantait. Jamais il n'avait osé révéler à Emélie comment son mari était mort. Il ne voulait pas évoquer ce corps disloqué sous l'effet de la bombe, cette fulgurance qui fond sur l'instant et inscrit le jamais plus. Matthieu ne voulait pas la blesser davantage. Pour l'un comme pour l'autre, il était difficile de songer qu'il devait leur vie de famille à la mort de François. Emélie ne voulait pas s'attarder longtemps sur les lieux. Ils marchèrent un peu dans la campagne, jusqu'au village de Fleury, anéanti par la guerre et qui ne serait jamais reconstruit. Matthieu sentait renaître l'ancienne douleur. Le bras manquant était bien lourd à son côté gauche et les chairs se déchiraient à chaque pas. « Un peu de moi est resté ici, dans cette glaise, songea Matthieu, aux côtés du mari de mon épouse. Nos chairs se sont mêlées à la terre en de sinistres épousailles. Seules les pierres savent rester à leur place et ne point se fondre totalement à la terre. Que veulent-ellcs nous signifier ? » Les ruines de Fleury étaient pourtant menacées. L'herbe repoussait, obstinée. De jeunes arbres tentaient de s'enraciner avec une folle rage de vivre encore.

— La vie reste, plus forte que la mort, murmura Emélie en se baissant vers une touffe d'herbe.

6

Juin 1928

Le téléphone fit retentir sa sonnerie sur la petite sellette de merisier à l'entrée du salon et ce fut Rosa qui décrocha.

— Madame Thuillier est absente, puis-je prendre un message ? Que dites-vous ? Mon Dieu, quel malheur ! Attendez, Monsieur arrive, je crois, je vous le passe...

Rosa tendit le téléphone à Matthieu, une main sur l'écouteur :

— C'est madame Guérineau de Lunéville, votre belle-mère... Son mari et sa mère, c'est affreux, pauvre Madame... dit-elle en se lamentant et en cherchant son mouchoir.

Matthieu avait compris qu'un drame s'était produit près de Lunéville. Que la grand-mère Schoeller ne soit plus alors qu'elle approchait de cent ans n'avait rien d'anormal, mais la mort de Raymond était un choc. Un choc qui faisait mal. Raymond n'avait que soixante-sept ans.

Virginie sanglotait au bout du fil. Elle se demandait encore comment une pareille chose avait pu se produire. Son Raymond, un homme si fort. Quand on a soufflé le verre et tourné les paraisons comme lui, on ne faiblit pas ainsi. Il portait sa belle-mère, réussit-elle à dire, matin, midi et soir, du lit au fauteuil et du fauteuil au lit. Madame Schoeller ne voulait plus rester dans son fauteuil après le repas de midi, elle se plaignait de son dos, de son ventre. Elle n'allait pas bien. Raymond l'avait soulevée pour la conduire à sa chambre.

— Une plume, ma pauvre mère, qui n'avait plus que la peau et les os et qui s'obstinait à vivre pour veiller sur le restaurant.

Une plume qui ne devait pas peser plus de quarante-deux kilos, disait souvent Raymond quand il l'empoignait à bout de bras en chantant.

— Tout à l'heure, c'était affreux, elle avait le teint un peu cireux. J'ai bien vu qu'elle n'allait pas bien. Mais c'est la suite que je n'ai pas comprise… Raymond a glissé, tenté de se rétablir en se raccrochant à une console où je mets des fleurs. Ça a été pire que tout. Il est parti à la renverse, sa tête a heurté le coin du vaisselier. Ma mère a roulé devant lui. Un petit souffle et c'était fini, la pauvre vieille. Quand le médecin est arrivé, Raymond avait perdu connaissance. Il est mort en arrivant à l'hôpital. Le médecin a dit qu'il était tombé parce qu'il avait peut-être eu un malaise, le cœur ou une hémorragie cérébrale. Pour ce qui est de maman, ce n'est pas la chute qui l'a fait mourir. Elle mourait déjà sur son fauteuil.

Virginie Guérineau pleurait au bout du fil. Elle se sentait bien seule avec ses deux morts, disait-elle. Elle ne savait que faire. Ses autres filles étaient au loin. Matthieu s'efforça de trouver les mots justes, de la rassurer. Emélie et lui-même allaient venir jusqu'à elle dans l'heure qui suivait puisque Emélie allait rentrer de sa réunion.

— Ne vous inquiétez pas, maman, ne bougez pas, nous arrivons, nous allons nous occuper de tout.

Il fallait prévenir Clémence et Charles, aller chercher Jeanne-Marie à l'école Sainte-Marie et, surtout, annoncer délicatement cette bien triste nouvelle à Emélie.

Emélie réagit beaucoup mieux que ne l'avait imaginé Matthieu.

— Une grand-mère qui meurt à presque quatre-vingt-dix-sept ans et un père à soixante-sept ans, c'est triste, mais c'est dans l'ordre des choses, murmura-t-elle. La mort d'un fils ou d'un mari à la guerre, ou une maladie qui arrête la vie dans son élan sont de vrais drames… Le drame, c'est pour maman surtout.

Emélie aimait son père. Elle eût préféré le savoir vivant longtemps encore. Elle se consola en se disant qu'il avait été heureux aux côtés de sa femme et de ses enfants. Qu'il avait eu le bonheur d'être son propre patron en reprenant le restaurant de ses beaux-parents. Elle songea au chagrin de sa mère, à sa solitude aussi. Matthieu proposa à Virginie de l'accueillir chez eux.

— Vous ne serez pas dépaysée, vous connaissez Nancy, puisque vous y avez vécu.

Mais la vieille dame refusa avec véhémence. Clémence, sa première petite-fille, insista :

— Les parents ont les moyens et de la place. Grand-mère, vous ferez une bonne action en acceptant. Ils ne rêvent que de cela, vous savoir près d'eux. De plus,

Rosa sera heureuse. Chaque fois que vous vous rencontrez, vous bavardez sans vous arrêter. Vous lui tiendrez compagnie. Maman sera ravie et Jeanne-Marie aussi.

— Pour tout dire, maman, reprit Emélie, je me ferai moins de souci pour toi en te sachant près de nous, et puis je t'emmènerai à mes réunions. Tu participeras aux œuvres. Il y a tant à faire pour les malheureux.

— Sans compter la tarte aux mirabelles et la confiture de quetsches ! Et je ne parle pas de la soupe au lard dont vous avez le secret, glissa Matthieu.

— Soit, faisons un essai, et si les choses ne se passent pas comme il faut et comme elles le devraient, je retourne à Lunéville, dans notre maison, ou bien je vais à l'hospice.

— A l'hospice ! s'écria Clémence, grand-mère, vous n'y pensez pas ? Regardez la petite Jeanne-Marie, comme elle vous ressemble. Elle a déjà les yeux qui brillent à l'idée de vous trouver tous les jours quand elle rentrera de l'école. Vous n'avez pas le droit de la décevoir.

— Moi aussi, je suis encore là, insista Charles. Que ma grand-mère habite à demeure est un vrai bonheur !

Tout se passa bien. Si bien, même, que Virginie Guérineau oublia ses menaces. Et quand son gendre la taquinait certains soirs et lui rappelait qu'elle devait éventuellement retourner vivre chez elle, elle confiait ne plus s'en souvenir. Elle ajoutait même qu'elle n'avait jamais pu dire une chose pareille. La preuve, elle allait vendre le restaurant.

L'argent fut équitablement partagé entre les quatre filles. Virginie était heureuse de vivre chez sa fille et son gendre. « Un amour d'homme », clamait-elle à celles et ceux qui lui rendaient visite.

« Ma fille a réussi, comme vous pouvez le constater. Mon premier gendre était gentil. Matthieu l'est tout autant. Ma vieillesse sera heureuse. »

Et elle le fut. Virginie tricotait, brodait, accompagnait sa fille au cercle des dames de la Ligue[1]. On s'occupait des pauvres, certes, mais les femmes parlaient entre elles. Elles analysaient la situation politique et économique dans le monde, réfléchissaient aux moyens à mettre en œuvre pour exister sans dépendre des hommes. Elles revendiquaient le droit de vote. Quand Emélie évoquait ces réunions, Matthieu parfois s'étonnait :

« C'est le curé ou l'abbé qui vous met de pareilles idées en tête ? Les hommes d'Eglise sont parfois surprenants ! Ils sèment la zizanie dans les foyers. Sur certains points, ils n'ont pas tort, les femmes doivent avoir les mêmes droits que les hommes. Elles ne sont pas des êtres inférieurs. »

1. L'ACGF, Action catholique générale féminine.

7

28 mars 1930

Le 28 mars, la nouvelle de la mort d'Antonin Daum provoqua la stupeur à Nancy. Elle sema la tristesse. Sa bonté, sa délicatesse, son entrain manqueraient longtemps à la verrerie. C'était lui qui lui avait donné son essor et sa renommée en orientant la manufacture vers le domaine artistique.

Paul, son neveu, désormais à la tête de l'entreprise, savait ce que la maison Daum devait à son oncle. Personne n'oublierait jamais ce bel hommage :

« Ce que notre société lui doit ? Il n'est pour le mesurer que d'imaginer ce que serait la verrerie s'il n'y était pas passé. Tout y porte sa marque, la tenue artistique de la fabrication dont il nous a donné le goût ainsi qu'à ses autres collaborateurs, les traditions de courtoise cordialité avec le personnel et cet amour de la mesure qui était la marque de son esprit modéré, désireux de se faire sa place, mais sans blesser ni léser personne... »

— Tu vois, Matthieu, murmura Emélie au retour des funérailles d'Antonin Daum, il semble qu'Antonin soit parti au bon moment.

— Ah bon ?

— Oui, il ne verra pas les tristes conséquences du krach financier qui s'est produit en octobre dernier aux Etats-Unis et il ne sera pas attristé par la fin de l'école de Nancy.

— Comme tu y vas, Emélie !

— Matthieu, rien ne sert de se voiler la face. Une époque s'achève. La maison Gallé a continué après la mort d'Emile, grâce à son épouse. Mais Emile n'a pas eu à décider de l'orientation à prendre après l'Art nouveau. Et, si la maison Gallé survit, c'est uniquement parce que le public demande encore les modèles d'avant 1914. Mais cela ne saurait durer longtemps encore.

— Chez Daum, c'est différent.

— Oui. Antonin, aidé de Paul, a su prendre le virage et se lancer dans l'Art déco. Louis Majorelle l'avait bien compris aussi. Ils n'avaient pas d'autre choix, sinon c'était la mort de leurs entreprises. Louis Majorelle nous a quittés il y a quatre ans. Antonin était l'un des derniers représentants de l'Art nouveau.

Matthieu était surpris d'entendre sa femme parler ainsi.

— C'est à la Ligue que vous discutez de tout cela ?

— Oui, mais je lis aussi la presse...

Matthieu découvrait Emélie. Il était vrai qu'il était souvent absent pour son travail et ses différentes activités et, quand il était à Nancy, il passait beaucoup de temps rue du Pont-Cassé. Il aimait suivre toutes les étapes du travail du verre. Pour lui, le spectacle du verre cueillé, soufflé, étiré serait toujours fascinant. Il rêverait toujours dans l'enceinte des ateliers de décor ou de moulage. Il aurait toujours le cœur battant lorsque s'ouvrirait la porte du four après dix jours de cuisson pour les objets en pâte de verre.

— Je crois que tu as raison. Je ne sais pas si l'Art déco est une bonne chose. Je regretterai toujours les pièces décorées de fleurs et explosant de couleurs. Je me souviens du bonheur que nous avions eu avec Antonin en réalisant une série de vases avec des arbres en fleurs, dont l'un reprenait les fameux pommiers peints par Van Gogh. Tous les talents avaient dû être conjugués pour produire de tels chefs-d'œuvre. Les chimistes, pour mettre au point les couleurs ; le souffleur, pour donner la forme ; le graveur, le peintre, pour reproduire le plus fidèlement et le plus minutieusement possible ces pommiers en fleur... Je sais qu'aujourd'hui les peintres sont un peu tristes, ils ont moins à peindre ; les graveurs aussi. Ils disent que n'importe quel apprenti pourrait reproduire les lignes géométriques qui ornent les vases et les coupes. Même les chimistes ne doivent plus s'y retrouver. Les couleurs se ressemblent toutes, du brun, du gris, du fumé...

— Mais le bleu reste une spécialité de la maison Daum ?

— Oui, comme ce vase au raisin bleu que tu aimes tant. On fabrique encore des vases de cette couleur grâce au procédé de la vitrification des poudres. Ils sont beaux, déjà très épurés, mais jusqu'à quand ? Paul Daum va de l'avant. Ce qui fut banni il y a vingt ans, dix ans encore, comme le gris souris, le jaune paille ou l'orangé, a le vent en poupe.

— Pour combien de temps ?

— Tout va vite. Et les anciens qui travaillent encore s'agacent. Ils n'aiment pas faire d'objets de couleur orangé acide.

— Comme la lampe voulue par Clémence pour son appartement à Paris.

— Exactement. Cette couleur est un vrai casse-tête. Elle modifie le coefficient de dilatation, sa jonction à chaud avec le verre blanc sur lequel elle est appliquée se fait mal. Au refroidissement, il y a rejet et les vases pètent les uns après les autres. Enfin, les choses se sont arrangées à l'arrivée de Michel Daum. C'est un chimiste, et Paul lui a demandé expressément de travailler ce point. Mais ça ne durera pas.

— Que veux-tu dire ?

— Tu verras bientôt naître des objets lumineux chez Daum. On fera des vases vert d'eau ou jaune paille ou les deux mélangés. Les premiers essais sont plutôt encourageants et il semble que l'on revienne au figuratif. Enfin, un figuratif tout de même stylisé.

— Reste à savoir si le public aimera.

— Le public aimera si les critiques sont élogieuses. Et tu sais bien que les critiques font la pluie et le beau temps. Aujourd'hui, il faut faire comme les cubistes, comme Picasso.

— Tu as raison... Il suffit d'entendre Clémence. Si on l'avait écoutée, on aurait brûlé tout le mobilier de maman.

— Paris lui a tourné la tête, à ta fille.

— Enfin, les gens qu'elle y fréquente, et notamment Philippe, ce jeune chirurgien qui risque bien d'entrer dans la famille. J'ai l'impression qu'il cherche surtout une dot pour ouvrir sa propre clinique.

— Je sais que tu ne l'apprécies pas beaucoup, ce « jeune faiseur », comme tu dis, mais nous verrons bien. Pour continuer notre conversation sur l'art et les goûts du public, c'est peut-être seulement une question de génération. Avions-nous les mêmes goûts que nos parents ? lança Matthieu qui se souvenait bien de s'être opposé à son père.

— Mais c'est comme cela que peut naître une création originale, Matthieu, ne soyons pas passéistes. Il faut parfois brûler ce que l'on a adoré pour avancer.

— Oui, mais il ne faut pas oublier que ce qui existe dans l'instant est le fruit du passé. Toujours !

— J'aime quand tu parles ainsi, Matthieu. J'aime quand nous pouvons échanger des idées, c'est si rare, glissa Emélie en se rapprochant de son mari.

Le couple s'entendait bien. Une grande amitié les unissait. Cependant, Matthieu avait souvent le sentiment de mal aimer Emélie. Le soir, quand elle ne parvenait pas à s'endormir, Emélie songeait à Matthieu, qu'elle avait désiré de toutes ses forces après la mort de François, son homme de cœur, pour ne pas rester seule. Peut-être avait-elle simplement voulu retrouver le jeune homme de sa jeunesse, celui qui, le premier, l'avait émue, avait fait battre son cœur. Elle avait découvert un autre homme. Le jeune homme avait mûri et avait le cœur encombré d'un impossible amour. Leur couple, songeait-elle souvent, c'était, comme le disait Rosa, un collage intelligent. De la belle ouvrage. Mais il y manquait un petit zeste de folie, une flamme que tous deux avaient rencontrée, sans avoir su la garder et l'entretenir, un soir de printemps sur les bords de Seine.

8

Mai 1930

— C'est étrange, murmurait Matthieu en préparant ses affaires, mais ce voyage est le plus difficile et le plus douloureux de ma vie, enfin jusqu'à présent. J'aurais aimé que tu m'accompagnes, Emélie.

— Non, répondit-elle. Je ne peux pas laisser à Rosa tout le travail de la maison, surtout avec maman qui est souffrante en ce moment. Le docteur Petitclément est un peu inquiet à son sujet. Et puis c'est à toi de gérer tes affaires. Charmes, c'est ton pays, je ne veux pas t'influencer. Peut-être estimeras-tu que tu peux garder les tanneries, peut-être que non. Cela ne me regarde pas. D'ailleurs, nous nous ressemblons : tu ne veux pas intervenir dans la scierie Jollain de Bouxières-aux-Dames...

— En ce qui concerne la scierie, tu as des enfants.

— Toi aussi pour les tanneries.

— Oui, Jeanne-Marie.

— Je pensais aussi à Lucia. Moralement, tu lui dois quelque chose. Tu sais aujourd'hui que Muller est un nom d'emprunt, qu'elle n'a pas été adoptée, mais élevée par Victoire Muller. Tu devrais peut-être mettre tes affaires en ordre, t'adresser à un notaire afin que cette jeune fille hérite. C'est ton devoir de la reconnaître.

— J'ai effectivement entamé une procédure, mais je ne voulais pas t'ennuyer avec mes affaires, laissa tomber Matthieu. C'est vrai que je prends de l'âge et que la jeunesse s'en va. Je peux mourir subitement.

— Allons, tu dis des bêtises.

— J'aurai cinquante ans l'année prochaine.

— Oh ! Pardon. Je te croyais plus jeune, taquina Emélie.

Quand Matthieu se rendait à Charmes, c'était le temps d'une ou deux journées, jamais plus ; pour s'assurer que tout allait bien et encourager Marcel, le neveu de son père qui s'était toujours acquitté très honorablement de sa tâche. Cette fois, Marcel, qui avait maintenu courageusement l'activité des tanneries pendant la guerre, appelait au secours. Les commandes se raréfiaient. La crise se faisait durement ressentir. Peut-être faudrait-il vendre ou fermer définitivement ? De toute façon, Marcel allait avoir soixante-dix ans, il ne voulait pas poursuivre ses activités. Là surtout était la véritable raison de son appel au secours.

— Si l'on vend aujourd'hui, c'est encore possible, soutenait-il, sans cesser d'argumenter. Vérifiez vous-même, les comptes sont sains et en ordre. Notre grande difficulté, pour l'instant, ce sont les commandes, nettement en baisse. Nos contacts en Franche-Comté se comptent sur les doigts d'une main. Le personnel a diminué et il ne nous a pas été possible de le remplacer.

J'avoue être un peu fatigué. Vous constaterez que l'outil de travail est bon. Nous l'avons entretenu et avons surtout régulièrement investi dans du matériel perfomant...

— Alors ? Où est le problème, Marcel ?

— Les commandes, Matthieu, les commandes et je ne peux plus m'en occuper. Il faut prospecter. Ce n'est plus de mon âge.

— Je n'ai pas envie non plus de m'installer à Charmes.

— J'ai un acheteur.

— Ah bon ! Qui ?

— René Kessler... Le fils, bien sûr... Souvenez-vous de la ferme de la route d'Ubexy.

— Mais ils n'avaient pas un sou. La ferme, enfin, si on peut l'appeler ainsi, était à la grand-mère et le vieux mettait ses filles comme bonnes à tout faire chez les commerçants pour se faire un peu d'argent.

— Ben oui, comme la petite Lucie qui s'est sauvée de chez le laitier.

— C'est le frère de Lucie qui veut les tanneries ?

— Oui. Il connaît le métier, il a travaillé ici. Il est même retourné à l'école sur le tard pour apprendre la comptabilité. Il dit qu'il a hérité d'une cousine alsacienne.

— Les Muller, ceux du Haut-Rhin ?

— Comment vous savez ça, Matthieu ?

— Mon petit doigt...

Matthieu réalisait d'un seul coup la situation. Victoire Muller avait un peu d'argent, mais pas suffisamment pour acheter les tanneries. En supposant qu'elle ait laissé un héritage, il revenait à Lucia, qu'elle avait élevée. Ce qui était le plus plausible, c'était que René, l'oncle de Lucia, donc, qui disait avoir hérité de Victoire, sa cousine, s'était arrangé pour mettre le grappin sur l'argent de sa nièce, qui se produisait un peu partout. Matthieu se félicita d'être venu et demanda à rencontrer René. Il saurait le faire parler. Mais une chose était certaine : René n'obtiendrait jamais les tanneries. Matthieu se chargerait de la direction si Marcel décidait de cesser immédiatement ses activités.

Suzon avait préparé la grande table de la salle à manger, aux tanneries. Malgré la peinture fraîche sur les murs et les rideaux qui avaient été changés, Matthieu eut l'impression de retrouver la salle à manger de son enfance. Le mobilier de chêne sombre, sa disposition, l'horloge franc-comtoise qui égrenait les heures, tout était à la même place et sentait l'encaustique comme dans les bibliothèques des monastères ou le parloir des couvents.

— Ça manque de vie, dit Suzon, je n'y viens que pour astiquer. Ah ! Si vous aviez habité ici avec vos enfants… Vous avez vu la place qu'il y a pour eux ! Et jusque sur le devant de la maison… Ce sont les gosses de la ferme, quand ils ont cinq minutes, qui viennent y courir. Vous êtes un monsieur de la ville, vous. Si, si, je le vois bien. Vous n'aimez pas les paysans comme nous.

— Ce n'est pas cela, Suzon. Je suis marié avec une femme qui a aussi ses affaires près de Nancy et puis, les tanneries, c'était l'entreprise de mes parents, de mon père, surtout. Moi, je préfère le verre.

— Oui, et puis c'est la sale histoire avec la Bertille. On peut le dire, maintenant que vous savez. Votre mère, enfin celle qui vous a élevé, n'a pas eu la vie belle avec votre père. Pourtant, votre père n'était pas un mauvais gars non plus. Quand on oblige les gens à se mélanger pour remplir la goyotte, ça ne donne rien de bon. Et la Bertille, dans cette affaire, la pauvre fille, mais si belle... C'est pour ça que votre père l'aimait. Elle chantait l'après-midi en brodant. Un rossignol... Je vous le jure.

— Justement, parlez-moi d'elle, vous qui l'avez connue.

— J'allais parfois travailler là-haut quand j'étais jeune, à la ferme du Haut du Mont. Elle était déjà très malade, mais si belle encore. Une jolie rousse.

— Elle aussi ? interrogea Matthieu.

Il se souvenait des cheveux de Lucie. Bertille rousse, Lucie rousse. Lucia ne pouvait pas être brune.

— Ben, des roux, ce n'est pas ce qui manque, dans la région. Ça doit être le mélange des sapins ct du soleil d'été. Ne faites pas attention, je blague. Ben, René, qui va venir manger avec nous, il est roux, comme tous les Kessler. Ceux-là, ils viennent d'Alsace.

— Que dites-vous de la fortune soudaine des Kessler ?

— Ce que j'en dis, c'est qu'ils ont eu de la chance que la Victoire se soit souvenue d'eux au moment de passer. Sinon, ils en seraient encore à ramasser des pissenlits ou à les manger par la racine. Et puis, ce n'est même pas ça, on dit des choses sur la Victoire. Qu'elle se serait fait engrosser par un riche gars de qui elle a eu une môme, vous savez, l'artiste, la pianiste si douée. L'argent, il vient surtout de là. Il paraît que la jeune demoiselle qui joue a fait fortune, mais qu'elle est bizarre. Toujours dans sa musique, elle ne pense qu'à ça. Rien d'autre ne l'intéresse.

— Comme tous les musiciens. Elle est déjà venue ici, à Charmes ?

— Oh ! Ben oui ! Une fois, quand elle était malade, même que la Victoire avait loué trois chambres à l'hôtel des Sapins à la sortie de Charmes et qu'elle avait fait venir un piano de Nancy pour que sa demoiselle puisse jouer. La Victoire a fait de l'argent avec la gosse, mais elle s'en est occupée. Elle voulait faire construire une belle demeure pour la demoiselle, pour qu'elle puisse se reposer quand elle serait fatiguée. Elle était toujours pâle, cette gosse. Elle toussait. La famille avait peur que ce soit la poitrine. Personne ne voulait la perdre. Une gosse comme ça, c'est une affaire ! C'est comme la poule aux œufs d'or.

En somme, Matthieu avait cherché bien loin la petite Lucia alors qu'elle était tout près. Il tenta de ne rien montrer. Il avait le cœur brisé. René pouvait venir, il ne serait jamais propriétaire des tanneries. Mais le plus urgent était de retrouver Lucia, surtout maintenant que Victoire était morte. Lucia, que certains semblaient vouloir spolier.

9

Matthieu était très en colère. Il arpentait les berges le long du canal pour essayer de retrouver son calme. Au cours du repas, René s'était montré arrogant. Il était arrivé endimanché, sûr de son fait. Le futur patron des tanneries. Il ne lui restait plus qu'à apposer sa signature au bas d'un contrat. Une formalité. Or, il dut repartir comme il était venu. Matthieu n'était plus vendeur. Marcel s'était trompé, avait sans doute mal compris sa demande, plus tard, peut-être. Mais pas aujourd'hui.

— Et si vous ne trouvez pas de nouveau directeur ? avait lancé René.

— Je dirigerai moi-même. Les enfants sont grands, Charmes n'est pas si loin de Nancy. Je pourrai envisager un partage de mon temps. D'autant plus que la verrerie de Nancy ne m'occupe plus à temps plein.

— J'ai l'argent, vous savez, j'ai l'argent.

— Je sais, et je vous en félicite. Enfin, je ne sais pas s'il faut féliciter quelqu'un qui a eu la chance d'avoir une lointaine cousine qui a gagné de l'argent en s'étant fait engrosser par un riche.

Matthieu savait qu'il le provoquait. Mais cette provocation était nécessaire pour faire parler René.

— Oh là ! Tout doux, s'énerva René en se levant, prêt à déclencher une bagarre. Victoire, elle n'a jamais couché avec qui que ce soit. Elle a seulement recueilli une gosse qui avait du talent.

— La gosse de votre sœur, semble-t-il, et qu'elle a mise sur scène comme un singe savant.

— Ce n'est quand même pas la faute de Lucie si son prétendant s'est tué dans un accident de voiture juste avant leur mariage.

Matthieu sursauta et eut envie de se toucher pour être sûr de son existence.

— Victoire a recueilli Lucie et s'est occupée de l'enfant. Les études et tout ce qu'il y a de mieux. C'est normal qu'en retour...

— Taisez-vous, René, je vous en prie.

Apparemment, Lucie n'avait rien révélé de sa liaison avec Matthieu. Et, si elle s'était confiée, Victoire avait su se taire. Les choses semblaient claires et faciles, à présent. Lucia n'étant pas adoptée, Matthieu pouvait entamer une procédure de reconnaissance en paternité, afin de ne pas la léser.

Près du lavoir, il rencontra Marie, la sage-femme de Brantigny. Ils tombèrent dans les bras l'un de l'autre.

— Tu n'as pas changé. Alors comme ça tu ne serais même pas venu me voir ?

— Ah, pardon, j'y allais de ce pas, je suis sur le chemin.

— C'est bien, malgré ta voiture, tu sais encore marcher. Alors, tu veux vendre les tanneries, à ce qu'on dit ?

— Je ne vends pas, Marie, surtout pas à René Kessler.

— Tu as peut-être tort. Il a de l'argent. Il a déjà racheté la minoterie près de Socourt.

— Ce serait trop long à raconter. On ne parle pas de ces choses dans la rue.

— Je t'invite chez moi, lança Marie, joviale. Je ne suis pas encore cassée de partout. Je garde plutôt la forme. Mettre au monde des enfants, ça conserve... Ça m'arrive encore, figure-toi. Pas plus tard que la semaine dernière, juste à côté du moulin, près de chez moi. Victorine Beaujean travaillait près de la grange quand les douleurs l'ont prise. Elle a crié : « Marie, Marie, c'est le petiot ! » Je l'ai accouchée dans le foin et l'on a bien rigolé, toutes les deux. Victorine, c'était son huitième. Avec elle, c'est chaque fois la même chose, elle n'a pas le temps de se mettre au lit. Pour toi, ce fut autre chose, mon gars. Bertille te retenait, comme si elle savait qu'elle ne pourrait te garder. Son père l'aurait tuée. Le déshonneur.

— Je suis né où, finalement ?

— Chez moi, gros bêta. J'avais pris Bertille en pension et on avait dit à son père que sa fille était chez une cousine à Remiremont. Après, j'ai eu facile à aller te déposer sur le chemin en guettant le cœur battant la sortie de Mathilde. Le plus difficile ensuite fut de mentir à Mathilde comme à Bertille. Pauvre Bertille, qui n'a cessé de chercher l'enfant. Sa mère lui répétait qu'il était mort et que c'était mieux ainsi, puisqu'il était anormal. Mon Dieu ! Ça m'a poursuivie, cette histoire, j'y pense encore. Si c'était à refaire... C'est trop lourd à porter, de tels secrets. Et la pauvre Mathilde qui t'a tellement aimé... Tiens, il faut que je te dise, mais ça ne changera pas grand-chose : ta vraie date de naissance, c'est le 21 septembre 1880, le jour de la Saint-Matthieu. Ce jour-là, ta mère est partie en cachette en Alsace et on a trouvé que c'était bien de décaler la naissance. Officiellement, tu es déclaré comme étant né le 6 avril de l'année suivante. Ne fais pas cette tête-là, gros nigaud. En glissant la pièce, on achète le plus zélé des fonctionnaires... Faut dire qu'on rendait service. Cela ne portait pas à conséquence. Dans le vrai, tu as six mois de plus. Bon, tu viens, ce soir ?

— Oui, mais je me sens las, tout d'un coup. C'est que j'ai pris six mois de plus.

Tous deux éclatèrent de rire. Matthieu embrassa Marie et promit d'aller partager un plat de charcuterie et une bière chez elle.

— L'air des Vosges ! s'exclama Matthieu, assis sur le banc face au jardin de Marie.

— C'est à cette époque de l'année que les jardins et la forêt donnent le meilleur. La terre est encore riche de la fraîcheur du printemps et les fleurs libèrent sans retenue leur parfum le soir après une journée ensoleillée. On en a la tête tournée. Je peux te dire que dans les prés, là-haut, il y en a quelques-uns et quelques-unes qui se culbutent joyeusement. Ton père n'était pas le dernier quand il était jeune, bien avant son mariage. Et, de ce côté-là, les mœurs ne changent pas beaucoup. C'est la vie qui appelle. En vieillissant, on réfléchit un peu, on met de l'ordre dans sa tête et son cœur, mais il faut bien que jeunesse se passe.

Matthieu se confia longuement. Il n'aurait pas pu dire tout cela à Emélie. Marie écoutait avec compassion.

— Ta vie ressemble à celle de ton père. Tu auras presque fait la même chose. C'est la répétition. Les vieux parleraient de malédiction. Mais ce n'est pas une malédiction d'aimer. Cela en est une quand on se tait. Il faut retrouver Lucia et la mettre au courant. Si je sais quelque chose avant toi, si elle vient ici, je t'appelle.

10

Novembre 1931

Matthieu avait trouvé son gérant pour les tanneries. Robert Jollain, un neveu de François Jollain qui avait déjà été directeur d'usine dans l'industrie textile. La maison qui l'employait à Essey-lès-Nancy avait dû fermer à la suite de la crise. Elle recentrait ses activités en Alsace sans se soucier de la branche lorraine. Robert ne voulait pas partir à Mulhouse et il sauta sur la proposition de Matthieu, qui accepta de le mettre au courant. Matthieu avait vérifié ses avoirs dans son héritage personnel, il pouvait débloquer quelques fonds pour embaucher des représentants. Après tout, créer des emplois était une bonne chose. Les conséquences de la crise se faisaient durement ressentir et la liste des chômeurs s'allongeait de jour en jour. On distribuait des repas à la soupe populaire. Emélie et Virginie œuvraient sans relâche. « Que de misère, que de pauvreté, gémissait Virginie. De ma vie, je n'ai jamais rien vu de pareil ! »

A la verrerie, comme ailleurs, les effets de la crise se firent ressentir. Les temps étaient durs et les perspectives incertaines. Depuis le mois de juillet, d'autres entreprises avaient cessé toute activité. Les cristalleries installées en face de la maison Daum, et qui régulièrement étaient venues débaucher le personnel, avaient dû déposer le bilan. La maison fondée par Emile Gallé s'éteignait doucement. Chez Daum, on maintenait le cap au prix d'efforts surhumains dans l'attente d'un redémarrage économique. Il avait fallu diminuer les salaires, c'était la première fois depuis la création de la verrerie qu'une telle décision avait été prise. On réduisait le personnel. Parfois, quelques jours de chômage étaient décrétés et la direction se demandait s'il ne faudrait pas fermer l'usine Belle Etoile.

Paul Daum se dépensait sans compter. Il débordait d'énergie. « Il faut continuer d'occuper le terrain, de participer à toutes les manifestations pour que le nom de Daum apparaisse régulièrement dans la presse. »

Il avait compris que, sans la presse, le renom s'éteindrait.

Paul restait présent, passait d'un atelier à l'autre, toujours prêt à encourager. Il s'entretenait avec Michel Daum, son cousin. Depuis quelques mois, on fabriquait chez Daum un verre rare et précieux, translucide. Un verre avec seulement vingt-quatre pour cent de plomb et qu'il fallait appeler par son nom : le cristal. Pour Michel comme pour Paul, cette fabrication devait redonner le souffle aux créateurs de la maison et aux anciens éprouvés par l'Art déco. Les graveurs à la roue, comme les peintres, se sentaient inutiles.

Matthieu bavardait lui aussi avec les uns et les autres, partageant parfois le même sentiment, qu'il ne fallait surtout pas montrer.

— A quoi sert ce sable fin quasiment blanc qui arrive par wagons entiers de Hollande ou de Fontainebleau et qu'il faut aller décharger et apporter ici par camions ?

— C'est pour faire du cristal.

— Du cristal ? Comme le cristal de Saint-Louis ou de Baccarat ?

— Oui, et la formule de Michel est semble-t-il bonne, je vous le promets, affirmait Matthieu, j'ai vu les premiers vases. Ils sont d'une grande pureté et notre maison continuera de briller au firmament des grands.

— Bravo, Matthieu, dit Paul qui passait par là, en lui donnant une grande tape amicale dans le dos.

— Et tu y crois, toi, Matthieu, au cristal que l'on ferait ici ?

— J'y crois, bien sûr. A tel point que je viens de commander un service de verres pour le mariage de ma belle-fille Clémence. Elle aura mis le temps avant de se décider et d'épouser enfin son chirurgien. Encore un peu et sa petite sœur se mariait avant elle.

— Tu blagues ?

— Bien sûr, Jeanne-Marie n'a que quatorze ans. Elle est au lycée Sainte-Marie.

— Et ton beau-fils ?

— Charles ? Il est parti peindre à Paris. Le bohème de la famille... Il vit avec d'autres peintres dans un atelier près de Montparnasse. J'aime bien ce qu'il fait. Mais sa mère n'aime pas du tout.

— Il a une fiancée ?

— Il a bien le temps.

Matthieu ne pouvait pas dire que la fin d'adolescence de Charles n'avait pas été facile. Pour lui, Charles devenait un garçon un peu trop précieux.

« Les artistes, c'est ça, disait Emélie qui prenait la défense de son fils. Laisse-le.

— Emélie, il m'inquiète. Il vit parmi les hommes.

— Tu connais beaucoup de femmes peintres ? Ecoute, à Paris, il va se frotter à la vie. »

Emélie ne comprenait pas les doutes et les insinuations de son mari. Après tout, si Charles partait à Paris, il finirait bien par faire des rencontres. On parlait toujours des jolies Parisiennes.

Matthieu n'oubliait pas Lucia. Elle allait bien, au dire de son avocat. Elle vivait aux Etats-Unis... Le notaire avait transmis à la jeune femme la demande de Matthieu qui voulait la reconnaître. Il attendait sa réponse. Comment en parler à Emélie ? Tous deux se retrouvaient rarement en tête à tête depuis que Virginie Guérineau vivait avec eux. La vieille dame était pourtant fort discrète, mais Matthieu ne voulait agacer ni sa femme, ni sa belle-mère. Les conversations étaient un peu mondaines à la table familiale. On commentait l'actualité, la sortie d'un livre, une conférence à la salle Poirel. Matthieu évoquait ses prochains déplacements, disait parfois l'envie qu'il avait d'aller passer quelques jours dans les Vosges dans la maison des tanneries régulièrement entretenue et modernisée, peut-être pour leurs vieux jours. Mais Emélie détournait toujours la conversation quand le sujet des Vosges était abordé.

11

Janvier 1933

— Où part mon gendre pour être si guilleret ? plaisanta Virginie Guérineau en voyant Matthieu préparer son sac de voyage avec l'aide de Rosa.

— J'accompagne la délégation invitée à bord du paquebot *Normandie*, qui sera capable de relier Le Havre à New York en moins d'une semaine. Il a été mis à flot en octobre dernier à Saint-Nazaire et il y a d'importants marchés à prendre pour l'équiper. Je ne peux pas vous en dire plus.

— Emélie, surveille ton mari, il va partir en croisière et risque de t'échapper.

— Mais non, maman. Ce paquebot n'a pas encore fait sa croisière inaugurale.

— Elle est prévue pour le printemps 1935, coupa Matthieu, il faudra encore attendre. Mais si vous êtes sages, toutes les deux, nous pourrons peut-être y songer.

— Sans moi ! s'exclama soudain Virginie. Je ne veux pas mourir comme les passagers du *Titanic*.

— Vous savez cela ? Bravo !

— Ben, je lis les journaux, il n'y a pas que vous !

C'était souvent ainsi entre Matthieu et sa belle-mère. Mais tous deux s'aimaient beaucoup.

— Tu parlais sérieusement tout à l'heure ? demanda Emélie à son mari. Nous pourrions aller en Amérique au lieu de passer nos vacances dans les Vosges ou en Alsace ?

— Je n'ai jamais été aussi sérieux. Nous sommes mariés depuis quinze ans. Pour voyager sur le *Normandie*, il faudra attendre 1935, j'ai déjà réservé nos places, puisque tu veux tout savoir. J'espère que, pour une fois, tes pauvres se passeront de toi.

— Et toi, bougonna Emélie, tes conseils d'administration et ta mairie aussi…

— Emélie, ne m'interromps pas. Je n'ai pas voulu te vexer. Tu es une femme très occupée, toi aussi. Mais, si tu es pressée de voyager avec ton vieux mari, il est possible d'emprunter un autre paquebot, cet été par exemple.

— J'attendrai de voyager à bord du *Normandie,* j'aurai la patience… Mes pauvres attendront… J'aurai bien des scrupules à les abandonner. Les conséquences à cette crise sont dramatiques. Je me reproche de ne pas en faire assez.

— Tu fais déjà beaucoup. Je te l'ai déjà dit, tu ne peux pas porter toutes les détresses du monde.

Elle se jeta au cou de son mari et se blottit contre lui.

Matthieu en fut tout surpris. Il y avait bien longtemps qu'Emélie ne lui avait ainsi manifesté aussi spontanément sa tendresse. « Je dois être aussi en partie responsable, songea-t-il. Je devrais veiller un peu plus sur ma femme sur qui le temps ne semble pas avoir de prise. Une jolie cinquantaine, sans l'ombre d'une once de graisse superflue. On lui donnerait facilement dix ans de moins. Il faut que je la surveille », se promit-il encore avec fierté.

— Je file chez Daum et je reviens pour le dîner. Si je suis en retard, commencez sans moi.

— Tu n'as pas le droit d'être en retard. Nous t'attendrons.

Matthieu se hâtait jusqu'à la rue du Pont-Cassé. Il venait de recevoir un coup de fil de Paul Daum. Le voyage à Saint-Nazaire serait sans doute avancé. On disait la maison Daum bien placée pour remporter le marché de la verrerie et de la cristallerie à bord de ce géant des mers, capable de transporter 2 200 passagers et 1 300 membres d'équipage. Si la manufacture Daum obtenait le marché, elle n'aurait plus beaucoup de souci à se faire pour son avenir. Du moins, dans un premier temps. Mais quand on savait que les cristalleries de Saint-Louis et de Baccarat étaient sur les rangs, on se disait qu'il était bon de rêver. Dans le domaine du cristal, Daum balbutiait encore. La réputation des autres concurrents avait précédé la cristallerie de la rue du Pont-Cassé. Le verdict serait rendu public sous peu. « Qu'importe, répétait Paul, qu'importe, il faut y croire, nous avons le savoir-faire, notre nom s'est exporté partout. Notre sérieux n'est plus à prouver. »

Saisissant ! Le *Normandie* était bien le plus grand transatlantique jamais construit depuis la fin de la guerre de 1914. Il mesurait 313,75 mètres de long et 36,40 mètres de large. On se trouvait tout petit à côté de lui. Une fourmi. Conçu pour fendre les flots à des vitesses inégalées, il surprendrait, battrait des records. Ne disait-on pas qu'il pouvait aller à trente nœuds ? Et puis ce serait le plus luxueux des paquebots jamais construits à ce jour. A son bord, on ne saurait même pas que l'on se trouvait en mer, la vie continuerait comme sur terre. Une vie rêvée entre terre et mer. Une traversée qui serait forcément paradisiaque. Ne lisait-on pas ici et là que la salle à manger principale mesurait plus de 86 mètres de long et que son plafond s'élevait à plus de 9 mètres de hauteur ? Une pièce digne des plus beaux palais, où triompherait l'Art déco qui faisait fureur depuis l'exposition de 1925 au Grand Palais. Les plus grands architectes avaient été mis à pied d'œuvre. N'était-ce pas à ce titre que la maison Daum avait été contactée ? A la différence d'autres verreries, après la guerre, la maison Daum s'était tournée vers l'Art déco et avait su prendre le bon virage. Les critiques avaient surgi. On s'étonnait, car l'Art nouveau continuait de bien se vendre au sortir de la guerre. Trop, même. Un trop meurtrier. Les verreries qui n'avaient pas innové s'éteignaient doucement depuis 1930. Alors que la maison Daum demeurait.

« Nous devons réussir, disait Paul. Il le faut. »

Il pensait à Antonin. Pendant la guerre de 1914, après la bataille du Grand Couronné, quand le front s'était stabilisé, il avait foncé, rallumé le feu. Lui, Paul, chef d'escadrille, occupé à combattre pour son pays, pour l'Alsace et la Lorraine, tandis qu'Antonin avec les ouvriers ou les quelques cadres non mobilisés ou en permission veillaient sur la maison Daum entre deux bombardements. Tous s'étaient battus pour que les cheminées fument, pour que le sable leur parvienne. Il fallait des bouteilles, des verres, des flacons et des ventouses, des quantités de ventouses. Le cauchemar d'Antonin, qui disait en rêver presque chaque nuit, des fameuses ventouses. Il fallait tenir, réussir. Question de survie. Antonin avait été un modèle de ténacité. On poursuivait, on avançait. Paul avait pris le relais.

« De telles volontés doivent être contagieuses et influencer les esprits, car ce marché, dit un beau jour Matthieu au téléphone à son épouse avant de rentrer, nous l'avons obtenu ! » Matthieu criait presque dans le téléphone comme s'il s'était agi d'une victoire personnelle. La joie éclata d'ailleurs de la même façon à la verrerie lorsqu'on réunit les ouvriers pour leur annoncer la nouvelle et les quelques changements dans la manière de travailler. Daum voguerait sur l'Atlantique. Les riches étrangers tiendraient dans leurs mains la verrerie qu'ils avaient fabriquée.

L'élan était donné, redonné. Avant cette fabuleuse commande de cinquante mille pièces de verre et de cristal, des femmes travaillaient dans les ateliers de polissage ou de gravure à la molette. Elles représentaient une main-d'œuvre appréciée car elles étaient minutieuses, avaient le geste précis.

Il fallait maintenant songer à de nouvelles embauches pour agrandir les équipes de graveurs et celles qui posaient le bitume de Judée pour protéger les parties du verre que l'acide ne devait pas attaquer. Ensuite, on fignolait la gravure, parfois à la roue, parfois à la meule. C'était toujours impressionnant de voir les graveurs pédaler à la roue pour actionner la molette qui allait et venait pour définir le décor. Il faudrait encore polir, vérifier la qualité des verres, les mettre dans les caisses qui iraient au magasin.

Cinquante mille pièces de verre et de cristal, sans rien renier de ce que la verrerie produisait par ailleurs. De nouveaux bâtiments s'élevèrent pour produire le service de verres destiné au paquebot *Normandie*. On s'adaptait. On était heureux de travailler pour un tel chantier et on le faisait avec fierté. Une savante organisation du travail se mit en place autour de fours à six et huit pots. Les équipes travaillèrent sans relâche. La verrerie de la rue du Pont-Cassé menait croisière. Penchées sur les gueules des fours, des équipes de trois verriers fabriquaient un verre. Le premier verrier moulait et soufflait le corps du verre, assisté d'un apprenti qui ouvrait et fermait le moule. Un deuxième verrier guettait le moment pour aller cueillir le cristal en fusion qui servirait de jambe et qu'il viendrait appliquer au corps du verre, pendant qu'un ouvrier continuait, grâce à la flamme du chalumeau, de garder le cristal à bonne température. Un troisième verrier, tout aussi attentif que le précédent, venait adjoindre ce qui serait le pied, opération délicate, car la goutte de cristal en fusion devait être parfaitement soudée au pied. Le premier verrier tournait sans cesse sa canne, tandis qu'avec des palettes de bois on formait le plat du pied du verre.

« La technique est la même depuis la nuit des temps, disait le maître de la place aux jeunes apprentis. Tu es maître d'œuvre quand tu tiens ta paraison. Dès que tu souffles et tournes la canne, tu deviens le magicien du cristal. Tu dois veiller à fabriquer un objet sans un seul défaut. Pas de bulle d'air et surtout pas de pierre. Une bulle d'air, à la rigueur, on se dit que tout n'est pas perdu puisqu'on peut recycler le cristal. Mais un verre avec un grain de pierre, parce que le sable a été mal tamisé, et il faut tout jeter. Car ce même caillou réapparaîtra dans une autre paraison. »

Des verres, des milliers de verres en cristal soufflé-moulé et gravé à l'acide avec pied et jambe en application. Une machine déjà performante avait été livrée pour lisser les bords. Les verres, après un premier contrôle au sortir de l'arche de refroidissement, étaient suspendus à l'envers par le pied. La machine tournait au-dessus d'une flamme de chalumeau pour ramollir les bords des verres qu'une meule venait doucement frotter. On pensait aux lèvres qui se poseraient sur les bords de la coupe. Une délicate approche, une esquisse, avant l'éblouissement du baiser au cristal. Des verres à vin, verres à eau, verres à apéritif, lumineux, transparents jusqu'à l'émerveillement. Une ligne sobre et élégante. Le cœur à l'ouvrage revenait en chacun, rue du Pont-Cassé.

12

Mai 1935

Matthieu, Emélie et leur fille partirent de Nancy en train jusqu'à Paris le mardi 21 mai 1935 pour la croisière inaugurale du paquebot *Normandie*. De Paris, tous trois reprendraient le train jusqu'au Havre où ils dormiraient la nuit précédant l'embarquement. Il n'était pas question de rater ce départ.

« On ne sait jamais, disait Matthieu, une panne de train, un accident de parcours et le paquebot lève l'ancre sans nous. »

Emélie avait approuvé et, s'adressant à sa fille, avait souligné sa chance d'être du voyage :

« Heureusement que les examens du baccalauréat n'ont lieu que début juillet, avait dit sa mère, sinon tu ne pourrais pas faire cette croisière.

— Ce ne serait pas grave, avait répliqué Jeanne-Marie, j'aurais passé le bac à la session d'octobre.

— Allons, était intervenu Matthieu, ce n'est pas tous les jours que l'on va en Amérique. »

Matthieu se réjouissait d'offrir cette traversée à son épouse et à leur fille. Un privilège. Beaucoup de personnalités politiques et artistiques étaient inscrites. Et il avait eu beaucoup de chance de trouver trois places. La maison Daum avait un peu appuyé sa demande. Matthieu faisait partie des cadres indispensables à la cristallerie. A la veille du départ, la longueur des listes d'attente en cas de désistement témoignait de l'engouement du public.

En arrivant au Havre, avant même de se rendre à leur hôtel, Matthieu demanda au taxi de les conduire au port. Jeanne-Marie voulait voir le monstre, disait-elle, qui allait les emporter vers le Nouveau Monde, vers le Far West.

Matthieu, qui avait déjà pu admirer le paquebot à quai, guettait les réactions de sa femme et de sa fille. Il se souvenait du choc que lui-même avait ressenti lorsqu'il s'était trouvé devant le *Normandie*. Emélie et Jeanne-Marie restèrent sans voix, puis Jeanne-Marie prit la parole :

— C'est extraordinaire, c'est fantastique ! On doit se perdre, sur cette ville flottante. Combien d'étages, de ponts ?

— Il y a des salles de spectacle, de cinéma, de jeu, une bibliothèque, une piscine, un hôpital. S'il faut opérer quelqu'un d'urgence, ce sera possible. Des médecins, des chirurgiens font partie du personnel.

— Pourra-t-on danser ? interrogea Jeanne-Marie, les yeux brillants.

— Bien sûr ! As-tu pris ton carnet de bal ? taquina Matthieu. Je suis certain que les prétendants seront nombreux.

— En quelle classe voyagerons-nous ?

— Ah, ah ! Devine.

— Pas en classe inférieure ; maman m'a fait faire quelques jolies tenues. Peut-être en deuxième classe, ce qui serait déjà bien.

— J'ai décidé que ce serait en première ou rien du tout. Pour vous, j'étais prêt à tout. Les tanneries ont bien rapporté. A propos, Emélie, Robert Jollain, ton neveu, est un excellent gestionnaire. Je crois qu'il ne regrette pas son nouveau travail.

— Il ne semble pas. Sa jeune femme est ravie. Un bébé s'annonce, qui va agrandir leur petite famille. Tu as fait une bonne action.

— Non, j'avais surtout besoin de quelqu'un de compétent.

— Papa, s'écria Jeanne-Marie, regarde, on s'active autour du paquebot, on charge.

— C'est normal. Il en faut des approvisionnements pour trois mille cinq cents personnes à bord ! Il faut tout prévoir.

— Il me tarde d'être à demain, soupira Jeanne-Marie.

— L'embarquement va représenter un événement. Le président Albert Lebrun sera là pour l'inauguration. Musique, flonflons, grand orchestre, champagne. Rien ne devrait manquer.

— Vivement demain ! reprit encore Jeanne-Marie, les yeux emplis de rêve.

Jeudi 23 mai 1935

La question que tout le monde se posait était de savoir combien de temps mettrait le *Normandie* pour arriver à New York. Les paris étaient lancés. Puisque ce géant des mers pouvait aller à trente nœuds... Si la mer était bonne, la météo clémente, on rallierait sans doute New York en cinq ou six jours. Ce qui serait un exploit ! Jeanne-Marie, que tout ravissait à bord, espérait une traversée plus longue. Elle voulait profiter de toutes les possibilités offertes par ce palace flottant.

— Je veux tout expérimenter, sauf le dentiste et l'hôpital...

L'embarquement avait été impressionnant. Monter sur la passerelle, regarder le port depuis le pont. Une foule immense voulait assister au départ du paquebot. La foule essayait de reconnaître les personnalités qui se frayaient un chemin pour parvenir au bas de la passerelle. Jeanne-Marie était très fière.

— On nous regarde comme si nous étions des vedettes, glissa-t-elle à sa mère.

La sirène hurla. Elle déchira les lieux, le cœur des personnes sur le pont comme celui de celles et ceux restés à terre. Des mains s'agitaient un peu partout. On s'envoyait des fleurs et des baisers. Emélie avait les larmes aux yeux. Elle se serra contre son mari, ayant conscience de vivre un petit bout d'histoire. Elle ne voulait perdre aucune seconde de ces instants qu'il fallait graver dans la mémoire. C'est à cet instant que Matthieu ressentit une vive douleur au bras manquant. Etait-ce le fait de quitter la terre de France ? Il était pourtant allé à Barcelone, à Vienne, à Bruxelles, mais jamais la douleur ne fut aussi forte. Il serra les dents, fouilla dans la poche droite de sa veste et trouva le comprimé magique en cas de douleur. Emélie n'avait rien vu. « Tant mieux », songea-t-il. Un peu d'inquiétude s'emparait de lui.

Dans la salle à manger, dès le premier soir, Jeanne-Marie avait aperçu Colette, l'écrivain, et elle avait été quelque peu choquée de la voir fumer « avec insolence », dit-elle à sa mère.

— Chez les artistes et dans le milieu littéraire, tu sais, on aime faire parler de soi et provoquer. Ce n'est pas cela qui compte, c'est l'œuvre que l'on produit, répondit sa mère avec indulgence.

Le menu était raffiné. Les plats étaient délicieux, le personnel très stylé. Une scène à demi cachée par d'immenses plantes vertes abritait quelques musiciens. Le répertoire allait de la musique romantique au jazz et au boogie-woogie, mais oui. Jeanne-Marie était éblouie.

Au café, chaque invité reçut un petit carton. Il était possible de se rendre à la salle de musique pour un concert-surprise. Et si l'on préférait le cinéma, le programme promettait une jolie soirée. Des histoires courtes en alternance avec un spectacle digne des grands music-halls parisiens.

La famille Thuillier opta pour la musique. Jeanne-Marie déclara que, dès le lendemain, elle irait au cinéma.

— Ou au bal, précisa son père. Demain, il y a bal.

13

Le décor de la salle de musique enveloppait toute personne qui y entrait. Toute tendue de bois précieux et de velours. Le sol était recouvert d'une épaisse moquette. Un piano à queue immense et blanc trônait sur la scène et attendait d'être effleuré. Le rideau se ferma, l'obscurité tomba dans la salle. Puis, à mesure que le rideau glissait doucement de chaque côté de la scène qui s'allumait de façon presque irréelle, on perçut une silhouette. Une jeune femme s'avança, vêtue de blanc et d'or, les cheveux flottant sur les épaules.

— Lucia !

Matthieu ne put rien dire de plus. Un nœud s'était logé au fond de sa gorge. Emélie posa une main sur le bras de son mari.

— Eh bien ! Cette fois, vous ne vous raterez pas.

Lucia joua Chopin avec brio et inspiration. Tous les tourments du compositeur passaient dans cette belle interprétation. Les mains se levaient, prenaient leur envol pour revenir effleurer le clavier dans une somptueuse caresse, et chacun retenait son souffle. Elle interpréta plusieurs *Nocturnes*, mais surtout des mazurkas, avec une grâce rarement rencontrée. Et puis elle termina son mini-récital par l'*Impromptu n° 4 op. 66 en ut d mineur* que personne ne jouait mieux qu'elle, affirmaient les critiques. C'était devenu un rite. Pour le petit supplément, disait-elle après les applaudissements pendant lesquels elle portait sa main gauche à son cou pour serrer et réchauffer l'alliance qui y brillait, avant de se tourner vers Beethoven et d'interpréter *La Tempête*. Ce soir-là, elle ne joua pas *La Tempête*.

— Nous sommes sur un paquebot, il ne faut pas la provoquer, dit-elle avec humour, je vous propose quelques *Gymnopédies* d'Erik Satie.

Elle déchaîna l'enthousiasme.

— Papa, je voudrais lui parler, supplia Jeanne-Marie, elle me redonne envie de jouer.

— Nous verrons… nous verrons, j'essaierai.

Emélie et Jeanne-Marie étaient couchées et Matthieu flânait sur le pont, réfléchissant au moyen d'aborder sa fille, de se faire enfin reconnaître, de pouvoir parler, ne fût-ce qu'une fois. S'expliquer. Il calcula… Lucia avait trente-trois ans.

Il entendit des rires soudain non loin de lui et une voix aussi musicale que le son du piano entendu quelques minutes auparavant. Il s'approcha. Lucia était au milieu d'un groupe de jeunes gens et se tenait près d'un jeune homme qu'il reconnut. Un des musiciens de l'orchestre de chambre qui avait joué pendant le repas de midi. Rien d'anormal à cela. Sa fille parlait parfaitement l'anglais. Rien d'anormal non plus puisqu'elle vivait aux Etats-Unis. Le groupe quitta l'avant du navire, le vent était frais et les étoiles brillaient dans le ciel. La coque fendait les flots dans un feulement qui tendait les fibres de Matthieu. Les jeunes gens avaient trouvé place dans un petit bar abrité du vent à l'arrière du pont et continuaient de plaisanter et de rire. Matthieu les suivit et s'assit non loin. Il appela un serveur. Il griffonna un petit mot, le lui tendit avec un gros billet.

— Pouvez-vous transmettre ce message à la jeune femme qui porte une écharpe sombre sur ses épaules, s'il vous plaît ?

A la vue du billet, le serveur s'inclina respectueusement.

— Ce sera comme monsieur le désire.

Matthieu attendait le cœur battant, les yeux clos, pour ne pas avoir l'air d'observer et surtout pour garder un semblant de calme et ne pas déclencher la douleur qui rôdait depuis plusieurs jours.

— Bonsoir.

Elle se dressait devant lui, souriante. Il voulut se lever. Elle fit signe que non et prit place en face de lui, ravissante, lumineuse dans la nuit. Elle se pencha vers lui.

— Vous vouliez me parler, monsieur. Je dois dire que j'attendais cet instant. Je savais que vous étiez à bord.

— Pardonnez-moi d'entrer dans votre vie. Je voudrais seulement que nous puissions nous expliquer une fois tous les deux, ensuite je ne vous importunerai plus, si tel est votre désir. Votre avocat doit être en possession de tous les documents transmis par maître Delestal, maintenant ?

— Mais oui, bien sûr, mais ne nous préoccupons pas de ces formalités. Parlez-moi de vous, dit-elle. Parlez-moi d'elle, cette mère que je n'ai pas connue.

— Laissez-moi vous regarder. Vous lui ressemblez tellement…

— Vous êtes bien la même personne que celle qui essayait de m'approcher à Nancy et à Gaveau, n'est-ce pas ? Vous êtes bien monsieur Thuillier ? Vous me connaissez mieux que moi je ne vous connais. C'est si loin, tout cela. C'était du temps de Victoire Muller.

Elle frissonna, son écharpe glissa. Matthieu se précipita pour la rattraper et en couvrir ses épaules. Elle ne pouvait qu'être sa fille. Dieu qu'elle avait du charme ! Dieu qu'il était fier ! Dieu qu'elle lui avait manqué. Il ferma les yeux un bref instant, se souvint de Lucie. Il était si jeune, trop jeune, il n'avait rien compris.

— Vous allez prendre froid, murmura-t-il.

— Vous aussi, répliqua-t-elle. Les ponts de paquebot, la nuit, sont enchanteurs, mais il y fait souvent un peu froid. Nous pouvons nous mettre à l'abri dans l'un ou l'autre salon à l'intérieur. Vous voulez bien ? Mais auparavant, je dois prévenir Elie.

14

Ils parlaient et tentaient de combler plus de trente années d'absence. Des paroles, des souffles pour enfin renouer les fils d'une vie, tisser un lien.

— Savez-vous que votre attitude, votre constance ont obligé Victoire à me parler ? lui confia Lucia. Jusqu'à l'âge de dix-sept ans, j'ai cru qu'elle était ma mère. J'avais déjà eu la puce à l'oreille à l'âge de quinze ans en entendant une conversation qui ne m'était pas destinée, lors de quelques jours de repos à Charmes. J'ai grandi entre Mulhouse et Brumath sans me poser de questions. J'avais cependant un manque. Celui du père. Qui était-il, où était-il ? A la petite fille que j'étais, on répondait : « Parti faire un long voyage. Il s'est peut-être perdu. » Victoire n'a jamais été mariée et je n'ai vu à la maison que des hommes de la famille. J'avais quinze ans et Victoire parlait avec un lointain cousin. Ils buvaient un café devant une maison où nous allions parfois. Je m'en souviens très bien. Le cousin de Victoire, un certain René, disait : « Tu seras bien obligée un jour ou l'autre de lui dire la vérité. Et si son père la retrouve, que feras-tu ? » Cela m'a fait un choc.

Mais je n'ai rien montré à Victoire. Dès qu'elle s'absentait, j'allais dans sa chambre. Il y avait à l'intérieur de son armoire un assez gros coffret fermé à clé qui m'avait toujours intriguée et dont l'évocation fâchait Victoire dès que je la questionnais. J'ai trouvé la clé de ce coffret très tardivement, après votre tentative pour nous parler à Nancy.

Matthieu était suspendu aux lèvres de Lucia, qui s'arrêta un instant pour approcher un verre d'eau de sa bouche. Il observait comment elle posait délicatement sa bouche sur le verre travaillé à Nancy. Le baiser de cristal, songea-t-il.

— Vous vous souvenez de ce concert de Noël au sortir de la guerre ? reprit Lucia. Nous faisions, à cette époque, beaucoup d'allers et retours entre Paris et Mulhouse. Victoire était fatiguée et j'ai trouvé normal de l'aider à faire son lit. Elle ne permettait jamais à la femme de ménage d'entrer dans sa chambre. D'ailleurs, chaque fois qu'il s'agissait d'y accéder, je ne me faisais jamais prier. Nous étions de part et d'autre du lit et lissions les draps. Et j'ai entendu tomber quelque chose sur la descente de lit. Un bruit sourd. Victoire s'était baissée comme si de rien n'était. J'ai fait celle qui ne voyait rien et me suis mise à chanter. Il ne pouvait s'agir que de la clé. Il m'a fallu beaucoup de patience. Victoire ne partait jamais longtemps. Et puis elle fut appelée à l'autre bout de la rue. Une de ses cousines allait mourir. Le moment était venu pour moi. Je suis allée prendre la clé coincée entre les deux matelas du lit pour fouiller dans le coffret. Je n'ai pas eu le temps de tout explorer. Victoire est revenue subitement chercher le crucifix pour la veillée funèbre. En fait, elle s'était doutée de quelque chose ; j'avais refusé de l'accompagner, prétextant des morceaux de piano à travailler en vue d'un prochain concours. Elle m'a surprise en pleine lecture du testament de maman. Victoire était entrée sur la pointe des pieds. Aujourd'hui, je l'appelle Victoire, autrefois je disais maman. Quand j'ai levé les yeux, elle était appuyée au chambranle de la porte, les bras croisés sur la poitrine, et son visage était livide. J'ai cru qu'elle allait me frapper.

« Ainsi, tu sais. Selon les vœux de ta mère, tu ne devais avoir connaissance d'elle qu'au jour de ta majorité. »

Alors Victoire m'a parlé du passé, de ce père absent comme d'un être abject. Ce qui peut expliquer le silence auquel vous vous êtes heurté longtemps quand vous essayiez de m'approcher après l'un ou l'autre récital.

— Mais à votre majorité...

— J'étais célèbre, je vivais aux Etats-Unis. J'ai beaucoup travaillé pour Hollywood. Vous savez, il fallait sonoriser le cinéma muet. Victoire ne m'a pas toujours suivie. Et puis le coffret était resté en France. C'est à la mort de Victoire, il y a cinq ans, que j'ai lu entièrement cette longue lettre de Lucie, de maman. C'est là que j'ai pleinement réalisé ce que fut sa triste vie jusqu'à sa rencontre avec vous et cet amour un peu fou qui vous avait réunis. Vous veniez juste d'entamer la procédure pour une reconnaissance en paternité.

— Mais cette alliance que vous portez ?

— Victoire m'a toujours fait croire qu'il s'agissait d'un cadeau de sa part. Un cadeau de naissance. Un porte-bonheur, disait-elle. Vous savez sans doute que j'ai été déclarée Lucie à l'état civil ; Lucie Kessler, comme ma mère, morte dans les dix jours qui ont suivi ma naissance. C'est Victoire qui a voulu que je m'appelle Lucia Muller pour la scène. Maman avait pressenti qu'elle ne se remettrait pas de son accouchement et elle m'avait écrit...

Bouleversée à l'évocation de ces souvenirs, Lucia s'arrêtait par instants, les larmes aux yeux, la voix nouée. Matthieu se penchait vers elle et caressait ses cheveux.

— Dans sa lettre, maman écrivait que cette alliance avait été réalisée par vous. « Ma fille chérie que je ne verrai pas grandir, tu porteras cette alliance, signe de l'amour. Elle te protégera où que tu ailles. Tu es née de l'amour, ne l'oublie jamais. » Victoire avait fait en sorte que les vœux de maman soient respectés ; aller contre la volonté des morts porte malheur, disent les vieilles gens. Mais Victoire avait menti sur la provenance de cet anneau, se l'attribuant pour m'obliger à l'aimer.

— C'est tellement stupide, tout cela. Lucie, votre mère ne m'a pas attendu et je n'ai pu la retrouver. J'ai été sot. Si j'étais retourné à Charmes, nous aurions perdu moins de temps.

— N'ayez pas de regrets, si vous étiez allé à Charmes pour enquêter, Victoire l'aurait forcément appris et elle aurait rompu tout lien avec sa famille. Son but était d'effacer mon passé et de m'attacher à elle.

— Et de mettre la main sur votre argent.

— Je sais cela aussi, c'est sordide, en effet.

— C'est la raison pour laquelle je voudrais réparer. Je ne cherche pas, et vous le savez, à tisser des liens par intérêt. Je suis né dans une bonne famille. Je voudrais que vous héritiez de ce qui vous revient.

— Pour l'instant, l'argent ne m'intéresse pas, soupira-t-elle. Seule une famille normale a manqué à mon cœur. Vous m'avez manqué. C'est difficile pour une petite fille de ne pas pouvoir dire papa à quelqu'un.

— Vous m'avez aussi beaucoup manqué, reprit Matthieu. J'ai fini par me marier après la guerre de 1914. J'ai eu une fille, qui est à bord et qui ne sait rien de votre existence. Elles vous connaît en tant qu'artiste. Elle voudrait vous rencontrer.

— J'ai donc une sœur. Mais c'est merveilleux ! s'écria Lucia en voulant prendre les mains de Matthieu.

— Je n'ai qu'une main à vous tendre : la guerre... dit Matthieu, confus, en montrant sa cape. On fait de jolies prothèses, mais elles sont sans âme. Un vêtement chic, une cape peuvent cacher la blessure, mais ne l'effacent pas.

Il montrait son cœur, embarrassé, au bord des larmes. Il se mordit les lèvres pour contenir la vague d'émotion qui l'envahissait.

— L'essentiel est que vous soyez en vie. Et si nous mangions ensemble demain à midi ? Le soir, je joue. Me permettrez-vous de vous présenter l'homme de ma vie ? C'est un violoniste talentueux qui a fui son pays. J'espère que cela ne vous choque pas, il est allemand et juif et je l'aime beaucoup.

— Je suis heureux si je vous sais heureuse. Que vous ayez choisi un Juif me fait sourire. C'est un retour, en quelque sorte. Mon arrière-grand-père était juif. Il a épousé une chrétienne et, par amour, s'est converti.

— Si je me marie avec Elie, je choisirai le judaïsme. Ce sera d'abord un acte politique. Ce que fait Hitler est honteux, vous êtes sans doute au courant.

Matthieu appréciait cette détermination chez Lucia. Il en ressentait une grande fierté. Il songea à Jacques Belmont, son grand-père, qui eût aimé cette jeune femme-là.

— Bravo, Lucia ! Je suis fier de vous. Je suis l'actualité et je déplore la mollesse de nos dirigeants. Je trouve l'Europe bien pleutre face aux dangers qui la guettent. Pour en revenir à notre histoire, à celle de nos familles, j'espère que nous arriverons à nous apprécier. Peut-être alors m'accepterez-vous comme père ? Peut-être aimerez-vous le nom que je voudrais vous donner ? Moi aussi, j'ai eu une histoire compliquée. Je suis né d'un amour que la bonne société déclarait illégitime, ce qui serait encore le cas aujourd'hui, hélas. Mais j'ai été élevé par une autre femme que j'ai beaucoup aimée et qui est morte quand j'étais encore bien jeune.

— Je suis au courant de certaines choses, le notaire m'a expliqué. Mais c'est complexe et douloureux pour moi et il faut que je m'habitue. Un papa qui vous tombe du ciel à plus de trente ans sur un paquebot entre la France et les Etats-Unis ! dit-elle en riant.

Elle se pencha vers Matthieu, l'embrassa sur chaque joue et lança, joyeuse :

— A demain.

« N'ai-je pas forcé sur le vin, à table ? se demandait Matthieu. Je dois rêver. Tout est comme dans un rêve, presque trop facile. »

15

— Tu as de bien petits yeux, dit Emélie à Matthieu pour le taquiner alors qu'il se resservait du café.

— C'est qu'il s'est passé beaucoup de choses, cette nuit. Il faut que je parle très sérieusement avec Jeanne-Marie. Je lui demande par avance d'être indulgente envers son père. Mais je la sais déjà adulte. Enfin, si elle consent à entendre un conte de fées, car ce que je vais lui raconter en est un, elle aura sa récompense… Ce midi, elle fera une rencontre exceptionnelle.

Matthieu avait pris un ton solennel, comme pour un discours officiel.

— Tôt ce matin, avant que mes femmes n'ouvrent l'œil, j'ai arpenté le pont. Un lever de soleil sur l'océan, il vous faudra observer la chose demain matin, est un spectacle à vous couper le souffle.

— Au fait, papa, au fait ! s'écria Jeanne-Marie, impatiente.

Emélie s'apprêtait à intervenir, mais Matthieu fit un geste d'apaisement. Il se voulait magnanime et comprenait sa fille. Lui-même depuis cette nuit vivait, comme il disait, sur un délicieux petit nuage. Les embruns, le grand large devaient avoir des pouvoirs bénéfiques, voire magiques que les scientifiques n'avaient pas encore réussi à prouver.

— J'ai donc arpenté le pont et interrogé les oracles.

Matthieu voulait faire durer le plaisir.

— Et pour le repas de midi, ils sont excellents. Ce midi, à notre table, une fée s'assoira... Maintenant, Jeanne-Marie, dépêche-toi de finir ton petit déjeuner, de te préparer et suis-moi sur le pont, nous parlerons, ajouta Matthieu en reprenant le ton qui était le sien.

Emélie pouffait dans sa serviette, tandis que Jeanne-Marie observait tour à tour ses parents. Qu'arrivait-il donc à son père ?

— Je ne peux pas dire que le soleil lui a tapé sur la tête, ton père n'a pas encore quitté sa cabine, mais cette nuit, il a erré sur le pont. La lune aurait-elle des effets secondaires ? glissa mystérieusement Emélie à l'adresse de sa fille.

Jeanne-Marie écoutait attentivement son père évoquer d'abord son amour de jeunesse avec sa mère à elle. Puis l'éloignement, puis cet amour fou avec Lucie. Et la disparition de Lucie...

— J'ai eu une vie passionnante et passionnée mais amputée physiquement du fait de la guerre et affectivement, en ayant perdu la fille mise au monde par Lucie. Ta mère était au courant. Et puis cette nuit, la rencontre avec la fille perdue, une musicienne que tu connais et admires sans savoir qu'elle est ta demi-sœur.

— Oh non, papa ! Maman a raison, la lune a cogné fort, cette nuit...

— Je suis sérieux.

— Ce midi, Lucia, ta sœur, devrait se trouver à notre table avec son fiancé, Elie, un violoniste.

— C'est vrai, cette histoire est un conte de fées. Personne ne me croira quand je la raconterai.

— Vis déjà le moment présent, il t'aidera à affronter l'avenir.

Lucia vint s'asseoir très naturellement à la table de Matthieu Thuillier. Elie l'accompagnait. Tous deux s'étaient vêtus avec simplicité mais élégance. Lucia portait un tailleur de toile gris perle et Elie un costume de lin beige. Jeanne-Marie comprit au cours de ce repas l'importance de travailler les langues étrangères. Elie parlait peu le français. Il s'exprimait correctement en anglais et parlait évidemment l'allemand. On passait donc d'une langue à l'autre. Emélie avait un peu appris l'allemand mais, l'ayant peu pratiqué, éprouvait parfois quelques difficultés à suivre la conversation. Matthieu le maîtrisait assez bien, ainsi que l'anglais ; son travail l'y obligeait. La plus à l'aise était Lucia, qui passait d'une langue à l'autre et pouvait servir d'interprète quand la conversation s'engageait dans des voies difficiles.

— Je crois que ce soir je n'irai pas au bal, déclara Jeanne-Marie, je veux vous entendre, ainsi qu'Elie, puisque c'est un concert de musique de chambre.

— Mais tu pourras aussi aller au bal. Le concert est à vingt et une heures et dure à peine deux heures. Le bal commence à vingt-deux heures. D'ailleurs, moi aussi j'ai envie d'aller danser, n'est-ce pas, Elie ? Si tes parents sont fatigués et veulent aller se coucher, je veillerai sur toi. N'est-il pas normal qu'une grande sœur veille sur sa cadette ? interrogea Lucia avec un naturel désarmant.

Matthieu et Emélie se regardaient et approuvaient. Jeanne-Marie sauta au cou de Lucia et d'Elie avec beaucoup de spontanéité.

— Je crois que nous avons perdu beaucoup de temps. Mais celui qui s'ouvre devant nous, nous ne le gâcherons pas, promit Lucia.

16

C'était la première vraie soirée mondaine de Jeanne-Marie. Elle portait une jolie robe du soir en crêpe de Chine rose pâle coupée près du corps avec une taille basse. La robe descendait jusqu'à mi-mollet. Un léger décolleté carré laissait une petite place pour un joli collier de perles. Ses cheveux bruns légèrement bouclés étaient coupés assez court avec une légère frange sur le front. Quand son père la vit, il eut un coup au cœur. Sa petite était devenue une vraie jeune fille et les regards masculins s'attarderaient sur elle. Il n'en doutait pas. Il en ressentit à la fois fierté et tristesse. Elle allait lui échapper. Il lut aussi de l'enthousiasme dans le regard de sa fille, folle de joie de se trouver aux côtés de Lucia et d'Elie. La vie suivait son cours...

Matthieu ne se lassait pas de contempler ses filles, sa femme ; Emélie, très en beauté dans une robe du soir vert d'eau et superbement coiffée, espérait que ces instants de grâce, cette jolie parenthèse dans leur vie, dureraient longtemps encore. A plusieurs reprises, Jeanne-Marie fut invitée à danser par de jeunes musiciens de l'orchestre de chambre. Elie disait, avec son petit accent germanique :

— Che la surfeille.

— Tu ne trouves pas que ce jeune Franz la fait danser souvent et que notre fille semble y prendre beaucoup de plaisir ? glissa Matthieu à son épouse.

— Je me disais la même chose. Mais n'est-ce pas de son âge ? Ces quelques jours ne dureront pas.

— Tu as vu : il la mange des yeux et elle se laisse faire. Mais regarde, tous deux dansent le tango, il la serre de très près.

— Allons, dit Emélie, laisse-la un peu vivre. Notre fille est raisonnable. Je lui parlerai. Et si tu me faisais danser ? lança soudain Emélie. Tu peux encore.

— La dernière fois, c'était quand ?

— Au mariage de Clémence, ce n'est pas si vieux.

— Ici, je n'ose pas.

— Tu as tort. Si un homme vient s'incliner, à la prochaine danse, je dis oui.

— Eh bien fais. D'ailleurs, tu es en beauté, ce soir.

— J'ai le droit, même si c'est un tango, un tango argentin ? le taquina Emélie, espérant le rendre jaloux.

— Oui, oui...

— Promis, juré ? Donne-moi ta main.

Matthieu s'exécuta et Emélie tapa dans la main de son mari comme au temps de leur jeunesse.

Ce fut le commandant de bord qui vint s'incliner respectueusement, après avoir demandé la permission au mari.

— Madame...

Et ce fut un tango fort respectueux, avant un autre plus audacieux dans d'autres bras. Et tous les couples de danseurs s'arrêtèrent pour regarder évoluer Emélie et son cavalier. Emélie dansait encore et encore dans la lumière. Il y eut un charleston, et Emélie dansait toujours. Matthieu n'en revenait pas. Sa femme dansait le charleston, le boogie-woogie. Mais où donc avait-elle appris ?

— Dans les ventes de charité, papa, où tu ne veux jamais aller. Il faut bien qu'il y ait des attractions pour que l'argent rentre dans les caisses. Maman y danse souvent. C'est également là que j'ai appris les danses modernes. Au cours de danse, le professeur n'autorise que la valse, la mazurka ou quelques jolies polkas...

Matthieu essuyait son front et finalement se mit à rire lorsque Lucia et Elie revinrent à leur table en se laissant tomber sur les chaises de velours.

— *Gut*, jolie maman ! s'exclama Elie. Che feux, moi aussi, danser avec elle, avec la permission de monsieur et de Lucia, *natürlich*.

— Accordée, lança Matthieu. Mais je danserai avec ma fille, avec votre permission. Une valse lente, à mon rythme ; avec un seul bras, c'est parfois difficile.

— N'en croyez rien, s'exclama Emélie qui regagnait sa place. Il valse comme un dieu.

Jeanne-Marie dansait à en perdre le souffle, et toujours avec Franz. Ils ne se quittaient plus. Franz avait expliqué qu'il jouait de la flûte à bec. Jeanne-Marie ouvrait de grands yeux, retrouvait son Allemand et déjà tous deux complotaient.

— Tu pourrais jouer avec moi, m'accompagner, il y a tellement de jolis morceaux de musique pour flûte et piano. Connais-tu Schubert ?

— Un peu, et j'aime bien sa musique.

— Extraordinaire. Je t'apprendrai. J'ai les partitions de la transcription d'une sonate pour piano et arpeggione et celles de la *Sonatine n° 2 en la mineur*. Demain matin, après le petit déjeuner, on répète, dit-il en effleurant ses cheveux et sa joue du bout des doigts.

Jeanne-Marie avait le cœur battant. Son regard avait croisé celui d'Elie qui avait levé un pouce en signe de victoire.

17

Lundi 27 mai 1935

Au cours du dîner de gala, le commandant de bord demanda le silence dans la grande salle à manger.

— Mesdames, mesdemoiselles et messieurs, j'ai une communication à vous faire. Rien de grave, je vous rassure. La météo est excellente, et il est tout à fait probable que le *Normandie* va battre un record de traversée. Sauf une panne de dernière minute, nous rallierons New York en moins de cinq jours et nous remporterons le ruban bleu. Dans cette perspective, je vous invite à lever vos verres, ces merveilleux verres de la maison Daum de Nancy.

Jeanne-Marie jeta un regard presque désespéré à Franz. Il prit sa main sous la table. Les larmes venaient à ses yeux. Ils allaient être séparés plus vite que prévu.

— Ne pleure pas, je ne vais pas le supporter. Je t'écrirai tous les jours. Je jouerai pour toi, glissa-t-il à son oreille.

Franz était le cousin d'Elie. Lui aussi allemand et juif. Son père et son oncle avaient déjà été arrêtés, avant d'être envoyés dans un camp. La famille était sans nouvelles. Avant de partir, le père de Franz avait dit à son fils : « Pars, demain, ce soir, tout de suite, rejoins Elie à Los Angeles avant qu'il ne soit trop tard ! »

Jeanne-Marie n'avait encore jamais aimé. Franz lui ouvrait des horizons inconnus, ceux de la musique. Il dessinait des paysages dans lesquels elle se mouvait avec grâce, dans lesquels elle courait vers lui. Un tourbillon les emportait toujours plus haut. Elle voyait l'invisible, pressentait l'éternité de l'amour, le chant au-delà de la communion des corps.

Au matin du 28 mai, sur le pont, les passagers aperçurent New York. La statue de la Liberté levait sa flamme bien haut dans le ciel. La jeune fille se blottit contre Franz, la tête posée sur son épaule. Emélie ne dit rien. La séparation allait intervenir. A Nancy, elle n'eût pas permis une telle attitude sans une bague de fiançailles au doigt, mais ici, loin de tout... Et puis, si Jeanne-Marie aimait... Emélie se souvint de ses premiers émois. Elle eut la sensation d'être passée à côté des premiers embrasements, de n'avoir pas vraiment vécu. Victime des convenances, du qu'en-dira-t-on, d'une différence de milieu social, aussi. L'éducation si rigide qu'elle avait reçue l'avait pétrie de principes qui laissaient peu de place à la spontanéité. On avait fait d'elle une jeune fille sage, si sage, trop. Un trop qui ferme la porte du plus et de l'exaltant. Elle regardait sa fille, fragile et déterminée, offerte aux assauts de la vie. Une éducation bourgeoise trop rigoureuse risquait d'en faire une poupée morte. « Que Jeanne-Marie aime comme elle l'entend », songea-t-elle. Le garçon était juif... Et alors ? Il avait dit ses intentions. « J'aime votre fille. Je sais, je suis jeune, j'ai vingt et un ans. Mais donnez-nous la permission de nous attendre. »

Que répondre à une telle demande, sinon oui ? Emélie trouvait d'ailleurs le jeune homme bien élevé, délicat, artiste. Et il semblait donner tellement de bonheur à Jeanne-Marie. Elle au moins serait heureuse. Davantage peut-être que Clémence, qui s'était obstinée à détester Matthieu parce que tout simplement il n'était pas son père. Clémence avait fui. Clémence s'était affirmée en voulant réussir seule. Mais elle avait fui un foyer pour en bâtir un autre aux côtés d'un homme qui était son aîné de vingt ans. Le mari de Clémence était chirurgien à la Salpêtrière. Monsieur le chef de service avait épousé l'interne dont il attendait quelques fonds pour ouvrir sa clinique privée. Aux yeux de tous, Clémence avait fait ce qu'on appelle un beau mariage. Si elle ne revenait plus à Nancy, elle n'avait pas cependant coupé les ponts avec les siens. Elle téléphonait assez régulièrement à sa mère et à sa petite sœur. A Paris, elle rencontrait régulièrement son frère Charles qui peignait, exposait. Charles faisait quelques allers et retours entre Paris et Nancy, cinq à six par an. Surtout pour revoir sa mère et sa petite sœur. La bonne entente entre Matthieu et lui n'était plus qu'un souvenir d'enfance.

« Paris l'a changé, c'est le milieu artistique, soupirait Emélie qui espérait un jour connaître l'heureuse élue de son fils.

— Paris aura surtout révélé sa véritable nature », grognait Matthieu.

Mais Charles balayait d'un revers de main les questions que posait sa mère sur les femmes qu'il rencontrait sans doute en secret. L'art était son unique passion, cela suffisait, répondait-il, agacé.

« Alors, tu vas rester vieux garçon, le taquinait Jeanne-Marie. Vieux garçon, vieux cochon, ajoutait-elle. Les méchantes langues disent toujours cela. »

Pour toute réponse, Charles se contentait de hausser les épaules avec une pointe de dédain.

— Voilà, nous arrivons déjà, dit Matthieu, le cœur un peu serré, à Emélie. Je suis de l'avis de Jeanne-Marie, cette traversée eût pu durer longtemps ; nous étions heureux, simplement heureux. Le *Normandie* a battu un record : quatre jours, trois heures et quelques minutes. Je ne veux pas les compter. Ces jours ont été intenses. Pour nous, le temps s'est arrêté.

Jeanne-Marie se serra encore plus contre Franz. Il se pencha vers elle et leurs lèvres se frôlèrent.

— Il nous reste un jour à nous regarder, à espérer, Jeanne-Marie. M'attendras-tu ? L'an prochain, je viendrai en France. J'irai jusqu'à toi. Peut-être pourrions-nous nous fiancer.

— Papa, tu me feras une bague, n'est-ce pas, avec nos initiales gravées et mêlées ?

Matthieu avait entendu la demande de sa fille. Il ne se retourna pas, il regardait l'Amérique venir à lui. Il ne voulait pas que sa fille le vît pleurer.

Lucia, Elie et Franz allaient rejoindre Los Angeles et les studios de Hollywood avant d'entamer une tournée dans le monde entier.

CINQUIÈME PARTIE

1

Avril 1936

— Tout cela n'est pas bon du tout, soupira Matthieu qui venait de rentrer de la mairie après une brève réunion avec le conseil municipal.

Il s'était plongé dans la lecture des journaux et partout c'étaient les mêmes nouvelles, des analyses assez semblables.

— Nous n'allons pas vers des jours radieux, grogna-t-il. L'Italie s'est lancée dans une guerre coloniale en Ethiopie. La montée du fascisme en Europe et le silence feutré des autres pays…

— Et l'Espagne, papa ? s'écria Jeanne-Marie. Charles a téléphoné, horrifié. Un ami poète espagnol l'a rejoint à Montparnasse. Il a raconté des choses atroces. Madrid est à feu et à sang. Monarchistes contre républicains. C'est une guerre civile !

— Crois-tu que ce soit mieux en Allemagne ? coupa Matthieu.

— Ça, je sais. Heureusement que Franz et Elie sont à l'abri. L'Allemagne remilitarise la Rhénanie et Hitler y est accueilli avec des fleurs.

— Les populations ont simplement l'impression de retrouver leur honneur. Piètre honneur, en vérité. Mais elles sont aveuglées et la jeunesse est embrigadée, lâcha Matthieu. Pendant ce temps, en France, on s'agite. Le Front populaire provoque mécontentements et jalousies. Les politiques se déchirent pendant que se préparent des grèves. Les partenaires sociaux ne sont peut-être pas tout à fait à la hauteur des événements. La verrerie Daum n'échappera pas à la tourmente. Depuis la création de cette maison, aucune grève n'est jamais venue troubler la bonne marche de la manufacture ! Mais, cette fois, la contagion gagne. Les conséquences de cette crise de 1929 n'ont que trop duré. Les hommes ont besoin de vivre. Ce sont des réactions compréhensibles. Tellement compréhensibles que le fascisme en profite pour exploiter le mécontentement ambiant. Il fait ainsi aisément son lit dans les humeurs d'une société qui ne voit qu'à court terme. Il suffit de trouver quelques boucs émissaires, les étrangers, les Juifs, pour que les fragiles équilibres soient rompus.

— Monsieur cause comme dans le poste, se moqua Rosa, ou comme les penseurs qui écrivent dans les journaux de Paris.

— Qu'est-ce qui ne va pas, Rosa, vous êtes fâchée ? demanda Matthieu.

— Du tout, du tout, mais quand vous êtes parti dans vos hâtis[1], on ne vous arrête plus. Je ne peux même plus entendre la musique que j'avais mise à la cuisine, pour une fois.

1. Manières ou discours fleuves.

C'était donc cela ! Rosa, maîtresse et souveraine dans l'appartement aux heures où Matthieu était censé être à l'usine, se trouvait brimée. Monsieur avait pris une journée de repos. Soit. Il était chez lui. Mais elle n'allait quand même pas supporter son verbiage. Il pouvait bien attendre le soir pour causer avec Jeanne-Marie. Et Emélie qui se trouvait là ce jour. Elle n'avait pas ses pauvres, aujourd'hui ? Rosa bougonnait.

— Tu crois qu'une guerre pourrait éclater ? interrogea Emélie.

— Oui, je le crois. Et personne n'y prend garde.

Jeanne-Marie se réfugia dans sa chambre et ouvrit le coffret où elle rangeait les lettres de Franz. Elle les relisait chaque semaine, les embrassait une à une avant de les ranger. Il lui tardait de le revoir. Maintenant, elle comptait les jours sur le calendrier. Il serait à Paris vers la mi-mai. Une importante réunion avec d'autres artistes et intellectuels pour lancer un vibrant appel en faveur de la paix. Il disait aussi qu'il était sans nouvelles de son père et de son oncle. Les femmes avaient réussi à fuir et à s'installer en Suisse. Elles espéraient gagner les Etats-Unis.

Franz avait promis de téléphoner dès son arrivée à Paris. Et puis il viendrait à Nancy. Il ne connaissait pas cette ville. Il n'était allé que jusqu'à Strasbourg. Il aimait la France et il aimerait forcément Nancy. Pour s'y préparer, il écrivait qu'il avait acheté des livres d'histoire de France. Il les lisait chaque soir. Ce n'était pas simple du tout, confiait-il. Mais il se réjouissait de découvrir les lieux où sa *Liebele* était née et avait grandi.

Jeanne-Marie imaginait leurs retrouvailles. Elle revivait les quelques baisers échangés sur le *Normandie*.

Les adieux. Elle pleurait chaque fois qu'elle ouvrait l'album des souvenirs. Son père avait pris quelques photographies de Franz la tenant contre lui. Il avait des cheveux un peu longs, qu'il coiffait en arrière et qui ne tenaient pas. Boucles folles qui accentuaient la douceur de son visage. Le regard était sombre, « de velours ou de colère », disait-il en riant. Cela arrivait. Contre son pays, contre Hitler.

« La tendresse et la douceur sont pour *meine Liebele.* »

Oui, Jeanne-Marie l'aimait. Lui, et pas un autre.

2

Dimanche 17 mai 1936

Jeanne-Marie refusait de quitter la maison pour quelque motif que ce fût. Elle avait à peine terminé ses cours qu'elle courait jusqu'à la maison. Quand ses amies l'invitaient, elle refusait par crainte de rater l'appel de Franz qui allait poser le pied en France d'un instant à l'autre. Ses amies la trouvaient étrange, mais elle ne se confiait pas. Franz était son amour et son secret.

De retour des vêpres, elle avait décidé d'écouter de la musique. Elle ne se lassait pas d'entendre Schubert et Chopin. Puis elle ouvrait le piano et jouait. Elle imaginait Franz près d'elle, penché vers elle, corrigeant ses défauts avec patience et amour… Elle ressentait sa présence. Schubert jouait dans sa tête. Elle levait les yeux sur Franz et les fermait dans l'attente d'une caresse, d'un baiser.

Avait-elle légèrement sombré quelques minutes dans le sommeil ? Le téléphone la fit sursauter. Elle bondit, le cœur battant. Franz, ce devait être lui. C'était Clémence.

Rosa surprit la conversation et imagina ce que Clémence devait répondre à sa sœur. Jeanne-Marie laissait ses yeux aller du plafond à la petite console du téléphone et laissait parfois échapper un haussement d'épaules.

— Clémence ! Tu vas bien ? Mais c'est merveilleux ce que tu nous annonces. Pour quand ? Noël ? Je serai tante à Noël ! Dis donc, cela n'a pas l'air de te réjouir, ma vieille ! Excuse-moi, c'était une impression. Mais si, je suis contente de t'entendre. Maman et papa ne sont pas là, une invitation pour un goûter chez les Jollain de Bouxières-aux-Dames. Ecoute... Oui, je t'embrasse. Je les préviendrai. Oui, tu peux rappeler.

Et, excédée, Jeanne-Marie raccrocha. Elle aimait bien son aînée, mais elle ne voulait pas occuper la ligne trop longtemps. Le téléphone se fit de nouveau entendre.

Cette fois, c'était Franz, il était à Paris. Et pas seul, disait-il. Mais il ne fallait rien dire aux parents pour leur faire la surprise. Il promettait de venir à Nancy dès que l'importante réunion aurait eu lieu. Il l'appellerait chaque soir. C'était promis.

— Que fais-tu ? demanda-t-il.

— Je joue pour toi, je joue pour nous. Parle-moi encore, lis-moi un poème, que je t'entende, murmura-t-elle.

Si elle avait pu, elle aurait enfoncé l'écouteur dans son oreille pour que sa voix coule dans son corps, l'irrigue en tout point. Elle l'embrassa et reposa lentement combiné sur son socle.

Cela faisait presque une année qu'ils étaient séparés. Il avait parlé en allemand et elle avait tout compris. Tous les jours, Jeanne-Marie rouvrait ses livres, relisait la mythologie allemande quand elle ne trouvait rien d'autre, et puis elle reprenait Goethe. Elle voulait pouvoir parler avec Franz dans sa langue. Elle aimait quand il lui disait *Liebele*. Elle s'exerçait aussi à l'anglais. Franz disait s'entraîner à bien parler français, mais que c'était encore très difficile pour lui.

Les jours qui suivirent passèrent comme un enchantement.

Virginie continuait de s'informer, lisait, écoutait les bulletins d'information à la radio et aimait en discuter avec Matthieu. Jeanne-Marie était parfaitement au courant. Elle culpabilisait bien un peu de ne pas vraiment s'engager dans les luttes pour plus de justice. Elle avait conscience qu'une page d'histoire s'écrivait. Les revendications étaient justifiées. Trop de fois, elle avait vu revenir sa mère et sa grand-mère épuisées après les distributions de soupe populaire. Parfois, Matthieu se fâchait et Virginie ne se gênait pas pour lui dire sa façon de penser. « Mon gendre est du côté des patrons. Il sait à peine ce qu'est le travail ou alors il a oublié. » De sa voix douce, Emélie renchérissait : « Ce n'est pas la même chose de travailler pour son plaisir que d'être obligé de le faire pour remplir son assiette. »

Matthieu grognait, claquait une porte. « Comme si le bonheur c'était uniquement le confort, mesdames. Demandez donc les vacances et le farniente, allez-y, faites la fête ! Chantez donc votre *Internationale*, ça vous évitera d'entendre les bruits de bottes en Europe. Car ces bruits-là sont à nos portes ! »

Jeanne-Marie et Franz discutaient de l'actualité. Franz disait parfaitement comprendre Matthieu. Plus qu'un autre il savait les dangers du fascisme. Il était toujours sans nouvelles de son père et de son oncle emprisonnés quelque part dans un camp en Allemagne. Hitler avait conclu des alliances avec Mussolini en Italie comme avec Franco en Espagne. Tout cela laissait présager le pire. Mussolini exultait, il venait de remporter une guerre coloniale contre l'Ethiopie. Le négus était enfin soumis.

« Il n'y a pas de quoi être glorieux, écrivait Franz à propos de la campagne d'Italie en Ethiopie, vraiment pas. »

En Espagne, les phalangistes se regroupaient. La République espagnole semblait impuissante. Les monarchistes étaient la cible de nombreux attentats. Une grande confusion régnait. Les situations d'extrême violence et de désespoir se multipliaient.

Matthieu était très sombre. L'ambiance n'était pas bonne du tout à la verrerie. Jamais la rue du Pont-Cassé n'avait vécu semblable situation. On ne travaillait plus de la même façon. On s'arrêtait, on disait que les patrons s'en mettaient plein les poches et qu'ils s'en fichaient de faire travailler les ouvriers comme des bêtes. A la sortie, les verriers rencontraient des métallurgistes qui venaient chaque jour les attendre et, disaient-ils, leur ouvrir les yeux. Leur donner une conscience politique.

— On produit en série des choses sans âme et on nous dit que c'est pour les grands magasins parisiens. Les Galeries Lafayette, ce sont elles qui demandent tel modèle et pas un autre. Au Printemps, c'est encore autre chose, et au Bon Marché, et ailleurs. Avant, on faisait du beau. Les peintres et les graveurs étaient fiers de leur travail.

— Cela dit, les autres verreries et cristalleries qui fabriquaient encore d'anciens modèles ont dû fermer. Il faut s'adapter, disait Norbert qui avait bientôt trente ans mais avait gardé sa silhouette d'adolescent fragile.

— Ne la ramène pas, toi, le morveux, tu n'as rien connu d'avant. Nous, on sait ce qu'on dit.

— Si, monsieur, j'ai connu. C'est Louis Gisquet qui m'a tout appris. Mais je suis réaliste. Moi aussi, j'aime graver. Mais puisque les modes changent…

— Justement, Norbert, tu peux venir me voir à mon bureau, dit Matthieu qui avait entendu une partie de la conversation.

— Tu vas voir, tu vas te faire remonter les bretelles par les vieux. Vas-y, mon gars, et bon courage.

3

Lundi 18 mai 1936

— Entre, Norbert, non, je n'ai pas de remontrances à te faire. Je te trouve même très lucide sur la situation. Je te revois quand tu avais quatorze, quinze ans, tu buvais les paroles de Louis Gisquet.

— Il était jeune aussi, mais tellement plus expérimenté.

— Un graveur de talent. Ecoute, Norbert, j'ai besoin de toi pour un travail personnel que l'on fera ici. Je te paierai, naturellement, mais je voudrais pouvoir compter sur ta discrétion. Nous travaillerons en dehors des heures, si tu es d'accord. Les soirs ou les matins et un peu le samedi après-midi.

Matthieu expliqua à Norbert ce qu'il voulait faire. De son armoire, il sortit un moule emballé dans un chiffon bleu et expliqua à Norbert ce qu'il attendait de lui.

— J'ai déjà fait cela il y a très longtemps, mais, à cette époque-là, j'avais mes deux bras.

— J'ai compris, je suis d'accord, monsieur Thuillier.

Lundi 25 mai

— Depuis combien de temps Jeanne-Marie est-elle pendue au téléphone ? bougonna Matthieu en s'adressant à Rosa. J'ai essayé de vous appeler depuis mon bureau pour vous prévenir de me préparer une valise pour la fin de la semaine. Je vais devoir me rendre à Bruxelles. Et la ligne était toujours occupée.

— Ne la grondez pas. Elle est déjà si triste. Son amoureux a dû reporter son voyage. Elle croyait qu'il viendrait hier ou aujourd'hui.

Matthieu tendit l'oreille.

— Demain, alors ? Ta réunion s'est-elle bien passée, hier ? Oui, j'ai entendu le bulletin d'informations et la presse a parlé de cet « appel à l'action et à l'union » de la part d'intellectuels et d'artistes allemands en exil qui, depuis l'hôtel Lutetia, protestaient contre la remilitarisation de la Rhénanie.

Matthieu aussi comprenait et approuvait. Les risques de déclenchement d'une nouvelle guerre étaient réels.

— A demain, répondit Jeanne-Marie, le souffle court. A demain, moi aussi...

La suite, Matthieu ne l'entendit pas, mais ce devait être quelque chose comme « je t'aime » murmuré dans un souffle.

Matthieu ne fit aucune remarque à sa fille. Après tout...

Franz faisait les cent pas devant les grilles du lycée Sainte-Marie. Il guettait la sortie de Jeanne-Marie.

Secrètement, elle espérait sa venue sans trop y croire. Quand elle sortit, son regard balaya la rue. Elle se doutait qu'il se tiendrait un peu à l'écart, sur le trottoir d'en face. Elle courut jusqu'à lui et ne put s'empêcher de lui sauter au cou et de se blottir sans ses bras dès qu'ils eurent tourné au coin de la rue.

— Tout ce temps, murmurait-il, tout ce temps ! Je suis déjà passé chez toi. Rosa, la bonne, je crois...

— On ne dit pas la bonne, le coupa vivement Jeanne-Marie, on dit Rosa, elle fait partie de la famille et mange à notre table.

— Chut, dit Franz en posant un doigt sur ses lèvres. Eh bien, Rosa m'a regardé des pieds à la tête en disant : « Ah ! C'est vous qui prenez le cœur de mon poussin ? »

— Elle m'aime beaucoup. Je te raconterai.

— Viens vite, *Liebele,* ta maman et ta grand-mère nous attendent.

— Elles sont déjà rentrées ? Elles ne sont pas chez les pauvres ?

— Non ! Il y a d'autres invités chez toi. Ton père va être fou de joie ce soir.

— Lucia ? Lucia est là... et Elie aussi ?

— Oui.

De joie, Jeanne-Marie jeta son sac en l'air. La vie était décidément très belle, malgré les menaces de guerre, malgré les grèves. Ils s'arrêtèrent, s'embrassèrent et coururent.

— Demain, nous irons faire une promenade dans ce beau parc, dit-il en indiquant la Pépinière d'un signe de tête. Nancy est une belle ville.

— Ce n'est pas New York ni Los Angeles. Mais c'est vrai que c'est une belle ville. Tu as vu la place Stanislas ?

— Vaguement.

— Nous irons aussi. Je te montrerai la vieille ville, de jolies rues, des monuments.

Matthieu était rentré épuisé de la verrerie et, tandis qu'il frottait visage et mains à l'eau et au savon parfumé et se recoiffait dans le cabinet de toilette avant de passer au salon, Jeanne-Marie le rejoignit.

— Tu ne sais pas que nous avons de la visite, dépêche-toi, papa.

— Si, je sais. Franz est arrivé. Tu en as tellement parlé que personne ne peut l'ignorer. Tout l'immeuble doit le savoir, à présent.

— Tu exagères un peu, papa. Mais tu ne sais pas tout. Vite, dépêche-toi, dit-elle en tirant son père de toutes ses forces. Oh là là ! Pire qu'une femme ! Viens vite, mais respire un grand coup avant. Garde ton sang-froid, surtout.

— Lucia, quelle joie ! Elie ! Mes enfants, c'est un grand jour ! Tu viens donc voir ton père, Lucia. Oh pardon ! Je te tutoie.

— C'est très bien, c'est mieux, dit-elle en l'embrassant. Je suis si heureuse.

— Attends, dit-il en fouillant dans sa poche. Je vérifie quelque chose. Oui, je l'ai. Rosa, du champagne, s'il vous plaît, nous y avons droit.

— J'arrive, c'est prêt. Emélie m'avait prévenue.

— Elie ou Franz, faites sauter le bouchon, s'il vous plaît.

Quand les coupes furent emplies, Matthieu demanda la main d'Elie et celle de Lucia pour les réunir.

— Fermez les yeux, tous les deux.

Il déposa dans leurs mains jointes une alliance bleutée, gravée au prénom d'Elie.

— Voilà ! Lucia avait déjà la sienne, voici la vôtre, jeune homme. Maintenant, vous pouvez vous marier.

— Nous sommes venus pour cela, père, déclara Lucia. Nous ne voulions pas de faste. Sinon la presse... Tu sais. Les papiers sont faits. Ce sera ici, à la mairie de Nancy, dans dix jours. D'abord un mariage civil. Tu sais que je veux devenir juive. J'ai commencé l'école judaïque. Cela me plaît bien.

— Et moi, dit Franz, je veux demander la main de Jeanne-Marie. Pouvons-nous nous fiancer ?

— Ah, ce n'est pas impossible, répondit Matthieu. J'ai eu votre maman au téléphone et celle d'Elie aussi, c'est comme cela que j'ai été au courant. Moi aussi, j'ai mes réseaux. Nous sommes tombés d'accord sur l'été. Après le deuxième baccalauréat de Jeanne-Marie. Jeanne-Marie veut-elle, elle aussi, quitter le catholicisme ?

— Nous n'avons pas parlé de tout cela. Jeanne-Marie décidera. Ma mère ne dira rien, déclara Franz.

— Papa, je voudrais te demander quelque chose. Nous feras-tu des alliances de cristal ?

— Avec ma formule magique, je crois que je vais réussir cela assez vite. Mais il faut m'aider et répéter après moi : « Deux anneaux, deux cœurs, mais un seul amour. »

Matthieu fouilla encore dans sa poche, demanda aux jeunes gens de fermer les yeux et joignit leurs mains. Il y déposa un baiser et les anneaux.

— Gardez encore les yeux clos pendant que je vous parle. Jeanne-Marie aura bientôt dix-huit ans, mais Franz sera sans doute reparti. Aussi, j'ai pensé que porter l'anneau autour du cou, en attendant les fiançailles officielles, serait une jolie façon de ne pas oublier l'amour. C'est ce qu'a fait Lucia depuis sa naissance en portant l'anneau de sa maman. Maintenant, ouvrez grands vos yeux ! Est-ce que ces anneaux vous plaisent ? Les vôtres sont teintés de vert d'eau et le graveur a apposé vos initiales réunies. On fait beaucoup d'objets dans cette teinte, en ce moment. J'ai eu très peur de n'avoir pas le temps de les finir. Mais j'ai eu de la chance de rencontrer Norbert, un charmant jeune homme très doué et d'une grande gentillesse. Il est temps de boire le champagne, qui perd ses bulles. A vos amours, chers enfants !

4

Août 1936

Sur le quai de la gare de Nancy, Franz embrassa une dernière fois Jeanne-Marie avant de monter rejoindre sa mère et sa tante dans le wagon qui allait les emporter tous les trois jusqu'à Paris. Il ferait visiter rapidement Paris aux deux femmes et tous trois poursuivraient leur route jusqu'au Havre, avant de s'embarquer pour les Etats-Unis.

Il faisait lourd. Le ciel était à l'orage et Jeanne-Marie essayait de mettre son malaise sur le compte du temps. Une chape tombait sur ses épaules, l'oppressait au point de lui faire perdre pied. Elle avait envie d'appeler au secours, de hurler, peut-être... Parfois, elle vacillait sur ce quai de gare en regardant le train, le wagon. Le ciel était plombé. Elle retenait ses larmes. Quand reverrait-elle Franz ? Elle espérait bien que leur séparation ne durerait pas un an. Elle venait de vivre quinze jours de rêve, disait-elle à sa mère.

« J'aurais voulu ne jamais le quitter. Tu as vu comme sa mère et sa tante sont de gentilles femmes, si chaleureuses. Elles m'aiment déjà comme leur fille et leur nièce.

— Elles veilleront sur Franz, et le temps passera et vous réunira. »

Matthieu était inquiet. Ce qu'il redoutait depuis si longtemps venait de se produire rue du Pont-Cassé. La grève était là. Pour la première fois en soixante-huit ans d'histoire, les fours avaient été volontairement éteints. Quand toutes les autres usines avaient connu des difficultés, des crises aiguës, la verrerie Daum avait résisté. Aujourd'hui, elle était frappée de plein fouet et le personnel était congédié. Du jamais-vu. « Cinq cents ouvriers sans travail », titrait la presse.

Et si Matthieu s'inquiétait, c'était parce qu'à Charmes les tanneries aussi semblaient en difficulté. Les chiffres étaient bons, mais on notait, comme partout ailleurs, un besoin de participer collectivement à ces grands mouvements sociaux. Les congés payés venaient d'être accordés et tout le monde s'en réjouissait. Quant à la Sécurité sociale, elle n'apportait rien de plus aux employés des tanneries qui bénéficiaient depuis longtemps d'une mutuelle créée par Gustave à l'initiative de Jacques Belmont. Mais les revendications agitaient les ateliers. Matthieu décida de se rendre à Charmes pour comprendre ce qui se passait et secourir Robert qui s'épuisait à calmer les uns et les autres. Jeanne-Marie n'accompagna pas ses parents et préféra rester seule avec le souvenir de ses vacances aux côtés de Franz.

Le téléphone sonna peu après le départ de Matthieu et Emélie, et Jeanne-Marie reconnut la voix de Charles.

— Je voulais dire à la famille... que je vais quitter la France pour quelque temps, entendit-elle.

Charles avait la voix nouée.

— Pour aller où ? En Amérique, peut-être ? plaisanta Jeanne-Marie.

— Ne rigole pas, Jeanne-Marie, je vais partir en Espagne.

— Mais c'est la guerre civile, là-bas.

— Justement, je vais me battre aux côtés des républicains, je ne peux pas supporter ce qui se passe là-bas. Fernando...

— Fernando, Fernando, tu n'as que ce nom à la bouche.

— Je t'en prie, Jeanne-Marie, ne t'y mets pas aussi. Fernando est mon ami très cher. Tu ne peux pas comprendre, toi et ton petit confort bourgeois.

— Quoi, mon petit confort bourgeois ! Tu n'es même pas venu pour mes fiançailles, répliqua-t-elle, la colère et la tristesse dans la voix.

— C'est bien ce que je dis : ton petit confort bourgeois, reprit son frère.

— Ecoute-moi bien, Charles : mon fiancé est allemand et juif. Et ce n'est pas bien vu, ici. Franz a dû fuir en Amérique. En Allemagne actuellement on confisque les biens des Juifs. Bientôt, ils ne pourront plus fréquenter les mêmes lieux que les autres Allemands. Et à chaque infraction commise, ils risqueront la prison ou la déportation. A Nancy, les méchantes langues médisent. Et pourtant je m'affiche avec un Juif allemand... Qu'est-ce que tu crois ? Que je suis trop sotte pour te comprendre ? Je peux aussi marcher, doubler sur une ligne blanche, emprunter des sentiers de traverse et écouter mon cœur. En ce qui te concerne, je sais. Oui, je sais tout. Il n'y a que les parents qui ne se doutent de rien.

Jeanne-Marie avait terminé sa plaidoirie en pleurant.

— De quoi veux-tu parler, petite sœur ? demanda doucement Charles.

— De rien… de rien. C'est Clémence, je l'ai entendue se disputer avec son mari. Elle te défendait. Elle s'est arrêtée net quand maman est entrée. Je voudrais te dire que moi comme elle n'avons rien contre toi et… Fernando, sauf si ça t'empêche de venir à la maison.

— Tu sais donc ? Matthieu également est au courant de ma vie. Et si je vis loin, c'est à cause de cela, à cause de lui qui ne comprend pas et ne peut pas admettre ma différence.

— Mais quand tu étais jeune et très copain avec papa, tu n'as jamais pu lui parler de tes problèmes ?

— Jeanne-Marie, ce n'est pas un problème, pour moi. C'est un problème pour lui et pour la société, qui n'acceptent pas la différence. Oui, je m'entendais bien avec ton père. Il apprécie ma peinture. C'est mon être profond qui le dégoûte. Cela, je l'ai entendu le dire, justement. Le mari de Clémence pense la même chose que lui. Je dégoûte les hommes dits « normaux ».

— Mais comment puis-je t'aider, Charles ?

— Petite sœur, dis à ces beaux messieurs et à maman, mais avec tact, car elle est complètement en dehors de tout cela que les pédales aussi ont un cœur, de l'honneur et savent choisir le camp de la justice. C'est pour cela que je pars en Espagne m'insurger face au fascisme.

Jeanne-Marie sanglotait au téléphone.

— Fais attention à toi ! Pense à nous, à ton Fernando aussi... glissa-t-elle à bout de souffle.

— Je t'embrasse, petite sœur.

Jeanne-Marie se laissa choir dans un fauteuil. Les derniers mots de son frère ressemblaient à un adieu, à un jamais plus. Il lui semblait qu'elle avait toujours su, toujours compris d'où venait cette extrême délicatesse chez Charles. Jusque-là, elle n'avait pas voulu se rendre à l'évidence, sans doute trop préoccupée par ses propres battements de cœur. Au fond, la différence de Charles ne la choquait pas. Ce qui la choquait, c'était qu'elle disloquait une famille en élevant un mur. D'un côté celles et ceux qui comprenaient, de l'autre celles et ceux qui rejetaient. « Pourvu que maman ne sache jamais rien, se dit-elle, elle en mourrait. »

26 novembre 1936

Clémence mit au monde une petite Claire, un bébé blond comme les blés, « comme son papa », dit-elle avec fierté au téléphone à ses parents qui sautèrent dans le premier train avec Virginie, réticente...

— Le train va dérailler, vous aurez ma mort sur la conscience, gémit-elle dans un demi-sourire.

La joie de cette naissance fut la plus forte, pour la vieille dame. Elle savait qu'une vie peut réserver bien des tourments. Il ne faut jamais gâcher les moments heureux. Quand brille la lumière, il convient de veiller sur la flamme. C'est en chantant *Le Temps des cerises* que Virginie prépara sa valise.

Charles était parti pour l'Espagne et l'on était sans nouvelles de lui. Matthieu se reprochait secrètement ses emportements au cours des mois précédents. Mais il était trop tard, du moins pour l'instant.

5

26 avril 1937

Sans voix. Jeanne-Marie et Emélie demeuraient sans voix en entendant le bulletin d'informations à la TSF. L'aviation allemande avait bombardé Guernica. Cinquante tonnes de bombes étaient tombées sur la ville, tuant au moins un millier de personnes civiles et militaires.

Jeanne-Marie n'osait dire à sa mère que Charles se trouvait dans cette région depuis quelques mois. Peut-être n'y était-il plus, peut-être y était-il encore. Elle sentit une boule au fond de sa gorge. Une angoisse pesait sur sa poitrine, l'oppressait. Elle se jeta sur son papier à lettres et écrivit une longue lettre à Franz.

Mon amour, je voudrais être dans tes bras pour que tu parles à mon cœur et trouves les mots apaisants face à l'angoisse qui m'étreint. Dans quel monde fou vivons-nous ? Pris dans une effroyable tenaille, notre amour résistera-t-il ? Je t'attends et t'aime...

J. Marie

Franz répondit très vite, rassurant Jeanne-Marie. Il disait venir à Paris à la fin de l'été et demanderait la permission de l'épouser tout aussitôt afin de repartir avec elle aux Etats-Unis.

Nous pourrions vivre à Los Angeles...

Longtemps, Jeanne-Marie garda la lettre sur son cœur, l'embrassant, fermant les yeux pour imaginer le bien-aimé penché sur elle, à ses côtés. Le sommeil la prit, la berça et elle entendit les sonatines de Schubert.

Mais elle se réveilla en pleine nuit, en sueur, le cœur battant follement. Elle eut froid, du froid de la mort qui la saisissait et l'agitait de tremblements. Ses premières pensées conscientes au milieu de cette étrange nuit furent pour Charles. Sa poitrine se rétrécissait, le souffle se dérobait. Crier ! Elle eût voulu hurler. Mais son cri était pris dans la tenaille. Charles n'était plus, elle en était certaine. Folie, folie ! Une folie lui broyait le cœur. Elle ne comprenait pas ce qui lui arrivait. Elle se leva et marcha à tâtons jusqu'à la cuisine. Elle heurta la console d'entrée. La chute du téléphone fin un tel bruit que sa mère se leva.

— Que fais-tu debout à cette heure-là ?

— Il est mort, dit-elle avec une voix tellement étrange que sa mère prit peur, s'affola et alla réveiller Matthieu Il est mort, Charles ! Charles ! Il est mort !

Elle criait sa douleur, modulait sa voix en insistant sur le mot « mort ».

Rien ne pouvait calmer Jeanne-Marie. Ni la douceur effarée de sa mère, ni la fermeté de Matthieu qui se posait en gendarme. Elle jouait la comédie, il en était sûr, disait-il. Son amour pour Franz l'égarait. Matthieu se fâcha tellement que Rosa se leva. Jeanne-Marie était restée debout, bras ballants, pieds nus sur le carrelage de la cuisine en chemise de nuit, les yeux hagards. Elle ne voyait personne et hoquetait avant de moduler encore « mort », comme un chien, comme une… Matthieu restait interdit. Rosa prit les choses en main et intima à Monsieur et Madame (qu'elle n'appelait ainsi que lorsqu'elle était fâchée) d'aller se recoucher im-mé-dia-te-ment.

— Je sais, moi, dit-elle avec autorité, je sais ce qu'il faut faire. Laissez-moi avec mon poussin.

Elle prit Jeanne-Marie sur ses genoux, caressa ses cheveux et la berça comme lorsqu'elle était enfant. Elle lui fit boire une tisane de tilleul et de camomille très sucrée et réussit à l'apaiser en chantant dcs comptines. Il fallut du temps avant le retour au calme, immensément de patience à Rosa pour que les larmes coulent sur les joues de Jeanne-Marie, qu'elle conduisit jusqu'à son lit. Elle l'allongea, la couvrit et s'assit à côté d'elle en tenant ses mains et en répétant :

— Je suis là, mon poussin.

Quand Rosa s'aperçut que le sommeil avait fait son œuvre, elle reposa les mains de Jeanne-Marie sur le drap, éteignit la lampe de chevet et regagna sa chambre.

« Cette petite a seulement besoin d'amour. Monsieur pense à ses usines, Madame à ses pauvres. Franz est loin. Et mon poussin pleure. Pourvu qu'il n'arrive rien à ce grand dadais de Charles, parti combattre pour prouver qu'il est un homme », songeait Rosa en se glissant dans son lit.

Deux jours plus tard, un télégramme signé de Fernando était remis à Emélie. Charles était mort en Espagne des suites de ses blessures après le bombardement de Guernica. Il était mort dans la nuit du 28 avril vers deux heures du matin avant la reddition des républicains qui devait marquer la fin de la bataille de Guernica. Il était mort et le souffle dérobé était allé éveiller Jeanne-Marie saisie d'angoisse. Matthieu devint très pâle en apprenant la nouvelle, mais plus pâle encore lorsque, revenue de cette terrible angoisse, Jeanne-Marie évoqua son envie de crier.

— Je sentais, papa, ces bêtes affamées autour de moi qui m'entraînaient. J'avais mal partout. J'étais seule. Si seulement Franz avait été là... Mais il est si loin qu'il ne peut m'entendre. Pourvu que ces bêtes ne reviennent pas ! Je voyais leurs yeux jaunes comme ceux des loups...

Matthieu s'inquiétait de l'état de Jeanne-Marie. Fallait-il consentir à ce mariage ? Il consulta différents médecins. Aucun ne pouvait répondre à ses questions. Ils se déclaraient ignorants des choses qui se passaient dans le cerveau. Certains parlaient d'intuition, d'autres diagnostiquaient une hystérie naissante qu'il faudrait surveiller. Matthieu se souvenait des mots de Marie, la sage-femme de Brantigny, quand elle évoquait l'état de Bertille, sa mère naturelle. Avant Bertille, il y avait eu sa grand-mère. Matthieu se demandait quelle malédiction planait sur sa famille. Fallait-il craindre une hérédité ?

— Puisque votre fille semble avoir retrouvé son état normal, ne vous inquiétez pas, dit le docteur Petitclément, médecin de famille depuis des années. Elle est sans doute très sensible. Pour le mariage, faites-la patienter, elle est encore jeune.

6

22 octobre 1938, dix heures du matin,
entre Nancy et Charmes

— Crois-tu que nous ayons bien fait de laisser Jeanne-Marie et Franz ? demanda Matthieu tandis que son épouse conduisait.

Emélie ne répondait pas, les yeux fixés sur la route. Le brouillard était épais par endroits.

— Emélie, je t'ai parlé, il me semble, insista Matthieu.

— Mais oui, Matthieu, mais je ne peux pas me concentrer sur la route et te répondre, avec ce brouillard... Nous avons dû faire seulement un quart du voyage. Ecoute, puisque tu as envie de parler, nous allons nous arrêter et bavarder, tous les deux. Peut-être que cette purée de pois se lèvera entre-temps.

Emélie roula plus à droite, serra la voiture sur le bas-côté, coupa le moteur et se tourna vers son mari.

— Tu t'inquiétais pour Jeanne-Marie et Franz restés seuls à Nancy... ?

— Oui.

— Nous avons bien dit que le mariage aurait lieu pour la Saint-Nicolas, puisque Franz est en France pour quelques concerts tout en continuant de militer contre l'Allemagne nazie. Sa mère et sa tante pourront le rejoindre fin novembre. D'ailleurs, avec les événements dans le monde, je me demande si nous n'aurions pas dû les marier avant.

— Je sais, soupira Matthieu, tu es, comme Franz et moi-même, déçue par l'attitude de la France et de la Grande-Bretagne. Daladier et Chamberlain ont plié le genou devant Hitler. La Wehrmacht occupe les Sudètes. Je ne suis pas communiste, mais j'approuve la déclaration de Maurice Thorez qui a condamné hier ces honteuses alliances.

— J'aurais tendance à dire que tant que les Allemands sont en Tchécoslovaquie ils ne s'occupent pas de la France, mais ce serait trop facile. Ne te fâche pas, Matthieu, je suis parfois épuisée. Je songe souvent au courage de Franz et d'Elie qui militent au sein de cette association d'écrivains germano-américains sous la présidence d'Oskar Maria Graf et de Thomas Mann.

— Franz participe même au journal *Die Zukunft* aux côtés d'Arthur Koestler. Il faut, dit-il, alerter les consciences. Ce journal paraît à Paris et à Strasbourg, où vivent de nombreux exilés allemands.

— Pardonne-moi, j'admire l'esprit de ces jeunes gens. Ils ont raison, mais parfois je suis abattue, inquiète. Tu voulais me parler de notre fille.

— Elle est si jeune et si fragile, soupira Matthieu.

— Elle a vingt ans et Franz, malgré son jeune âge, est un homme solide.

— Oui, mais, dès son mariage, Jeanne-Marie nous quittera. Sera-t-elle assez forte ? Je me fais tellement de souci pour sa santé mentale.

— Ce qui est arrivé l'autre nuit ne s'est pas reproduit ?

— Si, dit Matthieu, une fois. Lorsque Franz a retardé son voyage, au printemps dernier. Je n'ai pas voulu t'en parler. Rosa a veillé sur Jeanne-Marie avec toute la tendresse dont elle est capable.

— Mais Rosa ne s'inquiète pas, elle ? interrogea Emélie.

— Elle dit que son poussin a seulement besoin d'amour.

— Tu te tracasses inutilement, Matthieu. Notre fille est extrêmement sensible, c'est tout…

— Tiens, on dirait que le soleil veut percer, coupa Matthieu.

— Tu as raison, il est d'ailleurs onze heures trente, il est temps de se remettre en route. Au premier café, nous nous arrêterons pour téléphoner à Suzon. Elle va s'inquiéter si nous sommes en retard.

Le même jour, quinze heures, à Nancy

Jeanne-Marie et Franz avaient aidé Rosa à laver la vaisselle. Tout était rangé. Le soleil caressait encore tendrement les voilages de la fenêtre du petit salon qui s'ouvrait sur la Pépinière.

— Rosa, vous voulez bien que nous sortions un peu ? demanda Franz.

— Mais oui. Vous n'êtes plus des bébés. Virginie fait sa sieste. Je crois que je vais reprendre mon roman.

— Que lisez-vous ?

— Rien d'intéressant en ce moment. Des trucs à l'eau de rose, histoire de me faire battre le cœur et de ne pas vieillir trop vite, dit-elle en riant.

Le parc avait déjà pris ses teintes d'automne. Bien que légèrement piquant, l'air était encore très doux. Mais le vent, qui soufflait par instants et soulevait les feuilles, annonçait un changement de temps pour les prochains jours. Les jeunes gens marchaient enlacés dans les petites allées pour s'embrasser à l'abri des regards.

— Enfin tous les deux, murmura Franz en attirant Jeanne-Marie contre lui pour ne plus faire qu'un avec elle. Je voudrais que plus rien ne nous sépare. Etre à tes côtés vingt-quatre heures sur vingt-quatre. M'endormir en t'ayant au creux de mes bras et guetter ton réveil. Regarde-moi, *Liebele*...

Elle levait les yeux sur lui, tremblante et fiévreuse, tandis que la pression de ses bras s'accentuait dans son dos. Elle sentait la pointe de ses seins se dresser contre la chemise de Franz. Ne plus le quitter, s'enfouir en lui pour toujours.

— *Lieben Sie mich, Liebele* ? *Do you love me ?* suppliait-il.

— Embrasse-moi encore, j'ai besoin de toi. Je ne veux pas sombrer.

Que voulait-elle dire par « je ne veux pas sombrer » ? Franz l'embrassait passionnément, caressait furtivement sa poitrine menue.

— *Liebele,* je voudrais te demander la permission de t'aimer comme un homme aime une femme. Je veux être lié à toi.

Elle abaissa les paupières en signe d'acquiescement, offrit encore ses lèvres, qu'il effleura. Il baisa ses yeux, frôla ses lèvres, son cou, la naissance de ses seins. Son cœur battait à se rompre. Elle frémissait d'attente et de désir.

Il l'emmena à son hôtel. De la fenêtre de la chambre, on voyait la cathédrale et la place d'Alliance. Devant la fenêtre ouverte, face aux deux tours de la cathédrale, il prit les mains de Jeanne-Marie, les embrassa avec infiniment de respect et les tendit vers le ciel :

— Devant tous, devant Dieu, je jure d'aimer Jeanne-Marie, *meine Liebele*, jusqu'à la mort.

— Devant tous, reprit Jeanne-Marie, je jure de t'aimer, Franz, jusqu'à la mort.

Franz saisit sa *Liebele* et la porta sur le lit, et tous deux célébrèrent leurs noces dans la douceur et la maladresse d'abord, puis se reprirent jusqu'au chant de la source et jusqu'à l'éblouissement.

C'était donc cela, l'amour. Ce transport qui déchire toute la nuit. Jeanne-Marie se sentait bien au creux des bras de Franz. Elle aimait sa peau, sa douceur et son odeur.

— Je voudrais mourir, là, en cet instant, murmura-t-elle, rien ne viendrait jamais ternir ce que nous venons de vivre. M'aimeras-tu encore quand je serai vieille et fanée ?

— Je ne verrai que ce jour, que cet instant, *Liebele*, où notre amour s'est paré de la beauté du cristal.

7

22 octobre 1938, vers dix-neuf heures

Franz et Jeanne-Marie rentraient bien tard, dit Rosa sur un ton de trop doux reproche. Elle avait vu les petits cernes mauves sous les yeux de son poussin. Mais Rosa pensa que tous deux avaient raison de s'aimer. Il n'y a qu'une vie et puisqu'ils étaient promis l'un à l'autre… C'est alors que le téléphone sonna. Jeanne-Marie décrocha et hurla un « non » terrifiant avant de s'évanouir. Franz se précipita, tandis que Rosa bondissait sur le téléphone.

Une petite voix s'éleva de la bergère. Virginie avait posé son tricot.

— Ils sont morts, n'est-ce pas ? gémit-elle. Ils ont eu un accident, c'est cela ? Les Vosges sont meurtrières en automne. Mes pauvres enfants…

« Mon Dieu, songea Virginie, soudain tassée dans son fauteuil, avec tout le bien que fait Emélie, tu n'es pas tendre pour elle et sa famille. »

— Je savais, reprit Virginie. J'avais senti rôder la Voleuse. La même angoisse que le matin de la mort de Raymond. Ce sont des choses qu'on ne peut expliquer.

Emélie et Matthieu n'avaient pas eu le temps d'atteindre Charmes. A dix kilomètres des tanneries, alors qu'ils longeaient la Moselle, le brouillard était si dense qu'ils ne virent pas les barrières du passage à niveau. Ils foncèrent. La voiture s'était immobilisée au milieu des voies. Apparemment peu blessés, ils avaient tenté de s'extraire de la voiture alors que le train de Remiremont sifflait déjà à cent mètres. Le choc fut terrible. Projetés à plus de vingt mètres, on les retrouva couchés sur le talus, proches l'un de l'autre parmi les débris de leur Delage. « La terre maculait leur visage, mais leur corps n'a pas été mutilé », dit l'officier de police au téléphone.

Rosa s'occupa de tout, aidée par Franz. Elle avait téléphoné à Clémence, qui avait promis d'attraper avec son mari le premier train en partance pour arriver au plus vite. Franz restait aux côtés de Jeanne-Marie, profondément choquée. Le docteur Petitclément l'avait visitée.

— J'aurais dû accompagner mes parents. Dieu m'a punie pour...

— Il ne faut pas dire de telles bêtises, ni rien regretter, rectifia Rosa, qui avait compris à demi-mot. Dieu ne punit pas l'amour. Tu dois vivre ta vie. C'est que tel était le destin de tes parents.

« Il te reste à être heureuse avec ton Franz », avait approuvé le docteur Petitclément.

« Ne pleure plus, Jeanne-Marie, avait dit Rosa après le départ du médecin. Suis-moi. »

Rosa avait entraîné son poussin dans la lingerie et ouvert la grande armoire pour en extraire une paire de draps pour deux personnes.

— Je vais préparer la chambre d'amis. Tu y dormiras avec Franz, cette nuit et celles à venir. Ce qui est fait est fait. Tu as besoin de lui comme il a besoin de toi. Ce n'est pas Virginie qui va me contredire, ni Clémence quand elle viendra.

— Pour tout dire, se souvint Virginie qui les avait rejointes, quand je me suis mariée avec mon Raymond, c'est parce que j'avais un polichinelle dans le tiroir. La petite Emélie s'annonçait. Nous avions fait Pentecôte avant Pâques et je ne l'ai jamais regretté. Va, poussin, comme dit Rosa.

L'annonce de la mort du couple Thuillier fit l'effet d'une bombe, à Nancy. Franz avait réussi à joindre Elie et Lucia qui se trouvaient à Londres pour un gala. Invitée par la cour d'Angleterre, Lucia venait d'être présentée au couple royal.

Les funérailles d'Emélie et de Matthieu furent fixées au jeudi 27 octobre, pour donner le temps à toute la famille dispersée d'arriver.

Bouleversée, le visage ravagé, Lucia laissa tomber ses valises et prit sa petite sœur contre elle.

— Je venais à peine de trouver un père, dit-elle en s'adressant ensuite à Virginie et à Rosa. Je voulais attendre Noël pour lui dire qu'il allait être grand-père fin février. On ne devrait jamais tarder à annoncer la joie.

Elle gardait Jeanne-Marie contre elle.

— Nous serons là, ma chérie.

— Moi aussi, murmura Clémence. Il nous faut rester unis.

Au jour des funérailles, la cathédrale fut trop petite pour contenir la foule des notables, mais également celle des pauvres gens dont Emélie s'était toujours occupée. Lucia et Elie, Clémence et Philippe, Jeanne-Marie et Franz se trouvaient au premier rang derrière les deux cercueils recouverts d'un drap noir. Juste derrière eux, Virginie, soutenue par Rosa. Tel était le désir des trois sœurs.

L'évêque de Nancy avait tenu à présider la cérémonie. Il rappela l'engagement et le sacrifice de Charles. Il retraça l'itinéraire de Matthieu, son courage pendant la guerre. Mais il insista surtout sur la bonté exemplaire d'Emélie, si dévouée, « une femme donnée à Dieu et à ses semblables. Les saints se trouvent parmi nous et nous ne les voyons pas... », souligna-t-il.

A la fin de la cérémonie, au fond de la cathédrale, il fallut sacrifier au rite des condoléances. Malgré les craintes de Franz, Jeanne-Marie supporta l'épreuve. Dans son sac, Rosa avait prévu des morceaux de sucre et un flacon d'alcool de menthe, au cas où.

Le couple fut inhumé au cimetière du Sud. C'est au bord de la tombe que Jeanne-Marie se trouva mal. Elle ne pouvait imaginer ses parents rangés dans ce caveau pour toujours. Le « jamais plus » déchirait son cœur. Quand les cercueils descendirent lentement pour trouver leur place, la jeune fille laissa échapper un petit cri et glissa dans la nuit, en s'agrippant à Franz qui maîtrisait mal son émotion. Un deuil rouvre toujours des plaies et, en ces instants, il pensait à son père, à son oncle et à tous leurs amis arrêtés par la police allemande et détenus quelque part dans des camps. Et s'ils étaient morts ? Le chagrin de Jeanne-Marie labourait son cœur.

Il retrouva instantanément les paroles du kaddish et se mit à le psalmodier doucement devant la tombe des parents de sa bien-aimée.

La famille se rassembla ensuite au domicile des défunts, où Rosa avait préparé un repas.

— Et maintenant, pour l'héritage, que fait-on ? questionna Philippe, le mari de Clémence.

La question fit tomber un lourd silence.

— Ce n'est pas votre problème, s'écria Jeanne-Marie qui donna un coup de pied sous la table à sa sœur pour qu'elle réagisse.

— Jeanne-Marie a raison. Il faut toujours que tu te mêles de ce qui ne te regarde pas. Tu n'as pas besoin d'argent, ce me semble. Ta clinique marche bien. Ma dot t'a d'ailleurs été précieuse. Ce qui me reviendra, mais rien ne presse, ne te concerne pas.

Pour se calmer, Clémence prit un verre d'eau, le porta à ses lèvres, avant de reprendre :

— Matthieu et maman avaient tout prévu, maître Delestal nous a fixé un rendez-vous à Lucia, Jeanne-Marie et moi-même. Nous devrons, Lucia et moi, veiller sur Jeanne-Marie jusqu'à sa majorité, qui peut intervenir dès son mariage avec notre accord, évidemment.

— Notre mariage était fixé vers Noël, mais ce serait trop triste, dit doucement Jeanne-Marie. Un mariage se fait dans la joie. Ce serait inconvenant de se réjouir quelques semaines après la mort de nos parents.

Franz resserra son étreinte autour des épaules de Jeanne-Marie.

— Si je peux dire quelque chose… coupa Virginie.

Chacun se tourna vers elle avec respect et attention.

— La vie est courte, Matthieu et Emélie n'auraient peut-être pas aimé que l'on fît attendre ces jeunes.

— Grand-mère, je ne pourrai pas me marier si vite, laissez-nous du temps, supplia Jeanne-Marie.

— Elle a raison, approuva Clémence. Ce sont les jeunes qui décident.

— Est-ce que Pâques conviendrait à tout le monde ? demanda Franz en déposant un baiser sur la joue de Jeanne-Marie.

L'unanimité se fit pour le printemps. Lucia aurait mis son bébé au monde. On attendrait jusque-là. Un mariage discret, évidemment, puisque la période de deuil officiel ne serait pas achevée.

Franz resta jusqu'au 12 novembre aux côtés de Jeanne-Marie, qui avait perdu toutes ses couleurs. Il suivait les événements dramatiques en Allemagne, où l'on pillait les synagogues et les commerces juifs. Il devait se rendre en Angleterre et dans le nord de l'Europe pour quelques concerts et espérait revenir à Nancy pour passer Noël avec Jeanne-Marie.

— Pourras-tu continuer de te déplacer comme tu le désires ? Pourras-tu repartir aux Etats-Unis ? On dit que l'Angleterre et les Etats-Unis estiment avoir atteint la limite de leur capacité d'accueil en matière d'immigration.

— Les artistes travaillant pour Hollywood sont davantage protégés. Elie est maintenant citoyen américain et Lucia a la double nationalité. Moi, je ne risque rien. Je me fais seulement du souci pour toi, *Liebele*. Heureusement que je sais Rosa à tes côtés.

— Il ne faut pas vous inquiéter, Franz. Le poussin, même si les ailes lui ont poussé, dit Rosa avec tendresse, sera protégé dans l'attente du retour de son bien-aimé. Je m'y engage.

— Je viendrai pour Noël, dit-il, c'est très bientôt.

Le testament laissait la jouissance de l'appartement à Rosa et Virginie leur vie durant à condition que Jeanne-Marie ou les autres enfants y soient accueillis.

8

15 décembre 1938

Jeanne-Marie ne se sentait pas bien du tout. Rosa l'observait. Même si elle mettait son état de santé sur le compte du chagrin, Rosa soupçonnait autre chose et priait Dieu, la Vierge et les saints anges d'épargner son poussin. Elle avait le temps d'être mère. Franz téléphonait souvent et Rosa essayait de le rassurer quand elle prenait la communication.

— Elle n'est pas retournée à la faculté. Elle n'est pas en forme du tout. Elle n'ouvre plus le piano. Mais elle vous écoute, elle met vos disques et pleure. Ce qui m'inquiète, c'est sa pâleur. Le docteur dit que c'est normal et qu'il faut du temps pour se remettre du choc.

— Et l'appétit ?

— Mon Dieu, un moineau ! Elle picore. Elle n'a jamais faim. Toute nourriture l'écœure.

Franz demeurait silencieux. Il s'interrogeait. Il aurait dû emmener sa *Liebele* avec lui. Elle aurait voyagé, vu du pays. Il prit une décision : il allait venir pour Noël comme promis, mais il ne repartirait pas seul.

Noël permit à une partie de la famille de se rassembler à Nancy. Clémence était venue avec Claire. Philippe avait beaucoup à faire dans sa clinique. Claire, une bien jolie petite fille, s'essayait au langage et tapotait les touches du piano, faisant d'ailleurs l'admiration de tous.

— Mon Dieu, s'exclama Rosa, ravie, il n'y a bien que l'innocence des enfants pour redonner le sourire aux plus tristes des humains !

Au dessert, Jeanne-Marie dut se lever précipitamment. Franz la suivit. Tous se regardèrent en silence et posèrent les yeux sur Rosa.

— C'est comme cela depuis presque deux semaines. Le médecin n'est pas sûr, mais moi, je sais, affirma Rosa.

— Et moi aussi, reprit Virginie. Nous allons sans doute tricoter la layette.

— Il faut songer au mariage, glissa Clémence.

Le docteur Petitclément fut appelé le lendemain de Noël. Jeanne-Marie était fiévreuse. Il la suivait depuis sa naissance. Elle était allongée sur un canapé dans le salon bleu et Franz était à ses côtés.

— Je ne crois pas que ce soit grave, glissa le médecin à l'oreille de Franz qui s'était levé pour l'accueillir et voulait d'ailleurs parler seul à seul avec lui. J'ai les résultats de certains tests. Vous allez être papa, mon cher. Dommage que le pauvre Matthieu ne soit plus. Il aurait été si heureux de cet événement.

— C'est pour cela qu'elle a tant de nausées ?

— Comme beaucoup de futures mamans. Toutefois, vers le quatrième mois de grossesse, cela disparaîtra. Mais il est vrai que Jeanne-Marie devra se ménager.

Elle n'est pas remise du choc de la mort de ses parents et elle est faible. Une toute petite tension.

— J'espérais repartir avec elle aux Etats-Unis la semaine prochaine.

— Je m'y oppose formellement. Ce serait une folie pour l'enfant à venir d'abord, et pour elle ensuite. Vous savez, on ne connaît jamais les suites des fausses couches. Cela peut être dramatique si une infection se produit. Et comme Jeanne-Marie est fragile, elle pourrait ne pas supporter un tel choc.

— Oui, mais elle est si triste ici... Rosa dit qu'elle n'arrête pas de pleurer. La nuit, elle a de telles angoisses ! Quand je suis là, tout va mieux.

— Je comprends, mais elle n'est pas apte à supporter un tel voyage. Si son état s'arrange, on peut espérer un départ vers Pâques. Mais il faudra que les couleurs lui reviennent, que sa tension soit meilleure. Je vais lui annoncer tout cela. Venez avec moi. Peut-être qu'avec ce projet elle se ressaisira. Je compte aussi sur vous. J'en toucherai deux mots à Rosa qui sait comment la prendre.

L'annonce d'une naissance pour la fin de l'été fit naître un beau sourire sur les lèvres pâles de Jeanne-Marie. Franz restait penché sur elle.

— *Liebele*, nous aurons une fille aussi jolie que toi.

— Non, un fils, musicien et aussi généreux que toi.

— Alors ce sera des jumeaux. Un pour chacun.

— Cela se pourrait, nous nous aimons tellement. Dans ma famille, il y a des jumeaux. Nous ferons un orchestre de chambre.

— Ne parlez pas de malheur, gémit le médecin. Jeanne-Marie est si fragile. S'il faut qu'elle prépare deux petits en même temps... Enfin nous verrons bien. A la grâce de Dieu, comme on dit.

— Yahvé est grand, dit Franz qui s'intéressait de plus en plus aux textes sacrés.

L'arrestation de son père et de son oncle, l'exil de tant de Juifs allemands, la conversion de Lucia avaient été autant d'éléments déterminants qui doucement l'avaient incité à se pencher sur les textes fondateurs du judaïsme.

Hitler chassait, pourchassait les Juifs, en faisait des parias et il fallait s'attendre au pire. Dès le 30 janvier, le Führer abattit ses cartes devant le Reichstag : « L'Europe ne trouvera pas de répit tant que ne sera pas réglé le problème juif. » Et Hitler de menacer d'éliminer la « race juive » en cas de guerre.

Franz était reparti, pour Los Angeles, cette fois. Il serait de retour le 30 mars. Leur mariage serait célébré dans l'intimité. Hubert, un prêtre, cousin de Clémence du côté des Jollain, acceptait de bénir l'union du jeune couple à condition que Franz s'engageât à élever ses enfants dans la religion catholique. Franz promit d'être respectueux. Mais il savait que, le moment venu, il expliquerait à leurs enfants ce qu'était le judaïsme. Il s'agissait bien du même Dieu. Et il était normal d'informer correctement leurs enfants sur leurs racines.

9

Lundi 27 mars 1939

Le vent du nord soufflait sur le quai de la gare de Nancy. Pour avoir chaud, Jeanne-Marie avait relevé son col de fourrure et soigneusement reboutonné son manteau. Le train de Paris avait beaucoup de retard. Elle faisait les cent pas pour ne pas avoir froid, mais elle s'inquiétait. Plus d'une heure de retard. Elle avait tenté d'obtenir des explications auprès des cheminots de service. En vain. Le fait qu'ils étaient dans l'impossibilité de répondre aux questions de Jeanne-Marie laissait pressentir un drame. Tout basculait autour d'elle qui répétait :

— Je porte malheur. Ceux que j'aime disparaissent. La famille est maudite.

— Mon poussin, tu vas t'asseoir à l'intérieur de la gare. Tu dois penser au petit de Franz. Dès que le train sera annoncé, je viendrai te chercher.

— Pourvu qu'il ne soit rien arrivé, gémissait-elle, j'en mourrais, Rosa. Je n'ai plus que lui.

— C'est gentil pour moi.

— Mais non, je ne veux pas dire cela. Bien sûr que tu comptes pour moi. Mais lui…

— J'ai compris. Lui, c'est ton homme. Tiens, regarde cette fumée qui vient du quai Claude-Lorrain, le voilà, le train de Paris, grosse bête. Le voilà, ton homme, il a déjà sauté sur le quai alors que le train ne s'est pas encore arrêté. Ah ! l'amour, ça rend fou.

— *Liebele, meine Liebele !* s'écria Franz en lâchant ses valises et en prenant Jeanne-Marie par la taille pour la soulever de terre et l'emporter dans un tourbillon qui fit se retourner les voyageurs et siffler les cheminots qui arpentaient le quai avec leur graisseuse.

Puis, la reposant, après l'avoir dévorée de petits baisers, Franz glissa ses mains sous son manteau, l'ouvrit, en écarta les côtés et posa les mains sur son ventre.

Elle essayait de se cambrer, ventre en avant, pour le rendre plus proéminent, alors qu'elle était encore bien mince.

— Et lui, et elle, ou eux, plaisanta-t-il, comment vont-ils ?

— On en reparlera à la maison, répondit Rosa. On ne va pas faire salon ici, avec ce vent. Le bébé va bien, la maman un peu moins. On se demande d'ailleurs où elle le met, son petiot. Vous avez vu ? Elle a encore sa taille de guêpe. Elle pourrait mettre une belle robe de mariée que personne n'y verrait rien. Mais elle ne veut pas. Elle dit qu'elle ne mérite pas la robe blanche.

— Tu dis cela, *Liebele* ? Mais tu n'as été qu'à moi. Notre amour est le plus beau.

Jeanne-Marie se serrait contre lui.

— Je vois à tes yeux que tu vas mieux. Nous allons être heureux, tous les deux. Tu m'as manqué, tu sais, beaucoup manqué.

— Seulement le docteur ne veut pas qu'elle quitte Nancy avant la naissance du bébé. Un long voyage est absolument déconseillé, lâcha Rosa. Et mon poussin est désespéré.

— Ne pensons pas à si loin, vivons l'instant présent. Dans huit jours, Jeanne-Marie s'appellera madame Bergelstein, si elle m'accepte toujours, plaisanta Franz.

Clémence et Philippe vinrent en voiture de Paris à Nancy. La famille Jollain de Bouxières-aux-Dames, les sœurs d'Emélie, Simone Schoeller et quelques amis de Nancy et Champigneulles furent conviés au mariage de Jeanne-Marie qui portait une élégante robe beige gansée de rubans bleus. Elle était coiffée d'un chapeau à voilette bleu et blanc et tenait un bouquet d'orchidées de toutes les couleurs.

— Ainsi, je ne provoquerai aucun scandale, murmura Jeanne-Marie à Clémence et à ses tantes. Tout le monde sait que j'ai fait Pentecôte avant Pâques, n'est-ce pas, grand-mère ? Mais cela m'est égal.

— Mais tu es magnifique, mon poussin ! s'écria Rosa. Le blanc aurait souligné ta pâleur. Dans ces vêtements, tu es très belle.

Ce fut un joli cortège d'automobiles qui se rendit de Nancy à la basilique de Sion sur la Colline inspirée. Dans la campagne, on regardait passer les voitures. Une dizaine se suivaient et klaxonnaient joyeusement le long du chemin. Ce n'était pas si fréquent.

Franz admira la basilique surmontée d'une immense statue de la Vierge aux bras ouverts comme si elle les attendait. Hubert Jollain les guettait sur le parvis. Il les invita ensuite à prendre place pour échanger les consentements et recevoir la bénédiction après s'être juré fidélité jusqu'à la mort.

Franz glissa à l'annulaire gauche de Jeanne-Marie un anneau d'or serti de diamants. Il y tenait. Il défit ensuite sa chaîne et l'anneau de cristal gravé de l'initiale de son prénom suivie de celles de Jeanne-Marie, F.J.-M., qu'il avait autour du cou pour en parer sa jeune épouse. Elle fit de même, glissa une alliance d'or à l'annulaire de Franz et lui offrit sa chaîne et son anneau de cristal gravé : J.-M.F.

— Tu te souviens de la première fois, glissa Franz à l'oreille de Jeanne-Marie pendant que le prêtre, le dos tourné à l'assemblée, rangeait l'autel, repliait les nappes et se recueillait.

Oui, Jeanne-Marie se souvenait de tout, de son attente, de ses espoirs, de leur désir et de leurs mains levées vers le ciel.

— Nous nous étions déjà mariés, glissa encore Franz à l'oreille de sa *Liebele*, mais en secret face à la cathédrale. Il manquait un prêtre et les témoins, mais Dieu, lui, nous avait vus.

Elle acquiesça d'un regard. Elle songea avec joie à Lucia, présente à leur union. Lucia avait donné le jour un mois plus tôt à un solide garçon qu'Elie et elle avaient appelé Slomo-Matthieu. Elie faisait les cent pas dans les allées latérales pour bercer le bébé pendant que Lucia, à l'orgue, jouait Bach. Les notes s'élevèrent sous les voûtes, tel un chant d'espoir. Toute l'assemblée gardait les yeux fermés.

Les jeunes mariés communiaient à l'amour. Un amour que rien ni personne ne pourrait défaire. Tous deux se sentaient en dehors du temps et faisaient des vœux pour l'enfant qui doucement prenait corps sous la peau de Jeanne-Marie.

L'émotion gagnait Jeanne-Marie et des larmes roulèrent sur ses joues. Le même sentiment de plénitude que dans la chambre d'hôtel face aux tours de la cathédrale... Franz avait pris sa main gauche et l'avait portée à ses lèvres en murmurant :

— *Liebele,* je voudrais ne jamais te faire pleurer.

Les jeunes mariés sortirent de la basilique alors que les cloches sonnaient à toute volée. Rosa en fut très surprise. Un mariage en semaine, pour une jeune femme enceinte, n'était jamais carillonné.

— J'ai oublié ou je n'ai jamais eu connaissance de ces coutumes, dit l'abbé. Innovons. Notre cousine et amie mérite bien d'être fêtée autant que d'autres jeunes filles qui portent la robe blanche sans l'avoir vraiment mérité. Qui sommes-nous pour juger ?

Face à la ligne bleue des Vosges, face à la campagne qui s'étendait à leurs pieds et couvrait tout le Saintois, Franz et Jeanne-Marie s'embrassèrent. Jeanne-Marie demanda à Franz de la suivre jusqu'au bout du chemin de croix pour mieux voir le paysage.

— Vois-tu, dit-elle à Franz, au-delà de ce bouquet d'arbres se trouve Charmes. Là est né mon père.

Le temps avait été doux. En contrebas, on voyait la terre fraîchement labourée et, dans quelques vergers, des mirabelliers en fleur. Et jamais baiser ne fut plus beau dans le soleil.

10

Le surlendemain du mariage, Franz accompagna sa jeune épouse chez le médecin.

— Elle va mieux, mais l'obstétricien à qui je l'ai recommandée est formel. Pas de très long voyage. Elle risquerait d'accoucher avant terme. Une traversée sur l'Océan, c'est long, et si la mer est mauvaise, le pire est à craindre. Elle se remettra à vomir et d'épuisement perdra son bébé. Vous pourrez l'emmener avec vous après la naissance sans aucun problème. Pour l'instant, elle va rester ici, où elle sera parfaitement suivie. Rosa veillera sur elle. Je passerai la voir tous les jours.

— Nous voulions faire un voyage à Paris.

— Même cela, je ne peux vous l'autoriser. Quelques kilomètres dans la campagne aux environs, c'est tout, et en faisant attention où vous roulez. Quand repartez-vous ?

— Dans deux semaines. Mais je ne pourrai plus revenir avant cet été.

— C'est-à-dire pour la naissance du bébé, fin août.

Jeanne-Marie avait pâli. Elle avait compté les mois sans revoir Franz. Quatre mois sans le respirer, sans le toucher. Non, elle ne pourrait pas. Elle allait mourir avant, disait-elle. L'air lui manquerait. Il caressait ses cheveux, l'embrassait tandis que le médecin notait sur ses dossiers la situation médicale de Jeanne-Marie.

— Ce qui serait bien, et il faudrait en parler avec elle dès maintenant, c'est que Rosa vous accompagne aux Etats-Unis quand Jeanne-Marie repartira avec son bébé, pour qu'elle soit moins seule.

— Je n'y vois pas d'inconvénient, murmura Franz. Mais je voudrais vous rassurer : aux Etats-Unis, Jeanne-Marie ne sera pas seule. J'ai encore ma mère et ma tante.

— Oui, mais Rosa connaît parfaitement Jeanne-Marie et sait réagir quand l'angoisse la saisit.

— Quand nous serons réunis, elle n'aura plus d'angoisses.

— Et puis, glissa Jeanne-Marie, on ne peut pas abandonner grand-mère. Rosa doit s'en occuper.

Le médecin n'avait pas pensé à Virginie. Il observait longuement Jeanne-Marie. Il se souvenait des inquiétudes de Matthieu et s'interrogeait, lui aussi.

Les quinze jours qui restaient avant le départ de Franz passèrent très vite. Ils firent de longues promenades dans la campagne. Ils allèrent à Bouxières-aux-Dames, à Champigneulles, au-delà du bois de Bellefontaine, au bord de l'étang et jusqu'en forêt. Jeanne-Marie aimait ces lieux de paix. Franz les découvrait avec bonheur.

Jeanne-Marie voulut montrer la verrerie à Franz. Norbert les accueillit et leur fit visiter les lieux. Jeanne-Marie rencontra aussi quelques décorateurs qu'elle avait vus aux côtés de son père et, quand elle se présenta comme étant la fille de Matthieu, chacun vint lui serrer la main. Elle n'avait pas eu l'occasion de se rendre souvent à la halle, ni devant les fours à pots. La verrerie tournait encore, mais au ralenti.

Paul Daum était toujours aussi actif. Mais Henri, Michel et lui-même remettaient en question la gestion à trois. Il fallait sans doute penser à une véritable réorganisation. Pour l'instant, une cinquantaine de personnes s'activaient encore d'un atelier à l'autre. Jeanne-Marie sentit son cœur se serrer en pensant à son père. Comme il serait chagrin en constatant la chute de la production ! songeait-elle. La verrerie était sa vie, sa fierté.

11

Les premiers jours de séparation furent les plus difficiles pour Jeanne-Marie. Elle dormait peu, la nuit. Elle était fort angoissée, et Rosa devait souvent l'apaiser et lui tenir compagnie dans sa chambre. Et puis elle sentit bouger le bébé dans son ventre. Rosa la félicita.

— Il faut en informer Franz, suggéra-t-elle. Il doit savoir que son petit bouge.

Franz trouvait maintenant le moyen d'envoyer des télégrammes en plus des courriers. Il avait essayé de lui téléphoner, mais les liaisons avec Los Angeles étaient encore très mauvaises malgré les récents progrès techniques.

— On va lui envoyer un télégramme, décréta Rosa.

Rosa tentait de distraire Jeanne-Marie, de l'occuper et surtout de dédramatiser. Il est vrai que les nouvelles internationales étaient alarmantes. L'Allemagne s'en prenait à la Pologne. Or, les traités entre la France et l'Allemagne et entre la Grande-Bretagne et l'Allemagne stipulaient que, si la Pologne était envahie par l'Allemagne, les réactions ne se feraient pas attendre. Une assistance serait apportée à la Pologne.

Rosa encourageait Jeanne-Marie à tricoter, à broder. Elle l'accompagnait chez l'obstétricien qui l'accoucherait. Le docteur Petitclément passait chaque jour pour s'assurer que tout allait bien.

Une nuit de juillet, Jeanne-Marie se réveilla en sueur, le bas du dos pris dans une douleur sourde qui allait et venait. Elle crut venue l'heure de la délivrance.

— Le travail va commencer à se faire, dit Virginie, c'est normal, repose-toi, mais ce n'est pas pour maintenant.

Par mesure de sécurité, le lendemain matin, l'obstétricien fut appelé et il confirma ce qu'avait dit Virginie. Le col de l'utérus s'effaçait doucement. Mais la naissance n'était pas imminente.

La vieille dame venait de fêter ses quatre-vingt-trois ans et ses forces déclinaient. Elle disait avec beaucoup d'humour qu'elle ne vivrait pas aussi âgée que sa mère et que c'était très bien. Ainsi, Rosa pourrait émigrer aux Etats-Unis.

« Taisez-vous donc, coupait Rosa, vous allez être arrière-grand-mère, c'est un événement et vous nous aiderez. Il y a à faire ici. Il ne faut pas que ce petit bébé soit oublié. Que dirait Franz ? »

Quand Jeanne-Marie ne se sentait pas trop mal, elle se mettait au piano et jouait les sonatines de Schubert, imaginant Franz en train de jouer de la flûte. Parfois, elle déchiffrait d'autres morceaux. Ah, qu'il lui tardait de le revoir ! Sa présence tairait toutes ses angoisses, chasserait ces bêtes étranges qui surgissaient la nuit.

Elle n'osait pas toujours en parler à Rosa pour ne pas l'inquiéter. Mais elle souffrait de l'absence de Franz qui envahissait la demeure.

Elle se préparait à être mère en lisant des ouvrages de puériculture, d'éducation. Parfois, elle sombrait dans un effroyable marasme, tremblait, frissonnait en se disant qu'elle ne saurait pas faire face et élever le bébé de Franz.

Mais Virginie la rassurait.

« Toutes les jeunes mères savent d'instinct. La sage-femme te guidera au début. Ne t'inquiète pas. Toutes les femmes se posent les mêmes questions et puis tout va bien. Tu imagines, depuis que le monde est monde, combien de femmes ont accouché, nourri, bercé leurs enfants. Ton petit va naître chez les privilégiés. Il ne manquera de rien. »

Le 24 août, Rosa, qui suivait l'actualité, tendit l'oreille vers la radio.

— Mais écoutez donc ça, Virginie, un cuirassé allemand vient d'entrer dans la baie de Dantzig. Si la France tient ses engagements, c'est la guerre.

— La guerre, gémit Jeanne-Marie, la guerre ! Et Franz qui n'est pas là ! Et Franz resté allemand parce qu'il n'a pu obtenir ses papiers. Mon Dieu...

Dans la nuit, Jeanne-Marie perdit les eaux, il fallut la conduire à la clinique Sainte-Marguerite. Rosa resta à côté d'elle. Le travail n'avançait pas. Elle s'épuisait. Les douleurs la tenaillaient. Il faisait une chaleur épouvantable au-dehors. Le docteur Petitclément vint la voir.

— Je crois que je vais mourir, docteur, avec le bébé de Franz.

Il la rassurait, la détrompait. Avant de repartir avaler un bouillon chez lui pour sans doute revenir — il était inquiet —, il déposa affectueusement un baiser sur son front.

Vers vingt heures, l'obstétricien convoqua le chirurgien, rappela André Petitclément et décida, malgré la faiblesse de Jeanne-Marie, de la délivrer en faisant pratiquer une césarienne. Jeanne-Marie était trop étroite et l'enfant risquait de mourir tout autant que la mère si la situation s'éternisait.

— Je suis punie, n'est-ce pas, Rosa, pour avoir aimé Franz pendant que mes parents mouraient.

— Ne dis donc pas de bêtises, poussin. Tu vas nous faire un beau bébé et Franz viendra très vite. Sois calme. Pense à tes parents, là où ils sont, ils veillent sur toi. Il faut le croire.

— Je le voudrais. Rosa, gémit encore Jeanne-Marie, tu enverras un télégramme à Franz. Tu lui diras que je l'aime, que je n'ai aimé que lui. Tu mettras mon anneau de cristal autour du cou du bébé. Tu le feras, n'est-ce pas ? Tu embrasseras grand-mère. Que mon bébé fasse de la musique !

Soudain Rosa prit peur. Est-ce que son poussin n'allait pas mourir ? Avait-elle de mauvais pressentiments ? Ne ferait-on pas mieux d'aller chercher le prêtre ? Rosa se signa et pria.

— Seigneur, Jésus, Marie, Joseph, saints anges, ne l'abandonnez pas, je vous en prie.

Jeanne-Marie donna naissance à une petite fille de quatre kilos. Elle était très brune. Un joli teint mat et des cheveux sombres, bouclés comme son papa. Si l'on ne s'inquiétait pas pour le bébé, les médecins reservèrent leur pronostic quant à l'état de la maman. Jeanne-Marie avait perdu beaucoup de sang. Une nouvelle hémorragie était à craindre et, si elle survenait, elle lui serait fatale. On lui fit des piqûres de camphre pour soutenir son cœur qui battait bien faiblement. Quand elle ouvrit les yeux, on lui présenta sa fille dûment emmaillotée. Jeanne-Marie sourit.

— Comment veux-tu l'appeler, cette mignonne ?

— Nous avions choisi Sarah...

— Crois-tu que ce soit sage ? demanda Rosa. Sarah, cela fait très juif. Vu ce qui se passe actuellement, donne-lui un prénom d'ici.

— Alors il faut demander à Franz.

— Franz est intelligent. Il comprendra. Et si tu appelais cette petite Anne ? Ou Françoise, pour rendre hommage à son père.

— Anne-Françoise, Sarah, soupira Jeanne-Marie avant de se trouver mal.

Rosa sonna l'infirmière. Les médecins se pressèrent autour d'elle, préoccupés par son état.

— Il faudrait qu'elle mange un peu.

— Pas après une anesthésie, docteur ! protesta Cécile, l'infirmière du service.

— Aux Etats-Unis, on nourrit les opérés pour éviter les cas d'extrême faiblesse. Nous allons d'abord la perfuser et la laisser dormir. Mais il faut la surveiller. Cécile, je vous demande de rester ici. Nous allons, vous et moi, nous relayer toutes les deux heures.

Le 30 août, les médecins retrouvèrent le sourire. Jeanne-Marie se remettait doucement. Elle n'avait pas eu de malaise cardiaque depuis trois jours. Sa tension remontait et, doucement, le lait vint gonfler sa poitrine menue. Elle allait pouvoir mettre sa fille au sein, mais une nourrice compléterait la tétée afin de ne pas épuiser la jeune maman.

Virginie se rendit à la clinique pour admirer son arrière-petite-fille.

— Elle ressemble à son papa, cette petite poupée, murmura-t-elle, très émue.

— Et Franz ? interrogea Jeanne-Marie.

— J'ai envoyé un télégramme, dit Rosa. C'est Lucia qui a répondu. Il était déjà en route pour venir jusqu'à nous. Mais il aura sans doute des difficultés... La mobilisation générale vient d'être décrétée. Et comme il a un passeport allemand, il sera refoulé. Ne pleure pas, mon poussin. Je suis là. Remets-toi vite pour pouvoir le rejoindre.

Le 3 septembre 1939, la Grande-Bretagne déclarait la guerre à l'Allemagne à onze heures du matin et la France à dix-sept heures. En suivant ces informations par la presse, Jeanne-Marie comprit qu'elle ne reverrait pas Franz avant longtemps.

Mais le 5 septembre, en venant la voir à la clinique, Rosa apporta quelques nouvelles. Franz avait téléphoné. Il avait été refoulé de France sans pouvoir la prévenir. Pour l'instant, il était à Londres. Sa renommée, ses papiers de réfugié aux Etats-Unis, son mariage avec une Française donnaient à penser qu'il pourrait peut-être s'engager dans l'armée britannique. Jeanne-Marie ferma les yeux en murmurant :

— A la grâce de Dieu...

A la mi-septembre, alors qu'elle était plongée dans un immense désespoir, Jeanne-Marie reçut une lettre de Franz, toujours à Londres.

> *Me voici engagé. Prêt à combattre monstres et diables. Je ne t'oublie pas ni notre fille chérie qu'il me tarde de connaître. Je t'aime.*
>
> *Franz*

12

10 mai 1940

A quatre heures quarante, les sirènes se mirent à sonner et le ciel se fit lourd d'avions au-dessus de Nancy. La Luftwaffe traversait la ville en lâchant ses bombes. Réveillées par le vacarme, Rosa et Jeanne-Marie réussirent à faire descendre Virginie à la cave. Depuis quelques mois, Virginie ne comprenait plus grand-chose, mélangeait le passé et le présent. On pouvait en sourire. Parfois, Rosa et Jeanne-Marie s'agaçaient un peu. Anne-Françoise ne se rendit pas compte de la situation. Les sirènes ne la réveillèrent même pas. Mais lorsque les bombes tombèrent et que les murs se mirent à trembler, elle gémit et ne retrouva le calme qu'en tournant sa bouche vers le sein de sa mère. Quand le jour se leva tout à fait, Nancy avait retrouvé son calme. Mais, sous les décombres, on compta seize morts et une trentaine de blessés. La guerre montrait son visage. Cette guerre qui avait enrôlé les hommes, les avait envoyés sur le front — certains étaient déjà faits prisonniers — venait maintenant semer la mort. La mort venue du ciel. Une pluie meurtrière.

Virginie somnolait près de Rosa qui épluchait quelques pommes de terre pendant que Jeanne-Marie donnait le sein à Anne-Françoise. Rosa écoutait les nouvelles diffusées par la TSF. La Wehrmacht avait déjà traversé Liège et avançait inexorablement vers la Meuse. La Belgique était aux mains des Allemands.

— Ben oui, ici aussi, les Boches tapent dur, se lamentait Rosa. On les a eus dans le ciel, il y a deux jours, et ils ne vont pas tarder à envahir la ville. Qu'allons-nous faire ?

Elle regarda Virginie avec attention et lâcha son couteau.

— Mon Dieu, Virginie ! s'écria Rosa. Oh, mon Dieu !

Elle cessa son travail, s'essuya les mains sur son tablier bleu marine et se précipita. Virginie venait de glisser de son fauteuil, bouche ouverte et bras raides. Elle était morte pendant son sommeil. Depuis janvier, les troubles de mémoire dont elle était atteinte lui faisaient prendre Rosa pour Emélie et Jeanne-Marie pour Catherine. Elle se fâchait parfois en apercevant Anne-Françoise. Elle sermonnait Rosa qui avait fait un enfant sans père. Elle mélangeait tout et parfois partait d'un éclat de rire enfantin.

Revenue vivre à Nancy depuis quelques mois, Simone Schoeller, beaucoup plus jeune que Virginie, sa sœur — vingt ans les séparaient —, proposa son aide à Rosa. Elle prévint ses nièces, les autres filles de Virginie.

Quand Virginie fut mise en terre, Jeanne-Marie se sentit bien seule. Une page venait de se tourner. L'enfance était loin, désormais. Elle pleura longtemps dans les bras de Rosa. Quand reverrait-elle Franz ? Il ne connaissait pas encore sa fille. De temps à autre, il essayait de la joindre, de lui écrire ou de lui téléphoner.

Après la colère, les deux femmes fondirent en larmes en écoutant Pétain, le 17 juin 1940, déclarer faire don à la France de sa personne.

— Quel idiot ! lancèrent-elles ensemble. C'est maintenant qu'il faut se battre.

Elles s'embrassèrent en entendant l'appel du général de Gaulle sur les ondes de la BBC : « Moi, général de Gaulle, soldat et chef français, j'ai conscience de parler au nom de la France. »

De toutes ses forces, Jeanne-Marie se reprenait à espérer. La victoire viendrait. Franz pourrait de nouveau la serrer dans ses bras.

Anne-Françoise était une petite fille très dégourdie qui se déplaçait à quatre pattes depuis l'âge de huit mois. Dès qu'elle trouvait un appui, elle tentait de se mettre debout.

— Elle va marcher pour son premier anniversaire, prédit Rosa. Quand son papa la verra, il fondra.

Anne-Françoise fit ses premiers pas le lendemain de l'attaque de la Luftwaffe sur Londres. L'attaque avait eu lieu de nuit, le 23 août 1940.

En apprenant ces faits, Jeanne-Marie pleura et Rosa ne put rien faire pour la consoler.

A partir du 21 septembre 1940, aucune nouvelle de Franz ne parvint à Jeanne-Marie. Un décret était tombé concernant la zone occupée : les étrangers, les Juifs et les gens de couleur ne devaient plus y entrer. Franz ne voulait sans doute pas mettre en danger ceux qu'il aimait.

— Ah, c'est ainsi ! s'écria Jeanne-Marie. Eh bien, ils vont voir ce qu'ils vont voir, ces collabos ! Ils sauront de quel bois je me chauffe !

Rosa fut surprise. Son poussin se mettait en colère et lui confiait sa fille le temps d'une course urgente. Son poussin se décidait à prendre part au combat, d'une manière ou d'une autre, avait-elle dit. « Que les gens sont mous et peureux ! » déclarait-elle.

Jeanne-Marie avançait d'un pas allègre dans les rues de Nancy. Indifférente à la pluie et au vent qui soufflait par bourrasques, elle allait, portée par la colère. « Direction rue du Pont-Cassé », répétait-elle pour être certaine de ne pas être détournée de l'objectif fixé : entrer dans la cour de l'ancien relais diligence où la famille Daum s'était établie. Elle avait besoin d'un conseil. Elle fut reçue par Paul et revint rassérénée.

Le lendemain, une jeune femme, porteuse d'un paquet, lui rendit visite alors que le soir tombait. Jeanne-Marie la reçut dans le bureau de Matthieu pendant que Rosa gardait Anne-Françoise. Rosa espérait bien être informée de ce qui se tramait. Secrètement, elle avait le cœur battant. Son poussin avait des ailes, son poussin complotait. Son poussin avait naturellement raison. La jeune femme repartit en promettant une autre visite :

— C'est presque l'heure du couvre-feu. Il vaut mieux être prudent. Je repasserai demain matin vers dix heures.

13

— Alors, c'est si important qui tu reçois que ta vieille Rosa n'ait pas le droit de savoir ? lança Rosa, l'air bougon, quand la jeune femme fut repartie.

— Fais-moi confiance, je ne peux rien te dire. Nous allons quitter Nancy. Ici, nous sommes en danger, du fait de mon mariage avec un Allemand, juif par-dessus le marché. Es-tu prête à me suivre ou bien donnes-tu raison au gouvernement de Vichy ?

— J'avais compris, mon poussin. Je te rassure. Je n'écoute que Londres et tu le sais. Le général de Gaulle, c'est quelqu'un, et je te suivrai partout où tu iras...

Quelques jours plus tard, les deux femmes partaient s'installer dans le Bayonnais, en Meurthe-et-Moselle. La petite Anne-Françoise serait au grand air, à l'abri, et Jeanne-Marie pourrait continuer ses activités.

— Nous ne serons pas maîtres de nous, Rosa, ce sera peut-être difficile pour toi.

— Que veux-tu dire ?

— Nous allons être aux ordres d'une fermière.

— Je suis déjà à tes ordres. Ça ne me changera pas beaucoup, dit Rosa en plaisantant. Et puis, la campagne, le grand air, ce sont mes premières amours...

— Là-bas, tu seras ma mère. Donc, je vais t'appeler maman.

— Ça change tout ! Belle revanche ! Enfin mon poussin devra filer doux, écouter sa maman.

— Je t'explique notre situation future, reprit Jeanne-Marie. Je m'appelle Jeanne Lemoine ; je suis née Vivier et je suis ta fille unique. Mon mari est mort juste avant la déclaration de guerre dans un accident du travail. De ce bref mariage est née Anne. Toi, tu es Rosa Vivier, ma chère maman, et tu m'as recueillie. Mon père est mort il y a bien longtemps des suites de bronchites à répétition. C'est ta cousine Pierrette Mourlot qui nous accueille dans sa ferme ; elle ne sait rien de notre passé. Voilà nos papiers. Tout est en règle. J'ajoute que Pierrette est ravie de nous recevoir en échange d'une pension et de quatre bras.

— Elle n'a plus de famille, cette brave femme ?

— Elle n'a plus de mari. Elle a un fils qui a été fait prisonnier et emmené en Allemagne. Sa fille est mariée en Bretagne. T'occuper des vaches, des moissons ne te gêne pas ?

— Moi non, c'est toi, mon poussin. Est-ce qu'on aura une pièce à nous ? Il va falloir se mélanger, manger à la même table. Tu parles d'un modèle pour ta fille !

— Rosa ! reprit fermement Jeanne-Marie. Nous serons deux paysannes dans une famille de paysans. Mais tu peux encore refuser.

— Comme si j'allais vous abandonner, toi et ta petiote !

Deux chambres dans un corps de ferme qui n'avait pas été habité depuis de nombreuses années furent mises à la disposition de Jeanne-Marie et de Rosa par Pierrette, la fermière, une femme qui n'avait pas tout à fait cinquante ans. Sous une apparence un peu rustre, elle se montra accueillante, présenta ses excuses pour l'état des lieux.

— J'ai bien nettoyé. Vous ne trouverez pas de souris — le chat passe par là régulièrement —, ni de cafards, ni de punaises. Pour le reste, vous pourrez vous arranger. Nous mangerons ensemble, puisque vous êtes de la famille, dit Pierrette en clignant de l'œil.

Pierrette se montra discrète les premiers jours, mais finit par éprouver plus que de la sympathie pour cette « famille » venue la rejoindre en ces temps difficiles. Elle en parlait avec son voisinage avec amitié et quand Vincent, son vieil oncle de Vézelise, vaguement au courant de la situation, venait se faire offrir une petite goutte, Pierrette n'hésitait pas à dire sa satisfaction.

— Une petite pension régulière et des bras, par les temps qui courent, on ne dit pas non. C'est vrai qu'à la ville la vie devient difficile et risquée pour des femmes seules.

— Enfin, pour ce qui est des bras, ne compte pas sur quatre, dit Vincent. La plus âgée des deux, ça oui. C'est une femme énergique. Pas une bourgeoise. L'autre, c'est une jeune dame.

— Tu te trompes, Vincent. Jeanne, la bourgeoise, comme tu dis, ne rechigne pas à la tâche. Tu peux m'en croire. Elle tire les vaches, bêche le jardin. Si elle a des ampoules, elle ne se plaint pas. Un pansement, et elle y retourne.

— Tu as fait une belle affaire, Pierrette. Elles ont drôlement arrangé les deux pièces que tu leur as laissées. Des rideaux, un coup de peinture…

— C'est tout bénéfice pour moi. Je n'ai rien payé.

Jeanne-Marie et Rosa avaient essayé de rendre les lieux prêtés hospitaliers. Elles étaient venues avec du linge et des rideaux, des dessus-de-lit. Mais elles avaient emporté du linge ordinaire. Il ne s'agissait pas de transformer la ferme en maison bourgeoise et d'attirer l'attention. En deux mois, elles étaient devenues de parfaites fermières. Une vie sans histoire, sauf que, chaque soir, Jeanne-Marie s'absentait, allait faire, comme elle disait à Rosa, son petit tour derrière les granges…

Quand Pierrette rassemblait sa famille, Jeanne-Marie et Rosa étaient naturellement invitées. Tout le monde se retrouvait autour d'un verre ou d'une tarte aux prunes ou aux mirabelles. Dans ces moments-là, on oubliait la guerre. Anne-Françoise grandissait, forçait les adultes à retrouver un peu de lumière en les transportant dans ce temps béni de l'enfance.

Pierrette ne tarissait pas d'éloges sur ses pensionnaires et la vie qu'apportait la petite gamine si mignonne et drôlement bien élevée. « Un rayon de soleil. Le seul reproche qu'on pourrait leur faire, avouait Pierrette, c'est qu'elles sont un peu bigotes. Enfin, personne n'est parfait, cela aurait pu être pire, n'est-ce pas ? »

Un jour, au village, en plein marché, Jeanne-Marie rencontra Norbert. Ce fut lui d'ailleurs qui la reconnut le premier. Matthieu l'avait parfois reçu à l'appartement. Norbert la héla. Elle mit un doigt sur sa bouche. Il baissa les paupières et l'entraîna à l'écart des etals.

— Je sais, murmura-t-il, il fallait que je vous parle. C'est mieux ici qu'à la ferme de Pierrette.

Il remarqua l'anneau à son cou et sourit.

— C'est monsieur Paul qui vous a envoyée ici ? Vous êtes une femme courageuse. Et vous faites du bon boulot.

— Chut, dit-elle.

— Ne vous inquiétez de rien. Je veille aussi.

14

Juillet 1942

— Ben dis donc, tu as besoin de te pomponner comme ça pour aller faire ton tour derrière la grange ?

— Chut, Rosa, depuis une semaine, il y a des « arrivages » chaque nuit dans la région et, cette fois, j'ai un rendez-vous.

— Bravo, tu oublies ton homme, Franz ?

— Justement, non. C'est lui qui a été parachuté la semaine dernière. Il attend de regrouper ses hommes.

— Franz est là, tout près ?

Rosa s'essaya à siffler et prit Jeanne-Marie contre elle.

— Mon poussin, offrez-vous un peu de bonheur...

— Chut ! Il combat dans l'armée britannique. Si tu savais ce que je suis contente, et comme j'ai peur à la fois. Je ne suis plus aussi jolie qu'à Nancy. Regarde mes mains et mes vêtements.

— Grosse bête. Tu crois peut-être qu'il a été parachuté en queue-de-pie ? C'est un soldat, lui aussi. A la guerre comme à la guerre. Vas-y, mais sois prudente !

Elle marchait derrière la grange, regardait partout autour d'elle, s'arrêtait, vérifiait qu'elle n'était pas suivie. Elle fila vers le bosquet. Il ne fallait pas mettre en danger Franz, ni les compagnons du réseau. Elle avait su par radio qu'il était tout près. Elle l'attendait près du saule au bord du ruisseau en amont du moulin. L'air était doux. Elle s'était habillée de sombre pour se fondre dans la nuit. Le cœur battant, elle tentait de se souvenir de lui, de sa peau, de son odeur, de ses traits. Elle tendit l'oreille, on marchait non loin. Elle mit une main au fond de sa poche. L'arme s'y trouvait, au cas où. Il siffla comme convenu et imita le cri de la chouette. Jeanne-Marie tressaillit. Elle s'était habituée à l'obscurité. Sur le petit sentier éclairé par la lune, une masse sombre venait de sortir du sous-bois et avançait vers elle. Elle se laissa glisser le long du tronc de l'arbre, s'assit sur le sol. Un bruit de brindilles craquantes indiquerait ainsi à Franz où elle se trouvait.

Elle perçut son souffle dans son cou. Elle rejeta la tête en arrière et de côté, s'offrant ainsi, caressant son visage de ses cheveux. Elle tendit la main vers lui. Du bout des doigts, elle explorait le visage de cet homme rasé de près. Elle sourit. Elle cherchait ses boucles. Il avait coupé ses cheveux. Elle trouva le cou, il embrassait le sien. Les doigts de Jeanne-Marie caressaient l'anneau. Il baisa le sien. Elle lui offrit ses lèvres. Il alluma son briquet.

— Laisse-moi te voir, *Liebele.*

Une seule personne au monde l'appelait ainsi.

— F…

Il mit un doigt sur sa bouche.

— Non. Je suis Pierre, *Liebele.*

Il roula sur elle. Ils se donnèrent l'un à l'autre dans la fièvre et la ferveur. Une folle passion les étreignait, et puis ils parlèrent jusqu'à ce que les étoiles perdissent de leur éclat. Elles s'évanouissaient une à une dans le ciel. Jeanne-Marie avait beaucoup parlé de leur fille, Anne-Françoise. Elle tira une photo de sa poche et la glissa dans la chemise de Franz, à même la peau.

— Elle est belle, notre petite, tu verras. Elle te ressemble. Elle a tout de toi, dit-elle dans un souffle.

Un dernier baiser, une dernière caresse. Franz avait enfoui sa tête entre les seins de Jeanne-Marie et murmurait, pour elle seule, *ich liebe dich.* Ils rajustèrent leurs vêtements et se quittèrent alors que l'aube était toute proche. Ils se reverraient au même endroit trois jours plus tard.

— Dans la journée, viens promener la petite par ici afin que je la voie. Je ne me montrerai pas.

— Je t'aime, dit-elle. Je t'aime et tu me manques.

Et Jeanne-Marie courut jusqu'à sa chambre en passant par la fenêtre puisque Rosa et elle logeaient au rez-de-chaussée. Rosa l'entendit rentrer et la gronda.

— Tu rentres trop tard, poussin, le coq a déjà chanté deux fois. Il faut être prudente. Cette nuit, un homme est venu. Pierrette a poussé un cri en le voyant. J'ai l'impression que le fils qui était prisonnier est rentré.

15

Maurice, le fils de Pierrette, était de retour. La mère était folle de joie. Elle dut expliquer la présence de Jeanne et de Rosa. Une mère et sa fille. De pauvres femmes sans mari qui avaient besoin de travailler, dit-elle à Maurice. « Pour les gens du village, j'ai dit qu'elles étaient de lointaines cousines. »

Maurice était un taiseux. Un homme qui ne se livrait pas, mais dont les activités intriguèrent très vite Jeanne-Marie. Il cherchait à entrer en contact avec elle, la questionnait et se faisait passer pour un résistant, mais d'un réseau agissant vers Champigneulles. Jeanne-Marie aurait juré que c'était plutôt un collaborateur. Elle faisait celle qui ne comprenait pas et parlait de la pluie et du beau temps, des récoltes, des temps difficiles. Pour parvenir à ses fins, Maurice essayait de lui conter fleurette. « Un jour, je vous emmènerai par les petits chemins, jusqu'au bas de la colline de Sion. »

Pierrette sermonnait son fils quand il tournait autour de Jeanne-Marie. Elle lui trouvait un regard lubrique et n'aimait pas cela du tout. « Je fais ce que je veux !

hurlait-il. Je suis chez moi, ici. C'est moi l'homme des lieux puisque le père n'est plus. »

Un soir, Pierrette, affolée, vint trouver Rosa.

— Jeanne, où est-elle ?

— Pas loin...

— Pas dans la grange, affirma Pierrette, j'en viens. Je suis aussi du réseau, c'est pour cela que je vous ai recueillies. C'est triste ce que je vais vous confier, mais je n'ai pas confiance en Maurice. Le réseau s'est renseigné. Maurice est inconnu à Champigneulles. Il serait plutôt de l'autre bord. Dites à Jeanne d'être prudente, et vous aussi. Il la cherche. Une chose est certaine, il déteste les Juifs.

Avant d'arriver au saule, Jeanne-Marie se sentit oppressée. Elle s'était arrêtée à plusieurs reprises après avoir quitté la grange. Elle avait l'impression d'être suivie. Puis plus rien, comme si la menace avait disparu. A mi-chemin, elle vit surgir Rosa, affolée.

— Qu'est-ce que tu fais là ?

— N'y va pas. Maurice est sorti. Je l'ai vu aller à la grange. Sa mère m'a dit de te prévenir et d'être prudente. J'ai déplacé le matériel. Je reste ici pour t'aider au cas où, si tu ne rentres pas.

— Ecoute, Franz va venir, il faut que je le prévienne avant. Reste là, si tu veux. Je passe par l'autre côté, pour couper à travers le bois et le rejoindre avant son départ. Si Franz arrive avant mon retour, dis-lui de repartir vers le moulin. Je l'attendrai là-bas.

Jeanne-Marie arriva au moulin avant le départ de Franz. Elle courut et se blottit contre lui, lui expliquant qu'au saule c'était dangereux, que Maurice les cherchait.

— Viens, dit-il. Mes gars ne sont pas rentrés de mission. On va attendre un peu, je vais laisser quelques consignes et je te raccompagnerai par le village jusqu'à ton logis.

— Rosa fait le guet.

Quand ils approchèrent de la ferme, tout semblait calme. Rosa les aperçut et fut rassurée. Elle envoya un bref signal avec sa lampe de poche. Maurice était rentré à la ferme. Alors Franz et Jeanne-Marie gagnèrent leur cachette derrière le saule pour s'aimer.

— *Meine Liebele.*

— *Ich liebe dich*, répondit-elle, alors qu'il la dénudait doucement.

Il avait étendu sa veste sur le sol pour lui faire un lit.

— Tu mérites pourtant mieux qu'un lit de fortune, ma reine.

Il semblait à Jeanne-Marie entendre des pas. Pendant l'amour, elle restait attentive, anxieuse…

— *Liebele,* tu es tourmentée, remarqua Franz, tu es ailleurs, je le sens. Est-ce que je ne sais plus t'aimer ? Est-ce que tu ne m'aimes plus ?

— Toi, toujours toi, rien que toi, dit-elle en perdant le souffle pour qu'il pût la serrer.

Elle caressait son dos, cette peau dans laquelle elle eût voulu tout oublier et se fondre.

— Oh, *Liebele*…

Franz se crispa un bref instant, se rejeta en arrière dans un geste de douleur et de surprise, s'affala sur elle alors qu'elle le caressait encore. Elle hurla en touchant le manche d'un… couteau planté dans le dos du bien-aimé !

— Franz ! hurla Jeanne-Marie.

— Elle couche avec un Boche, cette salope. Eh bien, ce sera la dernière fois.

— Non !

Le cri déchira la nuit.

— Mais vous êtes fou, vous êtes un monstre !

— Toi aussi tu vas y passer, mais avant je vais me payer. Ce que tu donnes à un Fritz, tu peux le donner à un Français.

— Non ! Jamais ! Je vous hais.

Elle s'était redressée, avait rabaissé sa jupe, refermé à la hâte son corsage.

— Jamais, vous entendez, jamais. Plutôt mourir.

Elle cherchait à tâtons son arme dans la poche de son gilet.

— Allez-vous-en.

Il fallait crier, alerter, gagner du temps. Franz avait roulé sur le côté. Sans vie. Jeanne-Marie trouva son arme en tremblant comme Rosa arrivait avec une pelle pour défendre son poussin. Mais il avait compris et s'était jeté sur Jeanne-Marie qui ne lâchait pas le revolver remis par le réseau. Il réussit à le lui arracher des mains. Elle ne s'avoua pas vaincue et se jeta sur lui, le mordit au poignet.

— Chienne en chaleur ! cria-t-il pour se défaire d'elle.

La pleine lune qui balayait les lieux montra Rosa tenant une pelle levée, prête à frapper. Maurice tira et Rosa s'effondra dans un bruit sourd au bord du ruisseau.

— Assez, assez ! hurlait Jeanne-Marie, pourquoi avez-vous fait ça ?

— Tais-toi, idiote, à nous deux.

Il n'avait pas changé d'idée. Un fou, un obsessionnel. Elle lui faisait face, campée entre le corps de Franz et celui de Rosa. Folle de douleur, elle ne savait plus que faire. Sa vie se déchirait.

— J'ai dit à nous, répéta Maurice d'une voix sombre, déshabille-toi.

Il réarmait le revolver. Elle ne bougeait pas. A genoux maintenant au-dessus du corps de Franz qu'elle baignait de ses larmes, elle avait retiré l'anneau de son mari pour le garder au creux de sa main. Maurice avait déjà plaqué une main sur une de ses épaules pour la coucher à terre.

Des pas se firent entendre, puis des voix.

— Reste où tu es, Maurice, tu es cerné.

Les résistants alertés par Pierrette arrivaient.

— Rends-toi, supplia Pierrette, qui se dressa soudain de l'autre côté du ruisseau. Rends-toi après le malheur que tu viens de causer. Je préfère te savoir mort que vivant.

— Elle couchait avec un Boche, ta cousine. Il lui parlait en allemand et elle aussi, j'ai entendu. C'était une espionne, je suis venue la démasquer pour le réseau...

— Imbécile, dit un homme qui se dégagea du groupe. C'était son mari, un Allemand exilé qui combat en Angleterre contre les nazis.

— Pourquoi as-tu fait cela, Maurice ? gémit sa mère. Et la pauvre Rosa, et la pauvre petite, maintenant... Tu es un assassin. Un traître. Ton père ne te le pardonnerait pas.

— Suis-nous, reprit un homme du réseau. Pardonnez-nous de vous le prendre, Pierrette. Il en sait trop.

Jeanne-Marie était allongée sur le corps de Franz, dont elle embrassait encore le visage. Et puis, à genoux dans la terre, elle leva les yeux au ciel, tendit ses mains pleines de terre.

— Pourquoi, Dieu ? Pourquoi as-tu permis cela ? Nous nous aimions tellement. Je te hais, je te hais, Dieu du ciel. Je l'aimais.

Pierrette s'était approchée d'elle en essayant de lui parler, de la ramener à la raison. Jeanne-Marie ne voyait rien, ne ressentait rien, que la douleur de la déchirure.

— Mort ! criait Jeanne-Marie en modulant le mot comme une louve éperdue. Mort, il est mort !

Les résistants emmenèrent Maurice. Il ne revint jamais à la ferme. Et sa mère ne s'en soucia pas. Pierrette avait le sens de l'honneur. Ce qu'avait fait son fils était inqualifiable.

On expliqua la mort de Rosa comme étant le crime d'un rôdeur. Le corps de Franz fut emporté au moulin par les résistants et enterré en attendant la paix. Il ne fallait alerter personne. Pierrette s'occupa de Jeanne-Marie et d'Anne-Françoise. « Les pauvres petites », gémissait-elle.

Jeanne-Marie était hagarde. Elle avait fait un cauchemar. Le pire des cauchemars. Son Franz, sa Rosa. Elle n'avait plus personne, sauf sa fille, la petite de l'amour, Anne-Françoise Sarah à laquelle elle s'agrippait désespérément quand elle la voyait.

Jeanne-Marie perdit le sommeil, et peu à peu la raison. Chaque soir, qu'il pleuve, qu'il vente, elle se levait et allait jusqu'au saule, elle grattait la terre et s'en couvrait, se griffait le visage, se griffait les cuisses et hurlait. « Il est mort, mort… »

Et elle modulait pendant des heures le mot « mort », la tête levée vers le ciel indifférent à sa détresse.

Pierrette allait la chercher, la reconduisait à la ferme, la lavait et la couchait. Anne-Françoise regardait sans comprendre cette maman qu'elle aimait tant et qui ne la voyait plus.

— Maman est malade, viens avec mémé, disait Pierrette pour consoler l'enfant.

En hiver, il fallut interdire les sorties à Jeanne-Marie, qu'on retrouvait couchée à même la terre à l'endroit où Franz et elle s'étaient aimés pour la dernière fois. Elle tomba malade. Une pneumonie. Le médecin appelé préféra la faire hospitaliser.

A l'hôpital, on se pencha sur son cas. Pierrette avait bien expliqué le choc de la guerre. Jeanne-Marie n'avait d'autres papiers que ceux fabriqués par le réseau de Résistance. C'est sous ce nom qu'elle fut soignée. On lui laissa son anneau autour du cou. On s'était aperçu que, si on le lui retirait, elle refusait de s'alimenter.

Il fallut se rendre à l'évidence, la place de Jeanne-Marie n'était pas dans un hôpital ordinaire, mais à l'asile psychiatrique. Elle fut conduite à Maréville, près de Nancy, et revêtue de la chemise des folles. Pour sa sécurité, affirma-t-on, on lui ôta l'anneau de cristal, provoquant une terrible crise d'agitation et de hurlements. Jeanne-Marie restait les mains crispées sur les barreaux de la fenêtre de sa cellule ; elle hurlait à la tombée du soir. Pierrette, qui venait la visiter quelquefois, lui rendit son anneau. Jeanne-Marie retrouva un peu de calme, mais elle ne parut pas la reconnaître.

Pierrette en fut bouleversée. Jeanne-Marie vivait dans un autre monde... Alors, plus personne ne se soucia d'elle.

Pierrette ne parla plus de Jeanne à sa fille Anne. Une mère folle... Il ne fallait pas traumatiser la petite. « Maman est en voyage, comme ton papa. Mais tu as mémé avec toi et tous les animaux de la ferme et ta Câline. »

Câline, une petite chatte tigrée trouvée un jour au bord du ruisseau. Câline qui ronronnait en toute innocence sur les genoux de la petite fille qui grandissait. Avait-elle oublié ces jours tragiques ? Anne-Françoise aimait jouer dans le pré et flâner en chantant au bord du ruisseau : « *Petrouchka, ne pleure pas, tra la la la la la la, Petrouchka, ne pleure pas, ton petit chat reviendra* »

On apprit, à la fin de la guerre, que Paul Daum, résistant, avait été arrêté le 24 février 1943. Il mourut au camp de Neue Bremme le 17 février 1944. Ce fut une grande perte pour la verrerie d'art et la cristallerie naissante.

16

En guise d'épilogue

Mai 1969

C'était un événement et la presse nancéienne ne manquait pas d'y faire écho en suivant les faits et gestes de Lucia Muller, pianiste de renommée internationale, mariée à un citoyen des Etats-Unis et en résidence dans la capitale lorraine.

A soixante-sept ans, Lucia venait de donner une série de récitals dans la région, mais pour elle, disait-elle dans ses interviews, il s'agissait d'abord d'un retour aux sources. Elle voulait que Slomo-Matthieu, son fils, connût ses racines européennes et françaises.

Née en Alsace, Lucia avait grandi entre l'Alsace et les Vosges. Elle donnait beaucoup d'éléments concernant son enfance, espérant retrouver de lointains parents ; la guerre avait ravagé sa famille. Son père, très connu des Nancéiens, avait fait partie du conseil municipal et avait été membre de nombreux conseils d'administration en Lorraine. Lucia évoqua même son mariage à la mairie de Nancy, en 1936.

Elle disait nourrir une autre passion en plus de la musique : le cristal. Elle évoquait les cristalleries Daum, rue des Cristalleries, autrefois rue du Pont-Cassé, où son père avait travaillé.

Lucia logeait au Grand Hôtel, place Stanislas, avec Elie, son mari, et leur fils Slomo-Matthieu, âgé de trente ans, réalisateur de films publicitaires.

Chaque matin, depuis qu'elle était à Nancy, Lucia poussait la porte du magasin des Cristalleries, rue Héré, à deux pas de la statue de Stanislas, pour aller admirer les œuvres produites par les verriers. Les coupes, les vases étirés, d'autres objets d'art sans forme ou de toutes formes exprimant l'art moderne étaient en vitrine. Ces objets aux lignes d'une grande pureté continuaient de vivre et d'évoluer selon la lumière du jour. On pouvait les regarder de gauche à droite, de haut en bas, à toute heure, et jamais on ne voyait la même chose. Mais, ce dont on était sûr, c'était d'entrer dans le mystère de la beauté.

— Fabuleux ! s'était exclamée Lucia qui avait beaucoup acheté de vases et de coupes en cristal. Croyez-vous que nous pourrions regarder travailler des verriers ? Je voudrais revoir les gestes faits par mon père et mon arrière-grand-père.

Ce faisant, elle caressait délicatement l'anneau qu'elle portait toujours autour du cou.

— Madame, tout est possible, dit avec empressement le responsable du magasin. Je vais vous organiser une visite de la cristallerie. Vous verrez d'ailleurs par la même occasion des artistes travailler librement. En ce moment, César, le sculpteur, œuvre dans nos cristalleries. Dalí est déjà venu. C'est une petite révolution qui nous met tous en joie, ici. Vous rencontrerez des gens merveilleux, toujours passionnés par leur art.

— Est-ce que les femmes s'intéressent à la verrerie ? Autrefois, mon père m'expliquait qu'elles travaillaient surtout au décor et au polissage.

— Elles sont toujours très appréciées dans ces secteurs, car leurs gestes sont précis. Mais le travail du verre les attire peu. C'est tout de même un travail physique, quand vous voyez des pièces comme ce dauphin, qui pèse une vingtaine de kilos, au bout de la canne, qu'il faut tourner sans arrêt d'une main et étirer de l'autre. Les verriers travaillent à la fois avec force et douceur. Ne manie pas un mandrin qui veut. Vous constaterez cela demain à la cristallerie. Cependant, nous commençons à rencontrer des jeunes femmes qui ont des responsabilités au sein de la cristallerie.

— J'aimerais en rencontrer, dit Lucia.

— Nous avons justement une jeune femme qui ne doit pas avoir trente ans. Elle est ingénieur chimiste et a choisi l'art du verre. Elle est aussi intelligente que belle.

Lucia se leva de bonne heure alors que le rendez-vous à la cristallerie était fixé à neuf heures. Le sculpteur César n'arrivait jamais avant dix heures. On en profiterait pour montrer à Lucia la halle, les fours à quatre et six pots. Elle savait que la chaleur et le bruit seraient intenses. Soixante-dix verriers travaillaient au plus fort de la journée.

Lucia perçut la moiteur des lieux. La chaleur dégagée par les fours, qu'on chauffait à présent au gaz, et l'eau utilisée faisaient de la halle un lieu proche d'un sauna. La température au sol avoisinait les soixante degrés près des fours.

— C'est la raison pour laquelle, expliqua Anne, la jeune femme ingénieur qui la dévisageait, les verriers travaillent en hauteur sur des caillebotis.

Et puis Lucia se retrouva au centre de la halle. César venait d'arriver. Nonchalant et barbu, l'œil vif et amusé. Travailler, inventer était un art de vivre qui apportait forcément le bonheur. Les verriers qui avaient eu jusque là l'habitude de souffler et de tourner des objets selon des normes, dans des moules très précis, découvraient la libre expression de leur art.

Plusieurs verriers venaient de tourner des paraisons de couleurs différentes. César observait et soudain demanda que ces coulées de verre se fassent en toute liberté sur une plaque de marbre.

— Mais ce n'est pas mal, dit-il. On obtient des formes étranges, différentes quand elles se solidifient.

Il caressa sa barbe, réfléchit, partit d'un éclat de rire contagieux.

— Eh, les gars ! lança-t-il, si on rassemble ces quatre coulées et qu'on les enlace, qu'on les mêle, comme pour en faire un tronc d'arbre ou une racine… les différentes couleurs mélangées, ça doit donner quelque chose. Par-dessus, on coulera un peu de cristal pour les relier comme pour faire un nœud.

Mais le verrier qui accourait avec sa canne n'eut pas le temps de tourner sa paraison. Le verre tomba en cascade sur le sol et fit des plis.

— C'est une expansion ! s'écria soudain César. Coulez, coulez, mes petits, tirez, tirez encore. Oh, putain ! Quelle pièce ! Qu'elle est belle ! Continuez ainsi et je la signe tout de suite.

Son accent chantant du Sud ravissait les verriers. Avec lui, le travail s'appelait liberté.

Anne sourit en entendant César parler, mais elle ne quittait pas Lucia des yeux.

— Madame, s'il vous plaît, finit-elle par demander, je voudrais vous parler personnellement, est-ce possible ?

Lucia, très intriguée, l'invita à le faire.

— Je vous ai entendue jouer, il y a deux jours, et je vous vois aujourd'hui. J'ai une question à vous poser... Votre anneau...

— Ah, dit Lucia, c'est une histoire sentimentale. Mon père l'avait fabriqué pour ma mère ici même dans cette maison. Il vous plaît ?

— Beaucoup, vraiment beaucoup. Savez-vous si d'autres bijoux de ce genre existent ?

— Je ne connais pas toute l'histoire de cette maison. Mon anneau remonte à 1901, je crois. Ce que je sais, c'est que mon père a fait faire un autre anneau. Elie, s'il te plaît, veux-tu ouvrir ta chemise et montrer à mademoiselle ?

A ce moment-là, un homme s'approcha.

— Anne, je connais ces anneaux. L'autre bleu, celui que porte monsieur, c'est moi qui l'ai fait dans le moule du premier. Matthieu ne pouvait plus le faire seul depuis la guerre de 1914 puisqu'il avait perdu un bras. Mais, car il y a un mais…

Lucia écoutait, la main sur son cœur, et Anne buvait les paroles de Norbert.

— J'ai fait un autre jeu d'alliances, en cristal cette fois. C'était pour la seconde fille de Matthieu, amoureuse d'un musicien rencontré sur le paquebot *Normandie.*

Anne avait pâli tandis que Norbert reprenait.

— Vous pensez, Matthieu et moi, si on se connaissait. Il m'avait vu tout mousse à la verrerie.

Cette fois, c'est Lucia qui devint livide.

— Vous êtes bien Norbert ? demanda Lucia. Mon père parlait souvent de vous.

— Chez ma grand-mère, articula enfin Anne, il y a un anneau comme ceux-là, mais de couleur vert d'eau.

— Votre grand-mère ? Ça, ce n'est pas possible. Elle s'appelle comment, votre grand-mère ? demanda Norbert.

— Pierrette Mourlot.

— La Pierrette qui habitait près de Bayon et qui a fait de la Résistance ? Elle vit toujours ?

— Elle habite à Saint-Nicolas-de-Port, maintenant.

— Elle a dû partir après l'affaire de son fils. Mon Dieu, quelle histoire ! Personne n'a oublié, là-bas. Mais alors, vous seriez donc une fille de sa fille, celle qui s'est installée en Bretagne ?

— En fait, reprit Anne, Pierrette n'est pas ma vraie grand-mère. Elle m'a recueillie à la mort de…

— De Franz, le parachutiste allemand qui combattait avec les Anglais…

— Ça, je ne sais pas. Elle n'a jamais rien voulu me dire de ma vie. Je suis une orpheline de guerre.

— Norbert, intervint Lucia, Franz, c'était mon beau-frère. Si cette jeune femme est sa fille, ce que je crois, elle est ma nièce. Il suffit de regarder sa chevelure. Mais qu'est devenue Jeanne-Marie, la fille de Matthieu, ma sœur et l'épouse de Franz ?

Norbert ne savait pas. Anne encore moins. Il fallait se rendre chez Pierrette. Renouer les fils de l'histoire. Anne essuyait ses larmes dans les bras de Lucia. Depuis si longtemps elle cherchait ses racines...

Dans la voiture qui les emportait en fin d'après-midi vers Saint-Nicolas-de-Port, Anne avait pris place entre Elie et Lucia, qui caressait ses cheveux.

— Regarde, Elie, répétait Lucia, elle a les cheveux de Franz et son regard de velours. Tout est Franz, chez elle.

Tout en conduisant, Norbert évoquait Jeanne-Marie chez Pierrette. Les quelques rencontres au village. Le courage de la jeune femme, son travail au sein de la Résistance.

— Je ne comprends pas pourquoi Pierrette n'a pas fait de recherches sur votre identité, Anne. Elle devait se sentir mal après le drame de cette nuit-là. Moi, j'ai déménagé à la fin de la guerre. Puis je vous ai trouvée à la cristallerie, sans savoir que vous étiez la petite de Jeanne-Marie. Si vous aviez porté cette alliance, on aurait gagné du temps.

— Pierrette n'aurait jamais voulu. Elle a piqué une de ces crises quand je suis tombée dessus en rangeant le buffet ! Quand je la questionne, elle se fâche. Elle me dit que je dois m'estimer heureuse d'être en vie, puisque mes parents sont morts tous les deux. Moi, ce qui me tracasse, c'est de ne pas savoir qui je suis réellement.

— Pierrette n'est pas très à l'aise. Elle a beaucoup souffert. Avoir un fils assassin...

— Madame, suppliait Lucia, il faut nous aider. Que sont devenus Franz et Jeanne-Marie ?

— Ils sont morts, tous les deux.

— Comment est morte Jeanne-Marie ? L'anneau que vous avez, lequel est-ce, celui de Franz ou celui de Jeanne-Marie ?

— A quoi bon remuer toute cette boue ? soupira la vieille femme.

— Mémé, s'écria Anne en la prenant dans ses bras, je veux connaître mon histoire, sinon je vais devenir folle.

Pierrette devint pâle comme un linge en entendant la menace d'Anne.

— Tais-toi, dit-elle en se dirigeant vers le buffet.

Dans un coffret qui fermait à clé, elle prit l'anneau qu'avait vu Anne.

— Voilà, c'est celui que portait Franz, le père d'Anne, qui a été tué au bord du ruisseau en même temps que Rosa.

— Mon Dieu, s'écria Lucia. Et l'autre ? demanda-t-elle en essuyant ses yeux.

— Il est au cou de Jeanne. Je suis allée le lui rendre à la demande du médecin de l'hôpital, pour qu'elle cesse de hurler.

— Vous voulez dire que Jeanne-Marie est vivante ? interrogea Lucia.

— Peut-être, peut-être pas, c'était il y a longtemps.

Pierrette fondit en larmes et s'écroula sur la table. Elle raconta la terrible nuit. Tout. La mort de Rosa, celle de Franz, et la maladie, l'affreuse maladie de Jeanne qui vivait encore, mais dans un lieu...

— Où vit-elle ?

— Je ne peux pas le dire.

Il fallut de longues minutes, les supplications d'Anne pour que Pierrette consente à dire dans un souffle :

— Jeanne est à Maréville. C'est pour Anne que je n'ai rien voulu dire. Pardon.

Anne sanglotait dans les bras d'Elie et de Lucia.

Lucia se rendit seule à l'hôpital psychiatrique. Un médecin l'accompagna jusqu'à la chambre de Jeanne-Marie qu'on avait toujours gardée isolée.

Jeanne-Marie avait cinquante et un ans. D'elle émanait une étrange beauté. Comme si le temps n'avait pas eu de prise sur elle. Si peu de rides, si peu de cheveux blancs, mais une grande lassitude, un regard perdu, lointain. Elle portait à son cou l'alliance de cristal faite pour Franz.

Lucia s'approcha d'elle, l'embrassa et toucha l'anneau en lui parlant de Franz. Elle prit les mains de Jeanne-Marie et les posa sur son anneau à elle.

— Tu te souviens, Jeanne-Marie, la musique... Regarde-moi... Je t'en prie, regarde-moi, Jeanne-Marie. Tu te souviens de l'*Impromptu n° 4 op. 66 en ut d mineur* de Chopin, qui terminait toujours mes concerts ? C'est un morceau que je m'imposais pour l'offrir à ce père qui me cherchait. Un morceau pour Matthieu, ton père à toi aussi.

Lucia parlait, parlait... Elle aurait dit n'importe quoi pour éveiller Jeanne-Marie. Elle parlait de Nancy, du piano, de l'Océan entre la France et les Etats-Unis, elle parlait des enfants. Elle murmurait le nom de Franz encore et encore, l'obligeait à promener ses doigts sur l'alliance. Jeanne-Marie avait légèrement tressailli. Lucia eut alors le sentiment que quelque chose était encore possible.

Le médecin expliqua à Lucia que Jeanne-Marie avait plus souffert d'abandon que d'une réelle perte de la raison.

— Quel être humain pourrait supporter la perte d'un substitut de mère, de l'homme tant aimé en une seule nuit et dans des circonstances aussi tragiques ? A ces deuils, il faut ajouter l'abandon de tous et la privation de sa fille. Pour nous, elle fait partie des patients restés sans famille à cause de la guerre. Le personnel d'ici n'a pas beaucoup de temps... Il veille aux soins du corps, pour le reste...

— Vingt-sept ans en dehors du monde. Une vie volée, méprisée. Je vais la sortir d'ici, déclara Lucia qui soudain se souvint de Rosa : « Mon poussin a besoin d'amour. »

Lucia s'assit sur le lit de Jeanne-Marie, la prit sur ses genoux et lui caressa les cheveux. Jeanne-Marie se laissait faire comme un bébé. Lucia chantait les sonatines de Schubert. Elle sentait sa sœur s'abandonner.

Lucia s'installa dans un appartement proche de la Pépinière, à Nancy, avec Elie, son mari. Elle vint voir Jeanne-Marie chaque jour. Quand elle la sentit prête, en accord avec le médecin, elle la prit chez elle et lui consacra la majeure partie de son temps. Elle continuait à lui raconter sa vie, à lui montrer des photos. Elle lui passait quelques films où les uns et les autres apparaissaient. Elle l'asseyait à côté d'elle près du piano et jouait pour elle. Lucia avait fait venir son propre piano de Boston. Magnifique instrument, exacte copie de celui créé par les facteurs de pianos Mangeot à Nancy et Steinway en Amérique pour l'Exposition universelle de 1878 à Paris. L'ébénisterie montrait de superbes motifs où l'art d'Extrême-Orient éclatait. Les motifs aquatiques se mêlaient aux applications de faïence. Trois pieds massifs à tête de chien Fô à la manière chinoise supportaient l'instrument. Sur ce piano caressé par le soleil du matin, une jolie coupelle de cristal accueillait la deuxième alliance de cristal dont chaque jour Lucia parlait à Jeanne-Marie.

— Te souviens-tu, Jeanne-Marie, du piano de papa ? Le porte-partitions était ajouré et doré à l'or fin. Il paraît qu'enfant tu aimais y passer tes petits doigts.

Jeanne-Marie fermait alors les yeux pour les rouvrir sur son passé et remonter le fil du temps.

Un jour, Jeanne-Marie se tendit vers le clavier du piano et ses doigts commencèrent à effleurer les touches. Elle cherchait les notes de l'adagio de la *Sonate pour piano et arpeggione D 821* de Schubert, le premier morceau de musique qu'elle avait travaillé avec Franz. Ce jour-là, Lucia pleura dans les bras d'Elie avant de courir chercher Anne-Françoise.

Quand Anne-Françoise entra dans la pièce, Jeanne-Marie faisait tourner son alliance de cristal au bout de son index. Elle cherchait à capter la lumière du soleil dans le cristal. Elle approchait ensuite l'anneau de ses lèvres en murmurant : « Franz... »

Jeanne-Marie se tourna alors lentement vers sa fille, tendit les mains vers elle, déposa l'alliance dans la paume de sa main et l'approcha d'elle.

— Mets-la, dit-elle d'une voix hésitante. Mets-la.

Pour la première fois depuis cette nuit tragique de juillet 1942, Jeanne-Marie leva les yeux sur Anne-Françoise. L'avait-elle reconnue ? Elle plongeait son regard dans un autre regard. Pour la première fois, elle s'essaya à sourire.

Anne-Françoise ouvrit les bras et prit sa mère contre elle pour l'embrasser. Elle vit dans les yeux de celle-ci une lueur aussi puissante qu'un brasier. Alors elle murmura doucement :

— Maman...

Nancy-Ecquevilly, juillet 2002

Annexe

La cristallerie depuis 1945

Les fours sont rallumés en septembre 1945. C'est une nouvelle manufacture qui s'élabore. Antonin et Paul ne sont plus. Henri et Michel assurent la direction. D'autres membres de la famille Daum intègrent l'équipe.

En 1947, des inondations catastrophiques occasionnent de graves dégâts. Le four à six pots s'éteint dans un nuage de vapeur. Les assurances n'indemnisent pas la manufacture. Mais le travail se poursuit. La maison Daum ouvre un magasin au 22 de la rue Héré, à Nancy. Michel continue d'imposer le cristal, un cristal pur sans décor ni coloration. Un travail à chaud par étirage de la matière. On continue de parler de la maison Daum. Des artistes de renommée internationale sont invités à travailler dans l'entreprise : Dalí, César, Jean-Pierre Demarchy ou Christian Poincignon.

En 1981-1982, l'entreprise dépose le bilan après être devenue une des filiales de la CFC (Compagnie française du cristal) dans les années soixante-dix. BBI, que contrôle Didier Primat, héritier de la famille Schlumberger, rachète la CFC en 1985. Il y aura encore une fusion de la CFC et de sa filiale, ce qui ramènera les effectifs de 1 050 à 720 personnes sur les deux sites de production actuels que sont Vannes-le-Châtel (près de Toul) et Nancy.

Les nouveaux directeurs s'appelleront Bernard Erbo, Clotilde Bacri. La direction artistique sera relancée avec des personnalités du design contemporain comme Hilton McConnico, Garouste et Bonetti ou encore Philippe Starck et Druillet. En 1995, la CFC Daum est rachetée par le groupe Sagem. La production se poursuit à Vannes-le-Châtel où trois cents personnes travaillent le cristal et la pâte de verre. A Nancy, ce sont cinquante personnes qui fabriquent de la pâte de verre. Sur les deux sites, on crée de beaux objets en série limitée, et toujours des objets sur commande pour des remises de prix ou la commémoration d'événements exceptionnels.

Bibliographie

— *Almanach de l'Alsace, pays et terres de France*, par Bernard Vogler, collection Jacques Marseille, Editions Larousse, 2001.
— *Art nouveau, épopée lorraine*, par Alain Dusart, François Moulin, La Nuée Bleue/Editions de l'Est, 1996.
— *Brumath, destin d'une ville*, collection « Connaissance de l'Alsace », dirigée par Antoine Fischer, Editions de la revue *Saisons d'Alsace*, 1968.
— *Cent Ans de passion automobile, « Le salon de l'automobile » 1898-1998*, par Dominique Rizet, Editions Mazarine, 1998.
— *Cent Chansons pour les enfants d'Alsace*, rassemblées par Marcel Fenninger, préface de Pierre Deyon, illustrations intérieures de Muriel Zappaterra, Editions La Nuée Bleue.
— *Champigneulles et le val Saint-Barthélemy*, par Lucien Geindre, Imprimerie Hilt, 1990.
— *Charmes et ses environs*, par Vital Collet, Editions Res Universis, 1990.
— *Charmes-sur-Moselle et ses environs, chronique 1900*, par Henriette Méline, Imprimerie du Capucin, Charmes, 1987.
— *Daum*, par Clotilde Bacri, Michel Aveline Editeur, 1992.
— *Daum, maîtres verriers*, par Noël Daum, Edita/Denoël, 1980.
— *Daum, Art déco*, par Noël Daum, La Nuée Bleue/Editions de l'Est.
— *Daum*, collection du musée des Beaux-Arts de Nancy, Réunion des musées nationaux, 2000.
— *Dictionnaire d'histoire maritime*, sous la direction de Michel Vergé-Franceschi, collection Bouquins, Editions Robert Laffont, 2002.
— *Ecole de Nancy* (album musée de l'), par Roselyne Bouvier, Valérie Thomas, François Parmentier, Jérôme Perrin, Réunion des musées nationaux, 2002.

— *Frouard et ses moulins*, par Lucien Geindre, Imprimerie Hilt, 1995.
— *Hans im Schnokeloch, le « jamais content »*, par Serge Kornmann et Thierry Chapeau, Editions du Bastberg, 1999.
— *Histoire de la Lorraine*, par René Bastien, illustrations de Jean Morette, Editions Serpenoise, 1991.
— *Histoire de l'Alsace*, par Bernard Vogler, Editions Ouest-France, mars.
— *La Guerre de 1870*, par François Roth, Editions Fayard, 2000.
— *Les Français sous l'Occupation*, par Pierre Vallaud, Editions Pygmalion, avril 2002.
— *Marie Marvingt*, par Marcel Cordier, Editions Pierron.
— *Mémoires du* XXe *siècle*, Encyclopédies Bordas, 1991.
— *Meurthe-et-Moselle*, collection « Encyclopédies régionales », Editions Bonneton, 1996.
— *Meurthe-et-Moselle*, « Les documents de France », Editions Alépée et Cie, éditeurs et imprimeurs sous la direction de Jean-André Gallot, 1954.
— *Peinture et Art nouveau, l'école de Nancy*, Réunion des musées nationaux/Ville de Nancy, musée des Beaux-Arts de Nancy, 1999.

Document audiovisuel

Daum, les magiciens du verre, de Pierre Hornberger, collections « Mémoires de Lorraine », « L'art du verre hier et aujourd'hui », France 3, Lorraine, Champagne-Ardenne, coproduction Carmin Films, France 3, avec le Centre national du cinéma et le soutien du conseil régional de Lorraine et du conseil général de Meurthe-et-Moselle, 1995.

Mes remerciements vont particulièrement à

Monsieur Henri de Quatrebarbe, président-directeur général de la CFC, pour son accueil au sein de la CFC ;

Noël Daum, la mémoire d'une manufacture célèbre.

Merci à monsieur Diehl, directeur des Relations humaines de la CFC Daum de Vannes-le-Châtel ;

à Jean-Luc Welter, chef de projet avec qui j'ai visité l'usine.

Merci à tous les verriers qui m'ont accueillie.

Merci aussi à Bernard Arnould pour l'aide dans la recherche de documents.

Merci à Marie-Thérèse Arnould qui fut mon chauffeur, à Mathilde, sa petite-fille, pour sa gentillesse et sa patience.

PRODUCTION JEANNINE BALLAND

Jean Anglade
Un parrain de cendre
Le Jardin de Mercure
Y a pas d'bon Dieu
La Soupe à la fourchette
Un lit d'aubépine
La Bête et le Bon Dieu (essai)
La Maîtresse au piquet
Le Saintier
Le Grillon vert
La Fille aux orages
Un souper de neige
Les Puysatiers
Dans le secret des roseaux
Sylvie Anne
Mélie de Sept-Vents
Le Secret des chênes
La Couze
Ciel d'orage sur Donzenac
Jean-Jacques Antier
Autant en apporte la mer
Marie-Paul Armand
La Poussière des corons
La Courée
tome I *La Courée*
tome II *Louise*
tome III *Benoît*
La Maîtresse d'école
La Cense aux alouettes
Nouvelles du Nord
L'Enfance perdue
Un bouquet de dentelle
Françoise Bourdon
La Forge au Loup
La Cour aux paons
Annie Bruel
La Colline des contrebandiers
Le Mas des oliviers
Les Géants de pierre
Marie-Marseille
Jean du Casteloum
Michel Caffier
Le Hameau des mirabelliers
La Péniche Saint-Nicolas
Les Enfants du Flot
Jean-Pierre Chabrol
La Banquise
Didier Cornaille
Les Labours d'hiver
Les Terres abandonnées
La Croix de Fourche
Etrangers à la terre
L'Héritage de Ludovic Grollier
L'Alambic
Georges Coulonges
Les Terres gelées
La Fête des écoles
La Madelon de l'an 40
L'Enfant sous les étoiles
Les Flammes de la Liberté
Ma communale avait raison
Les blés deviennent paille
L'Eté du grand bonheur
Des amants de porcelaine
Le Pays des tomates plates
La Terre et le Moulin
Yves Courrière
Les Aubarède
Anne Courtillé
Les Dames de Clermont
Florine
Dieu le veult
Les Messieurs de Clermont
L'Arbre des dames
Le Secret du chat-huant
Annie Degroote
La Kermesse du diable
Le Cœur en Flandre
L'Oubliée de Salperwick
Les Filles du Houtland

Le Moulin de la Dérobade
Les Silences du maître drapier
Alain Dubos
Les Seigneurs de la haute lande
La Palombe noire
La Sève et la Cendre
Le Secret du docteur Lescat
Elise Fischer
Trois Reines pour une couronne
Alain Gandy
Adieu capitaine
Un sombre été à Chaluzac
L'Enigme de Ravejouls
Les Frères Delgayroux
Les Corneilles de Toulonjac
L'Affaire Combes
Les Polonaises de Cransac
Michel Hérubel
La Maison Gelder
La Falaise bleue
Tempête sur Ouessant
Le Démon des brumes
Denis Humbert
La Malvialle
Un si joli village
La Rouvraie
La Dent du loup
L'Arbre à poules
Les Demi-Frères
La Dernière Vague
Yves Jacob
Marie sans terre
Hervé Jaouen
Que ma terre demeure
Jean-Pierre Leclerc
Les Années de pierre
La Rouge Batelière
Louis-Jacques Liandier
Les Gens de Bois-sur-Lyre
Jean-Paul Malaval
Le Domaine de Rocheveyre
Les Vignerons de Chantegrêle
Jours de colère à Malpertuis
Quai des Chartrons
Dominique Marny
A l'ombre des amandiers
La Rose des Vents
Louis Muron
Le Chants des canuts
Henry Noullet
La Falourde
La Destalounade
Bonencontre
Le Destin de Bérengère Fayol
Le Mensonge d'Adeline
Frédéric Pons
Les Troupeaux du diable
Jean Siccardi
Le Bois des Malines
Les Roses rouges de décembre
Le Bâtisseur de chapelles
Jean-Claude Sordelli
La Dernière Saison
Jean-Michel Thibaux
La Bastide blanche
Le Secret de Magali
La Fille de la garrigue
Le Roman de Cléopâtre
La Colère du mistral
L'Homme qui habillait les mariées
La Gasparine
L'Or des collines
Jean-Max Tixier
Le Crime des Hautes Terres
La Fiancée du santonnier
Brigitte Varel
Un village pourtant si tranquille
Les Yeux de Manon
Emma
L'Enfant traqué
Le Chemin de Jean
L'Enfant du Trièves
Colette Vlérick
La Fille du goémonier
Le Brodeur de Pont-l'Abbé
La Marée du soir
Le Blé noir

Collection « Sud Lointain »

Jean-Jacques Antier
Le Rendez-vous de Marie-Galante
Marie-Galante, la Liberté ou la Mort
Erwan Bergot
Les Marches vers la gloire
Sud lointain
tome I *Le Courrier de Saigon*
tome II *La Rivière des parfums*
tome III *Le Maître de Bao-Tan*
Rendez-vous à Vera-Cruz
Mourir au Laos
Jean Bertolino
Chaman
Paul Couturiau
Le Paravent de soie rouge
Le Paravent déchiré
Alain Dubos
Acadie, terre promise
Alain Gandy
Quand la Légion écrivait sa légende
Dominique Marny
Du côté de Pondichéry
Les Nuits du Caire
Juliette Morillot
Les Orchidées rouges de Shanghai
Michel Peyramaure
Les Tambours sauvages
Pacifique Sud
Louisiana
Jean-Michel Thibaux
La Fille de Panamá

Romans

Alain Gandy
Quand la Légion écrivait sa légende
Hubert Huertas
Nous jouerons quand même ensemble
La Passagère de la « Struma »
Michel Peyramaure
Le Roman de Catherine de Médicis

Impression réalisée sur CAMERON par

BUSSIÈRE CAMEDAN IMPRIMERIES

GROUPE CPI

à Saint-Amand-Montrond (Cher)
en décembre 2002

N° d'édition : 7045. — N° d'impression : 025962/1.
Dépôt légal : décembre 2002.

Imprimé en France